MELINDA MULLET

Mord on the Rocks

W0214969

atb aufbau taschenbuch

MELINDA MULLET hat britische Eltern, wurde aber in den USA geboren. Sie hat mehrere Jahre als Juristin gearbeitet, sich in den USA und im Ausland für Kinderrechte eingesetzt und ist viel gereist. Sie lebt in der näheren Umgebung von Washington D. C. mit ihren beiden Töchtern und ihrem Mann, einem Whisky-Sammler aus Leidenschaft.
Im Aufbau Taschenbuch sind ebenfalls ihre Romane »Whisky mit Mord«, »Whisky für den Mörder«, »Whisky mit Schuss« und »Ein Whisky auf den Tod« lieferbar.
Mehr zur Autorin unter melindamullet.com.

ULRIKE SEEBERGER lebte zehn Jahre in Schottland und arbeitete dort u. a. am Goethe-Institut. Seit 1987 wohnt sie als freie Übersetzerin und Dolmetscherin in Nürnberg. Sie übertrug u. a. Philippa Gregory, Vikram Chandra, Alec Guinness, Oscar Wilde, Charles Dickens und Greg Iles ins Deutsche.

Schon am ersten Abend von Abigail Logans Whiskykurs in der Destillerie Abbey Glen gibt es einen Toten. Was wie Selbstmord aussieht, entpuppt sich bald als Mord. Doch wer wollte sich an dem Mann rächen, der einen Finanzskandal aufgedeckt hat, bei dem auch viele kleine Investoren aus dem Ort Geld verloren haben? Und wo ist das veruntreute Geld? Abigail kann nicht anders, als sich wieder einzumischen. Doch die Suche nach dem Mörder und dem Geld gestaltet sich gefährlich – bald werden sie und ihr Partner Grant Zeugen eines zweiten Mordes.

MELINDA MULLET

MORD ON THE ROCKS

KRIMINALROMAN

Aus dem Amerikanischen von
Ulrike Seeberger

aufbau taschenbuch

Die Originalausgabe unter dem Titel
In the Still of the Night
erschien 2023.

MIX
Papier | Fördert
gute Waldnutzung
FSC® C083411

ISBN 978-3-7466-4157-7

Aufbau Taschenbuch ist eine Marke
der Aufbau Verlage GmbH & Co. KG

2. Auflage 2024

www.aufbau-verlage.de
10969 Berlin, Prinzenstraße 85

Bei Fragen zur Sicherheit unserer Produkte wenden Sie sich bitte an
produktsicherheit@aufbau-verlage.de.
Umschlaggestaltung und Motiv www.buerosued.de, München
Satz Greiner & Reichel, Köln
Druck und Binden CPI books GmbH, Leck, Germany

Printed in Germany

KAPITEL 1

Bald würde die kräftiger werdende Sonne die schweren Morgennebel fortscheuchen, stellte ich hoffnungsvoll fest, als ich am Fluss entlang ins Städtchen Balfour spazierte. Mit ein bisschen Glück würde es ein herrlicher Tag werden, wenn auch jetzt noch ein kalter Hauch in der Luft lag. Ich hielt auf das Gasthaus zu, und der Gedanke an ein warmes Frühstück erschien mir immer verlockender. Wie üblich war Liam mir auf der Suche nach Essbarem ein ordentliches Stück voraus. Er trabte los, sobald wir uns dem Golden Stag näherten, drängte sich durch die offene Tür des Pubs und flitzte gleich mit unverminderter Geschwindigkeit weiter in Richtung Küche.

Während ich ihm als Nachhut folgte, hörte ich aus dem Gastraum einen hochdramatischen Aufschrei und eilte hinein, um nachzusehen, was los war. Am Fenster saß eine Frau, die hier mit ihrem teuren Kaschmirpullover und der Perlenkette ein wenig fehl am Platz wirkte. »Ein wildes … ein wildes Tier …«, stammelte sie. »Ist gerade hier entlang durchgeprescht.« Sie wedelte mit ihrer schwer mit Schmuck behangenen Hand in Richtung Küche.

»Ich glaube, ich kann Sie beruhigen, das war nur mein Hund.«

»Also, der dürfte hier doch gar nicht rein. Das ist … das ist unhygienisch.«

»Na ja, wenn Ihnen heute nichts Schlimmeres mehr zustößt, haben Sie ja nichts zu befürchten«, antwortete ich. Meiner Meinung nach konnte man Menschen danach beurteilen, wie sie Hunde behandelten. Diese Frau fiel eindeutig in die Kategorie miese Type. Als ich näher an sie herantrat, wallte mir eine Parfümwolke entgegen, die mindestens so undurchdringlich war wie der Morgennebel draußen, und ich konnte nur mit Mühe ein Würgen unterdrücken.

»Und nehmen Sie das hier mit«, blaffte die Frau.

Aus unerfindlichen Gründen streckte ich gehorsam die Hand aus und nahm den Teller entgegen, den sie mir hinhielt. Es lagen Haferkekse und drei von Siobháns Hausmacher-Würstchen darauf, alles völlig unberührt.

»Ich weiß nicht, was das hier sein soll, aber ich will es nicht. Bringen Sie mir Obst und einen Kräutertee.« Ihr Englisch klang vornehm, hatte aber einen starken spanischen Akzent. Ehe ich weiter spekulieren konnte, kam ein junger Mann in den Raum, stürzte gleich herbei und nahm mir den Teller ab. »Tante Elena, das ist Abigail Logan, die *Besitzerin* der Destillerie Abbey Glen. Für dein Frühstück ist sie nicht zuständig.«

Dann wandte er sich mir zu, schenkte mir ein reuiges Grinsen, wechselte den Teller in die andere Hand und streckte mir die Rechte hin. »Raoul Serrano-Cortez, und dies ist meine Tante, Elena Serrano. Ich nehme hier an Ihrem Whiskykurs teil. Ich muss mich für meine Tante entschuldigen. Sie wusste nicht Bescheid.«

Ich ergriff die Hand, die mir der schlanke, hochgewachsene junge Mann mit dem dichten schwarzgelockten Haarschopf hinstreckte. »Schön, Sie kennenzulernen, Raoul, und willkommen in Balfour. Ich hoffe, Sie und Ihre Tante werden den Kurs genießen.«

Elena rümpfte die Nase. »Ich werde sicherlich *nicht* daran teilnehmen«, verkündete sie von ihrem Fensterplatz aus. »Ich bin nur mitgekommen, um die Kosten für dieses ländliche Abenteuer meines Neffen zu bestreiten. Es sieht ganz so aus, als müsste ich die meiste Zeit darauf verwenden, nach etwas halbwegs Essbarem zu suchen, um nicht zu verhungern.«

Raoul trat verlegen von einem Fuß auf den anderen. Ich nahm ihm den Teller wieder ab. »Sie sollten sich jetzt auf den Weg nach Abbey Glen machen, sonst verpassen Sie noch den Beginn des Kurses. Ich schau mal, was ich mit dem Essen ausrichten kann.«

Raoul warf mir einen dankbaren Blick zu und war bereits auf dem Weg zur Tür, während ich hinter den Tresen und in die Küche ging. Hier in dem kleinen, aber bestens ausgestatteten Arbeitsraum lehnten die Besitzerin des Stag Inn, Siobhán Morgan, und ihre neue Hilfskraft Sheila Kinkaid gerade gemütlich an der Arbeitsfläche und gönnten sich eine Tasse Kaffee. Ich bemerkte, dass Sheila Liam bereits verstohlen mit Speckbrocken fütterte, und selbst Siobhán hatte sich zu ihm nach unten gebeugt und kraulte ihm die Ohren.

»O Gott, was passt Ihrer Majestät denn jetzt wieder nicht?«, fragte Siobhán und streckte die Hand nach dem Teller aus, der inzwischen öfter hin und her gewandert war als ein Fußball im Pokalfinale.

»Es wurde nach Obst und Kräutertee verlangt.« Ich nahm den Teller wieder an mich und setzte mich am anderen Ende der Arbeitsfläche auf einen Hocker. »Ich kann mir nicht vorstellen, warum. Das hier sieht doch himmlisch aus.« Ich schaute zu Sheila. »Hast du mal eine Gabel für mich?«

»Sei nicht albern, ich mach's dir frisch.«

»Nicht nötig. Nur nichts umkommen lassen«, sagte ich, spießte mit der Gabel, die Sheila mir gereicht hatte, ein Würstchen auf und knabberte daran. Liam kam rasch her und nahm neben mir Platz. »Sieht ganz so aus, als würde euch diese Tante Elena ziemlich auf Trab halten.«

»Keine Ahnung, warum die überhaupt hergekommen ist, verflixt«, zischte Siobhán. »Bisher hatten wir nichts als Gemecker: das Zimmer ist zu klein, das Klima zu feucht, das Bett zu hart und das Essen ungenießbar.«

»Irgendwer hat immer was zu meckern«, erwiderte ich mit dem Mund voller Haferkeks. Allerdings musste ich einräumen, dass das hier in Balfour eigentlich nicht stimmte. Dies war keiner von den Orten, zu dem sich die Schickimickis hingezogen fühlten, und Drama gab es gewöhnlich nur in der örtlichen Laienspielgruppe. »Der Neffe scheint aber ganz nett zu sein.«

»Dem Ärmsten ist seine Tante total peinlich, aber es stimmt, er ist wirklich nicht so ein Miesepeter«, sagte Sheila, die gerade in der Spüle ein Körbchen Erdbeeren wusch. »Wo kommen die eigentlich her?«

Ich ließ ein Bröckchen Wurst fallen und schaute zu, wie es in Sekundenschnelle in Liams Rachen verschwand. »Aus Madrid, laut Anmeldung. Es sind unsere ersten internationalen Teilnehmer.« In diesem Sommer hatten wir die Destillerie jeden Monat eine Woche lang für zahlende Gäste geöffnet, die dort an einem Intensivkurs in der Kunst der Malt-Whisky-Herstellung teilnahmen. Die meisten Kursteilnehmer waren im einzigen Gasthaus vor Ort untergebracht, das kürzlich als Anbau an den Pub entstanden war.

Zunächst hatte ich so meine Zweifel gehabt, aber die ersten drei Kurse waren ein durchschlagender Erfolg gewesen. Als Erste waren neue Brennmeister und Beobachter der Whiskybranche gekommen, die sich anschauen wollten, wie mein Partner Grant MacEwan und ich Abbey Glen führten. Ich hatte die kleine, aber feine Destillerie von meinem Onkel Ben geerbt. Allerdings war natürlich nicht ganz zutreffend, dass ich hier irgendwas führte, denn das machte ganz allein Grant. Er und die übrigen Angestellten der Destillerie waren Experten in der traditionellen Kunst der Whiskyherstellung. Die meisten stammten aus Familien, die bereits seit Generationen mit der Brennerei zu tun hatten. Ich war die Neue, von Beruf Fotoreporterin und erst kürzlich zum Whisky bekehrt.

»Wie sind denn die übrigen Gäste?«, erkundigte ich mich.

»Aye, die anderen sind ganz in Ordnung«, räumte Siobhán ein. »Machen keine Probleme, nur Madame hier. Allerdings beunruhigen mich zwei Typen aus Glasgow viel mehr.«

»Sind die im Urlaub hier?«

Siobhán beugte sich zu mir herüber. »Sie behaupten, sie wären Landvermesser, aber bisher hab ich noch keine entsprechenden Gerätschaften bei ihnen gesehen. Die wandern einfach nur wie verirrte Schafe im Tal rum.«

»Klingt doch ziemlich harmlos«, meinte ich.

»Sei dir da mal nicht so sicher.« Siobhán verschränkte die Arme vor der Brust und warf mir einen finsteren Blick zu. »Die riechen mir ganz nach HMRC*.«

* Her Majesty's Revenue and Customs, (engl.) Ihrer Majestät Steuer- und Zollbehörde.

»Was sollten denn die Jungs von der Steuerfahndung Ihrer Majestät hier wollen?«

»Hier im Tal haben wir einen Haufen sehr einfallsreicher, geschäftstüchtiger Leute«, antwortete Siobhán, »und die meisten sind nicht gerade wild darauf, ihre hart verdiente Knete mit der Regierung zu teilen. Diese Typen sind hier, um uns Probleme zu machen, du wirst schon sehen.«

Das Zahlen von Steuern und Abgaben war schon lange ein heikles Thema zwischen den Schotten und ihren Nachbarn im Süden. Ob es nun um den in vergangenen Zeiten schwarzgebrannten Whisky oder um die heutzutage vor Ort produzierten Waren und Lebensmittel ging, Steuern wurden darauf eher selten gezahlt, wenn überhaupt.

Sheila hatte inzwischen den verlangten Obstteller fertiggemacht und krönte ihn zum Abschluss noch mit einem Zweig Minze. Siobhán streckte die Hand danach aus, aber Sheila schüttelte den Kopf. »Das übernehme ich.«

Nachdem sie gegangen war, sackte Siobhán gegen die Theke und trank ihren Kaffee aus. »Sheila schickt mir der Himmel«, sagte sie. »Dafür stehe ich in deiner Schuld. Ohne sie hätte ich das alles hier niemals geschafft.«

Es tat mir in der Seele gut, zu sehen, wie diese beiden starken Frauen, die kein Blatt vor den Mund nahmen, einander in schwierigen Zeiten zur Seite standen. Vor etwas über einem Jahr war Siobháns Sohn bei einem Unfall in der Destillerie ums Leben gekommen. Sie hatte es mir nie gesagt, aber ich wusste, dass sie diesen Verlust noch immer sehr schmerzlich spürte. Sheila hatte mit ihrer kleinen Tochter Nora in Edinburgh gelebt und war mit größter Mühe einer Ehe mit einem gewalttätigen Partner entflohen. Mutter und Tochter hatten in dem Frauenhaus Shepherd's Rest gewohnt. Nach einem beinahe tödlichen Zwischenfall in der Stadt hatte ich dafür gesorgt, dass Sheila und Nora nun in Balfour lebten, und sie schienen hier prächtig zu gedeihen. Es hatte Siobhán sehr geholfen, dass sie jetzt Sheila und Nora um sich hatte, denn es lenkte sie von ihrem eigenen Kummer ein wenig ab. Und Sheila, die sich sicher fühlte und gebraucht wurde, blühte sichtlich auf.

»Ich freue mich, dass das mit euch so gut klappt.«

Siobhán stellte ihren Henkelbecher in die Spüle und nahm sich ein Geschirrtuch. »Bist du nur zum Essen da, oder war noch was?«

»Nein, nur zum Frühstück, und ich wollte mal sehen, ob du heute Mittag Hilfe beim Lunch brauchst?« Sheila und Siobhán würden gemeinsam die Verköstigung der Kursteilnehmer übernehmen, und der Whiskykurs wäre ohne sie, ehrlich gesagt, gar nicht möglich gewesen.

»Es sollte alles so weit geregelt sein. Gegen eins richte ich bei euch den Raum für die Whisky-Verkostung her, während Sheila hier den Ansturm zum Lunch meistert.«

Siobhán ging noch einmal kurz mit mir den Speiseplan für die Woche durch. Dann schlich ich mich in der Hoffnung, einer weiteren Begegnung der unerfreulichen Art mit der Drachendame im Speiseraum aus dem Weg zu gehen, mit Liam durch die Hintertür aus dem Pub. Ich schaute auf die Uhr und rechnete mir aus, dass wir gerade noch genug Zeit für ein paar Besorgungen haben würden, ehe wir uns auf den Weg zurück nach Abbey Glen machten, um dort die übrigen neuen Teilnehmer kennenzulernen. Ich fing bei Pages, dem Laden für neue und antiquarische Bücher, an.

Das alteingesessene Geschäft präsentierte in seinem großen Erkerfenster zwei Katzen und eine Auswahl von Lesevorschlägen. Die Ladenbesitzerin nahm gern Empfehlungen ihrer Kunden auf, und so fand sich in den Regalen alles Mögliche, vom *Leitfaden zur Wurmbekämpfung bei Schafen* bis *Fifty Shades of Grey*. Liam und die beiden Katzen konnten sich auf den Tod nicht leiden, und so bestand ich darauf, dass er draußen vor der Tür auf mich wartete. Er warf mir einen grimmigen Blick zu und entschied sich, vor dem Erkerfenster Platz zu nehmen und die schlafenden Katzen jenseits der Scheibe anzustarren, bis sein Atem das Glas beschlug. Die Katzen ignorierten ihn völlig.

Ich hielt schnurstracks auf die Schreibwarenabteilung zu und nahm mir dort einen Packen dünne Moleskin-Notizbücher für unsere Kursteilnehmer. Wir hatten festgestellt, dass die meisten sich gern notierten, was sie bei uns sahen und erlebten. Kim Paige, die Ladenbesitzerin, schaute lächelnd zu mir auf. Sie stand hinter der Theke und bediente gerade eine dunkelhaarige Frau im Burberry-Trenchcoat.

»Ich brauche eine Landkarte.« Das war ein Befehl, keine Bitte. Die Stimme einer Frau, die es gewohnt war, dass die Leute sprangen, wenn sie kommandierte. Die Stimme der Frau, der ich lieber aus dem Weg gegangen wäre. »Eine richtige Landkarte mit Wanderwegen in den Bergen und Orientierungspunkten.«

»Es gibt eine Wanderkarte oder eine Karte mit einer Übersicht über Spaziergänge,« erklärte Kim ihr. »Welche hätten Sie lieber?«

»Geben Sie mir beide.«

Ohne das Wörtchen »bitte«, fiel mir auf.

»Und ein Buch über die Ortsgeschichte.« Tante Elenas Akzent mochte stark sein, aber ihr Englisch war gut.

»Dann sollten Sie *Balfour: Geschichte und Geschichten* nehmen.« Kim streckte die Hand nach einem Exemplar des Buchs aus, das auf dem Regel hinter der Ladenkasse stand.

»Das ist der detaillierteste Bericht«, meldete ich mich von hinten. Das Buch hatte der Vater eines meiner Mitarbeiter geschrieben. Über die neuere Zeit stand nicht besonders viel drin, dafür handelte es aber die Geschichte des Tals von Glenmorrow ganz wunderbar ab.

Elena Serrano war sichtlich nicht gerade erfreut darüber, mich schon wieder zu treffen. Sie musterte mich vom Scheitel bis zur Sohle, als wolle sie mich abschätzen, hatte mich aber allem Anschein nach gewogen und für zu leicht befunden. »Ich bin sicher, das passt so«, blaffte sie.

Sie hatte eine Kälte und Reserviertheit an sich, die in starkem Kontrast zur Überschwänglichkeit ihres Neffen stand. Sie wandte sich zum Gehen, und erneut wallte eine überwältigende Parfümwelle über mich, als sie an mir vorüberrauschte. Mir wurde ganz übel und schwindelig davon.

»Die sieht nicht direkt nach Wandern aus«, meinte Kim, während sie meine Notizbücher in eine kleine Papiertüte packte.

»Mit *den* Schuhen gewiss nicht«, erwiderte ich. Die zehn Zentimeter hohen Stilettos, die vorn unnatürlich spitz zuliefen, wären da völlig ungeeignet. »Zumindest können wir sie, wenn sie mal kopfüber im Sumpf stecken sollte, an den grellroten Sohlen erkennen.«

Kim kicherte.

»Hat sie gesagt, wozu sie die Landkarten braucht?«

»Anscheinend will sie die Gegend mit dem Auto erkunden.«

»Ich wette, die setzt keinen Fuß aus dem Wagen«, sagte ich. Wenn ihr der Sinn nach Hochland-Couture oder ein bisschen aufregender Abwechslung stand, war sie hier wirklich fehl am Platz.

KAPITEL 2

Vom Buchladen aus überquerten Liam und ich die Straße und spazierten an den adretten Geschäften mit ihren Blumenkästen voller Begonien und Stiefmütterchen vorbei. Die Bäume auf dem Dorfanger waren noch belaubt. Die meisten Blätter waren noch grün, doch an den Rändern zeigte sich bereits der erste Rotschimmer, und abends deutete eine leichte Frische an, dass der Herbst vor der Tür stand. Die Szene vor mir war wie gemalt. Ein Postkartenmotiv, das die wild bewegte Geschichte des Ortes Lügen strafte, wo einmal Schwarzbrennerei, Schmuggel, kriegerische Auseinandersetzungen und Steuerhinterziehung zur Tagesordnung gehört hatten. Letzteres schien, wenn man Siobháns Einschätzung der Sachlage Glauben schenkte, auch heute noch gang und gäbe zu sein.

Wieder einmal trottete Liam mir zielstrebig voraus, weil er keinerlei Zweifel daran hegte, dass ich auf dem Weg zu einer Tasse Kaffee war. Unser Café am Ort war eine seltsame Mischung aus Teestube, Süßwarenladen und Cocktailbar. Rein technisch gesehen war die Chocolate Bar die einzige Cocktailbar im Städtchen, natürlich mit Ausnahme des Pubs, der gemütlich und bestens mit Alkohol ausgestattet, aber wohl kaum schick und modern zu nennen war. Die in der Chocolate Bar angebotenen Cocktails zum Thema Schokolade und Whisky waren zwar die Idee meines Onkels gewesen, doch die Leute im Ort hatten diese Neuerung begeistert begrüßt, obwohl man es hier sonst schon als exotisch empfand, wenn man einmal einen Merlot bestellte.

Die Bar war auch bei den Teilnehmern des Whiskykurses ein echter Hit, und wir hatten es uns angewöhnt, am dritten Abend mit ihnen zu Floss und Harold Robinsons Laden zu gehen, um ihnen ein bisschen Abwechslung zu bieten. Falls sich die Kunde von den Whiskykursen in Abbey Glen herumsprach, hofften wir, dass auch Balfour im Sommer mehr Tourismus erleben würde. Wenn wir Glück hatten, würden sich die Einnahmen auf alle hiesigen Geschäfte verteilen, ohne dass der Ort zu sehr überlaufen würde. So weit, so gut. Bisher waren wir noch kein Anlaufpunkt für die allseits gefürchteten Busreisen geworden, und bei Floss war auch noch kein Übernahmeangebot von Starbucks eingegangen.

Die Glocke bimmelte, als Liam und ich eintraten, und Harold schaute von seinem Platz hinter der Theke auf. »Genau die Frau, mit der ich reden muss.« Er warf mir ein schiefes Grinsen zu und zog ein Tablett mit dunklen Pralinen unter der Theke hervor. »Wir haben da was für euch zusammengerührt.« Er hielt mir das Tablett hin. »Wir dachten uns, das wäre doch ein schönes Souvenir für eure Whiskyleute.«

Ich nahm mir eine dunkle Praline in Form eines winzigen Whiskyfasses, biss hinein und hatte Mühe, die herausquellende Whiskycreme aufzuschlecken.

»Vorsicht«, sagte Harold und reichte mir eine Serviette. »Floss meint, die Creme müssten wir noch ein bisschen eindicken.«

»Wie ihr meint«, murmelte ich und wischte mir den Klecks vom Kinn. »Aber sie schmeckt jetzt schon himmlisch.«

Harold strahlte. Er war so schüchtern wie seine Frau

kontaktfreudig, aber beim kleinsten Lob blühte er auf. Er hatte immer schon davon geträumt, einmal ein Süßwarengeschäft zu führen, und jetzt war das Café mit der Einrichtung aus Naturholz und mit Polstern in Cadbury-Lila bis zur Decke voll mit wunderbaren Süßigkeiten. Glasbehälter voller Pralinen aller Art nahmen eine ganze Wand ein, und Harolds Sortiment von Schokoladentafeln war besser als alles, was man außerhalb von London finden konnte.

»Bieten Sie am Samstag welche auf dem Markt an?«, fragte ich.

»Bis morgen schaffen wir es nicht mehr, nein, aber bis Ihre Gruppe am Sonntag herkommt, kriegen wir es sicher hin.«

Ich kaute zu Ende und wischte mir die Finger sauber. »Perfekt. Dann schauen wir mal, was die Jungs davon halten.«

Floss kam mit einem Blech ihrer berühmten Ingwer-Scones aus der Küche. »Lust auf einen Kaffee?«

»Und wie!« Ich nahm an der Theke auf einem Hocker Platz. »Die Whiskypralinen sind übrigens großartig. Benutzen Sie da Whisky von Abbey Glen?«

»Gibt's noch anderen? Wir brauchen ja nicht viel, aber Harold muss trotzdem vor jeder Charge kurz kosten, um sicher zu sein, dass der Whisky für unsere Pralinen gut genug ist. Ich möchte noch ein bisschen am Rezept feilen, aber ich freue mich, dass sie Ihnen schmecken.« Floss ging an die Kaffeemaschine und bereitete den Espresso zu. »Wie geht es bei euch so?«, fragte sie über die Schulter.

Die Frage schien unschuldig, aber was Floss wirklich damit meinte, was alle im Städtchen damit meinten, war: Wie geht es bei Ihnen und Grant? Ich hatte mich wirklich zunächst gegen diese Beziehung gewehrt, ehrlich. Sich mit seinem Geschäftspartner auf eine Liebesbeziehung einzulassen, das war traditionell ein Rezept für eine Katastrophe. Und was katastrophale Beziehungen anging, war ich Expertin. Buchstäblich jede Liebe in meinem Leben war auf dem Altar meiner alles verzehrenden Karriere als Fotografin geopfert worden. Ich wollte nicht, dass mir das mit Grant auch passierte. Diesmal stand so viel mehr auf dem Spiel. Mein neues Leben hier in Balfour. Mein Unternehmen. Mein Herz. Es war ein wahnsinniges Risiko, aber nachdem wir mehr als genug Schwierigkeiten zusammen durchgestanden hatten, hatte ich endlich klein beigegeben und beschlossen, mich in diese Beziehung zu stürzen. Zugegeben, die vergangenen fünf Monate waren märchenhaft gewesen, doch so leicht sind alte Gewohnheiten nicht abzulegen. In den neurotischen Ecken meines Hirns konnte ich nicht umhin, mich zu fragen, wann das unvermeidliche Unheil eintreffen würde. Ich schüttelte mich. Sei nicht so albern.

»Es geht wirklich gut. Diese Woche sind wieder alle Plätze belegt beim Whiskykurs.«

»Und Grant? Dem geht's auch gut?«

Ich nickte, anstatt genauer auf die Frage einzugehen. Am Ort freute man sich über Grant und mich, und da es so eine kleine Gemeinschaft war, meinte jeder, ein beinahe persönliches Interesse an uns zu haben. Was natürlich auch bedeutete, dass jeder meinte, uns ab und zu im Vorübergehen gute Ratschläge geben zu müssen. Je länger die Leute selbst verheiratet waren, desto distanzloser und persönlicher wurden die Ratschläge. Daher auch die nächsten Worte von Floss: »Hier, nehmen Sie noch ein süßes Brötchen zu Ihrem Kaffee, Sie sind ja nur Haut und Knochen. Männer haben gern ein bisschen mehr zum Kuscheln in der Nacht, wissen Sie.« Sie zwinkerte mir zu und tätschelte ihre eigenen ausladenden Hüften. Ich spürte, wie ich errötete, und wandte mich wieder Harold zu, der gerade ein halbes Dutzend Whiskypralinen in eine goldene Schachtel mit durchsichtigem Deckel legte. »Nehmen Sie Grant und Cam ein paar davon mit, mal sehen, was die davon halten.«

Gott sei Dank hatte Harold das Verhör nicht belauscht, das seine Ehefrau mit mir führte. »Vielleicht verziert ihr die Schachtel noch mit einem karierten Band?«, schlug er vor. »Ich könnte welches mit dem Tartan von Abbey Glen bestellen, wenn Sie möchten.«

Floss kam mit meinem Kaffee und einem süßen Brötchen, das ich dankend ablehnte. »Ich habe gerade erst im Stag Inn einen ganzen Teller Haferplätzchen mit Würstchen verputzt. Wenn ich noch mehr esse, platze ich.« Liam schaute enttäuscht drein. Er war nie pappsatt.

Plötzlich schaute Floss hellwach auf, wie ein Terrier, der das Scharren von Rattenpfoten ausgemacht hat. »Was wollen die denn?«

»Wer? Oh, Sie meinen die Landvermesser?«

Floss schnaubte. »Landvermesser, wer's glaubt. Das sind Steuerfahnder, oder ich fresse einen Besen.«

Bei Siobhán und Floss waren diese armen Hunde also bereits abgestempelt und verdammt. »Wieso sollten die denn ausgerechnet in Balfour rumschnüffeln?« Das Ausmaß des Verfolgungswahns hier am Ort wunderte mich. »Hier macht doch sicher niemand faule Geschäfte in einem solchen Maßstab, dass es einen Besuch der Steuerfahndung rechtfertigen würde?«

»Und der Mann am Berg?«, brachte Floss mit hochgezogenen Augenbrauen vor. »All die Jahre war Rory Hendricks berühmt und als Musiker unterwegs, da hat er doch sicher Millionen gescheffelt. Gott weiß, was der mit all dem Geld gemacht hat.«

Wenn ich raten müsste, würde ich sagen, er hat es versoffen, dachte ich, aber jetzt hatte Floss Fahrt aufgenommen und war nicht mehr aufzuhalten.

»Und wenn die seine Machenschaften unter die Lupe nehmen, warum dann nicht gleich auch noch uns andere mitprüfen? Frank Monroe vom Baumarkt DIY Necessities ist in heller Panik.«

Ich nippte an meinem Kaffee, um meine Belustigung zu verbergen, und verbrannte mir prompt die Zunge. »Wieso sollte Frank denn nervös sein?«

»Er hat so ein kleines Geschäft nebenbei am Laufen, mit Kies und Sand«, antwortete Floss leise. Harold nickte mit weit aufgerissenen ernsten Augen.

»Ist ja in einem Baumarkt durchaus sinnvoll.«

»Aye, aber er hat da ein ganz besonderes Großhandelsangebot.« Floss schaute sich im leeren Laden um, als könnte jemand hinter einem Glas mit Weingummi lauern und sie belauschen. »An der Upland Road ist eine alte Kiesgrube mit einem Schuppen der Straßenwacht, gleich hinter der großen Kurve oben. Da haben die ihre Vorräte gelagert. Das war für die Reparatur von Schlaglöchern und so, nachdem Schnee und Regen einen Teil der Straße weggespült hatten. Und seither füllt er das, was da oben gelagert ist, in Säcke ab und verkauft es unter der Hand in seinem Laden … für Gärten und Renovierungen.«

»Beeindruckend. Keine Fixkosten, keine Umsatzsteuer«, meinte ich.

»Na ja, ich habe jedenfalls nie danach gefragt«, sagte Floss mit einem Schniefen. »Aber Rory Hendricks hat Franks Sonderangebot nur zu gern angenommen, als er da oben seinen Party-Patio gebaut hat.«

»Welchen Party-Patio?«

»Piekfeiner Außenwohnbereich, wie sie das wohl nennen. Nach allem, was ich so höre, muss man das gesehen haben, um es zu glauben.«

Ein guter Vorwand für einen Besuch, überlegte ich. Allerdings hielten die Leute von Balfour wahrscheinlich alles für extravagant, was über die üblichen drei mal drei Meter Beton im Garten hinter dem Haus hinausging. All das Gerede über Steuerfahnder machte mich nachdenklich. Was für eine Gaunerei Floss und Harold wohl am Laufen hatten? Sie waren zu verstört über den Besuch der beiden Männer, um nur unbeteiligte Zuschauer zu sein. Harold war vielleicht nicht der Typ dafür. Aber Floss, bei der war es anders, sie war ganz entschieden geschäftstüchtig.

»Nun, ich bin sicher, dass die nicht lange hier bleiben«, sagte ich und hoffte, dass das beschwichtigend klang. »Außerdem traue ich es den Leuten im Städtchen zu, dass sie die beiden scharf im Auge behalten.«

»Darauf können Sie Gift nehmen. Frank hat schon einen Plan gemacht und uns alle in Schichten eingeteilt. Die können hier nicht mal niesen, ohne dass wir davon erfahren.«

Harold nickte ernst. »Nach Steuereintreibern Ausschau halten – das ist hier Tradition.«

Ich gab mir alle Mühe, ernst zu bleiben, aber was würden diese beiden armen Landvermesser denken, wenn sie merkten, dass ihnen das gesamte Städtchen nachstellte und dabei, wie ich vermutete, alles andere als unauffällig vorging? Allein das Wort Steuereintreiber war für diese Familien, die sich vor ewigen Zeiten schon am Schwarzhandel mit Whisky beteiligt hatten, mit einem reichen Erbe an Geschichten und Feindseligkeit verbunden. Ich konnte mich des Verdachts nicht erwehren, dass diese panische Angst vor unseren mysteriösen Gästen auf einem wirklich schlechten Gewissen beruhte. Doch wenn Floss recht hatte und all die finanziellen Schwindeleien des Städtchens bald ans Licht kommen würden, konnten wir uns auf eine unterhaltsame Woche gefasst machen.

KAPITEL 3

Lassen Sie es mit den Kostproben langsam angehen«, riet Patrick gerade den Kursteilnehmern, als ich hinten in den neuen Verkostungsraum von Abbey Glen schlüpfte, um mir die Begrüßung und die ersten Anweisungen anzuhören. Wir hatten Lehrgeld zahlen müssen, als wir feststellten, dass die Whiskytouristen den Verkostungsteil des Kurses anders angingen als die Jungs aus der Whiskybranche, die nur kurz nippten und ausspuckten. Bei unserer ersten Runde mit den ganz normalen Whiskyfans hatte unser Brennereimanager bereits am Nachmittag des ersten Tages bestens abgefüllten Gästen ins Gasthaus zurückhelfen müssen.

Patrick nickte mir zu, ehe er mit seinen Sicherheitsanweisungen fortfuhr. Patrick Cooke war der Erste gewesen, der mich in den Kult der Whiskyjünger eingeweiht hatte. Er war mein ältester Freund, ebenfalls Journalist und im Augenblick Chefredakteur des *Whisky Journal* in Edinburgh.

Der Whiskykurs war Patricks Erfindung. So konnte unsere kleine Destillerie ein wenig bekannter werden, und wir hatten in den sonst eher ruhigen Sommermonaten zusätzliche Einnahmen. Der Kurs, den er ausgearbeitet hatte, widmete sich in allen Einzelheiten der Herstellung von Whisky – der handwerklichen Kunst, völlig ohne Stahltanks und alle möglichen Maschinen, die viele unserer Konkurrenten einsetzten. Das war großartiges Marketing. Die Teilnehmer unseres Kurses verließen die Destillerie als Botschafter unserer Marke, und genau diese Art von Werbung brauchte eine kleine, feine, aber ernsthaft betriebene Destillerie.

»Ich möchte Ihnen die Besitzerin und Namensvetterin von Abbey Glen vorstellen, Abigail Logan.« Patricks Worte rissen mich wieder in die Gegenwart zurück.

Ich trat einen Schritt vor und hob zum Gruß die Hand. »Willkommen, meine Herren. Ich hoffe, dass Sie eine wunderbare Woche haben werden. Wenn Sie Fragen haben, wenden Sie sich jederzeit gern an Ihre Dozenten, das sind die Experten, die Ihnen alles sagen können, was Sie wissen müssen.« Mich sollten sie jedenfalls auf keinen Fall fragen. Ich war kaum Profi auf diesem Gebiet. Als ich Abbey Glen von meinem Onkel erbte, wusste ich rein gar nichts über Whisky, hatte ihn bis dahin nicht einmal getrunken. Aber ich hatte schnell gelernt. Weitaus schneller und mit mehr Leidenschaft, als ich es mir je erträumt hätte. Whisky, dieses Produkt der Erde und des Korns, nährte die Seele und tröstete den Geist. Er überstieg alles, was ich in Worte fassen konnte – er war eine greifbare Verbindung zum Land und zu den Menschen.

Während Patrick mit seiner Einführung weitermachte, lehnte ich mich an die Wand und bewunderte die Steinscheune mit der hohen Balkendecke, in der in den Zeiten, als man die Whiskyfässer noch auf Bauernkarren auslieferte, die Kutschpferde untergebracht gewesen waren. Im vergangenen Winter hatten wir die sechs Holzboxen herausgerissen, an einer Giebelwand den Kamin aus Feldsteinen erneuert und den Raum in einen offenen Empfangsbereich umgewandelt, der sich je nach Bedarf vom Verkostungsraum zum Klassenzimmer umgestalten ließ. Große gerahmte Fotos an den Wänden zeigten die verschiedenen Schritte des Destilliervorgangs, begleitet von einfachen Beschreibungen, die selbst für Gelegenheitsbesucher leicht verständlich waren.

Inzwischen war Grant nach vorn gegangen und begann, die Leute vorzustellen, die den Kurs unterrichten würden. Wie immer war er der perfekte Botschafter für sein Produkt, selbst wenn er Jeans und nicht seinen Kilt trug. Er sah aus, als gehörte er in die zerklüfteten Berge, die sich hinter der Destillerie erhoben, seine scharfen Züge und wilden grünen Augen beschworen Erinnerungen an die Tage des Schwarzbrennens und Whiskyschmuggels herauf. Nur zu leicht schweiften nun meine Gedanken zu wilden Stunden im Heidekraut ab. Mein Gesichtsausdruck muss mich verraten haben. Ein winziges Zucken von Grants Lippen deutete ein unterdrücktes Lächeln an. Er schaute mir mit spielerischer Herausforderung in die Augen, und schon bekam ich weiche Knie.

Im Gegensatz zu mir schaffte es Grant sehr viel besser, beim Thema zu bleiben. Cameron Lewis, unser Brennereimanager und Meisterbrenner, wurde als Erster vorgestellt. Er hatte von klein auf in der Brennerei gearbeitet und war so treu wie nur was. Dieser drahtige Mann Mitte siebzig mit seinem wettergegerbten Gesicht und dem kurz geschnittenen, grau melierten Haar hatte mich gleich bei meiner Ankunft unter seine Fittiche genommen. Er war unendlich geduldig und durch absolut nichts zu erschüttern. Was er nicht über die Whiskybranche wusste, war nicht wissenswert.

Dann deutete Grant auf Hunter, der am anderen Ende des Raums in einer Ecke stand. Hunter Mann, Handwerker, Holzschnitzer, Schafflüsterer und Hüter der Fässer in Abbey Glen, beobachtete alles vom hinteren Teil des Raumes aus mit väterlicher Güte. Die Teile des Kurses, bei denen die Teilnehmer selbst Hand anlegen konnten, sprachen Hunters pragmatische schottische Sparsamkeit an. Er und Cam hatten es hier mit einer Gruppe von Männern zu tun, die ihnen sogar noch etwas für das Vergnügen zahlten, in der Destillerie hart zu arbeiten, und sie ließen sie für ihr Geld ordentlich zupacken.

Zunächst waren Grant und die Mitarbeiter der Destillerie strikt dagegen gewesen, dass Touristen in der Brennerei herumschnüffelten. Selbst wenn sie sich im Geschäft gut auskannten, oder vielleicht besonders dann, wenn sie sich im Geschäft gut auskannten. Konkurrenten, die herumspionierten, vermuteten sie. Aber schon bald fanden sie heraus, dass es ein Vergnügen und keine lästige Pflicht war, mit anderen zu reden, die eine ähnliche Leidenschaft für ihren Whisky empfanden wie sie.

Unsere vierte Kursgruppe war eine gute Mischung aus Profis und Kennern. Da waren drei Männer von Islay, die gerade eine heruntergekommene Destillerie auf der Insel wieder auf Vordermann brachten. Sie hofften, dabei das Modell von Abbey Glen bei sich nachahmen zu können, indem sie auch beim althergebrachten Herstellungsprozess in reiner Handarbeit blieben. Dann waren da die Brüder Owen und Ethan Buchanan, die sich eine Männerwoche zur Feier von Ethans vierzigstem Geburtstag gönnten. Der neue Mann in Patricks Leben, der Chefkoch und Restaurantbesitzer Gordon Wright, war unser sechster Teilnehmer, und zu guter Letzt war da noch mein spanischer Freund vom Frühstück, Raoul Serrano-Cortez, der seinen Mangel an technischem Wissen mit grenzenloser Begeisterung mehr als wettmachte.

Patrick schickte die Gruppe auf den Weg zur Mälzerei, wo das erste Kursmodul stattfinden sollte. Ich gesellte mich zu Gordon.

»Wie geht's dir?«

»Kommt mir vor wie erste Tag eines dringend nötigen Urlaubs«, gab er zu. »Die letzten Monate waren sehr hektisch, und ich freue mich auf die Pause.«

»Schön für dich. Der erste Teil gefällt dir bestimmt. Die Mälzerei ist einer meiner Lieblingsorte auf der Tour durch die Brennerei. Patrick hat dir vielleicht schon erzählt, dass die alte vor beinahe einem Jahr von einem Feuer verwüstet wurde. Dank Hunter steht sie wieder und funktioniert besser denn je.«

Als wir in die neue Mälzerei eintraten, verteilten sich die Männer ringsum an den Seiten des Raums. Ich wurde es nie müde, über dieses weite Meer aus karamellfarbenem Korn zu blicken, das den ganzen Zementboden bedeckte. Cam hatte die Aufgabe, die frische Gerste in Wasser einzuweichen, damit die Keimung einsetzte, und sie dann in einer dünnen Schicht über den Boden zu verteilen. Die meisten anderen Mälzereien darrten die Gerste danach über Torffeuern, aber in Abbey Glen benutzten wir dazu nie Torf. Wir hatten auch nicht die einfache Lösung gewählt, unsere Gerste bereits gemälzt im Großhandel einzukaufen. Cam versuchte zu erklären, woran er erkennen konnte, wie weit die Gerste im Keimungsprozess war, indem er die Körner einfach mit den Fingern untersuchte oder darüber lief, um zu spüren, wie elastisch sie waren. An den verwunderten Gesichtern konnte ich ablesen, dass man diese Vorgehensweise entweder instinktiv begriff oder eben nie.

Nach einigen kurzen Anweisungen wurden die Neulinge an die Arbeit geschickt. Sie schaufelten das angefeuchtete Korn aus den großen Vorratsbehältern auf Schubkarren und verteilten die Gerste anschließend auf dem Mälzboden. Raoul sah aus, als hätte er nie in seinem Leben auch nur einen Tag mit den Händen gearbeitet, doch man musste ihm zugutehalten, dass er tapfer mit einem Rechen die aufgeschüttete Gerste zu einer gleichmäßigen, etwa zehn Zentimeter dicken Schicht ausbreitete. Im Lauf der nächsten Woche würde das Korn regelmäßig gewendet werden, ehe es in die nächste Phase des Prozesses ging.

Liam durfte aus hygienischen und Sicherheitsgründen nicht einmal in die Nähe des Mälzbodens kommen, und ich hatte ihn draußen auf dem Hof gelassen, wo er unruhig auf und ab ging, ungeduldig darauf wartete, endlich loszurennen. Die Jungs schienen hier alles im Griff zu haben, also verabschiedete ich mich und machte mich auf der Kiesstraße auf den Heimweg. Liam sprintete los, wendete nur ab und zu, um sicher zu sein, dass ich noch folgte.

The Haven, Onkel Bens Haus, war auch Teil meines Erbes gewesen, und es war alles, was ich mir je von einem Zuhause erträumt hatte. Luxuriös ausgestattet, ohne zu überladen zu sein. Es hatte eine riesige Küche, überall wunderschöne handgeschnitzte Holzelemente, die ich Hunters Kunstfertigkeit verdankte, aber vor allem war es mein Haus. Mein eigenes kleines Eckchen Welt. Der Ort, wo ich hingehörte. Etwas, das ich in all den Jahren, in denen ich für meine Arbeit um die Welt gereist war, kaum je gehabt hatte.

Liam zwängte sich unter dem Zaun der kleinen Koppel neben dem Haus durch und lief mit den beiden ältlichen Schafen, die dort grasten, eine kleine Runde. Es verblüffte mich immer wieder, dass sie das glücklich zu machen schien. Ich hatte Oscar Wilde und Agatha Christie, die Senioren in meiner Herde von Wollproduzenten, adoptiert, um sie nach dem Tod meines Nachbarn vor einer Reise zum Abdecker zu bewahren. Dass ich diese Schafe hielt, ihnen sogar Namen gegeben hatte, war ein exzentrischer Zug, der bei den Bauern am Ort einige Belustigung hervorgerufen hatte. Doch das hielt sie nicht davon ab, regelmäßig verirrte und herrenlose Schafe in meine Richtung zu steuern. Im Augenblick zählte meine Herde zwanzig Tiere, und ich gab mir alle Mühe, es dabei zu belassen. Liam war hocherfreut gewesen und hatte gleich mit Oscar Freundschaft geschlossen. Als Wheaton-Terrier war er sozusagen auf das Hüten von Schafen vorprogrammiert, und er hatte seine Herde für Anfänger mit Begeisterung willkommen geheißen.

Ich hatte vor, Patrick und Gordon für die Dauer des Whiskykurses mein Haus zu überlassen. Patrick kam oft am Wochenende zu Besuch und hatte das Gästezimmer bereits dauerhaft mit Beschlag belegt. Die beiden brauchten ihren Freiraum, und Grant hatte nichts dagegen, dass ich in The Larches wohnte. Ich packte also alles ein, was Liam und ich in der Woche brauchen würden, und war gerade wieder auf dem Weg in die Küche, als es an der Tür klingelte.

Liam schlitterte vor mir über die Steinplatten im Flur, und als ich aufmachte, stand vor mir auf der Schwelle Katherine MacRae, unsere lokale Tierärztin.

»Wollte nur das hier für Agatha vorbeibringen«, sagte sie mit einem Lächeln.

Agatha hatte sich den Menschen in ihrem Leben übermäßig eng angeschlossen und wollte uns nun ständig in der Nähe haben. Wenn Hunter oder Liam fortging, blökte sie wie verrückt. Katherine hatte bei ihr Trennungsangst diagnostiziert. Wäre sie nicht meine engste Freundin im Städtchen gewesen, so hätte ich stark vermutet, dass sie mich auf den Arm nehmen wollte.

»Gib ihr jeden Tag eine von diesen Tabletten mit dem Futter und achte drauf, dass *sie* es frisst, nicht eins von den anderen Schafen. Denen wird es nicht schaden, aber Agatha wird's dann nicht helfen.«

»Was ist das für Zeug?«

»Medizin gegen Angstzustände.«

Ich verdrehte die Augen. »Jetzt kann mich nichts mehr überraschen.«

»Klingt ein bisschen verrückt, ich weiß, aber du musst überlegen, was schlimmer wäre: einem Schaf Medikamente geben oder sich das unaufhörliche Blöken anhören. Hunter meinte, das dringe bis nach Abbey Glen durch, und dann legt die Herde auf der unteren Koppel auch gleich noch los.«

»Ich weiß, ich weiß. Ich grummele nur ein bisschen rum.« Ich nahm das Arzneifläschchen und ging in Richtung Küche. Noch eine Aufgabe auf der Liste für den armen Hunter. »Zeit für eine Tasse Tee?«, fragte ich über die Schulter zurück.

»Eigentlich nicht, aber ich nehme trotzdem gern eine.« Katherine ließ ihre schlammigen Gummistiefel im Flur und folgte mir. »Ich hatte noch nicht mal Zeit, für einen Bissen Essen Pause zu machen. Bei MacInally gab's Probleme mit dem Lammen. Wie geht's so bei dir?«

»Gut. Wir haben gerade die neueste Gruppe von Whiskykurs-Teilnehmern begrüßt.«

»Jemand Interessantes dabei?«

»Patricks Freund Gordon ist hier.«

»Schön für Patrick, aber überhaupt nicht hilfreich für mich. Wie wär's mit einem attraktiven Single, der weniger als eine Autostunde von hier wohnt?«

»Ein paar Jungs von Islay. Wäre das was?«

»Wohl kaum.« Katherine rümpfte die Nase. »Louisa und ich, wir waren neulich mal abends zusammen was trinken und haben darüber gejammert, wie wenige Männer hier in der Gegend noch zu haben sind. Den letzten aus gutem, solidem Stall hast du dir geschnappt.«

Ich wurde rot. »Sei nicht albern.«

»Bin ich nicht. Versteh mich nicht falsch, wir haben beide von Anfang an die Daumen gedrückt, dass aus dir und Grant was wird, aber jetzt, wo er vom Markt ist, bleibt wirklich nicht viel übrig. Echt deprimierend.«

»Vielleicht sollte ich auf den Anmeldeformularen für die Whiskykurse ein paar wirklich wichtige Fragen stellen: Körpergröße, Gewicht, Familienstand, Referenzen von den letzten drei Geliebten.« Ich nahm einen Teller und begann, aus den Resten im Kühlschrank Sandwiches zu basteln.

»Sehr komisch. Du bist versorgt, und wir sind aufgeschmissen.«

»In der Gruppe ist ein ziemlich gut aussehender Spanier«, brachte ich vor. »Die richtige Altersklasse und sehr sexy.«

»Keine langfristige Lösung, aber im Sturm ist wohl jeder Hafen recht, denke ich mal.« Katherine grinste mich keck an.

»Nicht zu verachten, so ein guter Hafen«, erwiderte ich. Ich schaute auf Katherine und verspürte Gewissensbisse. Aber wieso sollte ich ein schlechtes Gewissen haben, nur weil ich glücklich war? Warum sollte ich nicht einfach genießen, dass ich einen so wunderbaren Mann gefunden hatte? Grant war wirklich mein ruhiger Hafen – meine Zuflucht und mein Ruhepol –, selbst wenn rings um uns die Stürme tobten.

Ich goss Wasser auf die Teebeutel in der Kanne, und Katherine trug den Tee und die Henkelbecher zum Tisch. Ich folgte mit dem Teller voller Sandwiches und setzte mich. »Grant und ich, wir haben eine wunderbare Zeit miteinander. Doch die Dinge können trotzdem kompliziert sein.«

»Das ist in den besten Beziehungen so«, murmelte Katherine und biss in ein Sandwich, als hätte sie seit Tagen nichts zu essen bekommen. »Also, wo liegt das Problem, wenn ich fragen darf?«

Ich war noch nicht so weit, dass ich über das größte Problem reden konnte. Irgendwie würde alles nur wirklicher werden, sobald ich es in Worte fasste, und dazu war ich einfach noch nicht bereit, weder im Gespräch mit Katherine noch mit Grant. Stattdessen redete ich über Grants ungewisse Zukunft in der Destillerie.

Katherine wischte sich einen Klecks Senf vom Mundwinkel. »Also immer noch kein Anzeichen, dass sein Geruchssinn zurückkehrt?«

»Leider nein, und es zerreißt ihn fast. Er gibt sich redlich Mühe, das zu überspielen, aber ich sehe es.« Grant war seit vielen Jahren »die Nase« der Destillerie. Seine Fähigkeit, die feinsten Nuancen des Whiskys zu riechen und zu schmecken, war verantwortlich für das unverwechselbare

Profil des Whiskys von Abbey Glen. Diese Art von Begabung besaßen nur wenige Menschen. Doch nun war Grant diese Begabung geraubt worden – nur zeitweise, hofften wir –, als ihm jemand während unseres letzten gemeinsamen Abenteuers etwas über den Kopf geschlagen hatte. Ich fühlte mich immer noch dafür verantwortlich und hatte deswegen ein ungeheuer schlechtes Gewissen. Grants Geruchssinn hatte sich nicht so rasch wieder erholt, wie wir gehofft hatten. Es war auch gar nicht klar, wie viel davon zurückkehren würde oder wie bald alles wieder normal sein würde, wenn überhaupt. Dieses Warten war nicht nur für Grant qualvoll, sondern für uns andere genauso schlimm. Obwohl wir uns nun so nah standen, war dies ein Thema, über das er nicht mit mir sprechen wollte. Aber wir hatten wohl beide das Recht auf ein solches Thema.

»Wenn er seinen Geruchs- und Geschmackssinn gar nicht mehr zurückbekommt, wird er dich mehr denn je brauchen«, brachte Katherine vor.

»Er wird mehr als mich brauchen, wenn er plant, ein erfülltes Leben zu haben«, sagte ich leise.

»Was soll das denn heißen?«

»Nichts.« Ich rupfte die Kruste von meinem Sandwich ab und legte sie für die Vögel zur Seite. »Ich bin einfach ein bisschen müde. Hab letzte Nacht nur wenig Schlaf bekommen.«

»Also jetzt gibst du an. Komm schon, erzähl mir von dem Spanier und fang damit an, wo ich ihn kennenlernen kann.«

KAPITEL 4

Unsere Gäste hatten einen anstrengenden Tag mit harter körperlicher Arbeit hinter sich, aber nach einem guten Abendessen im Stag Inn und unter dem Einfluss von großzügig eingeschenkten Mengen unseres neuesten Cask-Strength-Whiskys schienen sie sich wieder zu berappeln. Wir hatten den Nebenraum mit Beschlag belegt, damit die Leute vom Ort in der Hauptbar ihre Ruhe hatten. Früher hatten sich hier einmal die Damen auf einen kleinen Drink treffen können, ohne den derben Späßen der Männer nebenan ausgesetzt zu sein, doch jetzt konnte man den Nebenraum für kleine Gruppen reservieren oder sich auf ein ruhigeres Gespräch dorthin zurückziehen. Durch die Tür zur Hauptbar konnte ich die beiden Steuereintreiber erspähen, die sich auf den besten Sesseln beim Kamin breitgemacht hatten. Am anderen Ende des Raums hatte Hunter in einer Ecke Posten bezogen. Er hatte ein Bier vor sich stehen, linste über seine Zeitung hinweg und versuchte, die beiden Steuerfahnder unauffällig zu beobachten. Nach dem Abendessen würden dann die anderen Ortsbewohner nach und nach zu einem wilden Freitagabend hier erscheinen, so wild, wie er eben in Balfour werden konnte.

Der Bartresen im Golden Stag war prächtig geschnitzt und von Hunter und seinem Vater im Laufe mehrerer Jahre angefertigt worden. Immer wenn ich ihn anschaute, war ich begeistert von den Spiralsäulen und sogar in Holz wiedergegebenen drapierten Karostoffen, die obendrein von zarten Heidekrautzweigen und Eichenlaub umrahmt und mit kleinen Vögeln und Tieren geschmückt waren. Und alles war bis in die feinste Einzelheit ausgearbeitet. Es ging das Gerücht, die Manns hätten diese Arbeit ausgeführt, um ihre in der Bar aufgelaufenen Schulden zu begleichen. Das erklärte zweifellos den beinahe barocken Überschwang der Schnitzerei. Hunter kannte keine Zurückhaltung, wenn ein kleiner Whisky im Spiel war. Dann wiederum konnte es auch sein, dass mich die Leute vom Ort auf den Arm nahmen. Es wäre nicht das erste Mal.

Die drei Jungs von Islay hatten sich eine Ecke am anderen Ende der Bar reserviert. Für meinen Geschmack waren sie ein bisschen zu ernsthaft, aber fairerweise musste man auch sagen, dass schließlich Phil, Reg und Mick in diesem Monat die einzigen Kursteilnehmer waren, die selbst Whisky brannten. Diese drei Musketiere waren gekommen, um hier etwas zu lernen, und sie konzentrierten sich auf jedes Detail des Herstellungsprozesses. Mick war ein muskelbepackter Typ mit dunklem Haar und ernster Miene. Phil und Reg waren runder, blonder und wirkten ein bisschen streberhaft. Beide trugen Jeans und dunkelgrüne Kapuzenshirts, und von hinten konnte man sie kaum auseinanderhalten. Zumindest hatte Phil in der Vorderansicht einen Schnurrbart und buschige Augenbrauen, die aussahen, als wollten sie jeden Augenblick sein Gesicht überwuchern. Phil und Reg hatten sich Cam geschnappt und diskutierten mit ihm über die Wirkung von Kupferrohren auf Geschmacksprofile. Das war weit jenseits meiner Gehaltsklasse. Mick besprach mit Patrick Marketing-Fragen. Ich holte meine Kamera aus der Tasche in der Ecke und machte mich daran, die beiden ins Gespräch vertieften Gruppen zu fotografieren.

Die Brüder Buchanan redeten mit Grant. Anscheinend hatten sie allen technischen Erläuterungen mit großem Interesse gelauscht und tapfer in der Mälzscheune Gerste geschaufelt, schienen aber jetzt bei dem auf Trinken angelegten Teil des Kurses am fröhlichsten zu sein. Ich machte noch ein paar Schnappschüsse, hängte mir dann die Kamera über die Schulter und gesellte mich an der Bar zu den dreien.

»Kümmert sich Grant auch gut um Sie?«, fragte ich.

»Im großen Stil«, antwortete Owen. »Diese Single-Cask-Abfüllung ist grandios. Was hat Sie dazu inspiriert?«

»Wir freuen uns immer, wenn wir einen Whisky wie in alten Zeiten herausbringen können«, antwortete ich rasch, weil ich hoffte, dass Grant dann nichts erklären musste, was er nicht wollte. »Das hier wäre früher die einzige Sorte Abbey Glen gewesen. Die Kunst, Whisky aus verschiedenen Fässern zusammenzumischen, zu komponieren, ist eine relativ neue Entwicklung.« Grant nahm den Gesprächsfaden auf und diskutierte über die Vor- und Nachteile der Komposition von Whisky aus verschiedenen Fässern, um damit eine zuverlässig konstante Version unseres fünfzehn Jahre alten Single Malts zu erreichen. Wir wollten beide nicht über den wahren Grund reden, warum wir im Moment Single-Cask-Abfüllungen machten: um zu verbergen, dass Grant gerade nicht in der Lage war, irgendwas zu komponieren.

»Verkaufen Sie Abzüge von diesen großartigen Fotos von der Destillerie, die im Verkostungsraum hängen?«, fragte

Ethan und bezog mich erneut ins Gespräch ein. »Die haben Sie gemacht, nehme ich an.«

»Ja, das sind meine. Ich habe gleich nach meiner Ankunft hier eine Fotoreihe von Abbey Glen aufgenommen.« Ich deutete auf meine Kamera. »Jetzt beschäftige ich mich nur noch mit Schnappschüssen für die sozialen Medien.«

»Sie müssen aber auf der Hut sein«, mischte sich Grant ein. »Abi macht großartige Porträts – sie ist bekannt dafür, dass sie in ihren Bildern die Seele der Menschen einfängt.«

Ich war mir nicht sicher, ob Grant mich damit necken wollte oder nicht, wie so oft, wenn ich versuchte, meine zugegeben ein wenig schräge emotionale Reaktion auf Leute auszudrücken. Ich schätzte die Leute, mit denen ich arbeitete, unweigerlich instinktiv ein. Es war mir selbst ein bisschen unbehaglich, dass ich immer versuchen musste, von einer Person, die ich kaum kannte, eine Art Schnappschuss aus drei Wörtern zu machen, aber das Ergebnis war durchaus nicht willkürlich. In den vielen Jahren, in denen ich Menschen beobachtet und fotografiert hatte, war es mir gelungen, diese Fertigkeit weiter zu verfeinern. Es waren alle möglichen Menschen gewesen, in ihren besten und ihren schlimmsten Zeiten. Auch wenn ich mich jetzt selbst lobte, in den meisten Fällen erwiesen sich meine ersten Einschätzungen als Volltreffer. Mehr noch, meine Fotos bezeugten gewöhnlich meine Sichtweise auf jede einzelne Person. Für die beiden Brüder hatte ich die drei Wörter noch nicht gefunden, aber das war zweifellos nur eine Frage der Zeit.

»Und Sie beide?«, fragte ich und wechselte das Thema. »Was hat Sie auf die Idee gebracht, bei uns Ethans Geburtstag zu feiern?«

»Wir lieben beide Single Malts. Das hatten wir in all den

Jahren gemeinsam, und na ja, Ethan hat bei der Arbeit ein bisschen frei bekommen, und das schien uns eine tolle Möglichkeit, seinen Geburtstag zu verbringen.« Owen hob schweigend sein Glas zum Gruß.

Ethan lächelte ein wenig traurig. »Ja, älter werden, das ist wahrhaftig kein Picknick, aber es ist wunderbar, mal von allem weit weg zu sein.« Er ließ den Satz ausklingen, schwenkte sein Glas und schaute zu, wie die Flüssigkeit wirbelte.

Die anderen Kursteilnehmer wirkten freudig angespannt, doch Ethan kam mir einfach nur müde vor. Nicht nur schläfrig, sondern so müde, wie ich mich fühlte, wenn ich Schwierigkeiten hatte, mit dem Leben klarzukommen. Jetzt, da ich ihm gegenüberstand, musste er anscheinend all seine Kraft aufbringen, um nur das Glas an die Lippen zu führen. So was haben wir alle schon mal erlebt, aber es erschien mir doch ein wenig seltsam, dass ein Mann im Urlaub eine solche Mattheit ausstrahlte. Mir kamen die Wörter *melancholisch*, *angegriffen* und aus unerfindlichem Grund *distanziert* in den Sinn. Aber ehe ich weiter darüber nachdenken konnte, gesellte sich Raoul Serrano-Cortez zu uns. Nach den Gesprächen mit seinen eher ernsten Kurskollegen brach Raouls überschwängliche Begeisterung über den ersten Tag in der Destillerie wie ein Sonnenstrahl in unsere Runde. In starkem Kontrast erschien er mir als *dynamisch*, *unternehmungslustig* und *leidenschaftlich*. Vielleicht würde er doch gut zu Katherine passen.

»Was für ein unglaublicher Tag«, schwärmte er. »Ich habe schon jetzt so viel gelernt. Ich kann Ihnen gar nicht genug danken, Grant, und Ihnen, Abi, dass Sie uns Ihre Tore geöffnet haben.«

Ich musste einfach lächeln. Seine Begeisterung war ansteckend. »Freut mich, dass Sie so viel Spaß haben.« Ich schaute mich um und sah keine Spur von der Drachendame. »Ist Señora Serrano heute Abend nicht bei Ihnen? Sie ist herzlich willkommen, auch wenn sie nicht am Kurs teilnimmt.«

Raoul drehte beinahe unmerklich die Augen zur Decke. »Tantchen fühlt sich nicht so gut. Ich habe ihr Essen aufs Zimmer schicken lassen. Sie meinte, es schiene halbwegs annehmbar, was natürlich bedeutet, dass es hervorragend war.« Raoul grinste. »Sie ist ein bisschen verzogen, ist das das richtige Wort? Ist es gewöhnt, dass alles immer nach ihrem Kopf geht.«

Ich war schwer versucht, ihm zuzustimmen, bemühte mich aber, so diplomatisch wie möglich zu reagieren. Wenn ich mich recht erinnerte, zahlte Elena die Rechnung für das Abenteuer ihres Neffen bei uns. »Gegen hohe Ansprüche ist gar nichts einzuwenden«, antwortete ich.

»Sie sind zu freundlich. Meine Tante macht eine schwere Zeit durch. Vor nicht allzu langer Zeit ist meine Mutter, ihre Schwester, gestorben. Gott sei ihrer Seele gnädig. Wir vermissen sie beide sehr.«

»Mein Beileid.« Ich hörte, wie mir diese leere Formel über die Lippen kam. Ich hasste den Ausdruck, aber mir fiel nicht ein, was ich sonst über eine Frau sagen könnte, die ich nie kennengelernt hatte.

»*Gracias*. Wir hatten gehofft, dass diese Woche für uns beide eine gute Pause sein würde. Tante Elena wollte, dass ich etwas unternehme, was mich glücklich macht. Ich habe einfach nur gehofft, dass sie hier ein wenig Ruhe und frische Luft genießen würde. Wir sind beide davon überwältigt, wie viele Ansprüche das Familienunternehmen seit Mutters Tod an uns stellt.«

»Hat Ihr Familienunternehmen in irgendeiner Weise mit der Whiskybranche zu tun?«, erkundigte sich Grant.

»Leider nein. Meine Mutter Maria hat vor fünfzehn Jahren die Perfumería Primavera gegründet. Sie ist ein großartiger Erfolg geworden. Elena und ich arbeiten beide für das Unternehmen.«

Der Name kam mir irgendwie bekannt vor. Primavera war berühmt. Ich hatte ihre Anzeigen in der *Gazette* gesehen. Das erklärte wohl die Duftwellen, die Elena Serrano hinter sich herzog, wo immer sie auch hinging. Meiner Meinung nach war das allerdings eine widerlich süße Wolke übler Dämpfe, und wenn es nach mir gehen würde, wäre der Laden sicher längst pleite. Es war ein Wunder, dass Raoul überhaupt noch einen Geruchs- und Geschmackssinn für den Whisky hatte. Aber immerhin, ein Parfüm-Krösus, das war doch aus Katherines Sicht noch ein weiterer Pluspunkt für ihn.

Ich wandte mich wieder dem Fotografieren zu. Patrick wollte die Bilder für die sozialen Medien und für einen Artikel, den er für das *Whisky Journal* über unseren Kurs schrieb. Raoul verhielt sich nicht wie ein Parfüm-Krösus. Er schien es im Gegenteil zu genießen, mit seinen Kurskollegen herumzualbern. Er war der Mittelpunkt der Gesellschaft, bis Cam alle Aufmerksamkeit auf sich zog, der hinter der Bar stand und einen weiteren ganz besonderen Whisky zur Verkostung anbot. Aus dem Augenwinkel sah ich, dass Ethan Buchanan sich davonschlich. Er entschuldigte sich und ging in Richtung Treppe.

»Ich denke, dann sollte ich wohl auch hochgehen«, meinte Owen, alles andere als begeistert.

»Komm schon, noch eine Runde«, meinte Raoul, legte Owen plump vertraulich den Arm um die Schulter und zog ihn zur Bar. »Señor Lewis bietet uns gerade noch einen ganz besonderen Whisky an.«

Owen schaute zu seinem Bruder, der abwinkte. »Klar, viel Spaß«, sagte Ethan. »Ich bin fix und fertig – all die Schaufelei. Ich bin nicht mehr so fit wie früher einmal«, fügte er mit einem ungeheuren Gähnen hinzu. »Ich lege mich in die Wanne und dann ab ins Bett. Morgen früh bin ich wieder voller Tatendrang.«

Mit diesen Worten ging er die Treppe hinauf, und Owen wandte sich nach einem kurzen Zögern wieder zur Bar, wo er schon bald mit den anderen ins Gespräch vertieft war.

Da meine Gäste alle gut beschäftigt waren, nutzte ich die Gelegenheit und schlüpfte auf ein Schwätzchen mit Hunter in die Hauptbar. Der Stag Inn war voller Leute vom Ort, die sich am Ende einer langen Woche ein Bier gönnten. Ich winkte ein paar Bekannten freundlich zu, blieb aber nirgends stehen.

Hunter begrüßte mich mit einem Lächeln, als ich einen Stuhl heranzog, schob aber seinen sofort ein wenig weiter nach rechts, damit er über meine Schulter hinweg noch die beiden Männer am Kamin im Auge behalten konnte.

»Hast du gerade Wachdienst?«, fragte ich leise hinter meinem Glas hervor.

»Aye, Mädel. Solange ich aufpasse, passiert hier nix.«

»Da bin ich mir sicher.« Ich gab mir alle Mühe, so ernst zu schauen wie Hunter. Die Fremden saßen zu beiden Seiten des Kamins und hatten jeder ein Glas vor sich. Beide schienen an ihren Handys festzukleben; sie scrollten mit den Daumen, redeten kein Wort miteinander. Wahrscheinlich einfach nur Geschäftskollegen, keine Freunde. Doch wer konnte das heutzutage schon sagen? Die Kunst der gepflegten Konversation war ausgestorben. »Wie lange musst du hier bleiben?«, erkundigte ich mich.

»Bis die beiden ins Bett gehen. Frank übernimmt dann um sechs morgen früh.«

»Was hat der Feind denn heute so gemacht?«

»Sie sind mit dem Auto die Upland Road langgefahren. Sind ein paarmal ausgestiegen, um Fotos zu knipsen.«

»Würde man das von Landvermessern nicht erwarten?«, fragte ich. Von Leuten, die im Urlaub sind, auch, wenn man's genau nimmt.

»Alles Tarnung.« Hunter nickte und schaute drein wie jemand, der sich mit derlei auskennt.

Wenn sich die Leute hier einmal etwas in den Kopf gesetzt hatten, konnte man es ihnen nur sehr schwer wieder ausreden.

»Hilfst du noch bei Sheila am Haus?«, wollte ich wissen und wechselte das Thema.

»Aye, da ist noch jede Menge zu machen, aber die Substanz ist in Ordnung. Das kriegen wir schon hin. Ich habe letzte Woche eine neue Hintertür angebracht, nur um sicher zu sein.«

Sheila hatte ihren Partner, der ihr übel zugesetzt hatte, in Edinburgh zurückgelassen, wo er, soweit wir wussten, noch im Gefängnis saß. Grant hatte ihr eines der alten Cottages, das zu seinem Anwesen gehörte, mietfrei überlassen, und nun wollte sie mit Hunters Hilfe das Häuschen wieder auf Vordermann bringen. Ich wusste, dass er für Sheila gute Arbeit leisten würde, aber mehr als alles andere wünschte ich mir, dass sie sich in Balfour sicher und unterstützt fühlte. »War Sheila da oben mit Nora allein nicht ein bisschen ängstlich?«

»Nee, da ist es gar nicht so einsam. Fell Farm liegt ein bisschen weiter oben am Hang, und dann ist da noch eine Jagdhütte, etwa eine Meile weg. Allerdings hat sie neulich nachts Geräusche gehört. Das hat sie wohl ein bisschen nervös gemacht, also habe ich die Schlösser ausgetauscht und noch Riegel angebracht. Jetzt kann keiner zu nah an sie und das kleine Mädel rankommen.«

Ich langte zu ihm herüber und tätschelte ihm die schwielige Hand, die auf der Tischplatte ruhte. »Danke, Hunter.«

»Ich dämme das Haus auch noch und habe neue Fenster bestellt.«

»Schick mir die Rechnung dafür«, verlangte ich.

»Grant hat mir gesagt, ich soll es auf seine draufschreiben. Schließlich gehört ihm das Häuschen.«

Grant konnte extrem großzügig sein, doch Sheila war mein verirrtes Schaf. Grant hatte keine besondere Verantwortung für sie übernommen, und er hatte ihr das Häuschen ja schon mietfrei überlassen. Da musste er nicht auch noch die Renovierungsarbeiten bezahlen. »Dann schreib mir wenigstens eine Rechnung für deine Arbeitsstunden.«

»Mach ich.«

Ich schaute wieder zum Nebenzimmer und bemerkte, dass Gordon sich gleich hinter dem Eingang mit Mick unterhielt. Mick beugte sich vor, und Gordon war mit dem Rücken an den Türrahmen gelehnt, als versuchte er, ihm auszuweichen. Was konnte denn Mick sagen, dass es einem völlig Unbekannten so unbehaglich zumute wurde?

»Tut mir leid, dass ich noch nicht wieder bei dir gewesen

bin, um in der Speisekammer die Fußbodendielen zu machen«, fuhr Hunter fort.

Ich wandte meine Aufmerksamkeit wieder ihm zu. »Kein Problem. Patrick und sein Freund sind diese Woche in The Haven. Die wissen sicher die Ruhe zu schätzen. Wenn du nur die Herde im Auge behältst und dich um Sheilas Haus kümmerst. Und um die Steuereintreiber natürlich.«

»Keine Sorge, Mädel, wir wissen hier, wie man mit Steuereintreibern umgeht.«

Ich musste zugeben, dass mich diese Worte ein wenig beunruhigten. Inzwischen hatten sich Gordon und Mick von der Tür zum Nebenzimmer entfernt, und ich verabschiedete mich von Hunter, um wieder dort hineinzugehen und meinen Gastgeberpflichten nachzukommen. Lächeln und noch mehr Whisky trinken. Schwerstarbeit, aber irgendwer musste es ja machen.

KAPITEL 5

Als ich aufwachte, spürte ich, dass ein Kopfschmerz lauerte. Ich reckte meine Füße zu dem kühlen Fleck am unteren Ende des Bettes, ehe ich ganz vorsichtig ein Auge aufschlug. Ich machte es ganz schnell wieder zu. Das Licht, das durch die halb geöffneten Vorhänge hereinkam, war gleißend hell. Von Liam war keine Spur, und ich vermutete, dass er bereits auf Nahrungssuche nach unten vorausgegangen war. Obwohl wir sonst eigentlich unzertrennlich waren und er immer wissen wollte, dass ich in der Nähe war, hatte er eine innige Beziehung zum Sohn von Grants Haushälterin Louisa entwickelt und nahm es mit seinen morgendlichen Pflichten sehr ernst. Wenn wir in The Larches waren, ging er früh nach unten, um mit Luke zusammen zu frühstücken, ehe er sich zu einem langen Spaziergang über das Gelände aufmachte.

Ich rollte mich auf die andere Seite und sah Grant, der im Bett saß und einen Stapel Getreideberichte durchschaute.

»Wie geht's uns denn so?«, fragte er grinsend.

»Prima«, flunkerte ich und zermarterte mir das Hirn, ob ich irgendetwas Bestimmtes gemacht oder gesagt hatte, das ihn das Gegenteil vermuten ließ. Ich hatte bestenfalls verschwommene Erinnerungen daran, wie ich ins Bett gekommen war, und als ich die Decke geradezog, merkte ich, dass ich bis auf die Unterhose nackt war.

»Ich habe nicht mehr gesehen, dass du solche Unmengen

an Whisky schluckst, seit …« Grant hielt einen Augenblick inne, als müsse er überlegen. »Eigentlich noch nie.«

»Raouls Begeisterung war ansteckend«, antwortete ich, öffnete beide Augen und musste gegen den Impuls ankämpfen, sie gleich wieder fest zusammenzukneifen.

Grant legte seine Papiere zur Seite, ließ sich wieder unter die Bettdecke gleiten, legte einen Arm um mich und zog mich näher zu sich heran. »Ich wollte dich nicht wecken. Ich habe gedacht, du könntest den Schlaf vielleicht gut brauchen.«

»Wie spät ist es?« Ich schob mich näher an ihn und lehnte mich an seine Brust, wünschte mir, mein Kopf würde endlich aufhören, so zu schwirren.

»Gleich neun.«

»Solltest du da nicht beim morgendlichen Kursprogramm in der Destillerie sein?«

»Cam hat alles im Griff. Hunter erzählt heute Morgen was über seine Fässer. Da brauchen sie mich nicht.«

Ich kuschelte mich an ihn, hocherfreut über die mögliche Entwicklung. Da ließ ein Klopfen an der Tür mich zusammenfahren.

»Tut mir leid, Leute«, ertönte Louisas Stimme. »Leider ein Notfall. Cam braucht euch in der Destillerie. Sobald ihr könnt.«

»Was ist los?«, rief Grant.

»Probleme mit einem Gast.« Es trat eine Pause ein. »Die Polizei ist auch schon unterwegs«, fügte sie noch hinzu.

Ich setzte mich rasch auf, zu rasch. Ich musste mich erst mühsam wieder ins Gleichgewicht bringen, indem ich die Füße flach auf den Boden presste. Es war nicht das erste Mal, dass wir in Abbey Glen einen Notfall hatten, aber ich hatte gehofft, wir hätten alle Probleme, die etwas mit der Polizei zu tun hatten, zu diesem Zeitpunkt weit hinter uns gelassen.

Wir sprangen schweigend in die Kleider und gingen zu Louisa, die mit Liam am Fuß der Treppe auf uns wartete. Sie war das Herz des MacEwen-Haushaltes – energiegeladen, freundlich und absolut nüchtern. Als Chefin des Haushalts war sie dafür verantwortlich, Grant und The Larches stets gut zu versorgen. Sie war eine großartige Köchin, eine Frau, die stets auf alles vorbereitet war. Und so reichte sie uns jetzt je einen Thermobecher mit Tee und ein Speckbrot, als sie uns zur Tür hinausscheuchte. Eine üble Mischung aus Kater und Vorahnung sorgte dafür, dass mein Magen beim bloßen Gedanken an Essen rebellierte, aber ich nahm alles trotzdem dankbar entgegen. Wenn alle Stricke rissen, würde zumindest Liam Freude daran haben.

Als wir in Abbey Glen auf den Hof fuhren, ging Cam schon vor dem Destillierhaus unruhig auf und ab.

»Was ist los?«, wollte Grant wissen.

»Es geht um Ethan Buchanan.« Cam blieb stehen. »Er ist heute Morgen nicht zum Kurs erschienen, und sein Bruder hat sich Sorgen gemacht.«

»Die beiden sind nicht zusammen hergekommen?«, fragte Grant.

»Nein. Owen hat gesagt, Ethan wäre früher rübergegangen, um noch ein bisschen durch die Gegend zu streifen.«

Meine Augen wanderten zum Drumlinn, dem Berg, der hinter den Gebäuden der Destillerie schroff in den Himmel ragte. Kurz vor dem Gipfel ergoss sich das Wasser aus den Bergen durch eine Felsspalte und fiel über die zerklüfteten Steine, die sich dort mit den Jahren angesammelt hatten, bis es sich schließlich in dem kleinen See sammelte, aus dem der Fluss Alyn entsprang. Der ungeheuer steile Pfad, der von der Destillerie in die Berge hinaufführte, war glitschig von Moos und Wasser. Das war selbst unter besten Bedingungen eine tückische Kletterpartie. Auf halber Höhe konnte ich einen verschwommenen, weißen Klecks erkennen.

»Als Ethan zu Beginn des Kurses nicht aufgetaucht war, hat sich Owen Sorgen gemacht und ist losgezogen, um ihn zu suchen.«

»Mit Erfolg?«

»Och aye. Er hat ihn gefunden, das wohl. Sieht aus, als wäre er beim Abstieg auf dem Weg beim Wasserfall ausgerutscht und gestürzt.«

»Hat schon jemand Dr. Arya gerufen?«, fragte ich.

»Er ist bereits da oben, aber das wird dem armen Kerl auch nicht mehr viel helfen.«

Grant und ich wandten den Blick abrupt zu Cam. »Großer Gott, er ist doch nicht etwa tot?«, fragte Grant.

Cam nickte. »Wir haben es den anderen in der Gruppe noch nicht gesagt. Hunter zeigt ihnen gerade, wie er die Fässer ausbrennt, und sie haben noch nicht bemerkt, dass was nicht stimmt.«

»Wo ist Owen?«

»Bei Bill.«

Sergeant Bill Rothes war der Chef unseres Polizeireviers vor Ort. Ein guter Mann, der leider in der kurzen Zeit, seit ich hier erschienen war, mehr Leichen zu sehen bekommen hatte als in den dreißig Jahren davor. Ich versuchte, diesen Gedanken zu verdrängen, aber allmählich hatte ich das Gefühl, dass mit mir ein böser Fluch über den Ort gekommen war.

Grant und ich folgten Cam zum Fuß des Wasserfalls und sahen dort Owen, der auf einem Felsblock saß. Er schaute zu Dr. Arya hoch, der sich eben über eine dunkelblau gekleidete Gestalt beugte.

»Owen, es tut mir so leid«, sagte ich. »Können wir irgendwas für Sie tun?«

Er erhob sich steif. »Ich kann's einfach nicht begreifen.«

Er schaute mich mit weit aufgerissenen Augen fassungslos an. »Ich muss wohl Vicky anrufen, Ethans Frau«, erklärte er. »Ich weiß einfach nicht, wie ich es ihr beibringen soll. Sie haben zwei kleine Kinder.« Seine Stimme versagte. »Es ist so unfair.«

»Was immer wir tun können, um Ihnen zu helfen«, wiederholte Grant. »Wir sind für Sie da.«

Liam kam herüber und leckte Owen in stiller Anteilnahme die Finger. Owen legte ihm eine Hand auf den Kopf, als versuchte er so, ein wenig Halt in der Wirklichkeit zu finden.

»Ich bin mir nicht sicher, ob die schon mit mir fertig sind. Die Polizei hat gesagt, dass ich hier warten soll.« Er deutete mit einer Kopfbewegung auf den Mann, der sich gerade vorsichtig über den Weg beim Wasserfall bewegte. Bill, eine unerschütterliche Präsenz im Städtchen mit seiner abgetragenen marineblauen Barbour-Jacke und dem Gesicht mit den Hängebacken, das mich immer an eine Bulldogge erinnerte, kam langsam den Pfad herunter. Als er endlich zu uns stieß, war er außer Atem.

»Grant. Abi.« Er nickte uns nacheinander zu. »Arya braucht noch ein paar Minuten, aber es ist auch schon ein

Krankenwagen von der Gerichtsmedizin unterwegs. Wir sind hier aus dem Weg, so schnell wir können.«

»Von der Gerichtsmedizin?« Owen schaute verwirrt. »Aber es gibt doch sicher keinen Zweifel an der Todesursache?«

»Reine Routine«, versicherte ihm Bill. Er wandte sich Grant zu. »Ich habe mir sagen lassen, dass Ihre Gruppe gestern Abend geschlossen im Stag Inn war. Ich werde wohl leider mit allen reden müssen.«

»Natürlich«, erwiderte Grant und fuhr sich mit der Hand durchs Haar. Er sah heute Morgen selbst ein bisschen mitgenommen aus. Er hatte auch ordentlich Whisky getrunken, und ich musste daran denken, dass diese neuerliche Katastrophe wahrscheinlich auch nicht gerade gut für seinen Kopf war.

Bill wandte sich wieder an Owen. »Wann haben Sie Ihren Bruder zum letzten Mal gesehen?«

»Als ich zum Schlafen nach oben gegangen bin.«

»Sie haben sich ein Zimmer geteilt?«

»Ja. Er schlief schon, als ich reinkam, also bin ich einfach leise ins Bett gegangen.«

»Um welche Uhrzeit war das?«

Owen zuckte mit den Achseln. »So um Mitternacht, nehme ich an.«

Bill schaute uns beide an.

»Ethan ist gestern Abend vor den anderen Kursteilnehmern zu Bett gegangen«, meinte Grant. »Er sagte, er sei müde.«

»Ein paar von den anderen haben noch im Nebenraum zusammengesessen, nachdem die Bar schon geschlossen hatte«, fügte ich hinzu.

Bill schaute erneut zu Owen. »Haben Sie mitbekommen, dass ihr Bruder in der Nacht aufgestanden sein könnte?«

Owen schüttelte den Kopf. »Aber ich muss zugeben, dass ich viel Whisky getrunken hatte und ziemlich weg vom Fenster war.«

»Und heute Morgen?«

»Als ich aufgewacht bin, war Ethan nicht da«, antwortete Owen. »Er ist gern herumgestreift, und er hatte viel Spaß an den Bergen oberhalb der Destillerie. Gestern hat er mir gesagt, dass er noch mal hinwollte. Als er nicht da war, habe ich mir nichts dabei gedacht – nur, dass er sich schon früh auf den Weg gemacht hatte.«

Bill nickte. »Gut. Ich melde mich, sobald wir Näheres wissen.«

Owen drehte sich langsam weg, schaute auf das Telefon in seiner Hand. »Kann ich irgendwo telefonieren? Ich habe hier kein gutes Netz, und ich muss mit Vicky reden.«

»Warum gehen wir nicht ins Büro rüber«, schlug Cam vor. »Da sind Sie auch ein bisschen für sich.«

Cam führte den verloren wirkenden Owen über den Hof ins Büro der Destillerie. Bill wandte sich erneut an uns. »Das wird wohl ein bisschen Ärger bringen, fürchte ich.«

»In welcher Beziehung?«, fragte Grant. »Außer der offensichtlichen.«

»Arya hält sich bedeckt, aber er hatte viele Fragen, und der Todeszeitpunkt, den er schätzt, stimmt nicht mit der Beschreibung überein, die wir vom Bruder des Toten gehört haben. Irgendwas macht Arya zu schaffen, das habe ich bemerkt.«

»Daher der Gerichtsmediziner«, sagte ich.

Grant schaute am Wasserfall hinauf. Ich sah die dunklen

Ringe unter seinen Augen. Der Stress der vergangenen paar Monate forderte seinen Tribut. Er wirkte völlig kraftlos. Ich nahm seine Hand und drückte sie mitfühlend. »Glaubt er, dass Ethan geschubst wurde und nicht gestürzt ist?«, fragte Grant.

»Das kann ich im Moment nicht sagen. Macht euch nur drauf gefasst, dass es nicht so unkompliziert sein wird, wie ihr vielleicht hofft. Andererseits ist es ja, wenn ihr beide in eine Sache verwickelt seid, nie unkompliziert.« Bill schaute zum Arzt, der weiter den Körper des Toten untersuchte. »Arya hat sich bereiterklärt, heute selbst nach Stirling zu fahren, um dort seinen ersten Bericht zu den Akten zu geben und zu sehen, ob sein erster Verdacht sich bestätigt. Er meinte, das könnte wichtig sein.« Bill wandte seine Aufmerksamkeit wieder unserer Befragung zu. »Wart ihr beide gestern Abend mit den Brüdern zusammen?«

Ich nickte. »Wir hatten gestern Abend das Eröffnungsessen im Golden Stag, danach eine Verkostung, die Cam angeleitet hat«, erwiderte ich. »Ethan und Owen waren beide dabei.«

»Wie ging's Ethan?«, fragte Bill. »War er bester Stimmung?«

»Mir schien er gut gelaunt zu sein«, meinte Grant.

»Ich fand, er wirkte ein bisschen trübselig.« Grant sah zu mir und zog eine Augenbraue in die Höhe, als er diese Einschätzung hörte. »Aber andererseits kenne ich den Mann ja nicht. Das könnte sein übliches Verhalten sein.«

»Wann haben Sie ihn Ihrer Erinnerung nach zuletzt gesehen?«

»Ich habe nicht auf die Uhr geschaut«, erwiderte ich. »Wie gesagt, er ist früher als die anderen hochgegangen.«

»Ich würde vermuten, dass es so ungefähr halb elf war«, sagte Grant.

Bill notierte sich die Zeit. »Sind Sie bis zum Ende des Abends geblieben?«

»Ja, es schien mir unhöflich, unsere Gäste am ersten Abend sich selbst zu überlassen«, sagte ich.

»Wann hat sich die Versammlung aufgelöst?«

Ich schaute zu Grant, weil meine Erinnerung ein wenig vage war.

»Wir sind so gegen halb eins wieder in The Larches gewesen«, sagte er. »Also würde ich vermuten, dass wir kurz nach zwölf Gute Nacht gesagt haben.«

»Und Owen war die ganze Zeit dabei?«

»Soweit ich mich erinnern kann. Warum all die Fragen? Sie verdächtigen doch sicher nicht Owen, dass er etwas mit der Sache zu tun hat?«, fragte Grant.

»Ich weiß nicht, was ich von der Angelegenheit halten soll«, räumte Bill ein. »Ich weiß nur, dass er sich mit dem Verstorbenen das Zimmer geteilt hat und anscheinend der Letzte war, der seinen Bruder lebendig gesehen hat.«

Grant rieb sich die Augen. »Ein Unglück kommt selten allein.«

»Ich muss jetzt schleunigst mit der Befragung der anderen Leute anfangen, die gestern Abend dabei waren«, sagte Bill.

»Sie können sich im Verkostungsraum einrichten, und wir schicken Ihnen die Teilnehmer einen nach dem anderen hin«, bot ihm Grant an.

»Aye, das würde gehen.«

Grant küsste mich auf den Scheitel, und die beiden Männer machten sich in verschiedenen Richtungen auf den

Weg. Ich blieb allein mit Liam zurück, der sich an meine Beine schmiegte und verwirrt dreinschaute. »Bitte, lieber Gott, mach, dass Arya sich irrt«, flüsterte ich. »Mach, dass es ein einfacher Kletterunfall ist.« Das Letzte, was wir jetzt brauchten, war wieder einmal ein verdächtiger Todesfall, der mit Abbey Glen in Verbindung gebracht wurde. Grant war beruflich ohnehin schon am Ende – es war völlig ungewiss, wie sich seine Zukunft und die von Abbey Glen entwickeln würden. Konnte die Destillerie einen weiteren Skandal überleben? Konnten wir den überleben?

KAPITEL 6

Ich komme mir vor wie eine Aussätzige«, sagte ich und vergrub das Gesicht in den Händen. »Wo ich auch hingehe, geschehen schreckliche Dinge.«

Cam und ich saßen allein im Büro von Abbey Glen. Grant führte noch die Kursteilnehmer nacheinander zum Verkostungsraum, wo sie Bills Fragen beantworteten. Ich hatte Owen zum Gasthaus gebracht, damit er sich ausruhen konnte, und Sheila war mit mir zurückgekommen, um im Destilliergebäude alles für Kaffee und einen Snack für unsere Gäste herzurichten, solange sie darauf warteten, dass der Kurs weiterging. Ich hätte hinübergehen und Grant helfen sollen, aber ich konnte es noch nicht über mich bringen, unseren Kursteilnehmern gegenüberzutreten. Ich hatte keine Antworten auf ihre Fragen, und außerdem brauchte ich einen Augenblick zum Verschnaufen und musste eine ungeheure Menge Wasser trinken, damit mein Kopf und mein Magen sich wieder beruhigten. Cam saß mit einem Henkelbecher Tee und einem Haufen Kekse am Tisch in der Ecke.

»Nae Lass, das ist wirklich nicht deine Schuld. Der Tote war nicht mal in der Destillerie.«

»Na ja, aber haarscharf daneben«, grummelte ich.

»Mach dir deswegen keinen Kopf.«

»Ich kann nicht anders. Bill hat den Gerichtsmediziner hinzugezogen, und irgendwie habe ich das Gefühl, er und

Arya glauben, dass der Unfall in der Nacht und nicht am Morgen passiert ist.«

»Ist doch egal, ob er um Mitternacht oder um sechs Uhr früh ausgerutscht ist, oder nicht?«, warf Cam ein. »Tot ist tot.«

»Stimmt, aber es stellt sich doch die Frage, was er mitten in der Nacht am Drumlinn zu suchen hatte.«

»So habe ich das noch gar nicht gesehen, aber aye, die Frage stellt sich wirklich«, stimmte Cam mir zu.

»Fandest du auch, dass Ethan gestern Abend ein bisschen trübselig wirkte?«

»Kann nicht behaupten, dass es mir aufgefallen wäre, aber nicht jeder hat ein südländisches Temperament, weißt du. Er schien mir nur ein bisschen reserviert zu sein. Daran ist nix verkehrt.«

Cam war eine stoische Natur. Wirkte beinahe missmutig, wenn man ihn nicht gut kannte. Er hatte ein Riesenherz, war aber traditionell wortkarg. Seine Mitwirkung beim Whiskykurs hatte ihn aus der Reserve gezwungen, und es überraschte mich nicht, dass ihm Ethans Persönlichkeit eher zusagte als die von Raoul Serrano-Cortez.

»Vielleicht bin ich überempfindlich, aber mir kam er ein wenig teilnahmslos vor. So als funktionierte er beinahe wie automatisch.«

Alle Äußerungen, die Cam vielleicht zu diesem Thema hätte beitragen können, wurden von Patricks Ankunft unterbunden. Der Artikel, den er für das *Whisky Journal* schrieb, würde gute Werbung für uns sein, aber ich hegte den Verdacht, dass er eigentlich für Patrick nur ein Vorwand dafür war, eine Woche mit Gordon bei uns zu verbringen.

»Ich habe es eben gehört«, sagte er, kam zu mir und drückte mir die Schulter. »Du ziehst ja das Unglück an wie ein Magnet, was?«

Ich schaute zu Cam. »Siehst du, ich hab's dir doch gesagt. Alle werden dasselbe denken – an uns klebt ein Fluch.«

Ich deutete auf den Wasserkocher in der Ecke. »Bedien dich, und dann hilf mir, mich auf die wichtigste Frage zu konzentrieren. Was machen wir mit der aktuellen Gruppe? Sie haben alle ziemlich viel Geld für diesen Kurs bezahlt, und die meisten kannten den Toten kaum. Sie erwarten bestimmt, dass der Unterricht weitergeht, aber es käme mir doch ein bisschen herzlos vor, wenn wir nicht mindestens auf Ethans Tod eingingen.«

»Natürlich, aber wir müssen es auch nicht übertreiben«, sagte Patrick und warf einen Teebeutel in einen Souvenirbecher vom Whisky Festival 1998. »Ich meine, wir können Owen anbieten, dass wir ihm das Geld zurückerstatten. Ich verstehe, dass er vielleicht nicht bleiben möchte. Und die anderen? Da sollten wir vielleicht eine kleine Totenwache abhalten, ein paar Whiskys auf den Verstorbenen trinken und dann mit dem Kurs fortfahren.«

»Du meinst nicht, dass es Siobhán was ausmachen würde, im Gasthaus eine Totenwache abzuhalten?«, fragte ich. Es war noch nicht sehr lange her, dass wir um den ermordeten Sohn der Ärmsten getrauert hatten. Würde das zu viele Erinnerungen in ihr heraufbeschwören?

»Sie ist Irin«, erwiderte Patrick. »Bei den Iren hat ein geselliges Zusammensein meist was von einer Totenwache.«

»Da hast du auch wieder recht. Ich denke, das müssen letztlich Siobhán und Owen entscheiden. Ich will das alles nicht noch unbehaglicher machen, als es ohnehin schon ist.«

Nachdem Bill mit seinen Fragen fertig war und die Gruppe wieder Vorträge über den Maischebottich anhörte, flitzte ich nach The Haven zurück und gönnte mir in meinem eigenen Badezimmer eine lange heiße Dusche. Es war noch zu früh, um mir das Allerschlimmste auszumalen, aber bis wir mehr wussten, würde ich beunruhigt bleiben. Ich war von Natur aus misstrauisch, und meiner Meinung nach waren die Dinge für mich und das Geschäft in letzter Zeit viel zu gut gelaufen. Hatte ich nicht gerade gesagt, dass es im Städtchen friedlich und ruhig war? Ich hätte wissen müssen, dass mich das Schicksal schon bald wieder einholen würde.

Mir war klar, dass ich eigentlich nach Abbey Glen zurückkehren sollte, um bei Grant und unseren Gästen zu sein, doch ich musste kurz weg, um wieder einen klaren Kopf zu bekommen. Ein Besuch auf dem samstäglichen Markt im Städtchen wäre eine Gelegenheit für eine schöne Pause. Liam liebte die Aufmerksamkeit und die Hundekuchen, die ihm die ortsansässigen Marktleute spendierten, und gegen eine Autofahrt hatte er sowieso nie was einzuwenden. Ich pfiff nach ihm, und schon kam er angerannt. Ich konnte die Tage, an denen ich Hope, meinen Mini Cooper, seit dem Kauf im vergangenen Jahr mit offenem Verdeck gefahren war, noch an einer Hand abzählen. Doch heute war das Wetter schön, und ich klappte das Verdeck zurück, sehr zu Liams Freude. Er mochte es, wenn ihm der Wind um die Nase wehte, während wir über die Straße flitzten. Und ich habe natürlich im Leben nur ein Ziel: meinen Hund glücklich zu machen.

Am Markttag ging es in Balfour immer sehr geschäftig zu. Wir mussten hinter der Kirche parken und über den Dorfanger zur High Street laufen, denn zwischen neun und drei Uhr waren samstags die beiden wichtigsten Häuserblocks für den Autoverkehr gesperrt, so dass dort eine Fußgängerzone entstand. Die Chocolate Bar trieb wie üblich schwunghaften Handel mit Kaffee, und Floss präsentierte auf einem Tisch vor dem Laden zusätzlich noch Gebäck, um die vorbeiflanierende Menge anzulocken. Frisches regionales Obst und Gemüse war zu kunstvoll arrangierten farbenfrohen Pyramiden aufgetürmt, und daneben wurden an den Marktständen Honig, Bienenwachskerzen, frisches Brot, verschiedene Marmeladen und Aufstriche feilgeboten. Gewöhnlich gab es auch eine Auswahl an selbstgemachten pflanzlichen Heilmitteln – Seife, Kräuterumschläge und auch Hautcremes –, aber diese Woche war davon nichts zu sehen. Insgesamt schienen weniger Anbieter als sonst auf dem Markt zu sein, was bei dem schönen Wetter ein wenig verwunderte.

Laura Goodwin winkte mir von der anderen Straßenseite aus zu. Laura war die Frau des Futtermittellieferanten vor Ort, und sie hatte in ihrem Garten hinter dem Haus Bienenstöcke, die wunderbaren Heidehonig lieferten.

»Hallo, Abi.«

»Morgen. Ziemlich ruhig heute« sagte ich und fischte einen Einkaufsbeutel aus meiner Jackentasche.

»Na ja, wir haben ja hohen Besuch, nicht wahr?«

Ich suchte mir drei Gläser Honig aus, ehe ich mich umwandte und ihrem Blick folgte. Die Landvermesser waren bei der Chocolate Bar und kauften Scones und Kaffee. Das erklärte die spärliche Besetzung des Markts. Die Leute aus dem Städtchen hielten sich bedeckt.

Ich schaute zu Laura zurück und bemerkte zum ersten Mal einen leuchtend orangefarbenen Aufkleber auf ihrer Preisliste, der in Fettdruck »+ MwSt« verkündete.

»Viele Leute haben sich entschieden, diese Woche nicht zu kommen, aber ich brauche das Geld.« Laura warf Liam einen Hundekeks zu, den er aufschnappte und hochzufrieden verzehrte. »Ich muss dir diesmal Mehrwertsteuer berechnen, um keine Aufmerksamkeit auf mich zu lenken.«

»Natürlich.« Ich hatte den wirtschaftlichen Aspekt des Dorfmarkts nie wirklich bedacht, aber es gab hier sicher einen Haufen örtliche Kleinunternehmer, die sich steuerfrei etwas dazuverdienten. Kein Wunder, dass der Wochenmarkt so beliebt war. Trotzdem konnte ich mir nicht vorstellen, dass hier so viel Geld umgesetzt wurde, dass sich für die Steuerfahndung eine Untersuchung lohnte. Vielleicht wollten sie nur Präsenz zeigen, um den Leuten Angst einzujagen. Wenn das so war, dann hatte es sichtlich funktioniert.

»Wer ist heute auf dem Beobachtungsposten?«, fragte ich.

»Frank. Er ist da drüben.« Laura deutete mit dem Kopf in seine Richtung.

Ich schaute hin, sah aber nichts. Vor dem Baumarkt DIY Necessities hatte man auf dem Gehweg eine Reihe prächtiger Büsche aufgestellt. So war die Eingangstür beinahe vollständig verborgen. Da blitzte etwas hinter dem Laub auf, und als ich näher hinsah, fiel mein Blick auf eine Gestalt in militärischer Tarnkleidung, die hinter dem Grünzug kauerte. Die Sonne spiegelte sich in den Linsen des Fernglases, das Frank auf die Landvermesser gerichtet hatte. Er hatte sich mit Begeisterung in seine Aufgabe gestürzt.

Liam und ich überquerten die Straße, um uns bei Floss einen Kaffee zu holen.

»Hab gehört, ihr hattet heute Morgen einen Unfall in Abbey Glen«, sagte die mit neugierig strahlenden Augen.

Floss war ein lebenswichtiges Rädchen im Tratschgetriebe des Städtchens, und sie war ganz Ohr. »Ja, das war sehr traurig«, räumte ich ein, »aber du weißt ja, wie trügerisch die Felsen beim Wasserfall sein können.«

»Wieso war er überhaupt da oben?« Floss beugte sich nah zu mir hin, hoffte wohl auf vertrauliche Informationen, aber ich hatte keine zu vergeben.

»Keine Ahnung.« Ich tat einen Schritt zur Seite, um noch Milch in meinen Kaffee zu geben und Platz für den nächsten Kunden zu machen.

»Kommt ihr alle morgen trotzdem her?«, fragte Floss und packte zwei Scones in eine Papiertüte.

Die Frage brachte mich ein wenig aus dem Tritt. »Ich denke schon, aber ich sage noch Bescheid.« Unsere Lage war nicht ganz einfach. Patrick hatte wahrscheinlich recht: Wir müssten nicht den gesamten Kurs ausfallen lassen, aber würden unsere Gäste es unter den gegebenen Umständen nicht ein bisschen geschmacklos finden, wenn wir die etwas frivole Abendveranstaltung mit Schokolade und Whisky weiterhin im Programm behielten? Schwer zu sagen, wie sehr sie der Tod eines Kurskollegen verstören mochte.

Ich schickte eine Textnachricht mit dieser Frage an Grant, während ich mir einen Weg durch die Menge bahnte, um ins Büro der Bennet-Logan-Erinnerungs-Stiftung zu gelangen. Vielleicht war es doch keine so gute Idee gewesen, auf den Markt zu gehen. Zu viele Fragen und zu bald. Ich zog mich in das Gebäude zurück, in dem die Stiftung untergebracht war.

»Da bist du ja. Komm rein und leg die Füße hoch«, sagte Trish, sobald ich zur Tür hereinspazierte. Sie schob mich zum Besprechungstisch in der Ecke. »Ich habe schon Tee gemacht.«

Ursprünglich hatte ich Trish Robinson, die Nichte von Floss, als Rezeptionistin eingestellt, doch sie hatte sich sehr zu ihrem Entzücken in der Zwischenzeit zur Assistentin, Social-Media-Expertin und gelegentlichen Spionin gemausert. Trish war eine extravagante junge Frau mit einer extrem ausgeprägten Persönlichkeit und glücklicherweise einem ebenso extrem ausgeprägten Herz. Normalerweise würde es ihr nicht im Traum einfallen, am Samstag im Büro aufzutauchen, doch sie und Sheila organisierten gerade eine Benefiz-Auktion für die Frauen vom Shepherd's Rest. Die Stiftung war gegründet worden, um wohltätige Organisationen zu unterstützen, die insbesondere die Lebensbedingungen von Frauen und Kindern verbessern wollten, und das Frauenhaus Shepherd's Rest war da ein idealer Kandidat. Ich hatte bei meiner Berichterstattung über die Nachwehen der Kriege und politischen Umstürze überall auf der Welt ungeheuer viel Leid gesehen, und damals hatte ich nur mit meinen Fotos Zeugnis von Schmerz und Ungerechtigkeit ablegen können. Doch mit dem Geld, das mir mein Onkel Ben zusätzlich zur Destillerie von Abbey Glen vermacht hatte, hatte ich nun endlich den Eindruck, tatsächlich helfen zu können. Mir ging es genau wie Liam mit seinen Schafen: Diese Stiftung vermittelte mir das Gefühl, dass ich endlich in meinem Leben einen höheren Sinn gefunden hatte.

Ich lehnte die angebotene Tasse Tee ab und setzte mich mit meinem Kaffee und dem Stapel Post hin, der auf mich wartete. Trish gesellte sich mit ihrem eigenen Henkelbecher zu mir an den Tisch, hoffte wohl, dass sie vor allen anderen die letzten Neuigkeiten erfahren würde. Sie konnte ja nicht wissen, dass ihre Tante Floss es auch schon bei mir versucht hatte.

»Stimmt es, dass er von ganz oben am Fels abgestürzt ist?«

»Nein, er scheint nur auf halber Höhe ins Fallen geraten zu sein.«

Trish schaute enttäuscht, hoffte eindeutig auf sensationellere Nachrichten. »Aber immerhin, schon wieder ein Toter in Abbey Glen. Da fragt man sich doch, ob seit Bens Tod ein Fluch auf dem Ort liegt.«

Typisch, dass Trish gleich ins Schwarze traf. »Sei nicht albern«, blaffte ich. »Ich habe dir doch gesagt, dass es ein bedauerlicher Unfall war.« Weniger als sechs Stunden, und schon war wieder das Wort Fluch in aller Munde. Zeit für einen Themenwechsel.

»Wenn du dich nützlich machen willst, schau mal nach, was du über Ethan Buchanan herausfinden kannst. Außer dass er Whisky mag. Grant und ich müssen heute Abend ein paar Worte sagen, wenn sich die Gruppe zum Abendessen trifft, und ich weiß leider nicht gerade viel über den Mann. Wir hatten uns ja eben erst kennengelernt.«

»Geht in Ordnung.« Trish machte sich mit knallgrüner Tinte eine Notiz auf dem Block, der neben ihr lag.

Trish war ein Ass in Sachen soziale Medien, und ihre Fertigkeiten waren schon früher sehr nützlich gewesen. Die Polizei konnte in ihren Akten nachschauen und die Nummernschilder von Autos verfolgen, aber Trish stieß oft sehr schnell zum Kern der Sache vor, indem sie in den Accounts der Leute in den sozialen Medien wühlte. Sie besaß großes Geschick darin, herauszufinden, was Leute in ihrem Privatleben anstellten. Dabei half ihr die Tatsache, dass heutzutage die meisten Menschen Exhibitionisten zu sein schienen, die ganz versessen darauf waren, jeden ihrer Atemzüge zu einem öffentlichen Ereignis zu machen.

Ich ging an meinen Computer und begann, die E-Mails zu durchforsten, die sich in den letzten paar Tagen angehäuft hatten. Darunter waren einige Spenden-Angebote für die Online-Auktion, die wir planten. Das Shepherd's Rest bestritt einen großen Teil der täglichen Ausgaben mit den Einkünften aus dem Wollgeschäft der Leiterin und dem Verkauf von handgestrickten Pullovern, brauchte jedoch einen stetigen Strom von Spenden für die Instandhaltung des Gebäudes und für Sonderausgaben. Als Mitglied im Stiftungsrat hatte ich eine Schwäche für das Shepherd's Rest, und Sheila hatte ihm viel zu verdanken, weil ihr das Frauenhaus durch eine der schwierigsten Zeiten ihres Lebens geholfen hatte.

Die Spenden umfassten ein breites Spektrum von wunderbar bis lächerlich: zwei Karten für das Pokalspiel im nächsten Monat, ein Paar Fasane, die hoffentlich frisch und legal geschossen worden waren, und eine Woche Urlaub im Wohnwagen in Aberystwyth, der jemandes Mutter gehörte und sich, wenn man nach der angehängten Broschüre ging, auf einem Campingplatz befand, an dem Kleidung optional war.

Wir arbeiteten eine Stunde lang schweigend vor uns hin. Schließlich schob Trish ihren Stuhl vom Bildschirm zurück und ging ein paar A4-Seiten holen, die der Drucker ausspuckte. Sie glaubte immer noch an Gedrucktes, und oft bekam ich Blätter überreicht, deren Ränder mit blumigen Kritzeleien überwuchert waren.

»Interessanter Typ, dieser Ethan Buchanan. Wusstest du, dass der berühmt war?«

Ich schaute sie besorgt an. »Wofür?« Trishs Vorstellung von Berühmtheit konnte auch bedeuten, dass er einmal in seinem Heimatort einen Wettbewerb im Pommes-Essen gewonnen hatte.

»Hat diesen feinen Finanzschnösel, diesen Richard Newton, verpfiffen. Hat ihn in den Knast gebracht.«

Beim Namen Richard Newton klingelte es in meinem Hirn. Der Mann hatte vor sechs Monaten vor Gericht gestanden, weil er mit einer Gaunerei Hunderte von Menschen, die in sein Unternehmen investiert hatten, um riesige Summen geprellt hatte. Das Urteil war kurz vor Ostern verkündet worden, und man hatte Newton zu fünfunddreißig Jahren Gefängnis verknackt. Newton Financial hatte man völlig zerschlagen, und ein großer Teil der Angestellten war entlassen worden.

»War Ethan in die Betrügereien verwickelt?«

Trish schaute auf ihre Notizen. »Das weiß ich nicht genau. Zumindest am Anfang haben alle ihn wie einen echten Helden behandelt, weil er sich zu Wort gemeldet hatte. Jede Menge unterstützende Nachrichten und so.«

»Und seither?«

»In letzter Zeit sind in den Boulevardblättern Berichte erschienen, in denen man die Frage stellte, wieso er so viel von den Machenschaften wusste, wenn er nicht selbst knietief in der Sache drinsteckte.«

»Haben das welche von den besseren Zeitungen aufgenommen?«

»Da hab ich nichts gesehen. Aber die Leute in den Internetforen fordern zuhauf, dass man auch ihn zur Rechenschaft ziehen sollte.«

Das überraschte mich nicht. Das Internet war leicht zu lenken, und die Herde ließ sich bei jedem Schwenk in die entsprechende Richtung bewegen, ganz gleich, ob etwas Wahres an den Geschichten dran war oder nicht. Anschuldigungen dieser Art hatten Ethan sicherlich bestürzt, wenn er wirklich nichts mit der Betrügerei zu tun hatte.

»Irgendwas Positives, das wir für einen Nachruf verwenden könnten?«

»Verheiratet, zwei Kinder. Ein paar wohltätige Aktivitäten. Viele Bilder von ihm und Familie auf schicken Urlauben – Karibik, Frankreich, Australien.«

Aber nie Aberystwyth, dachte ich.

»Hilft dir das?«, fragte Trish, »oder brauchst du mehr?«

»Das sollte Grant helfen, ein, zwei nette Worte zu sagen. Wir wissen, dass Ethan auch den Whisky geliebt hat. Das ist schon mal was.«

Trish schaute auf ihr Telefon und dann zu mir. »Es ist beinahe Zeit, dass ich meine Schicht antrete. Ich bin dann eine Weile weg. Sheila sollte um zwei herkommen, um dies und das für die Auktion zu machen, aber ich habe Frank gesagt, dass ich eine Stunde übernehmen kann, weil er im Laden was zu tun hat.«

Ich verkniff mir ein Lächeln. »Woher weißt du, wo unsere Landvermesser gerade sind?«

»Gruppenchat auf WhatsApp. Wir wissen immer ganz genau, wo sie sind.«

»Und wo sind sie gerade?«

»Sie sind über den Markt spaziert und haben sich die Leute angeschaut. Jetzt sind sie auf dem Weg in den Golden Stag zum Mittagessen. Ich geh auf ein schnelles Bier hin.« Trish lächelte. »Was ich nicht alles für mein Städtchen tue.«

»Mir kommt es vor, als hätten die Leute ein bisschen übertrieben reagiert.«

»Erzähl das mal den Älteren. Denen liegt das im Blut, die Regierung übers Ohr zu hauen und das System zu überlisten, um keine Steuern zu zahlen. Es ist eine Art Hobby, die haben alle ihre kleinen Nebengeschäftchen. Und so ein schlechtes Gewissen macht einen schon mal gern nervös.«

»Und deine Tante Floss? Hat die auch ein Nebengeschäftchen?«

»Besonders Tante Floss. Sie und Liz Larson treiben einen netten kleinen Handel mit Kräutern und Gewürzen.« Trish war schon auf dem Weg zur Tür. »Bin in einer Stunde oder so wieder da.«

Nachdem die Tür laut hinter ihr zugeschlagen war, genoss ich einen kurzen Augenblick die Ruhe und den Frieden, doch das Bild von Ethan Buchanan, wie er über die Felsen kraxelte und dann zu Tode stürzte, schlich sich immer wieder in meine Gedanken. Der arme Kerl. Feiert seinen Geburtstag auf einem Männerausflug, hat keine Sorgen auf der Welt, und im nächsten Moment ist er weg. Könnte es ihn so mitgenommen haben, dass die Presse ihre Meinung über ihn geändert hatte? War er deprimiert? Spielte vielleicht sogar mit dem Gedanken an Selbstmord? Schlimmer noch, war etwas dran an diesen Gerüchten? Hatte ihn nicht die Schönheit des Drumlinn als Wandergebiet angelockt, sondern war er dort hingegangen, um seinem Leben ein Ende zu setzen? Möglicherweise hatte Trish doch recht; vielleicht war die Atmosphäre rings um Abbey Glen wirklich vergiftet.

KAPITEL 7

Owen lehnte die vorgeschlagene Totenwache höflich, aber bestimmt ab. Er entschied sich, auf seinem Zimmer zu bleiben und sich am Abend das Essen auf einem Tablett hochbringen zu lassen. Ich konnte es ihm nicht verdenken, doch wir anderen waren nun ein wenig ratlos. Wir aßen in gedrückter Stimmung im Stag Inn. Sogar Tante Elena gesellte sich zu uns. Ich hatte den Eindruck, dass ihr Neffe darauf bestanden hatte, und sie hielt angesichts der düsteren Stimmung ihre Zunge im Zaum: keinerlei Kritik am Essen und der Umgebung. Sie hatte einen hartnäckigen trockenen Husten und sah ein wenig blass aus. Vielleicht hatte sie am Vorabend tatsächlich nicht gelogen, als sie behauptete, sich krank zu fühlen.

Sie saß mit einem Glas Wein in der Ecke, obwohl alle anderen Whisky tranken. Sie war völlig übertrieben gekleidet mit ihrem Jumpsuit aus weißer Seide, der nur wenigen Frauen so gut gestanden hätte. Der Schnitt hätte jedes Gramm überflüssiges Fett betont, doch sie schaffte es, sogar im Sitzen gertenschlank auszusehen. Sie war eine von diesen Frauen, die eine Art menschlicher Kleiderbügel aus Haut und Knochen waren, wie alle Designer sie am liebsten ausstatteten. Als Gastgeberin dieser Versammlung fühlte ich mich bemüßigt, auch mit ihr zu reden. Liam folgte mir zu ihr hinüber und nieste heftig, wohl wegen des überwältigenden Dufts, der sie umschwebte. Er machte sofort kehrt und setzte sich neben Hunter. Selbst in dieser Entfernung sah ich seine Nase noch unter der abscheulichen Geruchsattacke ihres Parfüms zucken.

»Hatten Sie einen schönen Tag, Señora Serrano?«

»Nicht besonders, aber Sie dürfen mich Elena nennen«, erwiderte sie. »Ich nehme an, in diesem Städtchen gibt es wohl kein Nagelstudio?« Sie hielt mir zwei Nägel ihrer rechten Hand hin, an denen Lack abgeplatzt war. Ich konnte mir gut vorstellen, dass dergleichen im Hause Serrano nicht lange toleriert wurde.

»Leider nicht. Allerdings hat meine Assistentin eine Ausbildung als Kosmetikerin. Ich denke, sie könnte Ihnen helfen, wenn Sie möchten.« Wenn ich bedachte, wie viel Zeit und Energie Trish auf ihre Nägel verwendete, dann musste Elenas abgeplatzter Lack für sie ein Klacks sein.

»Willkommen am Ende der Welt«, murmelte Elena.

»Ich habe gehört, Sie haben heute einen Ausflug mit dem Auto unternommen«, sagte ich, weil ich unbedingt herausfinden wollte, wie die Frau ihre Zeit verbrachte. »Hat es Ihnen gefallen?«

Elena zuckte mit den Schultern. »Wenn man einen Berg gesehen hat, kennt man alle. Ich begreife ehrlich gesagt nicht, was daran so toll sein soll.« Sie lehnte sich auf ihrem Stuhl zurück, legte den Kopf in den Nacken und schaute mich an ihrer langen Nase entlang von oben herab an. »Ich kann mir beim besten Willen nicht vorstellen, hier ständig zu leben. Raoul hat mir erzählt, dass Sie mal einen richtigen Beruf hatten, ein richtiges Leben. Wie halten Sie es bloß hier aus?«

»Manche von uns finden, dass das hier das richtige Leben ist«, erwiderte ich. »In vielerlei Hinsicht ist der Wahnsinn da draußen nichts als eine Illusion, die von zu viel hektischer Aktivität heraufbeschworen wird.« Diese Perle der Weisheit war mir in letzter Zeit gekommen, und ich stellte fest, dass ich die Erkenntnis vielleicht etwas öfter mit anderen teilte, als ich sollte. Ich hatte das Gefühl, dass ich bei Elena damit auf taube Ohren stoßen würde. Sie erschien auf meinem Radar laut und deutlich als *abgestumpft*, *verkrampft* und *oberflächlich*.

»Na ja, jedem das Seine, denke ich mal.« Elena trank den restlichen Wein in ihrem Glas, stand auf und wollte das Zimmer verlassen. Doch Grant war gerade nach vorn gegangen, und sie musste wohl oder übel noch bleiben. Elena schien ein wenig unsicher auf den Beinen zu sein. Hatte sie schon etwas getrunken, ehe sie nach unten kam und sich zur Gruppe gesellte? Sie ließ sich schwer wieder auf ihren Stuhl fallen. Jedenfalls so schwer, wie das ein menschlicher Kleiderbügel konnte.

»Ich möchte die Gelegenheit nutzen und mein Glas auf Ethan Buchanan erheben. Leider konnten die meisten von uns ihn nicht richtig kennenlernen, doch eines wissen wir: dass er unser aller Leidenschaft für Whisky teilte. Dass er wie wir eine begeisterte Neugier auf neue Erfahrungen besaß, großen Respekt vor der Kunst des Destillierens und eine ebenso große Lernbereitschaft hatte. Ethan war auch ein Ehrenmann, der sich für andere einsetzte, selbst wenn dabei sein eigener Ruf auf dem Spiel stand. Er hinterlässt seine Ehefrau und zwei kleine Kinder, die ihn betrauern.« Grant deutete mit seinem Glas auf Raoul und Elena und dann auf mich. »Viele von uns hier wissen aus eigener Erfahrung in jüngster Zeit, wie schwer es ist, einen geliebten Menschen vor der Zeit zu verlieren. Aber wir wissen auch, dass diese Menschen in Gedanken immer bei uns bleiben. Im Vertrauen darauf bitte ich Sie, Ihr Glas auf Ethan Buchanan zu erheben. Möge er in Frieden ruhen.«

Elena reckte ohne große Begeisterung ihr leeres Glas in die Höhe, ehe sie es wieder an die Tischkante stellte und sich in Richtung Treppe bewegte. Sie war wirklich eine missmutige Person. Warum hatte sie sich überhaupt die Mühe gemacht, zu uns nach Balfour zu kommen? Sie hätte doch in Glasgow oder London auf Raoul warten können. Sich ein paar Tage Wellness gönnen oder nach Herzenslust einkaufen können.

Niemanden sonst schien ihr Weggang zu kümmern, am wenigsten ihren Neffen. Die Atmosphäre war ein wenig trübselig, doch Gordon und Patrick retteten die Stimmung. Sie gaben an der Bar eine Runde aus, und die Gruppe begann sich zu entspannen. Schottische Beerdigungen waren kaum je feierlich-düstere Angelegenheiten. In echter gälischer Tradition waren sie eher eine Feier des Lebens, und schon bald tranken alle auf die Rolle, die Ethan dabei gespielt hatte, Richard Newton zur Rechenschaft zu ziehen.

Es dauerte nicht lange, und Patrick hatte die gesamte Runde dazu gebracht, ihre Lieblingsgeschichten über Whisky zu erzählen. Ich berichtete davon, dass Abbey Glen im Frühjahr bei einem Branchentreffen drei Preise gewonnen hatte. Patrick hatte natürlich ein paar unglaubliche Storys aus seiner Zeit als Londoner Journalist beizutragen. Die versammelte Mannschaft bog sich vor Lachen über eine Geschichte, die einen Rechtsanwalt, eine unfassbare Menge Whisky und ein gestohlenes Schwein betraf. Doch das Lachen versiegte, sobald Bill Rothes den Pub betrat. Es war zwar keine Überraschung, ihn nach der Arbeit auf ein

Bier im Golden Stag anzutreffen, wohl aber überraschte alle, dass er mit seinem Kollegen, dem Police Constable in Teilzeit namens Calum Williams in voller Uniform, hier erschien.

Er musterte die gesamte Gruppe, ehe er auf Grant zusteuerte.

»Wo ist Owen Buchanan?«

»Er ist heute Abend nicht nach unten gekommen. Ihm war nicht nach Gesellschaft zumute.«

»In welchem Zimmer ist er?«

Siobhán tauchte hinter der Bar auf und wischte sich die Hände an einem Handtuch ab. »Was ist los, Bill?«

»Tut mir leid, Siobhán, ich muss mit Owen Buchanan reden.«

»Zimmer drei, erster Stock.« Sie deutete mit dem Kopf in Richtung des Flurs rechts von der Bar.

Bill ging hinauf und kehrte schon bald mit Owen zurück, steuerte ihn zielsicher durch die Menge, dicht gefolgt von PC Williams.

Grant und ich gingen ihnen hinterher nach draußen.

Williams schob gerade Owen ins Auto, und Grant zog Bill zur Seite. »Was ist los?«

»Owen hat uns belogen, und wir müssen noch einmal mit ihm reden.«

»Sie können doch den Bericht des Gerichtsmediziners unmöglich schon haben«, sagte ich. »Es sei denn, Arya hat ein echtes Wunder vollbracht.«

»Nein, den Bericht haben wir noch nicht, aber Arya hat es geschafft, dass die Gerichtsmedizin seinen eigenen Anfangsverdacht bestätigt hat – die Todesursache war Ertrinken.«

KAPITEL 8

Bill war rasch verschwunden, ehe wir ihm weitere Fragen stellen konnten. Grant und ich schauten einander fassungslos an. Ich deutete auf die Tür hinter uns. »Ich denke, wir sollten wieder reingehen.«

Grant legte mir einen Arm um die Schulter und führte mich weiter vom Stag Inn fort. »Ich glaube, die können allein weitermachen. Die haben dann wahrscheinlich nur Fragen, die wir nicht beantworten können oder wollen.«

Keiner von uns war mehr in der Lage, Auto zu fahren, also machten wir uns zu Fuß auf den Weg nach The Haven. Gordon und Patrick wussten es noch nicht, aber heute Nacht würden sie das Haus mit uns teilen müssen.

»Wie soll das gehen?«, stammelte ich. »Ich begreife es einfach nicht.«

»Die einzige logische Erklärung ist, dass Ethans Leiche irgendwie von dem Ort, wo er gestorben ist, zum Wasserfall gebracht wurde«, sinnierte Grant.

Ich hakte einen Finger in seine Gürtelschlaufe und fiel neben ihm in Gleichschritt. »Meinst du, er könnte vielleicht in dem Teich unten am Wasserfall ertrunken sein?«

»Tief genug ist das Wasser da«, räumte Grant ein, »aber warum dann die Leiche nach oben zerren?«

»Um zu vertuschen, wie er wirklich gestorben ist – um einen Mord zu vertuschen?«

»Ich hatte gehofft, dass es nicht darauf hinauslaufen

würde.« Ich schaute auf und konnte sogar in der Dunkelheit sehen, dass Grants Gesicht aschfahl war. »Wir hatten im letzten Jahr wirklich mehr als genug Morde.«

Ich war dankbar, dass er nicht »seit du hier angekommen bist« hinzufügte. Wir gingen schweigend weiter, mussten beide erst noch die jüngsten Entwicklungen verarbeiten.

»Bill glaubt anscheinend, dass Owen mehr weiß, als er gesagt hat«, vermutete ich schließlich.

»Die Familie gerät immer zuerst in Verdacht«, merkte Grant an, »und man muss ja zugeben, dass Ethan hier sonst niemanden kannte. Wenn man jemanden sucht, der ein Motiv hat, dann ist es sinnvoll, bei Owen anzufangen.«

Ich blieb stehen, als wir den Hof von Abbey Glen erreicht hatten. »Zugegeben, aber wie um alles auf der Welt sind die beiden mitten in der Nacht auf dem Drumlinn gelandet?« Ich blickte an der Felswand hoch, die sich hinter dem Destillierhaus erhob. Es war schon unter optimalen Bedingungen ein steiler, anstrengender Anstieg, ganz sicherlich kein Weg, den ich eine Leiche hochschleppen wollte. »Wenn Ethan unten am Berg ertrunken ist, wäre es doch Wahnsinn, ihn auch noch wegzutragen. Owen hätte ausrutschen und hinfallen können, und dann wären sie beide tot gewesen.«

»Es ist mir rätselhaft«, stimmte mir Grant zu. Ich kuschelte mich enger an ihn, und wir legten einen Schritt zu, weil uns die Nachtkälte in die Knochen kroch. Als wir in The Haven angekommen waren, nahm ich den Reserveschlüssel oben vom Türrahmen. Wir gingen in die Küche und stellten Wasser auf. Wir brauchten jetzt etwas Warmes, um wieder einen klaren Kopf zu bekommen, obwohl uns eigentlich Bills Neuigkeiten schon ziemlich ernüchtert hatten. Von Anfang an hatte ich ein schlechtes Gefühl bei dieser Sache gehabt. Ich hatte keine Ahnung, warum das so war. Normalerweise kamen mir solche intuitiven mentalen Schnappschüsse nur bei Menschen, nicht bei Situationen, aber in diesem Fall konnte ich mich des Gedankens nicht erwehren. Irgendetwas war an der Szene, die sich heute Morgen am Fuß des Berges vor uns abgespielt hatte, ganz entschieden nicht in Ordnung.

Während ich die Becher zurechtstellte, kam Liam durch die Haustür getrottet, Patrick und Gordon im Schlepp. Zu meiner Schande musste ich gestehen, dass ich bei all der Aufregung mein pelziges Hundekind völlig vergessen hatte. Ich nahm zwei weitere Henkelbecher aus meiner stetig wachsenden Sammlung von Rory-Hendriks-Keramik herunter und warf noch ein paar zusätzliche Teebeutel in die Kanne.

»Ihr habt euch ja geschickt verdünnisiert«, sagte Patrick. »Was ist denn mit euch beiden passiert?« Er legte meine Handtasche zusammen mit Liams Leine auf den Tisch. Beides hatte ich bei meinem hastigen Abgang zurückgelassen.

»Tut mir leid. Wir sind beide völlig fertig, und wir hatten zu viel getrunken.«

Patrick wirkte nicht gerade überzeugt. »Was ist mit Owen?«

»Bill muss ihm einfach noch ein paar Fragen zu gestern Abend stellen. Ich glaube, sie haben nach wie vor Mühe, den Todeszeitpunkt festzulegen.«

»Und das hatte nicht Zeit bis morgen früh?«

Patrick war einfach zu schlau. Er wusste auch, dass hier was faul war.

Ich zuckte die Achseln. »Sie wollten vielleicht fragen, solange Owen die Dinge noch frisch im Gedächtnis hatte.«

Patrick neigte den Kopf zur Seite und schaute zu, wie ich kochendes Wasser in die Kanne goss. »Ich denke eigentlich nicht, dass er das, was heute passiert ist, so leicht vergessen wird.« Als weder ich noch Grant antwortete, lehnte sich Patrick auf seinem Stuhl am Küchentisch zurück und legte mit seiner eigenen Analyse los. »Die Leiche wurde gleich heute früh gefunden. Bei einer Wanderung abgestürzt, sagt Owen. Wenn es jetzt Fragen zum Todeszeitpunkt gibt, glaubt Bill folglich, dass der Unfall früher passiert ist. Das würde bedeuten, mitten in der Nacht, irgendwann nachdem Owen gestern gegen Mitternacht zu Bett gegangen ist und bevor wir heute mit der Morgenlektion angefangen haben.«

»Aye, vermutlich.« Grant gab sich alle Mühe, so gleichgültig wie möglich zu wirken.

Patrick versuchte, einen Blick in meine Augen zu erhaschen, als ich Milch und Zucker auf den Tisch stellte. »Also möchte Bill wahrscheinlich wissen, was Owen über die mitternächtlichen Wanderungen seines Bruders *nicht* erzählt hat. Hat er ihn deswegen so rasch rausgeführt?«

Gordon rutschte auf dem Stuhl nach vorn und schaute neugierig. »Ihr meint, es könnte sein, dass Owen gelogen hat? Warum sollte er lügen?«

Patrick warf ihm einen scharfen Blick zu.

»Oh.« Gordon hatte rasch begriffen.

Wir verfielen ins Schweigen. Ich hatte nicht das Gefühl, dass ich Bills Erkenntnisse über die Todesursache zu diesem Zeitpunkt weiterverbreiten sollte, und ohne diese Information waren Spekulationen ziemlich sinnlos.

Gordon erhob sich, ging zum Küchentresen und kam mit einer Keksdose zurück. »Selbstgemachte Ingwerkekse. Morgen sind sie schon zu trocken«, sagte er geistesabwesend. »Ich kann mir nicht vorstellen, dass Owen seinem Bruder etwas antun wollte. Sie schienen sich doch sehr nahzustehen.«

»Hattest du gestern während des Kurses Gelegenheit, mit einem von ihnen zu reden?«, fragte ich.

Gordon kaute auf einem Keks herum und überlegte. »Ethan war auf dem Rundgang durch Abbey Glen immer ein bisschen hinter uns anderen. Irgendwas schien ihn zu beschäftigen. Owen hat ihn irgendwann mal weiter nach vorn geschubst. Er wollte wohl versuchen, ihn mehr am Geschehen zu beteiligen.«

»Beim Mittagessen hat er ein paar Whiskys getrunken und schien sich dann zu entspannen«, bestätigte Patrick. »Am Nachmittag hat er später sogar ein paar Fragen gestellt.«

»Ich fand ja, dass er für jemanden, der mit seinem Bruder ein Wochenende Party macht, ziemlich trübselig wirkte«, wandte ich ein. »Was ist mit gestern Abend? Hat da jemand im Pub mit ihm geredet?«

»Ich habe ein paar Worte mit ihm gewechselt«, sagte Gordon. »Ich meine, ich habe versucht, mit allen zu reden. Ich habe ihn gefragt, was er beruflich macht. Er hat was von Finanzen gemurmelt, glaube ich, aber er schien gar nicht scharf darauf, sich näher drüber auszulassen. Das ergibt jetzt natürlich Sinn. Dann haben wir angefangen, übers La Mer zu sprechen, und das war's dann.« Gordon griff nach einem weiteren Keks. »Hilft euch wohl leider nicht sehr viel weiter.«

»Hat jemand mit Owen geredet? Schien es dem gut zu gehen?«

»Er war der wesentlich Lebhaftere von den beiden«, meinte Patrick. »Schien sich gut zu amüsieren.«

»Er hat eindeutig Spaß gehabt«, bestätigte Grant. »Hat alles probiert, was Cam anzubieten hatte, hat sich die technischen Erläuterungen angehört, die Phil und Reg ins Gespräch geworfen haben.«

»War das, bevor sein Bruder nach oben ins Bett ging oder danach?«

»Wieso?«

»Ich möchte einfach wissen, ob Owen lebhafter wurde, sobald sein Bruder nicht mehr da war.«

Patrick nickte zustimmend. »Das war so, aber er hatte zu dem Zeitpunkt auch ordentlich Whisky konsumiert. Also gibt es vielleicht keinen direkten Kausalzusammenhang.«

»Genug Whisky, um einen Streit zwischen Zimmergenossen auszulösen?«, fragte ich mich laut.

»Alles ist möglich«, meinte Grant. »Aber heute Abend finden wir keine Antworten mehr. Kommt, gehen wir schlafen. Wir müssen morgen topfit sein.«

Ich wusste, dass Grant weiteren Diskussionen aus dem Weg zu gehen versuchte, und war froh über das Zeichen zum Aufbruch. Wir machten uns auf nach oben ins Bett und ließen Patrick und Gordon zurück, die noch in der Küche redeten.

»Ich hielt es nicht für klug, vor unseren Hausgästen mehr zu sagen«, meinte Grant leise.

»Da hast du recht. Es hat ja nicht nur Patrick zugehört. Außerdem war gar nicht so viel mehr zu reden. Mit Gewissheit können wir nur sagen, dass Ethan Buchanan, als er gestern Nacht in die Berge gegangen ist, nicht allein war. Falls Bill Owen dazu bringen kann, ihm zu gestehen, dass er dabei war, könnte man so vielleicht herausfinden, was geschehen ist.«

KAPITEL 9

Nach einem weiteren trägen Morgen machte ich mich auf den Weg zum Büro der Stiftung. Dank Gordon ließen sich die Jungs in The Haven ein üppiges in der Pfanne gebrutzeltes Frühstück schmecken. Liam, der alte Bettelbruder, weigerte sich, außer Reichweite der Würstchen zu gehen. Ich fuhr also allein ins Städtchen, parkte dort und sah, dass die Landvermesser gerade in ihrem Wagen fortfuhren, in gehörigem Abstand von Kim aus dem Buchladen verfolgt. Wahrscheinlich machten sie nur einen kleinen Sonntagsausflug, doch wenn sie eine Freveltat planten, würden sie ihr blaues Wunder erleben.

Die Tür zum Büro der Stiftung wurde mit einem Stein offen gehalten, damit etwas frische Luft in die Räume kam. Trish saß an ihrem Schreibtisch und trank ihren Tee aus einer viel zu großen Teletubby-Tasse. Für die frühe Stunde an einem Sonntagmorgen wirkte sie ärgerniserregend wach und energiegeladen. Ihr feines blondes Haar war zu einem Pferdeschwanz zurückgebunden, und die Spitzen, die sie frisch in einem Lavendelton gefärbt hatte, waren perfekt auf ihren Pullover abgestimmt.

»Was bringt dich denn heute hierher?«, fragte ich. Mein Kontingent für Überstunden würde diese Woche stark beansprucht werden.

»Es war eine gute Entschuldigung, um nicht in die Kirche gehen zu müssen, aber hauptsächlich will ich noch der Auktionsseite den letzten Schliff verpassen. Komm und sieh sie dir mal an.«

Die Webseite war bunt, attraktiv und leicht zu navigieren, und es war dort bereits eine ziemlich lange Liste von Gegenständen für die Auktion zu finden.

»Gut gemacht.«

»Was ist mit deinem Freund Rory?«

»Tut mir leid, es war viel zu tun. Es hat sich noch keine Gelegenheit ergeben, zu ihm hochzufahren.« Ich hatte ein schlechtes Gewissen, weil Trish mir nun schon seit einer Woche damit in den Ohren lag, dass ich die einzige Berühmtheit am Ort wegen einer Spende kontaktieren sollte.

»Tick-tack«, sagte Trish mit einem Stirnrunzeln. »Die Auktion fängt in etwas mehr als einer Woche an, und wir wollen ein paar wirklich teure Sachen für die Werbung haben, wenn wir die Broschüren versenden. Was richtig Tolles und Auffälliges.«

»Auffälliger als eine Woche auf einem walisischen FKK-Campingplatz?«

Trish drehte die Augen zur Decke. »Na gut, dann eben reizvoller.«

»Kapiert. Ich fahre gleich heute bei Rory vorbei. Versprochen.«

Neben Trish klingelte das Telefon, und sie meldete sich mit ihrem professionellsten Tonfall: »Bennet-Logan-Erinnerungs-Stiftung. Was kann ich für Sie tun?« Sie zwinkerte mir zu und richtete sich auf ihrem Stuhl auf. »Sie steht hier neben mir.« Ich streckte die Hand nach dem Telefon aus, aber Trish gab es mir nicht weiter. »Gut, ich sage es ihr.« Sie legte auf und sagte: »Bill möchte, dass du auf dem Revier vorbeikommst. Worum es da wohl geht?«

Diese Frage überging ich. »Jetzt gleich?«

»Klang mir ganz so, als meinte er sofort.«

»Dann mache ich mich besser auf den Weg.«

Die einzige Arrestzelle im Polizeigefängnis von Balfour war komfortabel, jedenfalls für eine Zelle. Eine richtige Matratze, ein kleiner Tisch, an dem man essen konnte, und Zugang zu anständigen Sanitäreinrichtungen. Trotzdem saß Owen trübselig und in Gedanken versunken in einer Ecke und starrte an die Decke. Laut seiner Kursanmeldung war er Ende vierzig, doch im Dämmerlicht der Zelle wirkte er um Jahre älter. Seine Augen waren blutunterlaufen und geschwollen, und die grauen Strähnen in seinem langen braunen Haar schienen über Nacht mehr geworden zu sein.

Aus nicht ganz ersichtlichen Gründen hatte Owen Bill mitgeteilt, er würde nur mit mir reden. Bill erklärte, dass er den ganzen Morgen versucht hatte, ihn umzustimmen, aber Owen war eisern geblieben.

Bill zögerte, als er mich in die Zelle einließ. »Passt das für Sie?«

»Ich komme schon klar«, antwortete ich.

»Wenn Sie sicher sind. William ist gleich hier, wenn Sie ihn brauchen.« Und schon war die Tür zu. Bill schloss hinter mir ab und ließ uns beide allein.

Owen schaute nicht zu mir, als ich vor ihm stand. »Sie wollten mich sehen?«, sprach ich ihn an.

»Meinen Sie, dass die Polizei aufzeichnet, was wir hier sagen?«, murmelte er leise.

»Selbst wenn, dann könnten sie es bei Gericht nicht verwenden.« Jura war nicht meine starke Seite, aber ich war schließlich Journalistin und wusste zumindest so viel.

Er richtete sich auf und schaute mir endlich in die Augen. »Die Polizei glaubt, dass ich meinen Bruder ermordet habe.«

Wir redeten also nicht um den heißen Brei herum, schien mir. »Und? Haben Sie es getan?«

»Nein.«

Keine weitere Aussage, ein schlichtes Nein. »Die Polizei muss einen Grund zu der Annahme haben, dass Sie in seinen Tod verwickelt sind«, sagte ich. »Können Sie mir erzählen, was geschehen ist?«

»Helfen *Sie* mir, meine Unschuld zu beweisen?«, konterte er.

Ich hatte das Gefühl, als drehten wir uns im Kreis. »Das fällt eigentlich nicht in mein Ressort.«

»Aber Sie haben das doch schon mal gemacht. Ich bin zwar erst kurze Zeit hier, habe jedoch schon Geschichten darüber gehört. Die Leute vertrauen auf Ihre Fähigkeiten.«

»Ich bin keine Anwältin, auch kein Priester. Ich bin nicht dazu verpflichtet, Ihre Geheimnisse zu wahren. Wenn Sie mir etwas erzählen, könnten Sie es genauso gut gleich Rothes erzählen«, erklärte ich ihm.

»Rothes ist bereits von meiner Schuld überzeugt«, antwortete Owen. »Nichts, was ich sage, kann ihn umstimmen. Ich hoffe, dass Sie unvoreingenommener sind. Dass Sie mir vielleicht glauben.« Owen ließ die Schultern hängen. »Oder mich zumindest anhören.«

Ich war mir nicht sicher, wie ich reagieren sollte. Ja, ich hatte im letzten Jahr ein paar Leuten aus schwierigen Situationen geholfen. Die Fähigkeiten, die mich zu einer guten Fotografin machten, hatten mich auch zu einer guten Beobachterin gemacht – zu einer leidenschaftlichen Sammlerin von Situationen, Stimmungen und Persönlichkeiten. Dass ich so scharf beobachten konnte, hatte mir bei meinen Ermittlungen geholfen, aber ein Profi war ich deswegen noch lange nicht.

»Ich komme mir so unendlich dämlich vor«, schnaufte Owen in das Schweigen. »Ich habe gedacht, diese Reise würde Ethan guttun, nicht ihn in den Abgrund reißen. Bitte, Abi, ich brauche Ihre Hilfe.«

»Gut.« Auch wenn ich es besser wusste, war ich wohl wieder einmal drauf und dran, mich kopfüber in die Lebenskrise eines anderen Menschen zu stürzen, doch mein Bauchgefühl sagte mir, dass Owen aufrichtig war. »Fangen wir mal ganz von vorn an. Sagen Sie mir, was geschehen ist, nachdem Sie uns gestern Abend in der Bar verlassen haben.«

Owen stand auf und begann vor seinem Stockbett auf und ab zu gehen. »Ich bin nach oben gegangen und habe erwartet, Ethan im Tiefschlaf vorzufinden, aber er lag nicht mal im Bett.«

»Er war fortgegangen?«

»Nein.« Er machte eine Pause und holte tief Luft. »Im Badezimmer war Licht. Ich habe nach ihm gerufen, und als ich keine Antwort bekam, bin ich reingegangen. Ich dachte mir, dass er vielleicht seine Ohrhörer drin hatte. Er war in der Wanne.« Owen hielt inne. »Ich sehe seine Augen noch immer vor mir, wie sie mich unter dem Wasser anstarren. Es war einfach furchtbar.«

»Ertrunken«, murmelte ich.

Owen nickte. »Ich wusste, dass er in letzter Zeit sehr verstört war, aber ich hatte doch keine Ahnung, dass er mit dem Gedanken spielte, sich das Leben zu nehmen.«

»Sie glauben, es war Selbstmord?«

»Ich bin mir sicher«, beharrte Owen. »Als ich wieder ins Schlafzimmer ging, habe ich auf seinem Kopfkissen einen Abschiedsbrief gefunden.«

»Haben Sie Rothes diesen Brief gezeigt?«

»Nein, ich habe ihn versteckt.«

»Sie müssen ihm den zeigen.« Ich konnte mich des Gedankens nicht erwehren, dass Owen ein bisschen dumm war.

»Das kann ich nicht.« Owen blieb stehen und wandte sich mir zu. »Er ist verschwunden.«

»Wie meinen Sie das, er ist verschwunden?« Ich konnte meine Ungeduld nur mit Mühe verbergen.

»Ich wusste nicht, was ich damit machen sollte. Schließlich habe ich ihn in die Schublade meines Nachttischs gelegt, ehe ich zum Frühstück runtergegangen bin. Als ich dann am Mittag zurückgekommen bin, war er weg.«

Unwahrscheinlich und äußerst verdächtig. Ich begriff, warum er davon ausging, dass Bill skeptisch sein würde. »Warum haben Sie nicht einfach die Polizei gerufen, als Sie Ihren Bruder gefunden hatten?« Owen würde sich gewaltig anstrengen müssen, um mir eine so zweifelhafte Geschichte glaubhaft zu machen.

Er setzte sich wieder auf sein Bett und sprach nun viel leiser, so dass ich mich nah zu ihm beugen musste, um ihn überhaupt zu hören.

»Ethans Familie hat in letzter Zeit so viel durchmachen müssen. Da konnte ich ihnen nicht auch noch das antun. Keine Lebensversicherung zahlt nach einem Selbstmord einen Penny.«

Da hatte Owen recht. »Sind Sie sicher, dass er überhaupt eine hatte?«

»Natürlich hatte er eine«, schnaubte Owen. »Er ist der Verantwortungsvollere von uns beiden. Er ist Börsenmakler, ein Finanzgenie. Es war sein Job, sich um solche Sachen zu kümmern, und er hätte Vicky und die Kinder niemals hängen lassen.«

»Wenn das stimmt, dann hätte er doch sicher gewusst, dass er besser keinen Selbstmord begeht, wenn er wollte, dass die Versicherung zahlt.«

Ich sah Wut in Owens Augen aufblitzen. »Ich bin nicht sicher, ob das der erste Gedanke ist, wenn man so fertig mit allem ist, dass man Selbstmord begehen will.« Er erhob sich und schritt erneut auf und ab.

Owens Argument schien mir plausibel, aber damit blieben trotzdem jede Menge logische Fragen unbeantwortet. Ich fing an mit: »Und wie ist er von der Badewanne im Gasthaus auf die Felsen beim Wasserfall gekommen?«

Owen verzog das Gesicht. »Ich war in heller Panik – betrunken und total erschüttert von dem, was Ethan getan hatte. Ich habe ihn aus der Wanne gezerrt und in ein Handtuch gewickelt. Dann habe ich versucht nachzudenken. Es hing ja jetzt alles an mir. Schließlich ist mir nichts Besseres eingefallen, als ihn anzuziehen, als wäre er wandern gegangen, und ihn zur Destillerie rauszufahren. Es hat geregnet. Da dachte ich, es würde nicht weiter auffallen, dass er nass war.«

»Sie haben ihn allein aus dem Gasthaus getragen?« Die Sache hörte sich allmählich an wie *Immer Ärger mit Bernie*.

»Nein. Ich habe ihn in eine Decke eingeschnürt und aus dem Fenster runtergelassen.« Owen schauderte unwillkürlich. »Dann bin ich zur Hintertür aus dem Gasthaus und auf den Parkplatz geschlichen und habe ihn ins Auto geladen.

Ich hatte furchtbare Angst, dass mich jemand sehen würde. Ich meine, wie zum Teufel hätte ich das erklären können?«

Die Angst in seinen Augen wirkte aufrichtig, und gegen meinen Willen wurde ich von der Geschichte gefesselt.

»Ich bin so gegen fünf in Abbey Glen angekommen. Da war niemand. Ich habe unten am Berg geparkt und bin so weit hochgeklettert, wie ich es mit Ethan über der Schulter schaffen konnte. Das war brutal anstrengend. Ich habe beinahe eine halbe Stunde gebraucht und bin auch nur zwei Drittel der Strecke hochgekommen, ehe ich selbst gestürzt bin und die Leiche fallen lassen musste.« Owen unterbrach sich, presste eine Hand vor den Mund, als wolle er die grausigen Worte aufhalten, die nun hervorsprudelten. »Ethan ist ein Stück weiter runtergerollt. Ich habe gehofft, dass man glauben würde, er sei beim Wandern ausgerutscht und abgestürzt.« Nun flossen ihm die Tränen über die Wangen. »Ich nehme an, das habe ich nicht gut durchdacht.«

Ich musterte schweigend den Mann vor mir. Er war töricht und völlig überfordert, das ja, aber war er ein kalter, berechnender Killer? Das konnte ich nicht glauben. Er hatte einen blödsinnigen Fehler gemacht, aber mir bot sich eher das Bild eines Opfers, nicht das eines Täters. »Es würde helfen, wenn Sie den Abschiedsbrief noch hätten«, sagte ich schließlich. »Können Sie sich erinnern, was drin stand?«

Owen holte bebend Luft. »Das werde ich nie vergessen. Da stand: ›Ich wusste es die ganze Zeit, und ich kann nicht mehr.‹«

»Was wusste er?«

Owen presste die Lippen zusammen und starrte auf den Betonboden. Als er endlich wieder zu mir aufschaute, wischte er sich die Augen mit dem Ärmel und fuhr fort:

»Ich bin wahrhaftig nicht stolz darauf, aber Vicky und ich hatten ein Verhältnis, allerdings nur kurz. Sehr kurz.«

»Sie hatten eine Affäre mit der Frau Ihres Bruders?« Das war eine unerwartete Wendung, und es bedeutete, dass Owen durchaus ein Motiv hatte.

»Ich weiß, ich weiß, es war schrecklich, aber Sie müssen wissen, dass Ethan nie zu Hause war. Er arbeitete in einem sehr stressigen Job bei einer Börsenmaklerfirma in Edinburgh. Vicky hatte das Gefühl, dass er mit dem Job verheiratet war, nicht mit ihr. Sie war mit den Kindern immer allein, und ich wollte nur aushelfen. Wir haben das nicht geplant, es ist einfach passiert.« Er schaute mich flehend an, bettelte um Verständnis. »Vicky hatte solche Gewissensbisse, und wir haben die Sache rasch beendet.«

»Wusste Ethan davon?«

»Ich dachte eigentlich nicht, aber jetzt, nachdem ich den Brief gesehen habe, glaube ich, dass er es irgendwie rausbekommen hat. Ich habe meinen Bruder nicht umgebracht«, sagte Owen traurig, »aber ich bin der Grund für seinen Tod.«

Diese sentimentale Einschätzung verwarf ich gleich. Jetzt war keine Zeit für Selbstvorwürfe. »Sind Sie sicher, dass der Brief, den Sie gefunden haben, aus dem Zimmer verschwunden ist? Vielleicht haben Sie einfach nur in all der Verwirrung vergessen, wo Sie ihn hingelegt hatten?« Der Abschiedsbrief konnte doch nicht verschwunden sein. Wer würde denn so was wegnehmen? Niemand außer Owen und Ethan konnten überhaupt gewusst haben, dass es ihn gab.

»Vielleicht habe ich ihn übersehen, als ich nachgeschaut habe. Ich war nicht gerade bei klarem Verstand. Aber ich war mir sicher, dass ich ihn in den Nachttisch gesteckt hatte. Vielleicht hat die Putzfrau saubergemacht und gemeint, es wäre Müll. Glauben Sie mir, ich bin mir darüber im Klaren, dass ich ohne diesen Brief geliefert bin.«

Ich konnte mir nicht vorstellen, dass Sheila oder Siobhán etwas wegwerfen würden, was nicht schon im Papierkorb lag. Zugegeben, Owen hatte vielleicht nicht genau nachgeschaut, aber ich konnte die Möglichkeit nicht von der Hand weisen, dass es diesen Brief vielleicht nie gegeben hatte. Owen hatte mir gerade einen triftigen Grund dafür verraten, warum er sich den Tod seinen Bruders gewünscht haben könnte. Ich hatte nur sein Wort dafür, dass die Beziehung zu Vicky beendet war. Hatte er einen Selbstmord inszeniert und dann gemerkt, dass er seine Geliebte um ein hübsches Sümmchen von der Versicherung gebracht hatte, das sie brauchen würden, um ein neues Leben miteinander zu beginnen?

Es konnte immerhin sein, dass er mich und die Polizei an der Nase herumführte. Ich konnte nur nach dem Gefühl gehen, das mir dieser Mann vermittelte. Welche Signale empfing ich denn von Owen? Er steckte bis zum Hals in Schwierigkeiten, und die drei Wörter, die in meinen Gedanken an die Oberfläche schwebten, waren *ernst, beschämt* und *aufgewühlt*. Ein Mann, der Entscheidungen getroffen hatte, die Spuren in seinem Leben hinterlassen hatten und ihn mit einer erdrückenden Schuld belasteten, aber ich sah in seinen Augen auch Angst und aufrichtige Verzweiflung. Insgesamt vermittelte er mir den Eindruck, dass er seinen Bruder nicht getötet hatte, aber ohne Beweise wäre meine Einschätzung bedeutungslos.

»Sind Sie sicher, dass der Abschiedsbrief in Ethans Handschrift war?«

»Ethan schreibt in Blockbuchstaben, nie Schreibschrift. Es sah so aus, als hätte er es geschrieben, aber so genau habe ich das wohl nicht untersucht. Ich meine, der Brief lag da, und Ethan war tot. Was sollte ich da sonst denken?«

Ich zögerte und erwog, ihm meine Hilfe zu verweigern, doch mir tat Owen leid. Nicht nur das, das Rätsel, das Ethans Tod uns stellte, machte mich neugierig, und ich wollte dazu beitragen, dieses Geheimnis aufzuklären, selbst wenn Bill etwas dagegen hätte, und er würde bestimmt etwas dagegen haben. »Schauen Sie, ich bin mir nicht sicher, wie ich Ihnen helfen kann, aber ich werde es versuchen. Zuerst einmal muss ich den Abschiedsbrief finden, doch in der Zwischenzeit müssen Sie mir versprechen, dass Sie der Polizei die Wahrheit sagen.«

Bill wartete beim Empfangstresen des kleinen Polizeireviers auf mich. Er geleitete mich in sein Büro und schloss die Tür. »Nun, was hatte er zu sagen?«

»Lassen Sie mich erst Ihnen eine Frage stellen. Haben Sie ihm davon erzählt, welche Todesursache die Gerichtsmedizin festgestellt hat?«

»Nein. Ich wollte rausfinden, ob er was anderes erzählen würde, sobald wir ihn hier auf der Wache hatten.«

»Gut, dann vermute ich, dass er mir die Wahrheit erzählt hat. Vielleicht nicht die ganze Wahrheit, aber er hat mir gesagt, er habe seinen Bruder tot in der Badewanne gefunden, als er in der Nacht aufs Zimmer gekommen ist. Und auf dem Kopfkissen habe ein Abschiedsbrief gelegen.«

»Und es ist ihm nicht eingefallen, die Polizei zu verständigen?«

»Owen behauptet, ihm sei klar geworden, dass ein Selbstmord zur Folge gehabt hätte, dass Ethans Frau und Kinder nichts von seiner Versicherung bekommen würden. Und sie hätten das Geld dringend nötig. In seiner Panik hat er beschlossen, es so aussehen zu lassen, als wäre sein Bruder bei einer Wanderung am Drumlinn ums Leben gekommen.«

»Und wo ist dieser Abschiedsbrief?«

Das würde Bill jetzt nicht gefallen. »Owen sagt, er sei verschwunden.«

»Natürlich.« Bills angestrengtes Lächeln sprach Bände. »Sie wissen so gut wie ich, dass es ihn nie gegeben hat.«

Bills Einschätzung war vernünftig, aber ich hatte Owen ja versprochen, ihm zu helfen. »Owens Version des Geschehens ist aber immerhin möglich, oder?«

»Möglich ist alles, doch es ist verdammt unwahrscheinlich.« Bill schaute mich hinter seinem Schreibtisch hervor an. »Eine Leiche aus dem Stag Inn raustragen und dann den Drumlinn hochschleppen? In der Dunkelheit und bei Regen? Also ehrlich.«

»Sie sollten auch wissen, dass Owen mir gestanden hat, dass er eine Affäre mit der Frau seines Bruders hatte. Er hat geschworen, dass es längst vorbei sei und so weiter, aber es wäre ja ein Motiv, nicht?«

»Ein starkes.« Bill wirkte erfreut.

Ich wusste, dass er nicht gerade begeistert darüber war, schon wieder einen Mord in seinem Zuständigkeitsbereich zu haben, konnte jedoch sehen, dass er glaubte, es hier mit einem unkomplizierten Fall zu tun zu haben. Den er rasch abschließen könnte, ohne das Regionalbüro in Stirling hinzuzuziehen.

»Es ist immer noch möglich, dass Ethan in der Badewanne Selbstmord begangen hat. Das würde den Tod durch Ertrinken erklären.«

»Er ist nicht ertrunken, er wurde ertränkt.«

Ich beugte mich vor. »Sie haben Beweise dafür, dass jemand in sein Zimmer gekommen ist und ihn umgebracht hat?«

»Sagen wir mal, einen sehr starken Verdacht. Wir erwarten in Kürze konkretere Angaben.«

»Nun gut, aber das bedeutet ja nicht, dass unbedingt Owen Ethan umgebracht hat.«

»Wer denn sonst?« Ich merkte, dass Bill allmählich die Geduld verlor. »Wer sonst könnte überhaupt ein Motiv gehabt haben? Sie haben es doch gehört, der Mann hatte eine Affäre mit seiner Schwägerin, Herrgott noch mal! Er hat seinen Bruder umgebracht und versucht, es wie einen Unfall aussehen zu lassen. Als wir das nicht geschluckt haben, hat er beschlossen, es als Selbstmord hinzustellen, und jetzt benutzt er Sie, um uns davon zu überzeugen.«

Ich wollte ihm eine logische Alternative anbieten, aber es fiel mir keine ein.

»Ich habe beantragt, dass ich ihn auf der Grundlage der zu erwartenden Beweise länger festhalten darf.« Bill sah, dass mir dabei nicht wohl war. »Sie müssen doch begreifen, dass er das alles erfunden hat. Dass Ethan um Mitternacht herum gestorben sein soll, passt zu Aryas Schätzung des Todeszeitpunktes, und auf der Grundlage der Zeugenaussagen, die wir eingeholt haben, ist in dieser Nacht außer Owen niemand mehr in seine Nähe gekommen.«

»Es könnte Sie jemand angelogen haben.«

»Können Sie mir einen einzigen guten Grund dafür nennen?«

»Zum Beispiel, dass er Ethan Buchanan umgebracht hat?«

»Ich glaube nicht, dass da draußen jemand auch nur den Hauch eines Motivs hat.« Bill erhob sich. »Und nein, damit will ich Sie keineswegs herausfordern. Sie müssen diese Sache auf sich beruhen lassen. Haben Sie mich verstanden, Abi?«

»Gut. Ich muss die Sache auf sich beruhen lassen.« Das hieß nicht, dass ich es auch wirklich tun würde. Aber Bill schob mich bereits eilig zur Tür hinaus.

»Ethans Frau wird heute später hier eintreffen, und ich bin sicher, dass wir ihr sagen können, dass wir den Mörder ihres Mannes in Gewahrsam haben.«

Das schien mir alles zu einfach. Aber wenn ich nicht glauben wollte, dass Owen der Täter war, wer war es dann? Bill hatte recht, wer sonst hatte Zugang und ein Motiv?

»Ich weiß Ihre Hilfe zu schätzen, aber überlassen Sie die Sache jetzt uns. Und keine Gespräche über Einzelheiten, auch nicht mit Grant.«

Ich stimmte zögerlich zu, obwohl Bill wissen musste, dass er mich nicht daran hindern konnte, mit Grant zu reden. Bill meinte vielleicht, er hätte die Dinge im Griff, aber selbst meine zugegeben recht beschränkte Erfahrung mit Morden sagte mir, dass man da die Dinge nie im Griff hatte.

KAPITEL 10

Als ich das Polizeirevier verließ, war ich innerlich unruhig und ging wie benommen die High Street hinunter. Ganz automatisch wanderten meine Füße zur Chocolate Bar. Zeit für einen kleinen Koffeinschub, damit mein Hirn wieder richtig funktionierte.

Harold stand hinter dem Tresen und begrüßte mich mit einem freundlichen Winken. »Die Whiskyfässchen aus Schokolade sind so weit fertig für heute Abend. Wir haben die Füllung noch ein bisschen angedickt, und jetzt halten sie sehr schön zusammen«, meinte er und wirkte äußerst zufrieden mit sich. »Kaffee?«

»Ja bitte.« Ich nahm auf einem Stuhl in der Nähe des Tresens Platz und schaute zu, wie Harold mit großem Geschick die Espressomaschine bediente. Als sie neu angekommen war, hatte er eine Riesenangst vor ihr gehabt und in den ersten drei Monaten einen großen Bogen um die Maschine gemacht. Schließlich hatte ihn Floss davon überzeugt, dass es sich hier um eine Mini-Dampfmaschine handelte. Dieser Gedanke gefiel ihm, und jetzt war er schon ein alter Profi. »Wo ist Floss?«, fragte ich über das Zischen des Dampfes hinweg.

»Hat Schicht bei der Überwachung.«

»Wurde schon was Verdächtiges gesichtet?«

»Gestern waren sie in Franks Laden und haben Seil und ein paar Stemmeisen gekauft.«

Ich dankte Gott im Stillen, dass zumindest im Augenblick die beiden Fremden die Aufmerksamkeit der Leute im Städtchen etwas von Owen ablenkten. Sonst hätten Grant und ich es mit einem stetigen Strom von Besuchern zu tun bekommen, die mit Kuchen und neugierigen Fragen bei uns aufgeschlagen wären.

»Klingt doch verdächtig, oder?«, fragte Harold und schaute mich über seine Brille hinweg mit hochgezogenen Brauen an.

Das sind Werkzeuge, die Landvermesser brauchen könnten, dachte ich, aber warum sollte ich ihm den Spaß verderben. »Es ist schon ziemlich mysteriös. Seid ihr auf unsere Leute heute Abend vorbereitet? Die sollten so gegen halb neun hier sein, sobald sie mit dem Abendessen im Golden Stag fertig sind.«

»Geht in Ordnung, dann haben wir alles bereit.« Er reichte mir gerade meinen Kaffee, als Grant und Liam von der Straße hereinspaziert kamen. »Dasselbe bitte für mich«, sagte Grant, und wir setzten uns an den Tisch am Fenster, von wo wir alles beobachten konnten, was sich auf dem Dorfanger abspielte. Ich war schon genauso neugierig wie die Leute vom Ort.

»Wohin seid ihr denn unterwegs?«, fragte ich, als sich Liam zu meinen Füßen hinlegte und seufzte, als trüge er die Last der gesamten Welt auf den Schultern.

»Ich muss bei Polly ein Päckchen abholen und wollte vorher zur Stiftung, um Liam dort abzugeben, als ich dich hier gesehen habe.« Harold brachte den zweiten Kaffee und ein Tellerchen mit zwei Whiskyfässchen aus Schokolade.

Wir nahmen uns beide eine der Pralinen, ließen uns die Whiskysahne langsam auf der Zunge zergehen. »Himmlisch«, murmelte ich. »Ich glaube, das wird ein Verkaufsschlager.«

Ich beugte mich vor und wischte Grant ein verirrtes Sahnetröpfchen von den Lippen. Er küsste meine Finger, als sie vorüberstrichen.

»Bill hat mich gebeten, im Polizeirevier vorbeizuschauen. Owen Buchanan hat sich geweigert, mit ihm zu reden. Meinte, er würde nur mit mir sprechen.«

Grant presste die Lippen zu einem dünnen Strich zusammen. »Na klar, nur mit dir würde er sprechen.«

»Er möchte, dass ich ihm helfe, seine Unschuld zu beweisen.« Ich umriss kurz Owens traurige Geschichte.

»Das erklärt das Ertrinken, aber in meinen Ohren klingt es doch eher, als hätten die Brüder sich gestritten. Owen hat ihn umgebracht und gedacht, er würde es wie einen Selbstmord aussehen lassen. Und als dann der Verstand wieder einsetzte, ist im klar geworden, was er der Frau und den Kindern angetan hatte. Also versuchte er, das Ganze stattdessen wie einen Unfall aussehen zu lassen.«

Ich nickte. Bill hatte im Grunde dasselbe gesagt. »Klingt logisch, aber ich sag dir eines: Wenn Owen seinen Bruder umgebracht hat, dann spielt er die Unschuldsnummer verdammt gut.«

»Verzweifelte Menschen sind gute Lügner«, merkte Grant an. »Außerdem waren wir alle an dem Abend zusammen im Nebenzimmer – nah bei der Küche, nah bei der Treppe zu den Schlafzimmern. Falls einer von uns lange genug weggewesen wäre, um nach oben zu gehen und Ethan umzubringen, hätten wir das bemerkt.«

»Hätten wir das? Wir haben alle geredet und getrunken. Hätten wir es wirklich bemerkt?«

»Okay, sagen wir mal, jemand anders hat das an diesem Abend getan. Was wäre das Motiv?«

»Bill hat mich das auch gefragt. Was wäre, wenn …«

»Abi …«

»Nein, lass mich erst mal ausreden. Wie wäre es mit einem Investor, der bei dem Schwindel der Newton Financial eine Menge Geld verloren hat? Mit jemandem, dem das Gerücht zu Ohren gekommen ist, dass Ethan vielleicht doch an dem Betrug beteiligt war? Der wäre doch stinkwütend gewesen, wenn er gesehen hätte, wie Ethan sich hier amüsierte und Whisky trank.«

»Aber er war doch in diesem Verfahren der Whistleblower – er war einer von den Guten.«

»Ja, aber es hat in letzter Zeit Gerede gegeben, das sei nur eine Absprache mit der Staatsanwaltschaft gewesen, damit er selbst nicht strafverfolgt wurde.«

»Hm, interessant. Doch ich kann mir nicht vorstellen, wie du das beweisen willst, und genaugenommen ist es ja wirklich nicht deine Aufgabe, das zu beweisen. Überlass das Bill. Ich bin mir sicher, dass er die Sache von allen Seiten beleuchten wird.«

Grant wollte offensichtlich nichts mit den Problemen von Owen und Ethan zu tun haben, und das konnte ich ihm nicht verdenken. Wir waren in der letzten Zeit in genug Schwierigkeiten hineingezogen worden. Es war an der Zeit, dass wir uns auf uns selbst konzentrierten, aber trotzdem wäre es mir lieber gewesen, wenn Bill nicht versuchen würde, das alles allein zu machen. Nicht, dass er nicht kompetent wäre, aber in diesem Fall schien er mir ein wenig kurzsichtig zu sein. Er war der Verlockung einer einfachen Lösung erlegen. Sah er die Dinge zu schlicht, oder dachte ich zu kompliziert? War Owen wirklich der Einzige, der an jenem Abend nach oben gegangen war? Der Einzige mit einem Motiv?

»Ja, ich denke, Bill hat alles im Griff«, murmelte ich schließlich.

»Und es besteht für dich absolut keinerlei Notwendigkeit, dich in dieser Sache zu engagieren.« Grant gab sich größte Mühe, mich davon zu überzeugen, aber ich merkte, dass er bezweifelte, dass ich mich fügen würde.

Ich war bereit, mich zurückzuziehen, zumindest tat ich so, aber der Abschiedsbrief bereitete mir Kopfzerbrechen. Warum hätte Owen ihn verschwinden lassen sollen? Je nachdem, wie sich alles entwickeln würde, hätte er ihn doch brauchen können, um seine Behauptung zu stützen, dass er die Leiche nur weggeschafft hatte, um den Selbstmord zu vertuschen. Er war ein gescheiter Mann. Ich war mir sicher, dass er den Brief behalten hätte.

Wenn das Schreiben wirklich fort war, untermauerte das die Vermutung, dass ein anderer der Mörder war, der auch der Verfasser sein musste. Wer immer das war. Es musste ein Schock für den tatsächlichen Mörder gewesen sein, dass man die Leiche an einem völlig anderen Ort gefunden hatte. Das hatte ihn wohl auf dem falschen Fuß erwischt, und er musste improvisieren. Hatte er sich entschlossen, die Geschichte neu zu schreiben, indem er den Abschiedsbrief verschwinden ließ? Eigentlich sollte ich mich jetzt wieder meiner eigenen Arbeit widmen, aber ich konnte mich nicht konzentrieren. Wenn ich heute überhaupt noch irgendwas anderes zustande bringen wollte, musste ich zumindest vorher einen kurzen Blick in Owens Zimmer werfen.

Grant hatte sich auf den Weg zum Postamt gemacht, und Liam und ich gingen zum Stag Inn. Dort wusch Siobhán gerade im Wäschezimmer hinter der Küche Handtücher. Sie wirkte nicht sonderlich erfreut über mein Erscheinen.

»Ich komme nur auf einen Sprung vorbei, um zu sehen, wie du klarkommst«, sagte ich vorsichtig.

»Mir ging's schon besser«, blaffte sie. »Bill hat das Zimmer der Buchanans abgeschlossen, und in ein paar Stunden kommt die Ehefrau an. Selbst wenn sie den geringsten Wunsch hätte, hier zu übernachten, geht das nicht, denn ein anderes Zimmer habe ich nicht frei.«

»Warum schickt ihr sie nicht zu uns nach The Larches? Das ist das Mindeste, was wir tun können.«

»Nun, da musst du fragen, ob das Bill recht ist.« Dieser Vorschlag hatte Siobhán schon ein wenig besänftigt.

»Keine Sorge, das kläre ich. Sieht ganz so aus, als würde Owen noch eine Weile bei Bill zu Gast sein. Er hat mich gebeten, ein paar Sachen für ihn aus seinem Zimmer zu holen«, flunkerte ich.

»Aye, in Ordnung.« Siobhán ging vor mir die Treppe hinauf zu Ethans und Owens Zimmer und schloss die Tür auf. Das Zimmer war genauso wie alle anderen, schlicht, aber gemütlich. Es standen dort zwei Einzelbetten mit schweren Eichengestellen und Bettdecken mit schottisch karierten Flanellüberzügen. Elena, Raoul und die Buchanans hatten darum gebeten, Zimmer mit eigenem Bad im ersten Stock zu bekommen. Bei Raoul und Elena überraschte mich das nicht, aber hatte einer der Buchanans, Ethan oder Owen, bei der Zimmerwahl irgendwelche Hintergedanken gehabt?

Neben jedem Bett stand ein Nachttisch. Sobald ich allein war, zog ich die Schubladen auf und schaute überall bis ganz in die hinterste Ecke nach dem Abschiedsbrief, der vielleicht doch irgendwo eingeklemmt war, aber da war nichts. Wenn es etwas zu finden gegeben hätte, das wusste ich im tiefsten Herzen, so hätte Bill es gefunden. Das hieß, dass wirklich jemand ins Zimmer gekommen war und den Abschiedsbrief mitgenommen hatte. Oder Owen hatte gelogen.

Ich suchte kurz im restlichen Zimmer, um meine Neugierde zu befriedigen. Ich sah unter den Matratzen und den Läufern nach, hinter den Bildern und in allen Gepäckstücken von Owen. Ethans Sachen hatte Bill schon mitgenommen. Ich war nicht sicher, wonach ich suchte, aber was immer es war, ich fand es nicht. Keinen Computer, kein iPad, keinen rauchenden Revolver.

Liam schnüffelte am Fußboden herum wie ein Saugroboter auf der Jagd nach Krümeln. Er schien aber auch nichts zu finden und stand schließlich da und schaute mich an, als wollte er fragen: Was jetzt?

PC Williams hatte auf der Kommode eine Quittung für Owens Kleidungsstücke hinterlassen. Man hatte sie mitgenommen und wahrscheinlich in die Forensik gebracht. Da Owen ja zugegeben hatte, die Leiche bewegt zu haben, würden sich jede Menge Spuren daran finden. Das war gar nicht gut. Ich nahm Owens Kulturbeutel und verließ das Zimmer. Ich wollte nicht, dass Siobhán Verdacht schöpfte.

»Ich bringe das hier auf dem Weg zur Stiftung beim Polizeirevier vorbei. Ruf mich an, wenn die Ehefrau da ist, dann komme ich sie abholen.«

Auf dem Weg zum Revier telefonierte ich mit Louisa, um sie vorzuwarnen, dass wir Besuch bekommen würden. Danach wanderten meine Gedanken wieder zu meinem morgendlichen Gespräch mit Owen. Bill war zufrieden damit, dass er jemanden geschnappt hatte. Niemand sonst schien bereit, die schwierigen Fragen zu stellen. Wieder einmal fiel diese Aufgabe mir zu. War vielleicht am Freitagabend jemand im Gasthaus, den der Zusammenbruch von Newton Financial ruiniert hatte? Jemand, der auf Rache aus war? Ein Fremder, den wir in Abbey Glen willkommen geheißen hatten – oder schlimmer noch, jemand, den wir gut kannten?

KAPITEL 11

Da ich vor der Ankunft von Vicky Buchanan noch ein paar Stunden totzuschlagen hatte, beschloss ich, wie versprochen zu Rory zu fahren und von ihm Spenden für die Auktion zu erbetteln. An den nächsten Tagen würde besonders viel los sein, und wenn ich jetzt nicht zur Fell Farm fuhr, würde Trish streiken. Das Haupthaus war ein niedriges Gebäude, das genau wie die angrenzende Scheune aus Naturstein und mit freigelegten Balken gebaut war. Es erstreckte sich entlang eines Grats, der in östliche Richtung verlief, und bot einen weiten Blick auf die in Dunst getauchten Berge auf der anderen Seite des Tals. In der alten Steinscheune waren einmal Pferde untergebracht gewesen, doch der neue Besitzer hatte den Raum zur Töpferwerkstatt umfunktioniert.

Ich klopfte kurz an das Scheunentor und ging hinein, vorbei an dem langen Tisch mit der Kiefernholzplatte, der die Mitte des gesamten Verkaufsraums einnahm und auf dem einige Keramikarbeiten in verschiedenen Entwicklungsstadien zu sehen waren. Ein großer gemauerter Brennofen nahm beinahe den gesamten Platz am anderen Ende der Scheune ein. Und an einer fensterlosen Seitenwand standen auf tiefen Holzregalen fertige Stücke zum Trocknen oder zur Präsentation.

Rory Hendricks war über seine Töpferscheibe gebeugt, und ich beobachtete gebannt, wie aus dem wirbelnden Ton ein Becher wuchs. Nicht nur die Keramik war in diesem

Raum faszinierend. Rory war seit seinen Tagen als flegelhafter Frontsänger der Rebels gealtert, aber er hatte weder seinen jungenhaften Charme noch sein sexuelles Charisma verloren, die mich in meiner Jugend so für ihn hatten schwärmen lassen. Auf dem Gipfel ihrer Beliebtheit hatte diese legendäre Rockband in Arenen auf der ganzen Welt gespielt, und ich fand es immer noch unglaublich, dass Rory jetzt ein Nachbar und Freund war.

Ich machte ihn auf mich aufmerksam und ging zu ihm hinüber, während er den Boden des Bechers von der Scheibe löste. Er warf mir ein Grinsen zu, bei dem mir noch immer ganz warm ums Herz wurde.

»Bist du gekommen, um dir eure Flaschen anzusehen?«, fragte er.

»Eigentlich nicht, aber das mache ich natürlich sehr gern.«

Rory führte mich zu einem Regal am hinteren Ende des Raumes, auf dem eine Reihe bauchiger Flaschen mit kurzen Hälsen frisch aus dem Brennofen gerade zum Abkühlen stand. Er hatte eine moderne Interpretation der Keramikkrüge aus alten Zeiten geschaffen. Die für Rorys Stil so charakteristischen Farbwirbel überzogen die Oberfläche mit Schattierungen aus Bronze, Karamell und Gold und gelegentlichen Streifen Weinrot oder Bernstein. Königliche Gefäße für die Sonderabfüllung von Abbey Glen.

»Was meinst du?«

Ich atmete langsam aus. »Die sind absolut phantastisch. Alles, was wir uns hätten wünschen können, und viel mehr.« In meinem Kopf war der Preis gerade noch einmal um ein paar hundert Pfund gestiegen. »Die Leute werden sich drum prügeln.«

Rory wirkte leicht verlegen. »Na, ich weiß nicht.«

»Ich schon. Wir haben vor, sie nur über ausgewählte Nobelgeschäfte zu vertreiben. Die Einzelhändler in Edinburgh und London werden sich die Finger danach lecken.«

Rory wischte sich mit einem Lappen den restlichen Ton von den Händen. »Wie viel werdet ihr dafür verlangen?«

»Wie würdest du den Preis für die Flasche allein ansetzen?«

»Vierhundert Pfund, Einzelhandelspreis, so um den Dreh.«

»Kommt mir ein bisschen niedrig vor«, wandte ich ein. »Ich glaube, wir zielen für den Whisky so auf zwischen tausend und fünfzehnhundert pro Flasche.«

Rory schaute überrascht. »Vielleicht sollte ich auch meine Preise überdenken.«

»Absolut. Ich glaube, du unterschätzt deinen Wert.«

Er zuckte mit den Achseln. »Ich habe ihn jahrelang überschätzt. Vielleicht sorgt jetzt das Karma für einen Ausgleich. Hast du Zeit für einen Kaffee?«

Ich hatte gerade einen getrunken, aber zu Rory würde ich nicht nein sagen. »Klar.« Wir gingen ins Haus, während Liam im Zickzack durch das Unterholz rannte und nach Mäusen und Kaninchen schnüffelte. Er fing nie welche, hatte aber Spaß an der sportlichen Herausforderung.

»Und du schaffst es noch immer, unter dem Radar der Boulevardpresse durchzuschlüpfen?«, fragte ich, als wir durch das im modernen dänischen Stil eingerichtete Wohnzimmer in die Küche traten.

»Größtenteils schon. Am Haus und an der Werkstatt habe ich eine Alarmanlage installieren lassen, dazu noch ein paar Sensoren an der Grundstücksgrenze. Wenn hier jemand in die Nähe kommt, erfahre ich es. Ich muss zugeben, dass ich den Alarm nicht immer eingeschaltet hatte, aber dann habe ich neulich nach Mitternacht oben am Berg eine Taschenlampe gesehen. Da habe ich mir gedacht, dass ich ein bisschen nachlässig geworden bin. Seither hatte ich die Alarmanlage immer an.«

»Wo am Berg?« Meine Gedanken wanderten sofort zu Sheila und Nora, die allein in dem kleinen Bauernhaus gleich unterhalb der Fell Farm wohnten. Hatte dieses Licht vielleicht etwas mit den Geräuschen zu tun, von denen Sheila Hunter erzählt hatte?

»Schwer zu sagen, wo das war, aber es war oberhalb und vielleicht ein bisschen weiter die Straße entlang. Du weißt ja, wie das nachts hier ist. Pechschwarze Dunkelheit. Da kann man so was meilenweit sehen.«

»Bist du sicher, dass es eine Taschenlampe war?«

»Na ja, Außerirdische waren's nicht.« Rory grinste. »Nein, es war eine Taschenlampe oder eine Laterne. Ich konnte sehen, wie das Licht hin- und hergewandert ist.«

»Was sollte denn jemand um Mitternacht mit einer Taschenlampe draußen am Berg wollen? Eine falsche Bewegung, und du kullerst bis zum Talboden runter.«

»Keine Ahnung.« Rory schenkte Kaffee ein und reichte mir eine Tasse. »Komm und schau dir den neuen Außenbereich an.«

Er ging voraus auf eine ausgedehnte Terrasse aus Steinplatten mit einer niedrigen Begrenzungsmauer, von wo man über das ganze Tal blicken konnte. An der am nächsten am Haus liegenden Seite befand sich ein eingebauter Grill, am gegenüberliegenden Ende eine gemauerte Feuerstelle, in der bereits für die kühlen Abende Holzscheite gestapelt waren.

»Ich habe mich daran gewöhnt, auf dem Außengrill zu kochen, als ich in Brasilien gelebt habe. Das hat mir hier gefehlt. Du musst mal an einem Abend mit Grant herkommen, und dann mache ich euch Rindfleisch.«

Wir ließen uns auf einem U-förmigen Sofa nieder und genossen den Ausblick. »Es ist wunderschön. Hat Hunter die Steinarbeiten für dich gemacht?«

»Nein, der hatte in den letzten Monaten zu viel zu tun. Ich habe ein paar Jungs aus Stirling engagiert. Aber es wird dich freuen, dass ich die Materialien vor Ort gekauft habe. Habe bei Frank Monroe die Steinplatten und den Zement zum Sonderpreis bekommen. Wer hätte gedacht, dass er das alles so kurzfristig besorgen könnte?«

Ja, wer hätte das gedacht. Zweifellos aus Regierungsbeständen. Kein Wunder, dass Frank so besorgt war. Er dachte sich wahrscheinlich, dass die Steuereintreiber bei Rory nachforschen würden, und die neuen Steinplatten würden sie dann schnurstracks zu Frank führen. Ich überlegte, ob ich Rory einweihen sollte, aber wenn es da ein Problem gab, würde er es noch früh genug erfahren. Mir war lieber, wenn er es nicht von mir hörte.

Wir tranken unseren Kaffee in der Sonne, während Liam auf dem warmen Stein döste. Ich erfuhr das Neueste über Rorys Tochter Summer und ihre Galerie in London und über Rorys jüngste Projekte. Als ich mich zum Gehen anschickte, merkte ich, dass Rory mich vom Hauptzweck meines Besuchs abgelenkt hatte. Ich erzählte ihm von der Auktion, und er ging noch einmal mit mir in der Werkstatt vorbei, führte mich zu den Regalen mit den fertigen Arbeiten und bat mich, mir ein Dutzend auszusuchen.

»Das und noch viel mehr bin ich dir schuldig«, sagte er.

Er packte mir zwei Sets Kaffeebecher in verschiedenen Edelsteinfarben und ein paar herrliche Vasen ein, alles von Rory persönlich signiert. Das würde der Auktion von Sheila und Trish einen gewaltigen Auftrieb verleihen. Wir verabschiedeten uns und stiegen wieder ins Auto. Liam streckte den Kopf zum Fenster hinaus und schnupperte. Am Ende des Kieswegs überlegte ich, links in Richtung Balfour abzubiegen, fuhr dann aber stattdessen nach rechts und weiter die Upland Road hinauf. Diese Gegend hatte ich seit meiner Ankunft noch nicht gründlicher erkundet. Jetzt, als Hope mit einiger Mühe den steilen Anstieg bewältigte, wurde die Aussicht immer grandioser. Hinter einer Kurve hielt ich an einer Ausweichstelle an und stieg aus. Unter uns lag Balfour wie ein Städtchen aus der Spielzeugkiste am Ufer des Flusses, und die alte romanische Kirche und das kürzlich erweiterte Gasthaus schauten einander über die Wiesen hinweg an.

Weiter hinten im Tal konnte ich die Felder meiner Nachbarn und die Fletcher Road sehen, die nach Abbey Glen führte. The Larches war durch einen vorspringenden Felsen verborgen, der von Norden ins Tal ragte. Rorys Anwesen lag nun größtenteils von Bäumen versteckt da. Ich bezweifelte, dass er diese Ausweichstelle von seiner Küche aus hätte sehen können, falls ein Autofahrer hier nachts angehalten und einen Reifen gewechselt hätte. Ich musterte den Felsengrat um mich herum, um herauszufinden, woher das Licht gekommen sein könnte. Ich erspähte einen Schornstein zwischen den Bäumen, konnte jedoch nicht ausmachen, ob ein Weg dort hinführte. Vielleicht würde Hunter oder Cam etwas darüber wissen.

Aber wer würde sich denn im Dunklen hier draußen aufhalten? Gewiss nicht die Leute aus dem Ort. Die wären nicht so blöd. Die Steuereintreiber waren in der Gegend herumgefahren, genauso wie Elena Serrano, aber warum sollte jemand sich freiwillig nachts hier herumtreiben? Noch eine seltsame Begebenheit, die ich zu meiner rasch länger werdenden Liste hinzufügen konnte.

KAPITEL 12

The Larches war ein eindrucksvolles Gebäude, und Vicky Buchanan machte große Augen, als wir die Einfahrt zwischen der doppelten Reihe hochgewachsener Lärchen hinauffuhren, denen das Haus seinen Namen verdankte. Auch mich hatte dieses Anwesen zunächst aus der Fassung gebracht, als ich zum ersten Mal herkam. Es war ein klassisches Beispiel für den schottischen Baronialstil des frühen 19. Jahrhunderts, bis hin zu den runden Türmchen an allen Ecken. Äußerlich hatte es etwas Dunkles und Finsteres und wirkte ein wenig unfreundlich, doch kaum hatten wir geparkt, da flog auch schon die Haustür auf, und Louisa trat heraus und winkte uns zur Begrüßung zu.

»Na, dann kommt mal rein, ihr beiden. Ich bringe euch Tee ins Wohnzimmer an den Kamin.«

Sie stellte sich Vicky vor und drückte ihr kurz die Hand, ehe sie uns ins Haus scheuchte.

»Lassen Sie den Koffer einfach in der Eingangshalle stehen. Ich bitte dann Luke, ihn in Ihr Zimmer zu bringen. Luke, das ist mein Sohn«, fügte sie zu Vickys Information hinzu.

»Ich hoffe, ich bin nicht im Weg«, sagte Vicky leise. Sie war keine große Frau und schien körperlich von der emotionalen Last gebeugt, die sie zu tragen hatte. Die dunklen Ringe unter ihren Augen sprachen von Schlafmangel, und das nicht erst in den letzten vierundzwanzig Stunden. Wie sie da stand, kamen mir die Worte *zerbrechlich, verschlossen* und *zurückhaltend* in den Sinn.

»Ich dränge mich Ihnen höchst ungern auf«, sagte Vicky zu Louisa. »Aber all diese fremden Leute im Gasthaus könnte ich einfach nicht ertragen.« Sie biss sich auf die Lippe und senkte den Blick.

»Seien Sie nicht albern. Natürlich müssen Sie hier bei uns wohnen. Wir haben jede Menge Platz«, sagte Louisa und war schon auf dem Weg in die Küche, auf dem Fuße gefolgt von Liam.

»In The Larches haben Sie ein bisschen Ruhe und Frieden«, versicherte ich ihr, während ich sie ins Wohnzimmer geleitete.

»Haben Sie hier Wachleute?«, erkundigte sie sich.

»Nein, wieso?«

»Na ja, ein Haus von dieser Größe, da dachte ich …« Sie verstummte.

Ihre Frage kam mir merkwürdig vor. »Meinen Sie, Sie würden Wachleute brauchen?«, erkundigte ich mich und zog zwei Sessel näher ans Feuer.

»Die Presse war im letzten Jahr ein fester Bestandteil unseres Lebens. Ich fürchte, die Aasgeier werden bald wieder über mir kreisen, sobald die rausgekriegt haben, dass Ethan gestorben ist.«

Ich mochte nicht zugeben, wie viel ich bereits wusste, da ich Vickys Version der Ereignisse kennenlernen wollte. »Ihr Mann war ja, nach allem, was ich so höre, der wahre Held in der Geschichte. Sicherlich würde doch die Presse zu einer Zeit wie dieser jetzt freundlich mit Ihnen umgehen.«

»Die Presse ist nie freundlich«, fauchte Vicky. Es war das erste Anzeichen von Wut, die unter all der Trauer schwelte.

»Zuerst haben sie ihn als Held gepriesen, aber gute Nachrichten werden ja bald langweilig. Die Zeitungen brauchen irgendwelchen Dreck, wenn sie die Aufmerksamkeit der Leute erregen wollen.«

»Ich kann Ethan mit nichts Bösem in Verbindung bringen«, sagte ich und hoffte, dass das aufrichtig klang und nicht so, als wollte ich sie aushorchen.

»Die Regenbogenpresse schreibt alles, wenn sie glaubt, dass es sich verkaufen lässt.« Vicky hob die Hand an den Kopf und rieb sich die Stirn, als wolle sie eine schmerzliche Erinnerung auslöschen. »Tut mir leid, ich bin nur von all dem, was passiert ist, so völlig überfordert. Ich musste schon unterwegs in Stirling Station machen und die Leiche meines Mannes identifizieren, und jetzt komme ich hier an, und die Polizei scheint zu glauben, dass Owen in seinen Tod verwickelt ist. Ich kann es einfach nicht fassen.«

»Das ist sicher der reinste Alptraum. Louisa bringt gleich Tee, aber möchten Sie vielleicht etwas Stärkeres? Vielleicht einen Kognak?«

»Zu einem Whisky würde ich nicht Nein sagen, wenn Sie einen haben.«

»Den haben wir gewiss.« Ich schenkte Vicky einen großzügigen Whisky ein. Sie kippte die Hälfte in einem Zug hinunter, setzte sich dann zurück und schwenkte die restliche Flüssigkeit im Glas.

»Dieses Jahr jagt einfach eine Krise die andere, und jetzt noch das.« Sie schaute hoch und blickte mir in die Augen. »Ich nehme an, Sie haben keine Ahnung, wieso die Polizei meint, dass Ethans Tod kein Unfall war?«

Ich verspürte keinerlei Verlangen, die Überbringerin schlechter Nachrichten zu sein, wollte jedoch auch dieser

Frau, die vermutlich dem Opfer nähergestanden hatte als jeder andere, ein paar Informationen abluchsen. »Genaueres haben die mir nicht verraten«, log ich.

»Aber es muss doch ein Unfall gewesen sein. Owen hat gesagt, dass Ethan beim Wandern abgestürzt ist.«

»Das war die ursprüngliche Annahme, aber jetzt glauben sie aus irgendeinem Grund, dass es vielleicht kein Unfall war.«

»Sie haben gesagt, dass Owen von der Polizei vernommen wird, und er sitzt in Untersuchungshaft. Ich weiß, das bedeutet, dass sie glauben, er könnte irgendwie in die Sache verwickelt sein.« Sie nahm noch einen Schluck aus dem Whiskyglas, das sie in der Hand hielt. »Ich habe damals, als es mit Newton Financial den Bach runtergegangen ist, mehr als genug über Polizeimethoden gelernt.«

»Heute Morgen habe ich Owen besucht«, räumte ich ein. »Er beharrt darauf, dass er mit Ethans Tod nichts zu tun hat, und hat mich gebeten, ihm dabei zu helfen, das zu beweisen.«

»Bitte nehmen Sie mir meine Frage nicht übel«, erwiderte Vicky, »aber wieso sollte er Sie bitten, sich da einzumischen?«

»Ich hatte in der Vergangenheit ein paar Mal Erfolg bei der Klärung solcher Angelegenheiten, und ich bin bereit, unvoreingenommen an die Sache heranzugehen.«

»Na, das ist wohl mehr, als die Polizei im Moment macht. Wenn Sie irgendwas tun können, um hier zu helfen, wäre ich sehr dankbar. Ich muss die Wahrheit erfahren.« Liam kam getappt und ließ eine Stoffente vor Vickys Füße fallen. Das war seine Art, Sympathie zu zeigen. Vicky hob das Spielzeug auf, warf es für ihn, und er brachte es zurück. Er hatte wirklich einen siebten Sinn für Hundefreunde, und Vicky schien in diese Kategorie zu gehören.

»Ich bin mir sicher, dass Sergeant Rothes Ihnen ein paar Fragen gestellt hat, als Sie bei ihm waren. Haben Sie zufällig auch erwähnt, dass Sie und Owen in der Vergangenheit eine Beziehung hatten?«

Vicky schaute verdutzt. »Wie kommen Sie darauf, dass Owen und ich eine Beziehung hatten?«

»Weil er es mir erzählt hat.«

Vicky antwortete nicht.

Hinter uns ging die Tür auf, und Louisa kam mit dem Teetablett herein. »Da wären wir. Essen Sie ein Sandwich, wenn Sie Appetit darauf haben. Wenn nicht, dann mache ich Ihnen, was immer Sie möchten, sobald Sie sich ein bisschen häuslich eingerichtet haben.«

Endlich blickte Vicky auf, aber zu Louisa und nicht zu mir. »Danke. Sie sind sehr freundlich. Bitte machen Sie sich meinetwegen keine Umstände.«

Louisa sah mich an, hatte, schlau, wie sie war, gleich begriffen, dass sie in einem heiklen Augenblick ins Zimmer gekommen war. Sie stellte das Tablett zwischen uns auf ein Tischchen und ging zurück zur Tür. »Klingelt einfach nach mir, wenn ihr sonst noch was braucht.«

Ich schenkte uns beiden Tee ein und schob Vicky Milch und Zucker hin.

»Haben Sie Ihrem Mann das mit Owen erzählt?«

Vicky rührte schweigend Zucker in ihren Tee, ehe sie anscheinend eine Entscheidung traf. »Wenn Sie uns helfen sollen, denke ich, müssen Sie alles wissen. Ich habe darüber nachgedacht, es Ethan zu erzählen«, gab sie zu, »aber schließlich habe ich es nicht über mich gebracht, ihn wegen einer so bedeutungslosen Sache zu verletzen. Für mich war das alles nur ein schrecklicher Fehler.« Sie umfasste ihre Tasse mit beiden Händen und starrte ins Feuer. »Für Owen war es ernster, glaube ich. Er hegte schon seit Langem Gefühle für mich. Deshalb habe ich ihn in letzter Zeit nicht so oft gesehen. Ich kann den Gedanken nicht loswerden, dass er immer noch etwas für mich empfindet.«

Das würde erklären, warum Owen bereit war, ein solches Risiko einzugehen, nur um sicherzustellen, dass Vicky ihre Versicherungsgelder nicht verlor.

Wir saßen einige Zeit schweigend da und tranken unseren Tee. »Hat Ethan in letzter Zeit Drohungen erhalten? Vielleicht von jemandem, den der Niedergang von Newton Financial schwer in Mitleidenschaft gezogen hat?«

»Nicht, dass ich wüsste, aber es haben einige schlimme Sachen in den Zeitungen und im Internet gestanden. Ethan wusste, wie sehr mir diese Lügen zugesetzt haben. Er hat sich vielleicht entschieden, mir nichts von Drohungen zu erzählen.«

Vicky schien sich sicher zu sein, dass ihr Ehemann nicht in die Betrügereien seiner Firma verwickelt war, aber stimmte das auch?

Ich wusste es die ganze Zeit, und ich kann nicht mehr. So hatte es angeblich im Abschiedsbrief gestanden.

Die Worte wollten mir nicht mehr aus dem Kopf. Owen ging davon aus, dass sein Bruder sich damit auf seine Affäre mit Vicky bezogen hatte. Ein schlechtes Gewissen führt einen immer dahin, wo man möchte. Aber genauso gut könnten diese Worte ein Schuldeingeständnis hinsichtlich der finanziellen Machenschaften bei Newton Financial gewesen sein. Ein Geständnis oder vielleicht eine Aussage, die man als eine Art Geständnis auf dem Totenbett werten könnte.

Vicky stellte ihre leere Tasse wieder aufs Tablett. »Glauben Sie, dass die Polizei hier am Ort dazu in der Lage ist, genauer zu untersuchen, was Ethan zugestoßen ist? Ich meine, das hier ist ein kleiner Ort. Hier passiert ja so was sicher nicht allzu oft.«

Sie wäre bestimmt überrascht, wie oft derlei hier tatsächlich passierte, aber das würde ich ihr nicht verraten. »Bill ist ein guter Polizist«, versicherte ich ihr. »Er kommt dieser Sache schließlich bestimmt auf den Grund.« Mit ein bisschen Hilfe.

Plötzlich schien Vicky völlig entkräftet, als hätten Wut und Adrenalin sie bis hierher gebracht und sie nun im Stich gelassen. Ich klingelte nach Louisa.

»Lass uns Mrs. Buchanan nach oben bringen. Es war ein langer Tag für sie. Ich glaube, sie sollte sich jetzt ein bisschen ausruhen.« Für das, was vor ihr lag, würde sie all ihre Kraft brauchen.

Nachdem Vicky sich in The Larches eingerichtet hatte, fuhren Liam und ich zurück nach The Haven, um dort nach dem Rechten zu sehen. Ich traf Patrick in der Küche an, ging zum Kühlschrank, nahm eine Flasche Wein heraus, holte zwei Gläser und gesellte mich an dem langen Eichentisch zu ihm.

»Wo ist Gordon?«

»Cam führt alle heute Nachmittag um die Gärbottiche herum. Ich habe schon so viele von den Dingern gesehen, dass es mir für mein ganzes restliches Leben reicht. Also habe ich die mal allein machen lassen.«

Es hatte uns beide völlig aus dem Gleichgewicht gebracht, als wir vor beinahe einem Jahr Siobháns Sohn tot in einem der riesigen Bottiche von Abbey Glen gefunden hatten. Ich konnte verstehen, dass Patrick diesen Teil des Rundgangs lieber ausließ.

»Wir haben Ethan Buchanans Frau bei uns zu Besuch in The Larches«, sagte ich. »Siobhán hatte kein Zimmer für sie, selbst wenn sie dort hätte unterkommen wollen.«

»Ich kann es der Ärmsten nicht verübeln, dass sie lieber nicht dort wohnt. Was ist mit Owen? Verhört Bill ihn noch?«

»Schlimmer, er ist drauf und dran, Owen wegen Mord anzuklagen.« Ich machte den Wein auf und schenkte uns beiden ein Glas ein.

»Er kann doch nicht allen Ernstes glauben, dass Owen seinen Bruder absichtlich einen steilen Berg hinabgeschubst hat, oder?«

»So einfach ist das nicht.« Ich zögerte, wusste aber, dass ich Patrick reinen Wein einschenken musste. Das machte ich immer. Ich vertraute ihm, und außerdem brauchte ich seine Hilfe. »Du musst mir versprechen, dass das strikt unter uns bleibt.«

»Natürlich.« Patrick beugte sich näher zu mir. Für einen ordentlichen Skandal war er immer sehr zu haben.

»Ich meine unter uns – auch kein Wort zu Gordon«, beharrte ich.

»Und was ist mit Grant?«

»Willst du nun die Info haben oder nicht?«

Patrick hob kapitulierend die Hände.

»Wenn man Owen glauben kann, ist Ethan irgendwann zwischen halb elf und Mitternacht am Freitag in der Badewanne in ihrem Zimmer ertrunken. Owen behauptet, dass sein Bruder einen Abschiedsbrief im Zimmer hinterlassen hat, der auf einen Selbstmord hindeuten würde – einen Brief, der aber seither verschwunden ist.«

»Und Bill nimmt ihm das nicht ab?«, fragte Patrick.

»Bill hat mir gesagt, dass Ethan nicht ertrunken ist, sondern dass ihn jemand ertränkt hat. Er wartet wohl darauf, dass ihm die Gerichtsmedizin bestätigt, dass Ethan mit Gewalt unter Wasser gehalten wurde.«

Patrick runzelte die Stirn. »So viele Fragen. Erstens: wenn er in seiner Badewanne im Stag Inn ertrunken ist, wie zum Teufel ist er dann auf dem Weg beim Wasserfall gelandet?«

Ich erklärte Owens sportliche Unternehmungen, mit denen er das, was er für einen Selbstmord hielt, vor der Versicherung vertuschen wollte.

»Und Bill ist sich sicher, dass seine Beweise bestätigen werden, dass es kein Selbstmord war? Ich meine, man sollte doch vermuten, sie suchen nach Blutergüssen, die darauf schließen lassen, dass er mit Gewalt unter Wasser gehalten wurde.«

»Ich weiß nicht, was er in der Hand hat, aber jedenfalls erwägt er ohne den Abschiedsbrief die Möglichkeit Selbstmord nicht.«

»Erklärt der Abschiedsbrief, warum Ethan sich umbringen wollte?«

»Laut Owen stand da: Ich wusste es die ganze Zeit, und ich kann nicht mehr.«

»Wusste was?«

»Da gehen die Meinungen auseinander.« Ich erzählte Patrick von Owens Deutung und seinen Gewissensbissen wegen der Beziehung zu seiner Schwägerin Vicky. »Laut Trish waren in der letzten Zeit aber in einigen Boulevardblättern auch Geschichten im Umlauf, denen zufolge Ethan von den Betrügereien wusste, die bei Newton Financial liefen, und selbst voll mit drinsteckte.«

»Dann meinst du, der Abschiedsbrief sollte als Schuldeingeständnis gewertet werden?«

»Vielleicht will Ethans Mörder, dass wir das denken.«

»Und du meinst, es könnte sein, dass Ethan ermordet wurde, aber nicht von Owen. Das wird nicht leicht zu beweisen sein. Wenn wir glauben, dass Ethan am Freitag zwischen halb elf und Mitternacht gestorben ist, haben alle aus unserer Gruppe ein Alibi. Wir waren im Nebenzimmer – alle zusammen.«

»Aber es war spät, und die Leute haben getrunken. Es muss irgendwann mal jemand weggegangen sein, und wenn es nur zum Klo war.«

»Und das Motiv?«

»Da wird's schwierig. Wenn dies ein Zeitungsbericht wäre, würden wir uns eine Liste der Nebenkläger beim Verfahren gegen Newton holen und nachforschen, ob einer von denen am Freitagabend hier irgendwo in der Nähe war.«

»Ein verärgerter Investor kam nach Balfour und hat Ethan Buchanan in seiner Badewanne ertränkt, während wir anderen unten Party gefeiert haben.« Patrick linste mich über den Rand seines Glases hinweg an. »Hörst du dich eigentlich da selbst reden?«

»Fällt dir ein besseres Motiv ein?«

Es ehrte Patrick, dass er zumindest über mein Argument nachdachte. »Woher sollte ein verärgerter Investor wissen, dass Ethan hier Ferien macht?«, fragte er.

»Vielleicht wusste der Mörder nicht, dass Ethan hier sein würde. Vielleicht war es nur Zufall, dass sie beide hier zusammengetroffen sind, und jemand hat beschlossen, die Gelegenheit zu nutzen.«

»Ich hab dich wirklich lieb, Schätzchen, aber jetzt glaube ich, dass du dich an Strohhalme klammerst.«

Ich kippte den Rest aus meinem Weinglas runter. »Ich weiß. Es ist unwahrscheinlich, aber mehr habe ich im Moment nicht.«

»Irgendwo müssen wir ja anfangen.«

Ich war gerührt, dass er »wir« gesagt hatte, und dankbar, dass Patrick sofort aufstand und seinen Laptop von einem Tisch in der Ecke der Küche holte. Er hielt vielleicht nicht viel von meiner Theorie, aber er war bereit, es einmal damit zu versuchen. Patrick und ich haben jahrelang in London bei derselben Zeitung gearbeitet. Seine Fertigkeiten als Hacker waren legendär, in manchen Fällen haarscharf an der Grenze zur Illegalität, aber ich war immer froh, ihn in meinem Team zu wissen.

Er klapperte auf der Tastatur herum, während ich unsere Gläser neu vollschenkte.

»Gut. Die Fallnummer habe ich.« Patrick tippte weiter. »Und hier ist die Liste der Nebenkläger aus den Gerichtsakten. Wow. Hier stehen über dreihundert Namen.«

»Gut, dann wollen wir die zunächst mal mit den Teilnehmern des Whiskykurses abgleichen.«

Patrick schaute die Namen einen nach dem anderen durch. »Hier ist ein Mick Stewart auf der Liste. Adresse auf Islay, sieht aus, als wäre es unser Mick. Aber kein Reg oder Phil, scheint mir.«

Ein Treffer – das war schon mal ein Anfang. »Doch keine

so verrückte Idee«, sagte ich und fühlte mich bestätigt. »Ich meine, wie hoch ist die Wahrscheinlichkeit, dass auch nur eines von Richard Newtons Opfern hier in derselben Woche wie Ethan Buchanan auftaucht?« Mein investigativer Instinkt war stärker, als ich mir selbst eingestehen wollte, und er inspirierte mich dazu, mein Glück weiter zu strapazieren. »Noch jemand aus dem Kurs? Einer von den Leuten aus Edinburgh?«

»Nein, ich habe alle durchgeschaut.«

»Was ist mit Gordon?«

»Was soll mit ihm sein?«, wollte Patrick wissen. »Er ist kein Verdächtiger. Er war den ganzen Abend mit mir zusammen. Ist mir nie aus den Augen gekommen.«

»Nur der Vollständigkeit halber.«

»Na gut.« Patrick tippte Gordon Wright und drückte auf Enter, schaute mich jedoch weiterhin mit größter Selbstgewissheit an. Ich beugte mich näher zum Bildschirm und deutete darauf. Ich brachte Patrick nur ungern unsanft auf den Boden der Tatsachen zurück, aber wir hatten einen Treffer.

»Der Name ist ja ziemlich häufig«, murmelte er, doch bei näherem Hinsehen wurde klar, dass es tatsächlich sein Gordon war.

Damit hatten wir zwei mögliche Verdächtige, wenn ich auch einen davon lieber nicht gehabt hätte.

»Nur weil Gordon Forderungen hatte, bedeutet das noch lange nicht, dass er viel investiert hatte oder dass er auf mörderische Rache aus war.« Patrick war starr vor Entrüstung. »Und ich sage dir doch, dass er den ganzen Abend bei mir war.«

Ich hatte einen Nerv getroffen, aber das hier war der

einzige, wenn auch schwache Hinweis, den ich hatte. Ich konnte da keinen Rückzieher machen. »Schau mal, ich beschuldige Gordon doch gar nicht, Mick übrigens auch nicht. Es ist nur ein sehr merkwürdiger Zufall, und den müssen wir uns näher anschauen.« Ich fragte nur sehr ungern, aber ich musste es wissen, und ich wollte Patricks Aufmerksamkeit von Gordon ablenken. »Können wir irgendwie rausfinden, ob auf der Liste auch Leute aus dem Ort stehen?«

»Ich kann nach der Postleitzahl suchen.« Patricks Schultern entspannten sich ein wenig, und er tippte weiter, während ich zum Fenster ging und auf den Garten hinausschaute.

»Ganesh Arya, Polly Barker, Floss Robinson und Nell Ferguson«, sagte er schließlich.

»Fergie?«

»Leider ja.«

Nell Ferguson war weit über achtzig. Wir konnten sie ausschließen, wenn es darum ging, einen erwachsenen Mann in seiner Badewanne zu ertränken. So blieben noch die drei anderen. »Der Doktor, die Postmeisterin und die Café-Besitzerin – auch nicht gerade die wahrscheinlichste Truppe, die drei«, sagte ich, gleichzeitig erfreut und enttäuscht. »Irgendwas über die Familie Cortez?«

Patrick schüttelte den Kopf. »Ich habe nach Raoul gesucht, und der ist nicht auf der Liste der Nebenkläger aufgetaucht, genauso wenig sonst jemand namens Cortez oder Serrano. Wenn ich mich recht erinnere, gab es da nicht viele ausländische Investoren.«

»Was ist mit den beiden Typen im Gasthaus? Von denen alle überzeugt sind, sie wären Steuerfahnder?«

»Da kenne ich die Namen nicht.«

»Vielleicht könntest du bei Siobhán nachfragen und mir dann Bescheid geben? Du weißt doch, dass sie eine Schwäche für dich hat.«

»Fragen kann ich ja mal.« Patrick setzte sich zurück und griff nach seinem Weinglas. Sein anfänglicher Ärger schien zu verfliegen. »Jetzt hast du die Namen, und was machst du nun damit?«

»Ich überprüfe, ob welche von ihnen ein Motiv haben könnten und auch die Gelegenheit hatten, vor zwei Tagen abends in Ethan Buchanans Zimmer zu gelangen.« Das würde eine heikle Fragerei werden, aber ich hatte das erste kleine Samenkorn für eine Theorie. Jetzt musste ich es fleißig gießen und zusehen, ob es wuchs.

KAPITEL 13

Sosehr die Gäste auch unsere Single Malt Whiskys liebten, merkte ich doch, dass keiner von ihnen die Gelegenheit ungenutzt ließ, auch einmal etwas anderes zu kosten. Der Sonntagabend in der Chocolate Bar erwies sich als echter Knüller: Die Martinis waren ein Volltreffer, ebenso wie die kleinen Whisky-Cream-Cocktails.

Ich stand in der Ecke bei den Lakritzen und schaute zu, wie Floss und Harold die Jungs bezirzten. Es war dieselbe Gruppe wie am Freitagabend – minus einen. Ich konnte nicht umhin, unsere Gäste nun aus einem leicht veränderten Blickwinkel zu betrachten. Richteten wir im Augenblick einen Whiskykurs aus oder etwa einen Meisterkurs in Sachen Mord? Patrick kam zu mir herüber und riss mich aus meinen finsteren Gedanken.

»Gibt's was Neues?«, fragte ich.

»Laut Siobhán heißen die geheimnisvollen Burschen Milton Jones und Barry Wilson. Keiner von beiden steht auf der Liste der Kläger, aber ich nehme an, dass dies unter Umständen nicht ihre richtigen Namen sind. Siobhán ist sehr misstrauisch, zumal die beiden alles bar bezahlen, nicht mit der Karte.«

»Das ist heutzutage ein bisschen seltsam, besonders wenn man auf Geschäftsreise ist.« Bei dieser Truppe gab es beinahe zu viele merkwürdige Zufälle.

Patrick nickte. »Was hört man von Owen?«

»Bill hat die Erlaubnis, ihn die ganzen sechsundneunzig Stunden festzuhalten. Das bedeutet, dass der Gerichtsmediziner aussagekräftige Beweise geliefert hat.« Ich ließ den Blick weiter durch den Raum schweifen, hoffte wohl auf eine von Schnaps und Schokolade getriggerte Inspiration. »Hattest du Gelegenheit, vor dem Abendessen noch mit Gordon über Newton Financial zu reden?«

Patrick warf mir einen angewiderten Blick zu. »Wie stellst du dir das denn vor? Wir sind erst im Anfangsstadium unserer Beziehung, wo noch alles wunderbar ist. Das ›Erzähl-mir-von-deinen-gescheiterten-Investitionsplänen‹-Stadium haben wir noch nicht erreicht. Außerdem sage ich dir noch mal, dass ich Gordon am Freitag den ganzen Abend nicht aus den Augen gelassen habe.«

»Schon gut, schon gut. Ich nehme an, dann hat er dich als Alibi.«

»Mir gefällt schon die Annahme nicht, dass mein Partner überhaupt ein Alibi braucht«, knurrte Patrick. »Er ist ein allseits respektierter Chefkoch und nicht irgendein Mordgeselle.«

»Dieses Problem haben wir nicht zum ersten Mal. Du weißt genau, dass man Leute nicht von der Liste streichen kann, nur weil man mit ihnen ein Verhältnis hat. Gleiches Recht für alle«, murmelte ich hinter vorgehaltener Hand.

»Ich soll wohl noch dankbar sein, dass du nicht auch gegen mich ermittelst«, blaffte Patrick.

»Hast du auch da investiert?«, fragte ich.

Diese Bemerkung überging Patrick geflissentlich und wandte sich von mir ab, um Gordon zu begrüßen, der sich gerade einen Weg durch die Menge bahnte, in jeder Hand einen Schokoladenmartini. Obwohl ich es hätte besser wissen müssen, nahm ich ein Glas. Diesen Fehler hatte ich schon früher einmal gemacht, doch jetzt brauchte ich einen Drink.

Die Luft zwischen Patrick und mir war zum Schneiden, und Gordon spürte wohl die Spannung. Ich plauderte noch kurz, ging dann fort und überließ Patrick und seinen Chefkoch sich selbst. Raoul flirtete gerade mit Floss Robinson, die die Aufmerksamkeit des attraktiven jungen Spaniers zu genießen schien. Ich gesellte mich zu ihnen, und Raoul begrüßte mich mit Küsschen auf beide Wangen.

»Ich muss Ihnen wieder einmal für einen phantastischen Tag danken. Wie viel es hier zu sehen gibt! Ihre herrliche Landschaft und die Getreidefelder, die Flüsse! Einfach atemberaubend.«

Unwillkürlich musste ich seinen Überschwang belächeln. »Ich freue mich, dass Sie Spaß hatten. Ich habe mir sagen lassen, dass Ihre Tante heute mit dem Mietwagen in der Gegend unterwegs war. Geht es ihr nach dem Tag an der frischen Luft jetzt besser?«

»Ja, sie ist ziemlich rastlos und ist gern draußen und fährt durch die Landschaft. Aber machen Sie sich keine Sorgen um sie. Es geht ihr wirklich gut. Das ist nur eine Erkältung, sonst nichts. Die viele Arbeit übermüdet sie ein wenig, und dann ist sie anfälliger.«

»Es tut mir leid, dass sie alle vergnüglichen Programmpunkte verpasst.« Ich gab mir redlich Mühe, mir mein eigenes Vergnügen über ihre Abwesenheit nicht zu deutlich anmerken zu lassen. Es waren schon genügend unangenehme Dinge geschehen, da mussten wir uns nicht noch von dieser sauertöpfischen alten Schachtel den Abend vermiesen lassen. »Wir könnten aber gern den Arzt bitten, sie einmal zu besuchen. Würde das vielleicht helfen?«

»Nein, danke«, antwortete Raoul rasch. »Es geht ihr sicher schon bald viel besser.«

Meine Vermutung war ja, dass Tantchen gar nicht krank war, sondern nur uns Bauerntrampeln aus dem Weg gehen wollte.

»Wie geht es Mr. Buchanan?«, erkundigte sich Raoul. »Wie schrecklich, dass so etwas geschehen ist.«

Ich war mir nicht sicher, ob er damit auf Ethans Tod oder die Tatsache anspielte, dass Owen von der Polizei vernommen wurde. Hier im Ort verbreiteten sich Nachrichten ja wie ein Lauffeuer. Ich beschloss, die zweite Lesart zu übergehen und mich unwissend zu stellen. »Ja, es ist wirklich sehr traurig. Ethans Frau ist heute Nachmittag eingetroffen. Da weiß man wirklich nicht, was man sagen soll. Das übliche ›mein Beileid‹ kommt mir überaus unzulänglich vor.«

»Die arme Frau. Gerade hat mir Mrs. Robinson noch erzählt, es gebe wohl Zweifel daran, dass Ethans Tod ein Unfall war.«

Ich hatte gewiss nicht die Absicht, hier mitten in der Chocolate Bar über den Tod eines unserer Kursteilnehmer zu diskutieren, geschweige denn das Wort Mord in den Mund zu nehmen. Also sollte ich auf die Theorie vom Selbstmord zurückgreifen und den Mörder, falls er hier unter uns war, glauben lassen, dass er mit seinem Verbrechen ungeschoren davongekommen war. »Ich habe gehört, dass es vielleicht Selbstmord war.«

»*Dios mío*. Mit einer solchen Sünde auf der Seele sterben …« Raoul bekreuzigte sich mit der Hand, in der er keinen Martini hielt.

»Traurig, wenn man so verzweifelt ist und niemanden hat, an den man sich wenden kann«, merkte Floss an. Ich schaute auf ihre mütterliche Gestalt, konnte mir aber weder sie noch ihren spindeldürren Ehemann als Mörder vorstellen. Obwohl sie eine betrogene Investorin war, stand Floss auf meiner Liste ganz unten, und dort würde sie auch bleiben, bis ich mir jeden anderen möglichen Verdächtigen genau angeschaut hatte.

Mein Blick fiel auf Mick, der allein an der Seite stand und die Wand mit den vielen Apothekengläsern voller Trüffel und anderer Süßigkeiten betrachtete. Ich entschuldigte mich bei Floss und Raoul und gesellte mich zu ihm. »Alles in Ordnung, Mick?«

»Ja. Alles in allem.«

»Tut mir leid, dass es gestern diesen Zwischenfall gegeben hat. Ich hoffe, das hat Sie nicht zu sehr mitgenommen.« Zwischenfall, das war allerdings eine ziemlich nichtssagende Beschreibung für einen Mord am zweiten Tag unseres Whiskykurses, aber mir fiel nichts Besseres ein.

»Das war ja nicht Ihre Schuld, oder? Ich muss sagen, Ihr Bulle hier am Ort ist sehr gründlich. Der stellt Unmengen von Fragen, will wissen, wo wir alle waren. Wie im Fernsehen.«

»Das war sicher reine Routine, die müssen da strikt nach Vorschrift vorgehen. Ich meine, es ist ja nicht so, dass hier viele Verbrechen begangen werden.« Hinter dem Rücken kreuzte ich die Finger.

»Mir macht das nichts aus«, sagte Mick und nippte erneut an seinem Schokoladenmartini. »Ich hab nichts zu verbergen, hab denen gesagt, dass ich nur einmal am Abend nach oben gegangen bin. Ich brauchte ein Aspirin und bin gleich wieder runtergekommen. Keine Fisimatenten.«

Ich hätte ihn wirklich sehr gern fragen wollen, wann das gewesen war, aber während ich mir noch das Hirn nach einer Formulierung zermarterte, die nicht extrem seltsam klingen würde, hatte Mick bereits das Thema gewechselt.

»Stimmt es, dass Sie vorhaben, eine Sonderedition aufzulegen, die Sie in handgetöpferte glasierte Keramik abfüllen wollen?«, fragte er.

»Ja. Ein Künstler, der draußen vor dem Ort wohnt, macht ganz einzigartige Keramik. Wir werden bald weitere Einzelheiten bekanntgeben, aber ich glaube, das wird ein echter Knüller.«

»Ich versuche im Moment, Werbung für die Dark Seas Destillery zu machen. Dürfte ich mal fragen, wie Sie auf Ihre Ideen kommen?«

»Ich suche immer nach Möglichkeiten, die Dinge hervorzuheben, die Abbey Glen einzigartig machen. Das sollten Sie auch tun.«

»Ich bin mir nicht sicher, ob ich weiß, wie das geht.«

Mick war in der Nacht von Ethans Tod im Obergeschoss gewesen, und hier stand ich und gab ihm Tipps für die Markenwerbung, anstatt ihn nach allen Regeln der Kunst auszufragen. »Na ja, bei Ihrem Whisky, denke ich mal, sollten Sie die Tradition des starken Torfens betonen und vom Stellenwert erzählen, den der Torf in der Kultur und Geschichte der Insel Islay hat. Erzählen Sie, dass Dark Seas den wahren Geist der Inseln heraufbeschwört. In Ihrem Produkt kann man die Erde und die salzige Luft schmecken und so weiter und so weiter. Vielleicht sollten Sie über eine Medienkampagne nachdenken, die sich auf die wilde, sturmgepeitschte Schönheit von Islay konzentriert und auf den wilden Whisky, den diese Insel hervorbringt – das perfekte Getränk für wilde, frei denkende Menschen.« Ich faselte drauflos, konnte mich einfach nicht bremsen.

Micks Augen leuchteten. »Das ist eine Superidee. Ich kann mir vorstellen, dass so was die richtigen Leute ansprechen würde. Allerdings sind Medienkampagnen für uns momentan ein bisschen hochgegriffen.«

»Sie können mit den sozialen Medien heutzutage viel mehr für viel weniger Geld erreichen«, wandte ich ein.

»Das stimmt wohl«, meinte Mick. »Wir hatten einen Etat für eine Anzeigenkampagne in den Printmedien vorgesehen, aber das mussten wir aufgeben, nachdem wir ein, zwei Rückschläge bei Investitionen auf dem Markt hatten.«

»Es ist ein teures Vergnügen, eine Destillerie zu betreiben. Deswegen schaffen es viele von den kleineren auch nicht.« Mir war klar, dass das nicht gerade ermutigend klang. »Aber Sie müssen nicht mehr Geld für Werbung ausgeben, Sie müssen es nur klüger ausgeben.«

Mick nickte. »Darüber werde ich mal nachdenken.«

Ich wollte nun sehr gern zum Thema Investitionen zurückkommen. »Mich beeindruckt, dass Sie überhaupt Geld für Investitionen übrig haben. Wir kalkulieren hier sehr knapp.« Das war die beste Überleitung, die mir einfiel.

»Verstehen Sie mich nicht falsch, wir haben auch kein Geld übrig, aber ich hatte was gespart, und ich dachte, wenn es mir gelingen würde, das rasch zu vermehren, dann könnten wir ein wenig schneller expandieren. Ich habe alles in ein riskantes Geschäft investiert und alles verloren. Selber schuld, dass ich so dumm war. Man sollte Leuten nicht glauben, die einem kurzfristig große Gewinne versprechen. Wenn es so leicht wäre, könnten es ja alle machen.«

»Tut mir leid. War es sehr viel Geld?«

»Viel mehr, als ich mir zu verlieren leisten konnte.«

Genug, um in ihm den Wunsch zu wecken, alle zu bestrafen, die etwas mit Newton Financial zu tun hatten?, überlegte ich. Es war eindeutig ein herber Rückschlag für ihn gewesen, all das Geld zu verlieren. War die Wut in ihm entfacht worden, als er Ethan Buchanan ausgerechnet in seinem Whiskykurs traf? Was fiel mir zu Mick ein? *Ehrgeizig, vertrauensselig, philosophisch.* Philosophisch genug, um den Verlust seines Geldes mit Gleichmut zu tragen? Das war hier die Frage, oder nicht?

Hunter kam zu uns herüber. Er hielt einen Highland Fling in der Hand, eines von Floss' Spezialgetränken, eine Mischung aus heißem Kakao, Whisky, Frangelico* und Schlagsahne. »Patrick hat das für mich bestellt. Erst war ich mir ja gar nicht sicher, aber es schmeckt echt gut.«

»Da ist ja ein ordentlicher Schuss Whisky drin. Das muss einfach schmecken.«

Hunter grinste und nahm noch einen kräftigen Schluck. Mick schaute interessiert und entschuldigte sich, um am Tresen ebenfalls einen Fling zu bestellen.

»Gibt's was Neues von unseren Steuereintreibern?«, fragte ich.

»Nicht, dass ich was gehört hätte. Die fahren beinahe jeden Tag in die Berge. Schnüffeln auf ein paar von den verlassenen Anwesen an der Upland Road rum. Sogar nachts.«

* Italienischer Haselnusslikör

Hatte Rory vielleicht diese beiden mit den Taschenlampen gesehen? Hatte Floss recht? Schauten sie sich Rorys neue Terrasse an? Doch dann würden sie ihn bestimmt auffordern, die Quittungen vorzulegen, und nicht im Dunklen herumschleichen.

»Eine neugierige Frage: Bis wann bist du am Freitagabend im Stag Inn gewesen?«, erkundigte ich mich.

»Bis knapp vor zwölf. Ich war am nächsten Morgen ganz schön fertig, kann ich dir sagen.«

»Und eure Typen haben sich den ganzen Abend nicht von der Stelle gerührt?«

»Aye.«

»Keiner von denen ist nach oben gegangen?«

»Na ja, der eine Typ, der Jones heißt, ist mal hochgegangen, um eine Landkarte zu holen. Der ist gleich wieder runtergekommen, und dann haben sie die Karte eine Weile angeschaut. Fragst du wegen dem Toten?«

»Nein. Na ja, ein bisschen schon, aber setze keine Gerüchte in die Welt. Das ist das Letzte, was wir jetzt noch brauchen.«

Hunter schlürfte etwas Sahne von seinem Drink und schien die Sache ernsthaft zu erwägen. »Ich hab die genau beobachtet.« Er zog ein zerknittertes Blatt Papier aus der Tasche. »Ich nehme meine Aufgabe ernst. Hab mir Notizen gemacht und so, genau wie die Privatdetektive im Krimi.« Hunter deutete auf seine gekritzelten Eintragungen. »Da siehst du's.«

Alle halbe Stunde hatte er aufgeschrieben, was die beiden Männer machten. Kaffee und Dessert nach dem Essen in der Gaststube, zweimal zur Bar gegangen, und dass Jones fortgegangen war, um die Landkarte zu holen. Das war um 22:48, laut Hunter, aber Jones war rasch zurückgekehrt. Ich wünschte, er hätte solche Aufzeichnungen auch für die Leute aus unserer Gruppe gemacht.

»Du hast wahrscheinlich nichts von dem mitbekommen, was im Nebenzimmer vor sich ging?«

»Ich konnte von da, wo ich saß, nicht alles sehen, nur das hinterste Ende der Bar und die Treppe nach oben.«

»Könntest du sagen, ob einer aus dem Nebenzimmer die Treppe raufgegangen ist?«

»Aye. Ich bin mir ziemlich sicher, dass ich mitbekommen habe, wie Mick hochgegangen ist. Zum Klo, hab ich mir gedacht. Der war nicht lange weg. Und dann ist, glaube ich, der junge Buchanan irgendwann nach oben gegangen. Sonst ist mir nicht viel aufgefallen.«

»Erinnerst du dich noch, wann Mick hochgegangen ist?«

»Bin mir nicht sicher. Vielleicht zehn Minuten vor unserem Steuereintreiber.«

Ich hätte gern noch mehr gefragt, wusste aber, dass Hunter schnell misstrauisch werden würde, und ich konnte es nicht drauf ankommen lassen, dass er den Gästen irgendwas verriet. Absichtlich würde er das nicht tun, aber ich wollte dieses Risiko nicht eingehen.

Ich schaute mich in der Chocolate Bar um. Floss und Harold hatten in letzter Zeit ziemlich viel investiert, um dem Laden eine Schönheitskur zu verpassen. Hatten sie damit gerechnet, das alles mit dem Ertrag aus den Investitionen bei Newton Financial zu finanzieren? Wenn ich Floss so sah, wie sie hinter dem Bartresen Drinks mixte und mit Reg und Phil plauderte, wirkte sie gewiss nicht beunruhigt. Vielleicht, weil sie auf ihre Art Rache verübt hatte? Ich schüttelte den Kopf. Das waren wohl vom Schokoladenmartini inspirierte Wahnvorstellungen. Mein geistiges Porträt von Floss war das einer Frau, die *unkonventionell, schlau* und in allem *unermüdlich* war. Wenn sie sich rächen wollte, würde diese Rache weitaus weniger tödlich und weitaus einfallsreicher ausfallen, als einen Mann in seiner eigenen Badewanne zu ertränken.

Ich persönlich glaubte nicht, dass einer der Ortsbewohner für Ethans Tod verantwortlich gewesen sein könnte, doch jeder halbwegs anständige Ermittler würde sie nur nach einer gewissenhaften Untersuchung von der Verdächtigenliste streichen. Ich musste herausfinden, wo Floss am Freitagabend war, und gleich morgen in aller Herrgottsfrühe würde ich mich bei Polly und Dr. Arya umhören. Ich hatte keine Ahnung, wie ich das anfangen sollte. Wie fragt man Freunde, ob sie zufällig eine Gelegenheit gefunden hatten, einen Finanzberater dafür zu bestrafen, dass er der Justiz ein Schnippchen geschlagen hatte? Eine Gelegenheit, Ethan Buchanan umzubringen, weil er die betrügerischen Machenschaften seines Chefs nicht früher gestoppt hatte? Das schien alles kaum vernünftig, aber wenn es um Geld, Betrug und Rache ging, waren die Betroffenen ja selten vernünftig.

KAPITEL 14

Ein Besuch bei Dr. Arya schien in mehrerlei Hinsicht ein guter Auftakt zu sein. Ich könnte etwas über den Umfang seiner Investitionen bei Newton Financial herausbekommen und erfahren, warum Bill sich so sicher war, dass Ethans Tod kein Unfall war. Ich rief in Aryas Praxis an, behauptete, ich hätte Halsschmerzen, und wurde gebeten, am Montagmorgen zur Sprechstunde zu kommen.

Arya war noch nicht lange in Balfour. Er war sogar ein noch neuerer Neuankömmling als ich, doch mit seiner offenen, bescheidenen Art hatte er die Leute am Ort schnell für sich gewonnen.

»Guten Morgen, Abi. Sie haben ja eine recht harte Woche«, sagte Arya mit charakteristischem Understatement. »Brauchen Sie etwas, um besser schlafen zu können?«

»Nein, danke, ich habe Halsschmerzen. Vielleicht ist es nur eine Allergie, aber ich will sicher sein, dass es keine ansteckende Krankheit ist, bei all den Gästen, die wir diese Woche in Abbey Glen haben.«

Arya maß meine Temperatur, tastete meine Lymphknoten ab und leuchtete mir in den Hals. »Ich gebe Ihnen einen Test für Streptokokken mit, aber ehrlich gesagt sieht ihr Hals nicht so schlimm aus. Sind Sie auf irgendwas Besonderes allergisch?«

»Tiere«, gestand ich ihm.

»Haben Sie Tiere?«

»Nur einen Hund. Der haart aber nicht, und, na ja, ein paar Dutzend Schafe.«

Arya zog eine Augenbraue in die Höhe. »Das könnte Ihr Problem sein. Was ist mit Heidekraut?«

»Was soll mit Heidekraut sein?«

»Das steht jetzt in voller Blüte, und viele Leute haben Probleme damit.«

»Letztes Jahr habe ich nichts dergleichen bemerkt.«

»Das kommt oft erst beim zweiten Mal. Jahr zwei kann ziemlich furchtbar sein. Wenn Sie möchten, mache ich einen schnellen Hauttest.«

Während Arya seine Instrumente zurechtlegte, grübelte ich, wie ich am besten das Thema ansprechen könnte, das ich eigentlich mit ihm bereden wollte. »Ich möchte mich bei Ihnen bedanken, dass Sie uns neulich mit Mr. Buchanan geholfen haben. Das alles ist ein ziemlicher Alptraum, hoffentlich bekommen wir das schnell geklärt.«

»Ja, die Situation ist einigermaßen heikel«, stimmte er mir zu.

»Genau, und ich weiß auch, dass der Gerichtsmediziner in Stirling niemals so schnell reagiert hätte, wenn Sie nicht ein wenig nachgeholfen hätten.«

»Ich musste doch sicher sein, dass Bill nicht zu weit in die falsche Richtung rannte. Meiner Erfahrung nach sind die ersten paar Tage bei einer solchen Ermittlung entscheidend.«

Er hatte recht. Die ersten paar Tage waren tatsächlich entscheidend, und nun waren wir schon bei Tag drei seit dem Mord an Ethan. Keine Zeit, um den heißen Brei herumzureden. »Bill hat erwähnt, dass die Blutergüsse am Leichnam vermuten ließen, jemand könnte das Opfer mit

Gewalt unter Wasser gehalten haben.« Arya schaute überrascht auf.

»Das hat er gesagt?«

»Nicht unbedingt mit diesen Worten«, redete ich mich heraus. Er hatte es natürlich nicht gesagt, aber Patricks Einschätzung war goldrichtig gewesen. Wenn man sein Opfer mit Gewalt unter Wasser hielt, dann packte man es irgendwo am Kopf und Hals, und der Druck würde auf jeden Fall Blutergüsse hinterlassen.

»Ich habe selbst den vorläufigen Bericht erst vor einer halben Stunde gesehen.« Arya schaute verwirrt.

Ich versuchte, unbeeindruckt zu schauen. »Wahrscheinlich hat Bill nur spekuliert. Es ist ja nicht sein erster Mordfall. Er weiß, wonach er sucht.«

Arya reagierte nicht und kam mit einer Spritze auf mich zu. »Ich injiziere Ihnen das jetzt unter die Haut, und dann warten wir ab, ob sich eine Reaktion zeigt.« Ich biss die Zähne zusammen und sprang ins kalte Wasser.

»Hat der Bericht des Gerichtsmediziners bestätigt, dass Buchanan umgebracht wurde?«

»Darüber darf ich nicht reden, es sei denn, Bill bittet mich darum, doch wenn ich zu Wetten neigen würde, dann würde ich mein Geld in diesem Fall nicht auf Selbstmord setzen.«

»Wussten Sie irgendetwas über Ethan Buchanan?«

»Nur, dass er zu Ihrem Whiskykurs hergekommen war.«

»Schon mal was von Newton Financial gehört?«

»Ja, aber was hat das damit zu tun?«

»Ethan Buchanan war der Whistleblower, der Richard Newton ins Gefängnis gebracht hat.«

Ich beobachtete Aryas Reaktion, doch seine Miene

blieb gleichmütig. »Gut gemacht. Newton war eine Landplage.«

»Ich kann mich nicht mehr so genau erinnern, was damals passiert ist. Wissen Sie es noch?«

Arya wandte sich ab und warf die Nadel in den Behälter für scharfe Gegenstände. »Newton hat ein betrügerisches Pyramidensystem aufgebaut, wobei er das Geld neuer Investoren dazu benutzt hat, die alten auszuzahlen. Als das Kartenhaus schließlich zusammenfiel, hatte er Hunderte von Investoren betrogen. Manche haben ihre Lebensersparnisse verloren.«

»Ist auch in Balfour jemand davon betroffen?«

»Einige Leute, mich eingeschlossen. Zum Glück hatte ich nicht viel bei Newton investiert, aber es war doch eine stressige Situation. Man fühlt sich so betrogen, wenn jemand, dem man vertraut hat, dieses Vertrauen missbraucht.«

Arya untersuchte die Einstichstelle an meinem Arm. Sie war leicht gerötet. »Lassen Sie uns noch ein, zwei Minuten abwarten.«

»Haben Sie mal in der Zeitung einen Hinweis darauf gefunden, dass der Whistleblower im Fall Newton vielleicht selbst in die Betrügereien verwickelt war?«

Arya schaute mich an. »Sie glauben, dass es jemand auf ihn abgesehen hatte?«

»Das ist doch möglich, oder nicht? Ich habe mir sagen lassen, dass einige Boulevardblätter Dreck in seine Richtung geschleudert haben.«

»In der Regenbogenpresse steht gewöhnlich nicht viel Wahres, und ganz gewiss ist das nicht die Lektüre meiner Wahl. Ich kann nicht sagen, dass ich was gelesen hätte, andere vielleicht schon.« Er drehte meinen Arm noch einmal um. Von der Einstichstelle breitete sich ein tiefroter Fleck aus.

»Sie reagieren eindeutig allergisch auf Heidekraut. Ich stelle Ihnen ein Rezept für ein starkes Antihistamin-Präparat aus. Sie müssen es regelmäßig einnehmen, sollten aber schon in den nächsten Tagen eine Besserung feststellen. Vergessen Sie allerdings nicht, dass es Sie sehr schläfrig machen kann, besonders wenn Sie es mit Whisky mischen.«

Es gefiel mir sehr, dass er mich nicht bat, nichts zu trinken, sondern mich nur zur Vorsicht mahnte.

Arya hielt sich nicht länger mit mir auf, und ich packte meine Sachen zusammen und meldete mich beim Empfang ab. In meinen Gedanken hatte er stets die Worte *ehrlich, beruhigend* und *verlässlich* heraufbeschworen. Das hatte sich nicht geändert. Arya war vielleicht ein verärgerter Investor, aber ich konnte ihn mir schlecht als Mörder vorstellen. Wenn überhaupt, dann hätte er sicher das Verbrechen besser geplant, so dass es nicht nachweisbar war. Er war schließlich Arzt und kein Narr.

Polly Barker sortierte gerade Pakete, als ich im Postamt eintraf. Das Aufkommen des Online-Einkaufens war für das Städtchen ein echter Gewinn gewesen. Jetzt konnten sich die Leute hier alles, was sie nur wollten, direkt nach Hause liefern lassen, ohne nach Glasgow oder Edinburgh fahren zu müssen und sich dort in den Läden der Einkaufsketten im Menschengewühl herumzuschlagen. Gleich hinter der Tür stapelten sich die Kartons mit dem schiefen Lächeln.

»Tut mir leid, dass es hier so unordentlich ist«, sagte Polly. »Einer der Fahrer ist ein echter Schatz und bringt mir alles zur Hintertür. Der andere ist ein alter Miesepeter und lädt die Sachen einfach hier ab, wo sie im Weg rumliegen.«

»Kein Problem.«

Polly richtete sich auf und strich sich eine Haarsträhne aus den Augen. »Was kann ich für Sie tun?«

»Ich brauche nur …« Ich schaute mich in heller Panik um. »Eine Geburtstagskarte«, stammelte ich und ging zu dem Kartenständer in der Ecke.

»Im Stag Inn ist ja einiges los«, eröffnete Polly das Gespräch. Als Postmeisterin hatte sie zweifellos das Gefühl, sie müsse mit dem Klatsch stets auf dem neuesten Stand sein. Das hoffte ich jedenfalls.

»Ja, sehr traurig, nicht wahr?«

»Wer war er?«

»Er hieß Ethan Buchanan. War mit seinem Bruder zu einem Männerurlaub hergekommen.«

Polly stellte den Karton ab, den sie gerade trug, und wandte sich mir zu. »Nicht *der* Ethan Buchanan, der Whistleblower in dem Newton-Financial-Fall?«

»Ich glaube schon.« Es war nicht verwunderlich, dass Polly den Namen schnell erkannt hatte, doch fairerweise muss man sagen, dass sie aufrichtig verwundert schien. »Ich weiß nicht wirklich viel über die Sache, nur das, was ich in der Zeitung gelesen habe.«

»Es war ein rechter Schlamassel. Richard Newton war ein Scheißkerl. Hat Leuten ihr schwer verdientes Geld abgeschwindelt.«

Pollys heftige Reaktion ließ vermuten, dass ihr Newtons Betrügereien erheblichen Schaden verursacht hatten. »Klingt schrecklich. Hoffentlich hat hier nicht auch jemand Geld verloren.«

»Ein paar von uns waren so dämlich, drauf reinzufallen. Ich hatte was von meiner Mutter geerbt. Ihr Anwalt in Stirling hat mir gesagt, Newton Financial wäre eine gute Investition. Sogar Floss hat was eingezahlt. Wir haben alle das gesamte Geld verloren.«

»Das tut mir wirklich leid. Es muss ein schrecklicher Schock gewesen sein, als man Newton verhaftet hat.«

»Floss war stinkwütend. So aufgeregt habe ich sie noch nie gesehen. Es war gar nicht so viel Geld, aber sie hasst es, wenn jemand sie übervorteilt. Ich war nur einfach sauer auf mich, weil ich so leichtgläubig gewesen war.«

»Meinen Sie nicht, dass Sie schließlich doch noch etwas von dem Geld zurückbekommen könnten? Gibt es da nicht üblicherweise einen Opferfonds?«

»Schön wär's!« Polly schnaufte. Sie hob zwei große Kartons hoch und trug sie ins Hinterzimmer. »Es geht das Gerücht um, dass Newton den größten Teil des Geldes irgendwo versteckt hat«, sagte sie, als sie zurück war. »Er hat Millionen und Abermillionen eingesackt, und die liegen jetzt irgendwo auf einem Konto in der Schweiz. Die Polizei hat danach gesucht, aber der Kerl ist aalglatt. Leute wie wir werden wohl nie einen Penny davon sehen.«

»Trotzdem, Gott sei Dank, dass es Ethan Buchanan gegeben hat, sonst wäre es vielleicht noch schlimmer gekommen«, sagte ich. Ich wollte zu gern wissen, ob Polly Ethan in dieser Sache für einen von den Guten hielt oder nicht.

»So kann man's auch sehen, aber meiner Meinung nach hat er sich eine ganze Weile zurückgelehnt und zugeschaut, was da passiert ist, ehe er das angezeigt hat. Während er gezögert hat, sind Leute zu Schaden gekommen, nicht? Haben immer mehr Geld verloren.«

»Das stimmt wohl«, sagte ich. »Meinen Sie, die anderen Investoren geben ihm auch die Schuld?«

»Für die anderen kann ich nicht sprechen, aber ich finde, dass er zumindest nachlässig war. Es geht das Gerücht, dass der Kerl bei euch Selbstmord begangen hat. Jetzt, wo ich weiß, dass es Ethan Buchanan war, muss man sich doch fragen, warum, oder nicht? Ich sehe das so, dass er wohl wegen irgendwas ein schlechtes Gewissen hatte.«

Polly hatte viel verloren und schien Ethan zumindest einen Teil der Schuld zu geben, doch reichte das als Motiv, um sich in den Gasthof zu schleichen und den Mann zu ertränken?

Ich suchte eine Karte aus und bezahlte sie, ehe ich mich wieder den Fluss entlang in Richtung Abbey Glen aufmachte. Ich wollte mir nicht vorstellen, dass irgendein Ortsbewohner für das verantwortlich sein sollte, was Ethan zugestoßen war. Und wie konnte einer von ihnen, realistisch betrachtet, im Voraus gewusst haben, dass Ethan Buchanan diese Woche im Golden Stag wohnen würde? Wir informierten niemand über unsere Buchungen. Mehr noch, rein vom praktischen Standpunkt: Polly war nicht groß, und sie war auch nicht sonderlich fit. Sie hätte nicht genug Kraft gehabt, um einen Mann wie Ethan Buchanan unter Wasser zu halten, wenn er in der Wanne um sich schlug. Dr. Arya hätte das vielleicht gekonnt ... Jetzt hör aber auf, hätte ich mich beinahe laut ermahnt.

Was grübelte ich denn da? All diese Leute waren im Städtchen bestens bekannt. Der Arzt, die Postmeisterin, Floss Robinson – sie hätten alle nicht durch die Vordertür und auch nicht durch die Hintertür, wenn ich es recht bedachte, im Stag Inn antanzen können, ohne dass jede Menge Leute sie bemerkt hätten. Ich war am Freitag ebenfalls im Golden Stag gewesen und hatte keinen von ihnen gesehen. Und unbemerkt die Treppe hinaufschleichen, einen Mann im Bad ertränken und wieder fortgehen, ohne dass jemand etwas davon mitbekam? Auf gar keinen Fall. Besonders da ja der Mörder wohl klatschnass gewesen sein musste, nachdem er Ethan niedergerungen hatte. Ich blieb mitten auf dem Weg stehen – diesen Gedanken musste ich unbedingt weiter verfolgen.

Falls einer der Gäste im Stag Inn an jenem Abend aus dem Gastraum oder dem Nebenzimmer fortgegangen und die Treppe hinaufgeschlichen war, um Ethan zu ertränken, musste er doch dabei nass geworden sein, und das bedeutete, dass er kurz in sein Zimmer gegangen sein musste, um sich umzuziehen. Hatte sich überhaupt jemand während dieses Abends umgezogen? Die Männer hatten doch dauernd die ewiggleiche Kluft aus Jeans und Pullover an, also hätte man den Unterschied vielleicht kaum bemerkt, aber in Erwägung ziehen sollte man die Möglichkeit. Vielleicht sollte ich mir einfach die Fotos genauer anschauen, die ich an jenem Abend gemacht hatte.

KAPITEL 15

In Abbey Glen stand Grant gerade im Destillierhaus vor dem Glaskasten des Spirit Safes, von eifrigen Zuschauern umringt, die so aufgeregt waren wie Welpen, die auf ein Leckerli warten. Cam deutete auf die Kupferrohre, die von den Destillierblasen kamen, dann durch den Glaskasten und anschließend hinunter zu einem großen Holzfass verliefen. Durch einen transparenten Rohrabschnitt konnte man sehen, wie der Whisky durch den Safe floss.

»Sobald die Flüssigkeit zu den Destillierblasen gelangt, hat sie das letzte Stadium erreicht und wird zu Alkohol. Sie wird in der Brennblase destilliert und danach kondensiert. Der sogenannte Lauf fließt dann hier durch«, sagte Grant eben.

»Muss der Spirit Safe nicht ständig verschlossen bleiben?«, fragte Gordon.

»In früheren Zeiten ja, damit die Flüssigkeit nicht kontaminiert werden konnte und weil alles strengen gesetzlichen Kontrollen unterlag, sobald es Alkohol geworden war. Die Leute von der Steuer wollten sicherstellen, dass niemand versuchte, den Brand abzuzapfen, ehe die Abgaben bezahlt waren. Jetzt besteuert man uns aber nach der verarbeiteten Getreidemenge. Alles, was unterwegs verloren geht, ist unser Problem.«

»Warum benutzen Sie dann den Spirit Safe noch?«, wollte Raoul wissen.

»Nun, der gehört traditionell dazu, aber er dient auch einem Zweck, denn er erlaubt uns, den Whisky zu überwachen, wenn er aus der Destillierblase herüberläuft. Jede Ladung wird als Lauf bezeichnet. Wir benutzen nie den Whisky, der ganz am Anfang und ganz am Ende des Laufs kommt. Nur der Mittellauf wird in den Speichertank da drüben geschickt, ehe er in den Fassraum kommt, wo er zum Reifen in die Fässer abgefüllt wird.

»Woran kann man erkennen, welcher Teil des Laufs der Mittellauf ist?«, fragte Gordon.

»Wenn man diesen Hebel umlegt, wird ein Teil des Whiskys in diesen Becher umgeleitet.« Grant deutete auf ein Glasgefäß im Spirit Safe. »Wenn er da drin ist, kann ich die Farbe und Temperatur der Probe bewerten. Daraus können wir ersehen, ob wir das Herzstück, die Mitte des Laufs erwischt haben. Darin ist die reinste Essenz des Destillats enthalten, der einzige Teil, den wir in die Reifung geben wollen.«

»Kann man das auch am Geschmack und Geruch feststellen?«, fragte Reg.

»Ja, das kann man, aber wenn wir den ganzen Tag über kosten würden, wären wir bis zum Abend sternhagelvoll.«

Ich schaute zu, wie die Flüssigkeit durch die Rohre im Spirit Safe floss, war immer noch voller Bewunderung, dass Grant aus diesem Sturzbach die essentiellen Elemente seines Whiskys herauszufinden vermochte. Es war eine hohe Kunst – mit oder ohne Geruchssinn, und eine seiner Fertigkeiten, die er besser zu schätzen lernen musste.

»Werden wir auch miterleben können, wie Sie Whiskys aus verschiedenen Fässern komponieren?«, wollte Reg wissen. »Das ist der Teil an dem ganzen Vorgang, der mich am meisten fasziniert. Ich meine, dazu muss man doch ein so unglaubliches Verständnis für sein Produkt und die subtilen Geschmacksnoten haben.«

»Das ist ein Betriebsgeheimnis.« Reg schaute perplex, weil Grants Stimme plötzlich so scharf klang. Ich wusste, dass diese Frage Salz in seine Wunden gerieben hatte, aber das konnte Reg ja nicht wissen.

»Es ist nichts, was man so richtig erklären kann«, wandte ich aus der hinteren Reihe ein. »Es ist eher etwas, das man erleben und erfahren muss. Wir werden Ihnen allen die Gelegenheit geben, es einmal selbst zu versuchen.« Patrick und Cam hatten eine praktische Übung für das Komponieren von Whiskys geplant, damit Grant sein Gefühl der Unzulänglichkeit nicht noch bewusster wurde. Das würde hoffentlich funktionieren, doch in der Zwischenzeit trat Cam auf den Plan und verkündete, es sei Zeit zum Mittagessen.

Als die Gruppe sich auf den Weg von Abbey Glen zum Essen im Stag Inn aufmachte, versuchte ich, neben Grant zu laufen, doch der scherte aus der Gruppe aus, zog sein Handy hervor und telefonierte. Ich vermutete, dass es nur ein Vorwand war, um nicht reden zu müssen, doch er winkte mich weiter, und ich wollte die Sache nicht forcieren. Grant stand mit dem Rücken zur Straße da und schaute über die untere Weide auf die Schafe. Wenn irgendjemand begriff, dass man manchmal allein sein musste, um sich wieder zu sammeln, dann war das ich. Also ließ ich ihn in Ruhe.

Ich hätte Grant gern meine Gedanken zum Fall dargelegt, aber vielleicht war es auch besser, das nicht zu tun. Er hatte ja mehr als deutlich gesagt, dass ich mich raushalten sollte, und ich hatte noch nicht genug Beweise, um meine Einmischung zu rechtfertigen. Wenn man für den

Augenblick mal von den Leuten vom Ort absah, hatten zwei Menschen, die an jenem Freitag im Stag Inn unsere Gäste waren, durch Newton Financial Schaden erlitten und hegten vielleicht einen Groll gegen Ethan – Mick und Gordon. Mick war der Einzige, von dem ich wusste, dass er ungefähr zur richtigen Zeit nach oben gegangen war, und er war der Einzige, der in der Lage gewesen wäre, sich umzuziehen, falls er nass geworden war, denn Gordon übernachtete nicht im Gasthaus.

Während unsere Truppe sich einen Drink vor dem Mittagessen genehmigte, beschloss ich, rasch nach oben zu gehen. Ich wollte versuchen, einen schnellen Blick in Mick Stewarts Zimmer zu werfen. Ich war mir nicht sicher, was ich dort zu finden hoffte. Idealerweise den Abschiedsbrief, der irgendwo versteckt war. Als dem Mörder klar wurde, dass jemand Ethans Leiche fortgebracht hatte, war wohl auch klar, dass dieser Jemand Owen, sein Zimmergenosse, gewesen sein musste. Der Mörder hätte dann zum Tatort zurückkehren und den Abschiedsbrief wieder an sich nehmen können.

Micks Zimmer lag im ersten Stock am hintersten Ende des Flurs. Reg und Phil hatten das Zimmer nebenan, und die Steuerfahnder das Zimmer gleich bei der Treppe. Auf der anderen Seite des Treppenhauses befand sich das gemeinsame Bad für diese Etage. Sicherheit spielte im Stag Inn keine große Rolle. Die Türen hatten Klinken und schlichte Schlösser, und die Schlüssel wurden an der Bar hinterlegt, wenn die Gäste aus dem Haus gingen. Es stand ihnen frei, ihre Zimmer abzuschließen, und nach ein paar Tagen machten sich die meisten diese Mühe nicht mehr. Es wäre also ein Leichtes gewesen, in Ethans und Owens Zimmer zu spazieren, ehe die Polizei eintraf. Ich konnte gerade unten in der Bar ganz schwach Micks Stimme hören. Es sollte also klappen. Ich machte die Tür von Nummer sechs auf und schlüpfte ins Zimmer. Es herrschte große Unordnung, überall waren Kleidungsstücke verstreut. Ein leeres Whiskyglas und eine Pfandflasche mit Wasser standen auf dem Nachttisch. Ich suchte hastig unter den Tischen, hinter Bildern, oben auf den Schränken.

Auf dem Schreibtisch lag Papier, unter anderem die Begrüßungsmappe der Destillerie, aber keine Spur von einem Abschiedsbrief. Ich konnte nicht glauben, dass Mick ihn weggeworfen hatte. Wo war er also? Falls jemand gewollt hatte, dass Ethans Tod wie ein Selbstmord wegen eines schlechten Gewissens aussah, war doch sicher dieser Abschiedsbrief ein wichtiges Element des Plans. Der Mörder würde wollen, dass er irgendwann wieder auftauchte. Denn wenn dies ein Mord aus Rache war, wäre es schließlich nur ein halber Sieg, wenn niemand sonst davon erführe.

Ich musste mir eingestehen, dass hier wirklich nichts zu finden war, und machte mich wieder auf den Weg zur Tür. Es gab keinen erfindlichen Grund, warum ich mich ohne Genehmigung im Zimmer eines unserer Kursteilnehmer aufhalten sollte. Ich ging rückwärts wieder heraus und schloss leise die Tür hinter mir. Ehe ich mich umdrehen konnte, packten mich zwei kräftige Hände um die Taille.

Ich stieß unwillkürlich einen Schrei aus und wirbelte herum, zermarterte mir schon das Hirn, um eine Ausrede zu finden, blickte aber geradewegs in Grants Augen unter fragend hochgezogenen Brauen. »Was machst du hier?«

Ich versetzte ihm einen Schlag auf die Schulter, aber er ließ mich nicht los.

»Ich versuche eine Theorie zu beweisen.«

»Ohne mich?« Grant zog mich näher an sich und manövrierte uns beide in die Wäschekammer auf der anderen Seite des Flurs, um unter vier Augen mit mir zu reden.

Da mir nicht gleich eine passende Antwort einfiel, beugte ich mich näher zu ihm hin und gab ihm einen Kuss, der ihn hoffentlich von weiteren Fragen ablenken würde. Ich hätte es besser wissen müssen. Nach einer langen, sehr angenehmen Pause kam Grant gleich wieder auf das Thema zurück.

»Sag schon, was hast du hier oben zu suchen?«

»Das ist eine lange Geschichte.«

»Ich hab's nicht eilig.« Grant umfasste mein Hinterteil mit Händen und zog mich näher an sich. Jetzt hatte ich ernsthafte Schwierigkeiten, mich daran zu erinnern, was ich eigentlich vorgehabt hatte.

»Nun ja.« Ich holte tief Luft. »Ich habe Patrick gebeten, mir die Liste der Kläger im Fall Newton Financial zu besorgen. Nur um zu sehen, ob jemand hier …«

»… vielleicht ein Motiv hatte, Ethan Buchanan umzubringen«, vollendete er meinen Satz.

»Genau. Wenn wir davon ausgehen, dass Owen seinen Bruder nicht getötet hat, dann muss es jemand anders gewesen sein«, sagte ich.

»*Falls* er seinen Bruder nicht getötet hat«, beharrte Grant. »Wen hast du gefunden?«

Ich nannte ihm die Leute aus dem Ort.

»Aber du denkst doch sicher nicht, dass es einer von denen war?«

»Nein, eigentlich nicht. Außerdem ist keiner von ihnen in der fraglichen Nacht im Gasthaus gesehen worden. Aber es standen zwei Leute auf der Investorenliste, die tatsächlich in der Nacht, in der Ethan ermordet wurde, im Stag Inn waren. Mick Stewart und Gordon.«

»Das erklärt, warum du in Micks Zimmer warst.«

»Ich weiß, es klingt ein bisschen verrückt, aber ich habe mir gedacht, wenn wirklich jemand den Abschiedsbrief aus Owens Zimmer weggenommen hat, war der Mörder der Einzige, der überhaupt von dem Brief wusste. Er hatte den Mord an Ethan als Selbstmord inszenieren wollen. Das ging nun nicht mehr, also musste er den Brief verschwinden lassen, aber noch nicht gleich vernichten.«

»Wenn es einen anderen Mörder gibt als Owen«, wiederholte Grant. »Du hast ihm ja sehr bereitwillig geglaubt, dass er unschuldig ist.«

»Instinkt.«

Grant schnaufte und trat einen Schritt zurück. »Du kennst den Mann doch gar nicht. Er könnte ein echter Schweinehund sein. Du kannst nicht einfach nur nach Instinkt gehen. Wenn man an Owens Affäre mit der Frau seines Bruders denkt, dann ist er nicht gerade ein aufrechter Ehrenmann, und diese Beziehung würde ihm auch ein Motiv geben. Du bist zu vertrauensselig.«

Ich war sehr in Versuchung, mit ihm darüber zu diskutieren, doch dieser Tage konnte Grants Stimmung sekundenschnell von neutral zu wütend umschlagen, und ich merkte, dass er bereits auf diesem Weg war.

»Ich bin keine Närrin«, sagte ich leise. »Ich weiß, dass er lügen könnte. Doch was ist, wenn er tatsächlich die Wahrheit sagt? Niemand sonst hört ihm zu. Ich habe versprochen, dass ich ihm zuhören und zumindest versuchen werde, einen anderen Verdächtigen zu finden.«

»Und du glaubst, es wird Patrick begeistern, dass du auch Gordon in Erwägung ziehst?«

»Ich würde Gordon gern ein für alle Mal von der Liste streichen, wenn ich kann, aber dazu muss ich ihn erst überprüfen. Und glaube mir, ich würde nur zu gern einen Verdächtigen finden, der ein echter Außenstehender ist und kein Ortsbewohner oder einer unserer Gäste, einfach jemand, der aus dem Nichts hier aufgetaucht ist. Wenn wir in der Großstadt wären, hätte der Pub wahrscheinlich eine Überwachungskamera, und wir hätten uns ansehen können, wer da ein und aus gegangen ist.«

»Glaubst du ernsthaft, dass jemand von draußen hereingekommen sein könnte? Falls ein Fremder durch die Tür hereingetreten wäre, hätte doch die gesamte Bar darüber geredet.«

»Dann eben durch die Hintertür«, schlug ich vor.

»Du meinst, jemand wäre an Siobhán und Sheila vorbeigekommen?«

Wie immer hatte Grant recht. Jemanden vom Ort hätte man bemerkt, ein Fremder hätte die höchste Alarmstufe ausgelöst, insbesondere jetzt, da alle wegen der Steuerfahnder ohnehin schon übervorsichtig waren.

»Sieh mal, wir haben doch sowieso schon alle Hände voll zu tun; da müssen wir uns nicht auch noch wieder einmal in eine Mordangelegenheit einmischen, selbst wenn der Tote direkt vor unserer Haustür lag. Ich meine, schau dir bloß an, was bei der letzten Ermittlung rausgekommen ist.« Grant rieb sich mit der flachen Hand über die Stirn.

Insgeheim hatte ich gehofft, dass eine weitere Mordermittlung Grant ablenken könnte, doch letztlich schien ihn die Sache nur bitterer und wütender über seine Verletzung zu machen. Das war ja auch verständlich, aber ich war noch immer der Meinung, dass es ihm guttun würde, an etwas anderes als sich und seinen Geruchssinn zu denken.

»Bei unserem letzten Abenteuer ist die Sache für dich nicht gut ausgegangen, und dafür übernehme ich die volle Verantwortung«, gestand ich ihm zu. »Ich hätte dich nicht mitzerren sollen, aber wenn wir dort nicht eingedrungen wären, wäre Sheila jetzt vielleicht tot, und Nora hätte keine Mutter mehr. Stattdessen sitzen ein Mörder und ein Drogenhändler im Gefängnis, und das haben wir dir zu verdanken. Du hast Sheila in Balfour ein neues Leben ermöglicht, und sie fühlt sich hier sicher und wird gebraucht. Zumindest für einige Leute hat die Geschichte ein gutes Ende genommen.«

Grant ließ die Schultern hängen, und ich merkte, dass ein Teil seiner Wut verebbte.

»Ich will nicht, dass du das allein machst«, sagte er und legte den Arm um mich. »Ich denke aber, Überwachungskameras brauchen wir in Balfour nicht, oder? Wenn hier Leute herumlungern, die nicht hergehören, hätte man die gesehen. Zusammen sollten wir es schaffen, die Sache rauszukriegen.«

»Zusammen schaffen wir wohl so ziemlich alles«, stimmte ich ihm zu.

KAPITEL 16

Ich hatte kaum einen Fuß über die Schwelle des Stiftungsbüros gesetzt, da kam schon Trish auf mich zugestürzt. »Hast du rausbekommen, wer euren Typen aus dem Whiskykurs abgemurkst hat?«

Ich versuchte, nicht verärgert zu reagieren. »Wie kommst du darauf, dass er umgebracht wurde? Das Letzte, was ich gehört habe, war Selbstmord.«

»Da hab ich aber andere Infos.« Trish wirkte erfreut, weil sie meinte, mir einen Schritt voraus zu sein.

Der Klatsch und Tratsch vor Ort war berüchtigt, und ich hoffte, dass Hunter nicht gestern nach unserem Gespräch in der Chocolate Bar noch neues Wasser auf die Mühlen gegeben hatte. »Na dann man los. Was hast du gehört?«, fragte ich.

»Na ja, Polly von der Post sagt, dass der Gerichtsmediziner in Stirling die Leiche untersucht. Das bedeutet, dass es Fragen zur Todesursache gibt, und dann sitzt sein Bruder in Untersuchungshaft, nicht wahr. Also ist es auf keinen Fall Selbstmord gewesen.« Trish holte rasch Luft, ehe sie weiterpreschte. »Und Sheila sagt, sie hätte mitgehört, wie Ethan im Pub ein Gespräch angenommen hat. Irgendein Typ, der von ihm ein Statement oder so was in der Richtung wollte. Dem hat er gesagt, er solle sich verpissen. Sheila meint, das wäre wohl ein Reporter gewesen. Und wenn ihn ein Reporter finden konnte, dann wäre es doch anderen sicher auch nicht schwergefallen, ihn zu finden, oder? Vielleicht jemandem, den er übers Ohr gehauen hat? Ich denke, das war Mord aus Rache.«

Mehr durch glücklichen Zufall als durch ihr Urteilsvermögen traf Trish oft den Nagel auf den Kopf. Ich hätte mich gern erkundigt, ob sie etwas über die Investitionen ihrer Tante Floss wusste, wollte ihr aber nicht bestätigen, wie genau sie mit ihrer Meinung ins Schwarze getroffen hatte.

»Das sind wilde Theorien ohne jeglichen Beweis. Wir wollen die Angelegenheit doch lieber Bill überlassen«, sagte ich. »Also hör mal, ich möchte dich bitten, ein paar mögliche Spender für unsere Auktion zu checken. Raoul Serrano-Cortez und seine Tante Elena Serrano. Die sind aus Madrid und scheinen Geld wie Heu zu haben. Stellst du bitte ein detailliertes Profil der beiden für mich zusammen? Mit welchen wohltätigen Einrichtungen sie schon zusammengearbeitet haben, welche Interessen sie haben usw. Bitte auch für Gordon Wright, den Chefkoch aus Edinburgh. Er organisiert in seinem Restaurant Benefizveranstaltungen, glaube ich. Mit dem könnten wir möglicherweise auch gut zusammenarbeiten. Stell mir ein paar Dateien zusammen, dann schau ich mal, ob ich ihnen unser Programm verkaufen kann, solange wir sie hier haben.«

»Geht klar.«

Trish hatte vielleicht leichte Zweifel an meinen Motiven, aber sie hütete sich, das zu sagen. Ich hielt die Familie Cortez tatsächlich für mögliche Spender, doch hauptsächlich sollten meine Erkundigungen nach ihnen mein Hauptinteresse verbergen – das an Gordon. Ich konnte Patrick ja schlecht bitten, mir ein Profil seines Freundes zusammenzustellen. Also fiel diese Aufgabe Trish zu.

Ich ging zum Auto und packte die Keramik aus, die ich bei Rory eingesackt hatte. Sogar Trish war sprachlos.

»Das wird ein Megaknüller – bringt Hunderte von Pfund, wenn nicht mehr.«

»Ich gebe noch eine von den neuen Flaschen für Abbey Glen dazu. Ich habe mir heute ein paar von den fertigen Produkten angeschaut, und die werden atemberaubend.«

»Das wäre phantastisch, aber ich habe mir auch überlegt, dass wir möglicherweise ein paar signierte Fotos von dieser preisgekrönten Fotografin bekommen könnten, wie hieß sie doch gleich?« Trish warf mir ein schlaues Lächeln zu. »Du weißt schon, Abigail irgendwas.«

Taktvoll wie eine Horde Elefanten. »Ich wollte dir ein paar von meinen Arbeiten geben, aber reiß dich zusammen, junge Dame. Man kann es mit der Frechheit auch übertreiben, weißt du.«

»Für eine gute Sache kann man nie frech genug sein«, schniefte Trish. »Denk an all die Mädels im Shepherd's Rest und ihre Probleme.«

Nachdem ich Trish mit ihrer Aufgabe alleingelassen hatte, ging ich zur unteren Koppel zurück, um Liam zu holen, der heute Morgen Hunter und die wolligen Dichterschafe meiner Gesellschaft vorgezogen hatte. Ich kletterte über das Tor und lief über das abgefressene Gras zu Hunter. Als ich näher kam, stutzte ich, denn meine Herde schien sich verdoppelt zu haben. Mitten unter den gedrungenen ältlichen Schwarzkopfschafen entdeckte ich ein Dutzend oder mehr kleine weiße Ziegen.

»Wo kommen die denn her?«, fragte ich. »Wenn meine

Schützlinge hier einen Aufstand planen, brauchen sie wohl mehr neue Rekruten als nur die paar.«

Hunter warf mir einen schrägen Blick zu, als wollte er abschätzen, ob ich eher wütend oder belustigt war. Ich hatte herausgefunden, dass man bei der Tierhaltung diese beiden Gemütszustände am besten im Gleichgewicht halten sollte.

»Es ist ein bisschen kompliziert«, antwortete Hunter.

»Das ist es immer, aber ich habe ein paar Minuten Zeit.« Ich ging zu Hawthorne und kraulte ihn zwischen den Ohren. Er lehnte sich fest an mich, und ich musste zurückdrücken, um nicht umzufallen. Liam lief weiter seine Kreise um diese Versammlung, hielt nach möglichen Ausreißern Ausschau.

»Na ja, es geht um Charlie Stoat oben in der Abhainn Farm. Er liefert einen großen Teil der Gerste für Glen Abbey«, fügte Hunter noch erklärend hinzu.

»Ja …?«

»Na ja, und so nebenbei hat er noch diese Ziegen, weißt du, und seine Frau macht aus der Milch Seife und verkauft die hier auf den Märkten in der Gegend. Niemand auf dem Markt hat sich je um Mehrwertsteuer geschert, zu viel Mathe für ein Geschäft unter Nachbarn, weißt du.«

Das wusste ich, aber ich begriff nicht, was das mit den Ziegen zu tun hatte.

»Charlie ist sehr besorgt, musst du wissen. Die Regierung hat ja keine Ahnung, dass er die Ziegen hat, und jetzt, wo die Steuereintreiber sich hier in den Bergen rumtreiben, na ja, jetzt hat er total Angst, dass die zwei und zwei zusammenzählen und anfangen, blöde Fragen zu stellen.«

»Ich glaube kaum, dass das Finanzamt Ihrer Majestät herkommt und hinter ein paar Dutzend Ziegen und Mrs.

Stoats handgemachter Seife her ist.« Allmählich beschlich mich das Gefühl, dass ich wie eine Schallplatte mit einem Sprung immer das Gleiche sagte. »Das würde sich für die doch gar nicht lohnen.«

»Das mag ja sein, aber Charlie steht wegen der Sache knapp vor dem Nervenzusammenbruch, und er wollte die Ziegen nur von seinem Land weghaben. Er hat gefragt, ob er sie hier unten bei den Schafen mit unterstellen könnte, und ich habe ja gesagt. Ich weiß, ich hätte erst dich um Erlaubnis bitten sollen, aber hier ist die Lage im Moment ein bisschen angespannt.«

»Geht das denn, Schafe und Ziegen zusammen?«, fragte ich.

»Aye, die halten sich mehr oder weniger für sich«, versicherte Hunter mir.

»Und was soll ich antworten, wenn mich jemand fragt, warum ich auf einmal auch Ziegen habe?«

»Vielleicht, dass du sie eine Weile in Pflege hast. Können sie ein paar Tage bleiben?«

»Na gut, aber sag Charlie, dass er mir was schuldet.«

»Ist nie schlecht, wenn einem Leute was schulden«, meinte Hunter lächelnd. »Außerdem ist es für das Kerlchen hier gut. Der könnte ein bisschen mehr Übung brauchen.«

»Übung?«

»Aye, das ist doch ein Hütehund, und der langweilt sich allmählich. Es darf nicht so weit kommen, dass er Vieh nachstellt. Der braucht ein Hobby.«

»Und was hattest du dir da vorgestellt? Golf?«

Hunter ignorierte mich. »Ich bringe ihm bei, wie er die Herde treiben kann.«

Liam hatte sich zu uns gesellt und betrachtete Hunter mit

einer Mischung aus Aufmerksamkeit und Anbetung. »Wir führen dir mal ein bisschen was vor.« Er deutete auf zwei der Ziegen am anderen Ende der Weide. »Pass mal auf, wie er Wordsworth und Longfellow rumbugsiert.«

»Die Ziegen haben Namen?«

»Du hast die Schafe nach Schriftstellern benannt, da dachte ich, die Ziegen sollten Dichter sein.

»Wir behalten sie nicht.«

»Nein, aber es macht die Sache einfacher.«

Einfacher für wen?, überlegte ich. »Die bleiben nicht hier«, wiederholte ich.

»Natürlich nicht, aber schau nur.« Hunter pfiff einmal lang und leise, und Liam duckte sich tief auf den Boden, ehe er in einem weiten Bogen auf die Ziegen zulief. Es war, als hätte er plötzlich in den Tarnkappenmodus umgeschaltet. Hawthorne warf ihm einen Blick aus den Augenwinkeln zu, kaute aber weiter Gras und überließ Liam seinen Geschäften. Wordsworth und Longfellow standen gute hundert Yards vom Rest der Gruppe entfernt. Sie wurden ein bisschen unruhig, als sie den Hund bemerkten, und begannen, in Richtung Zaun zu rennen. Hunter pfiff zweimal kurz, und Liam legte einen Sprint ein und schob sich zwischen die Ziegen und den Zaun. Sein Tarnkappenmodus war vielleicht nicht besonders eindrucksvoll, seine Geschwindigkeit schon. Blitzschnell war er bei den beiden Ausreißern und schubste sie auf die Mitte der Weide zu. Sobald sie ungefähr am richtigen Ort waren, ließ er sich zu Boden fallen, beobachtete zufrieden seine Herde, schaute ab und zu auf Hunter und wartete auf weitere Anweisungen.

»Du liebe Güte«, sagte ich. »Wie lange hast du gebraucht, um ihm das beizubringen?«

»Wir arbeiten schon wochenlang dran. Er ist ein schlaues Kerlchen, und das Hüten liegt in seiner Natur.«

»Beeindruckend.«

»So wie sich die Herde entwickelt, dachte ich, dass ich ein bisschen Hilfe gut brauchen könnte.«

»Schön, aber die Herde wächst nicht mehr weiter. Wir sind voll.«

Nach dieser eindrucksvollen Darbietung von Hunter und seinem Partner zog ich Liam fort und schaute auf die Uhr. Hoffentlich hatte ich Trish genug Zeit gegeben, um etwas Nützliches zusammenzusuchen. Als ich wieder im Büro der Stiftung eintraf, pustete Trish gerade auf eine frisch aufgetragene Schicht Nagellack, und im vorderen Zimmer roch es wie in einem Schönheitssalon. Ich hatte gelernt, die ständige Pflege und Wartung ihrer Krallen zu ignorieren, da Trish ansonsten eine hervorragende Organisatorin und Rechercheurin war.

»Hast du was zum Serrano-Cortez-Clan und zu Gordon Wright gefunden?«

»Gordon ist ziemlich unkompliziert«, meinte Trish. »Das meiste in den sozialen Medien hat mit seinem Restaurant zu tun. Bilder von Essen und so. Anscheinend hat er in Glasgow gelebt, ehe er nach Edinburgh gekommen ist und dort La Mer eröffnet hat. In Glasgow war er Küchenchef bei einem Unternehmen namens Alliance.«

»Alliance? Wieso kommt mir der Name bekannt vor?«

»Dem Unternehmen gehört eine Kette von Bars und Restaurants in Glasgow. Manche von denen haben sogar Themen. Da gibt's eine Fantasy-Bar und eine Achtziger-Jahre-Disko und ein hochnobles Restaurant namens Yardarm. Da tauchen jede Menge VIPs auf – das wird andauernd in der Zeitung erwähnt.«

»Vielleicht kenne ich es daher.«

»Gordon hat nicht viele Bilder aus der Glasgower Zeit gepostet«, fuhr Trish fort. »Aber sobald er sein eigenes Restaurant hatte, war er mehr auf Werbung in den sozialen Medien aus. Was Spendenaktionen angeht, hat er ein paar Veranstaltungen fürs Arts Council gemacht, aber hauptsächlich sind seine Bilder von Hochzeiten und Geburtstagsfeiern oder manchmal auch von einem Haufen langweiliger Finanztypen, die versuchen, neue Kunden an Land zu ziehen, indem sie ihnen ein Gourmet-Essen ausgeben und dabei eine Präsentation machen. Mich lädt niemand zu solchen Dinners ein.«

»Ich denke, du hast einfach nicht genug Geld, um in ihr Beuteschema zu passen. Kannst du mir sagen, welche Finanzunternehmen das waren?«

Trish tippte auf ihrer Tastatur herum und rief zwei verschiedene Bilder auf. Auf beiden waren Gruppen von lächelnden Männern in schicken Anzügen und mit erhobenen Champagnergläsern zu sehen. Das Schild neben ihnen lautete: *Newton Financial – Investitionen, Ihr Weg zu einer soliden Zukunft.* Laut der Bildunterschrift stand Richard Newton in der Mitte. Er war ein Mann mittleren Alters, braungebrannt mit leicht schütterem Haar und einem riesigen Lächeln mit enorm vielen Zähnen. Alles zweifellos nützlich, wenn man Leuten ihre Ersparnisse abschwatzen wollte.

Gordon hatte also mehr als nur eine flüchtige Verbindung zu Newton Financial. Er hatte in seinen Räumen Veranstaltungen für sie ausgerichtet, und er hatte investiert. Fühlte er sich betrogen? Hatte er Ethan Buchanan bereits vorher bei einem der Dinners kennengelernt? Hatte er am Freitag, als der Meisterkurs begann, die Verbindung zu Newton Financial sofort erkannt? Mir war ganz unwohl bei diesen Gedanken, die mir durch den Kopf wirbelten.

»Kannst du mir ein paar Fotos von diesen Finanzveranstaltungen schicken? Wir finden auch in dieser Gruppe vielleicht noch mögliche Spender. Besonders wenn wir Namen und Gesichter zuordnen können.«

Trish machte sich umständlich eine Notiz auf dem Block an ihrer Seite, versuchte, dabei den Nagellack nicht zu verschmieren. Das war zwar nicht unser üblicher Ansatz beim Spendensammeln, doch hoffentlich würde Trish angesichts der bevorstehenden Auktion davon ausgehen, dass ich einfach nur unsere Einladungsliste mit ein paar Namen von möglichen Spendern auffüllen wollte.

»Zu dem Serrano-Cortez-Haufen hab ich noch nicht viel, außer dass diese Elena kürzlich die Leitung eines Parfümunternehmens namens Perfumería Primavera übernommen hat. Die haben ganz tolle Werbung online. Schau dir mal das hier an.«

Trish rief ein Foto von einer künstlich makellosen Frau in einem chartreuse-grünen Bikini und einer schwarzen Lederjacke auf, die mitten in einem Infinity-Pool rittlings auf einem Motorrad saß. Ich würde diese Parfüm-Werbung nie begreifen. Sollte uns beeindrucken, dass diese Frau anscheinend die Fähigkeit besaß, über das Wasser zu fahren? Oder eher die Tatsache, dass sie kein Gramm überflüssiges und nicht wegretuschiertes Fett am Leib hatte? Anscheinend meinten es sowohl die Schönheitsgötter als auch die Schwerkraft gut mit ihr.

»Die müssen ein Bomben-PR-Team haben«, sagte Trish und seufzte. Sie hatte eine große Schwäche für Hochglanzwerbung. »Raoul Cortez arbeitet auch für das Unternehmen, als eine Art Chemiker. Ich denke mal, das braucht man, um Parfüm zu machen, das nicht stinkt. Seine Mutter, Maria Serrano-Cortez, hat Primavera gegründet, aber sie ist kürzlich verstorben. Sie war gar nicht mal alt, und es scheint ein ziemlicher Schock gewesen zu sein. Es stand viel darüber in den Lokalzeitungen.«

»Ja, er hat erwähnt, dass sie kürzlich verstorben ist.«

Trish rief ein Bild von Raouls Mutter auf. Sie war atemberaubend – stahlharte Entschlossenheit in den Augen unter perfekt geschwungenen Augenbrauen. Ich konnte ihre Gesichtszüge in Raoul wiedererkennen. Sie hatte die gleiche Entschlossenheit, aber ohne seine Verspieltheit. »Was ist mit Raouls Vater?«

»Der ist vor fünfzehn Jahren gestorben. Ich denke mal, er hat der Mama ein ordentliches Sümmchen hinterlassen, denn kaum fünf Monate nach seinem Tod hat sie schon das Parfüm-Unternehmen gegründet. Sie hat guten Erfolg damit gehabt, und da Raoul ein Einzelkind ist, vermute ich, dass er all das Geld geerbt hat. Der scheint ein guter Tipp für die Stiftung zu sein, besonders da er ja auch Whiskyliebhaber ist.«

Ich nickte. »Gut gemacht.«

»Traurig, dass seine Mutter so jung gestorben ist. Sie muss sehr beliebt gewesen sein, oder vielleicht war sie nur wirklich sehr reich. Es war eine wahnsinnige Menschenmenge bei ihrer Beerdigung. Schau dir mal das hier an.«

Trish rief ein Bild von einem Sarg auf, der durch den Mittelgang einer voll besetzten Kathedrale getragen wurde.

Zu beiden Seiten wallte eine Decke aus Schnittblumen herunter. Raoul ging gleich hinter dem Sarg und eine Frau mit einem dichten schwarzen Schleier, vermutlich Elena, folgte mit einer Gruppe offiziell aussehender Männer. Kein Militär, aber städtische Würdenträger, vermutete ich. Ich beugte mich näher hin. »Kannst du diese beiden Leute da rechts mal vergrößern?«

Trish klickte auf das Paar, das ich ihr gezeigt hatte. »Irre ich mich, oder sieht dieser Mann aus wie der Typ auf dem Bild von Newton Financial?«

Trish rief das Gruppenbild der Firma wieder auf. »Aye, das könnte er sein. Aber irgendwie sehen doch alle pummeligen, glatzköpfigen weißen Männer mittleren Alters ein bisschen ähnlich aus, nicht?«

»Wieso sollte Richard Newton auf Maria Cortez' Beerdigung sein?«, überlegte ich laut.

»Vielleicht hatte sie bei ihm investiert?«, schlug Trish vor. »Soll ich mal nach einer Verbindung zwischen den beiden suchen?«

Ich bemerkte, dass Trish bereits eine ihrer schrill-rosa Mappen auf dem Schreibtisch liegen hatte, die sie unbedingt für unsere Arbeit an Kriminalfällen benutzen wollte.

Ich schüttelte den Kopf. »Die waren keine Investoren.«

Trish grinste breit. »Du hast das bereits überprüft – wusste ich doch, dass du rauszufinden versuchst, warum schon wieder jemand in deiner Destillerie gestorben ist. Du bist nicht der Typ, der so was einfach hinnimmt. Ich habe alles, was ich am Samstag über Ethan Buchanan rausgefunden habe, hier reingelegt, dazu noch ein paar andere Artikel, auf die ich gestoßen bin. Jetzt, da er tot ist, schreiben mehrere Zeitungen, das sei ein Beweis dafür, dass er irgendwie schuldig war.« Sie reichte mir die rosa Mappe. »Das war ja ein ziemlich rapider Absturz vom Held des Tages zum möglichen Schurken. Schneller als ein Me-Too-Absturz.« Sie legte den Kopf schief und schaute zu mir hoch. »Es hat ihn wahrscheinlich ziemlich mitgenommen, dass die Leute auf einmal Zweifel an seiner Ehre hatten. Sind wir sicher, dass es kein Selbstmord war?«

Ich hatte nicht die Absicht, mit Trish über diese Sache zu diskutieren. »Das kann ich nicht sagen, und bitte kein Wort darüber zu anderen. Verstanden?«

»Klar.«

Trish hatte sich in der Vergangenheit als zuverlässig erwiesen, wenn auch manchmal ihr Mundwerk mit ihr durchging. Ich konnte nur hoffen, dass sie diesmal die Klappe halten würde – sonst würden wir alle in Teufels Küche kommen.

KAPITEL 17

Als ich wieder in The Haven ankam, saß Patrick am Küchentisch und arbeitete an der nächsten Ausgabe des *Whisky Journal*. Montags wäre er normalerweise im Büro in Edinburgh, doch während Gordon hier bei uns war, hatte er sich zur Telearbeit entschlossen. Gestern Abend hatte in der Chocolate Bar zwischen uns einige Spannung in der Luft gelegen, und ich wollte heute nicht noch einmal mit ihm über das Thema Gordon die Klingen kreuzen.

»Ich hoffe, dass dem Meisterkurs von Abbey Glen ein großer Bericht gewidmet wird?«

»Hm«, war Patricks einzige Antwort. Er war offensichtlich noch verärgert.

»Ich weiß wirklich zu schätzen, was du alles getan hast, um diesen Kurs auf die Beine zu stellen. Ohne dich hätten wir das nie geschafft.«

Patrick wusste, dass ich schön Wetter machen wollte.

»Ist das deine Art, mir zu sagen, dass dir deine abfälligen Äußerungen über meinen Liebhaber leidtun?«

»Ich habe ihn eigentlich nicht kritisiert, ich wollte nur alle gleich behandeln. Ich versuche, mir die Sachlage wie eine Außenstehende anzusehen. Gordon ist ein guter Typ. Ich glaube nicht, dass er mit all dem hier was zu tun hat.« Stimmte das? Schwer zu sagen, aber ich wollte Patrick nicht verletzen. Ab jetzt musste ich mir Mühe geben, meine Zweifel für mich zu behalten.

»Hast du die Bilder von der Veranstaltung am Freitagabend schon heruntergeladen?«, fragte Patrick. »Ich würde gern ein paar davon für die sozialen Medien nutzen.«

»Seltsam, das stand auch auf meiner Liste für heute. Mir ist heute Morgen eingefallen, dass jemand, der sich im Inn nach oben geschlichen und dort Ethan ertränkt hat, dabei wohl ziemlich nass geworden sein muss und sich umziehen musste. Es wäre unter Umständen nützlich, die Fotos mal daraufhin zu überprüfen.«

»Einen Blick wär's wert.« Patrick war schon wieder begeistert. Eines wusste ich: Er hatte durchaus begriffen, dass die von mir gerade umrissene Sachlage Gordon sicher aus dem Kreis der Verdächtigen ausschließen würde, denn der hatte ja keine Kleidung zum Wechseln im Gasthaus.

Die nächste halbe Stunde verbrachten wir damit, die Bilder durchzuschauen und uns die Zeitmarkierungen anzusehen. Während der letzten anderthalb Stunden des Abends röteten sich die Gesichter, und die Augen wurden glasiger. Der Whisky war in Strömen geflossen, und die meisten unserer Gäste waren auf einen bequemen Sitzplatz gesackt und plauderten freundlich. Das machte es leichter, sie alle im Blick zu behalten.

Raoul war auf beinahe jedem Foto zu sehen, kasperte herum und drängelte sich in jedes Bild. Gegen Ende des Abends stand er mit Owen noch allein an der Bar, während Cam weiter seine besonderen Whiskys ausschenkte. Raoul hatte zweifellos das Meiste aus der Verkostung herausgeholt. Reg und Phil saßen irgendwann einmal mit Gordon an einem Tisch in der Ecke, und dann kam Mick, und Gordon ging fort. Reg, Phil und Raoul waren beinahe auf jedem Bild, und sei es nur im Hintergrund. Auf einigen fehlte Mick, auf einigen Gordon, aber es war frustrierend, dass sich niemand umgezogen zu haben schien. Mick trug ein schwarzes Sweatshirt mit dem Aufdruck Dark Seas links auf der Brust. Er trug es auch am Ende des Abends noch. Allerdings kam mir in den Sinn, dass er vielleicht mehr als ein Werbe-Sweatshirt für seine Destillerie im Koffer hatte. Das war also nicht so hilfreich, wie ich gehofft hatte.

Es war eine Enttäuschung. »Mir ist aufgefallen, dass Gordon auf dem Gruppenfoto fehlt, das ich gemacht habe.«

»Er ist nicht nach oben gegangen, wenn du darauf anspielst«, blaffte Patrick. »Ich hab dir doch gesagt, dass ich ihn nicht aus den Augen verloren habe.«

Ich hatte Patrick schon wieder gekränkt. »Nein, ich habe nur gemeint, dass wir noch ein Gruppenfoto machen sollten, auf dem er auch drauf ist.« Zeit für ein neues Thema. »Gehst du heute Abend mit der Gruppe zum Abendessen?«

»Schauen wir mal. Gordon hat gesagt, dass er nach dem Kurs nach The Haven zurückwill. Wir essen vielleicht hier einen Happen.«

»Gut, dann sollte ich wahrscheinlich heute Abend in den Pub gehen, damit ihr beide, du und Grant, mal eine Pause von der Gastgeberrolle habt.« Ich mopste mir einen von Gordons Keksen aus der Dose beim Herd. »Während ihr euch diese Pause gönnt, meinst du, dass du schauen könntest, was du über eine Beziehung zwischen Richard Newton und Maria Serrano-Cortez findest?«

»Ich sehe mal, was ich machen kann, aber ich muss noch kurz duschen, ehe Gordon hier ankommt.«

Patrick schenkte sich einen Drink ein und machte sich auf den Weg ins Obergeschoss. Ich schaute in der Küche weiter Bilder durch, bis Gordon auftauchte. Ich bot ihm einen Drink an, und er gesellte sich zu mir an den Tisch.

»Wie läuft's im Restaurant in deiner Abwesenheit?«, fragte ich.

»Es tut mir in der Seele weh, das zuzugeben«, sagte Gordon und lachte glucksend. »Aber es geht wunderbar.«

Ich erhob mein Glas in seine Richtung. »Ein Zeichen, dass du gute Leute eingestellt hast.«

»Die besten.«

»Du scheinst ja bei den Whisky-Burschen ganz in deinem Element zu sein.«

Ich drehte das iPad zu ihm hin und zeigte ihm ein paar von den Fotos, die ich mir gerade angeschaut hatte. Ich stoppte bei einem Foto von ihm und Mick an der Bar. »Schönes Bild von euch beiden. Ihr versteht euch offenbar prächtig. Wie alte Freunde.«

»Wohl kaum alte Freunde«, erwiderte Gordon. »Wir haben uns erst vor drei Tagen kennengelernt, aber er scheint ein netter Kerl zu sein. Wenn sie es bei Dark Seas schaffen, weiterhin zuverlässig zu produzieren, könnten wir was von ihrem Whisky im La Mer anbieten.«

Haben die beiden Männer darüber so ernsthaft diskutiert? Versuchte Mick, Gordon seinen Whisky zu verkaufen? Patrick duschte noch immer, also konnte ich es mir vielleicht erlauben, noch ein bisschen weiter zu bohren. »Was hast du von Ethan Buchanan gehalten?«

Gordon nippte an seinem Drink und bedachte meine Frage. »Schien ein netter Typ zu sein«, sagte er schließlich.

»Bist du ihm schon mal begegnet?«

»Nicht, dass ich wüsste. Ich meine, es kann sein, dass er irgendwann mal im Restaurant gewesen ist, aber das trifft auf die halbe Bevölkerung von Edinburgh zu.« Gordon sah mich fragend an. Ich war nicht gerade subtil vorgegangen, doch ich hatte nicht das Gefühl, dass dafür noch Zeit war. Morgen wären es vier Tage seit Ethans Tod, und ich war kein Stück weitergekommen bei meiner Suche nach einem Verdächtigen, den ich Bill anstelle von Owen präsentieren könnte.

»Du hast ihn nie bei einer der Veranstaltungen gesehen, die du für Newton Financial ausgerichtet hast?«

Gordon runzelte die Stirn, fragte aber nicht, woher ich davon wusste, dass er die Newton-Gruppe bewirtet hatte. »Wir haben nur zwei Veranstaltungen für die gemacht, und das war lange, bevor die Betrügereien ans Licht kamen. Newton war bei Alliance in Glasgow im Vorstand, als ich für die gearbeitet habe. Ich glaube, er hatte ihnen im Anfangsstadium finanziell unter die Arme gegriffen. Ich habe immer etwas Besonderes zu essen angeboten, wenn sie ihre vierteljährlichen Sitzungen hatten. So haben wir uns kennengelernt.«

»Richard Newton war bei Alliance im Vorstand?« Das hatte Trish nicht erwähnt, aber andererseits hatte ich sie ja auch nur gebeten, sich Gordon anzuschauen. »Wie war Newton so?«

»Ich habe ihn immer für einen aalglatten Pinkel gehalten, aber reden konnte er.«

»Gut, dass du nichts bei ihm investiert hast.«

Gordon lachte hohl. »Ja, schön wär's. Aber ich habe investiert. Nicht viel, Gott sei Dank, doch genau wie alle anderen mehr, als ich verlieren wollte.«

»Und trotzdem hast du Veranstaltungen für ihn ausgerichtet?«, stichelte ich.

»Wie gesagt, das war, ehe die Kacke am Dampfen war, ich hatte sonst mit dem Scheißkerl nichts zu tun. Ich denke, ich war einfach blöd, nicht auf mein Bauchgefühl zu hören.«

»Bauchgefühle sollte man nie unterschätzen«, sagte ich, als Gordon aufstand, zum Fenster ging und zu den Schafen hinausschaute.

Was für ein Bauchgefühl hatte ich bei Gordon? Ich saß schweigend da und lauschte auf meine innere Stimme. *Sinnlich, detailverliebt, getrieben* schwebte mir vor Augen. Das war wohl das Richtige für einen kreativen Mann, einen Spitzenkoch. Aber trieb ihn das nur zum Erfolg oder vielleicht auch zur Rache?

KAPITEL 18

»Bist du hier, um was zu essen zu bekommen?«, fragte Siobhán, als ich in die Küche des Stag Inn trat. »Ich kann noch ein Gedeck auflegen.«

»Das ist wohl nicht nötig. Ich glaube nicht, dass Patrick und Gordon hier auftauchen werden. Was macht Elena?«

»Ist heute Morgen nach dem Frühstück mit dem Auto losgefahren, aber sonst war sie auf ihrem Zimmer. Wollte mich nicht mal zum Saubermachen reinlassen«, sagte Sheila. »Behauptet, sie wäre krank.«

»Es ist für uns alle einfacher, wenn sie uns nicht im Weg rumsteht«, murmelte Siobhán.

»Stimmt, aber wir können es uns nicht leisten, dass hier noch ein Gast aus den Latschen kippt«, merkte Sheila an. Sie fügte sich mit bemerkenswertem Gleichmut in die neue Weltordnung.

»Ich mach ihr gerade was auf einem Tablett zurecht. Ein bisschen Suppe, ein bisschen Salat, frisches Brot. Sie sagt, mehr schafft sie nicht.«

»Ihr zwei habt zu tun. Warum lasst ihr mich das Tablett nicht hochbringen?«, bot ich an, weil ich neugierig war und sehen wollte, wie krank unser Gast wirklich war.

»Das geht schon«, meinte Sheila, doch ich merkte, dass sie zögerte, als sie einen Blick auf den Berg Kartoffeln warf, der noch darauf wartete, von ihr geschält zu werden.

»Sei nicht albern. Macht ihr hier weiter. Das dauert ja kaum eine Minute. Welche Zimmernummer hat sie?«

»Eins«, antwortete Siobhán.

Ich stieg die Treppe hinauf, sammelte langsam meine Gedanken, ehe ich das Tablett auf den linken Arm wuchtete und es gegen die Hüfte stemmte, um anklopfen zu können.

Zunächst kam keine Antwort. Ich versuchte es noch einmal, diesmal lauter. »Señora Serrano? Ich bringe das Abendessen. Wir dachten, Sie haben vielleicht Hunger.«

Ich fürchtete schon, dass ich das verdammte Tablett wieder die Treppe hinuntertragen müsste, doch schließlich öffnete sich die Tür einen Spalt weit, und zwei Augen schauten heraus, matt und von verschmiertem Lidstrich umrahmt. Ihr Haar war wirr, und sie sah aus, als wäre sie gerade eben unter der Bettdecke hervorgekrochen.

Elena machte einen Schritt zurück, ließ mich eintreten und deutete auf den Schreibtisch gleich bei der Tür. Sie hatte ihn als Frisiertisch benutzt, und er stand voller Tiegel und Töpfchen und Kosmetika aller Art.

»Stellen Sie es einfach hier hin.« Ihre Manieren waren auch nicht besser geworden.

»Kann ich sonst noch etwas bringen?«

Sie schüttelte den Kopf. »Nein. Ich habe nur Kopfschmerzen. Das vergeht wieder.« Sie ging zum Bett hinüber und faltete die Landkarte zusammen, die darauf ausgebreitet war.

»Sie genießen unsere schöne Gegend?«, gab ich ihr als Stichwort.

»Teilweise ist sie wirklich sehr schön«, sagte sie ohne übergroße Begeisterung. »Ein paar idyllische Kirchen, aber eigentlich habe ich ein altes keltisches Kreuz gesucht, das hier irgendwo in den Bergen sein soll. Im Reiseführer steht, dass es historisch bedeutend ist. Wissen Sie, wo es sein könnte?«

»Ich bin mir nicht sicher. Ich sollte es wohl wissen, aber ich könnte mal einen der älteren Leute aus unserer Belegschaft fragen. Da kann Ihnen vielleicht jemand sagen, wo Sie es finden können.«

Elena antwortete nicht. Dann fragte sie: »Sie wissen nicht zufällig, ob hier im Tal Cottages zum Verkauf stehen?«

»So ohne Weiteres nicht«, erwiderte ich. Señora Serrano zog doch sicher nicht in Erwägung, hier eine Immobilie zu erwerben? Sie hatte offenbar bemerkt, dass diese seltsame Frage bei mir Verwunderung ausgelöst hatte.

»Eine von Raouls albernen Launen. Von der ich hoffe, dass sie bald vergeht.«

»Wenn er es ernst meint, kann ich Ihnen verraten, dass die Postmeisterin auch eine Lizenz als Maklerin hat«, brachte ich vor.

Elena nahm diese Information mit zerstreutem Nicken entgegen. Sie kniff sich wieder in die Nasenwurzel, als versuchte sie durch Akupressur ihren Kopfschmerz loszuwerden.

»Sind Sie sicher, dass Sie nicht zum Doktor hier am Ort gehen möchten? Er ist sehr gut«, fügte ich hinzu, weil ich vermutete, sie könnte einen Landarzt skeptisch sehen.

»Nein, ich brauche nur Ruhe. Bitte gehen Sie.« Sie streckte einen dünnen Arm vor und winkte mich zur Tür.

»Charmant wie immer«, sagte ich, als ich in die Küche zurückkehrte, wo Grant im Türrahmen lehnte und mit den Damen plauderte. Er war am Nachmittag irgendwohin verschwunden, doch als ich fragte, wo er gewesen war, murmelte er nur etwas von Problemen mit der Flaschenabfüllung.

»Die hat null Respekt«, sagte Siobhán. »Behandelt uns, als wäre das hier so ein schickes Hotel in der Großstadt. Frische Handtücher zweimal am Tag. Lässt alles fallen, wo sie geht und steht. Ich hab noch nie so eine Unordnung gesehen. Ich wette, zu Hause macht die keinen Finger krumm, hat Personal überall.«

Ich schnitt eine Grimasse. »Tut mir leid.« Ich wusste nicht, was ich sonst sagen sollte, aber ich konnte nicht anders, ich fühlte mich einfach ein wenig verantwortlich für diese Situation. Die Whisky-Mannschaft und ihre Gefolgsleute waren meine Gäste, sie waren auf meine Einladung hergekommen, obwohl es genau genommen natürlich einer von Patricks Einfällen gewesen war. Elena war die reinste Landplage für Siobhán, schloss sich die meiste Zeit in ihrem Zimmer ein. *Unter anderem auch in der Nacht des Mordes an Ethan.* Dieser Gedanke ließ mich stutzen. An Elena hatte ich nicht gedacht. Hatte sie irgendwann ihr Zimmer verlassen? Niemand hätte es bemerkt, wenn sie zwei Türen weiter zu Ethans und Owens Zimmer gegangen wäre.

Ich hielt inne, versuchte mir Elena als Mörderin vorzustellen. Die Gelegenheit hatte sie, aber kein Motiv. Außerdem hätte sie genauso wenig wie Polly die nötige Kraft gehabt, um Ethan Buchanan unter Wasser zu halten, während er sich wehrte.

»Sie hat sich auch am Freitag ein Tablett aufs Zimmer bringen lassen, nicht wahr?«, fragte Grant.

»Aye. Der einzige Abend, an dem sie zum Essen runtergekommen ist, war der Samstag«, sagte Sheila. »Ich glaube, ihr Neffe hat drauf bestanden. Respekt für die Toten und so.«

Grant hatte vielleicht etwas dagegen, in die Ermittlungen zum Mord an Buchanan hineingezogen zu werden, aber ich merkte, dass ihn das keineswegs davon abhielt, die richtigen Fragen zu stellen. »Sie macht Raoul wirklich schwer zu schaffen«, sagte ich laut. »Zumindest bringt er es anscheinend fertig, sie so weit zu ignorieren, dass er trotzdem Spaß am Kurs haben kann.«

»Ehrlich gesagt, ich glaube, er ist ziemlich genervt von ihr«, sagte Sheila. »Neulich habe ich gehört, wie sie sich hinter dem Haus gestritten haben.«

»Worüber?«

»Das konnte ich nicht genau hören, aber sie hatten sich wirklich in der Wolle.« Sheila schälte mit raschen Handbewegungen eine weitere Kartoffel, und ich schaute zu, wie sich die Schale in einer einzigen langen Spirale ablöste.

»Wenn du mich fragst«, meinte Siobhán, »dann langweilt sie sich einfach zu Tode und will nur hier weg. Ich begreife immer noch nicht, warum sie überhaupt mitgekommen ist.«

Nun begann Sheila, mit einem großen Messer eine Zwiebel zu schneiden. Sie hatte die Finger fest darüber gewölbt, damit sie ihr nicht verrutschte. Sie arbeitete mit der Geschwindigkeit eines Profis.

Sie schaute auf und merkte, dass ich sie beobachtete. »Ich werde schon viel besser, was? Gordon hat mir beigebracht, wie man schneidet, ohne sich dabei einen Finger abzuhacken. Er ist wirklich eine wahre Freude!«

»Den Mann kann man nicht von der Küche fernhalten«,

grummelte Siobhán, aber ich merkte, dass es ihr nichts ausmachte.

»Gestern hat er gesagt, dass er meinen Mürbeteig mag.« Sheila errötete ein wenig. »Das ist aus seinem Mund ein echtes Kompliment.«

»Er hält sich hier bei euch in der Küche auf?«, erkundigte ich mich.

»Aye, an den meisten Abenden kommt er auf ein Schwätzchen her.«

»War er auch am Freitagabend hier?«

»Da habt ihr doch die Bar leergetrunken. Er ist hergekommen und hat eine gute halbe Stunde bei uns gesessen. Wir haben uns über die Arbeit unterhalten«, sagte Siobhán. »Er hatte ein paar echt gute Ideen.«

Ich schaute durch die Servierluke in das Nebenzimmer. Von da, wo ich stand, konnte ich die Ecke der Bar sehen. Patrick hätte Gordon also von seinem Barhocker aus auch in der Küche beobachten können. Ich hätte es wissen müssen. Er hatte nicht gelogen. Er hatte Gordon wirklich nie aus den Augen verloren, obwohl der den Raum verlassen hatte.

»Hat eine von euch bemerkt, dass jemand am Freitagabend durch die Hintertür rein oder raus ist? So zwischen halb elf und Mitternacht?«

Siobhán stellte die Teller, die sie in der Hand hielt, mit einem lauten Knall auf die Arbeitsplatte. »Wieso?«

»Die Polizei versucht gerade, den Todeszeitpunkt einzuengen«, sagte Grant leise.

Siobhán wirkte nicht überzeugt. »Ist jemand rein- oder rausgegangen, hast du gefragt. Wenn es euch nur um den Todeszeitpunkt ginge, hättest du dich doch einfach erkundigt, ob wir Ethan gesehen haben, wie er rausging.«

»Und?«

»Nein. Und ihr solltet besser nicht sagen, dass ein Mörder hier reingekommen ist, um einem meiner Gäste in seinem Zimmer etwas anzutun. Schlimm genug, dass vor ein paar Monaten ein Toter hinten im Hof lag, da brauche ich nicht auch noch einen im Gasthaus.« Siobhan stürmte hinaus, und Grant folgte ihr.

Ich wandte mich an Sheila. »Und du?«

»Ich habe niemand gesehen, aber ich hatte viel zu tun.« Sie schnitt mit gerunzelter Stirn weiter Zwiebeln. »Das Allerletzte, was Siobhán jetzt braucht, ist der Schatten eines weiteren Todesfalls hier. Die Angelegenheit hat sie weitaus mehr mitgenommen, als sie zugeben will. Das hat all den Horror darüber zurückgebracht, was mit Duff passiert ist.«

»Ich weiß, und ich tue alles, was ich kann, um Licht in die Sache zu bringen.« Ich versuchte, meine Worte beruhigend klingen zu lassen, hatte aber das mulmige Gefühl, dass ich Siobhán noch viel mehr Kummer bereiten musste, wenn ich diesen Schlamassel durchschauen wollte.

KAPITEL 19

Ich blieb noch und half den beiden, unseren Leuten das Abendessen zu servieren, und dann schob ich Siobhán aus dem Haus, damit sie einmal früher ins Bett kam. Obwohl es kaum ein Ausgleich dafür war, dass sie bald wieder von einer Leiche im Gasthaus erfahren würde, erklärte ich mich bereit, für die Drinks nach dem Abendessen die Bar zu übernehmen. Ich beugte mich über den Tresen, um Grants Unterhaltung mit den Jungs von Islay zu belauschen.

»Wie sind Sie eigentlich zum Whisky-Geschäft gekommen?«, fragte er gerade.

»Mein Vater war Bauer und hat die Destillerie am Ort mit Gerste beliefert, und Phils Vater hat da gearbeitet«, erklärte Reg. »Die Destillerie war in Schwierigkeiten, und als sich die Besitzer entschlossen, sie zu verkaufen, haben unsere Väter einen Geschäftsplan aufgestellt und sie erworben. Und den Namen in Dark Seas geändert. Das Geschäft lief unglaublich zäh und hat unglaublich viel Geld verschlungen, ehrlich gesagt. Nach ein paar Jahren wollten sie gern wieder verkaufen, aber es gab einfach keine Interessenten.«

»Also haben wir gefragt, ob wir es mal probieren könnten«, meldete sich nun Phil zu Wort. »Wir haben Dark Seas vor beinahe einem Jahr übernommen. Wir sind entschlossen, der Destillerie neues Leben einzuhauchen, und haben uns überlegt, dass es hilfreich sein könnte, wenn wir uns anschauen, wie eine andere kleine Destillerie Erfolge verbucht.«

»Ich erzähle euch gern alles, was ich weiß, aber es ist ein schwieriges Geschäft. Es gibt mehr Destillerien, die scheitern, als solche, die Erfolg haben«, merkte Grant an.

»Was aber nicht heißt, dass Sie nicht erfolgreich sein können«, warf ich hinter der Bar hervor ins Gespräch, ehe ich noch eine Runde Drinks ausschenkte. »Mick und ich haben schon über ein paar Werbeideen gesprochen, die vielleicht nützlich sein könnten.«

Reg und Phil begannen Grant nach Ernteerträgen auszufragen, und ich wandte mich an Mick. »Ich habe gar nicht gefragt, wie Sie dazu gekommen sind, mit Reg und Phil zusammenzuarbeiten. Gehören Sie auch zur Familie?«

»Ich bin ein Cousin um einige Ecken«, erwiderte Mick. »Und bereit, als billige Arbeitskraft dem Unternehmen auf die Beine zu helfen. Reg und Phil haben mich super unterstützt, und ich möchte wirklich, dass Dark Seas ein Erfolg wird.«

»Waren Sie schon vorher in der Branche?«

»Nein, das ist alles neu für mich. Mein engster Kontakt mit Whisky war zu der Zeit, als ich Barkeeper im Yardarm in Glasgow war. Die Arbeit hat mir schon gefallen, aber das Leben in der Stadt nicht so. Da bin ich nach Hause zurück und hatte Glück, dass Phil und Reg mich einstellen wollten. Ich versuche, meine Erfahrungen bei der Alliance Group einzubringen, um ihre Werbemaßnahmen zu unterstützen.«

Ich spitzte die Ohren, hielt aber meine Miene so neutral wie möglich. Schon wieder Alliance. Dieser Name tauchte für meinen Geschmack viel zu häufig auf. Hatten Mick und

Gordon einander gekannt? Diese Vermutung wäre ja durchaus vernünftig. Warum hatte Gordon also gelogen? Sie hatten nicht nur beide bei Newton Financial investiert, sie hatten höchstwahrscheinlich Richard Newton auch bei Alliance gesehen, weil er ja im Vorstand war. Drei Schlüsselfiguren dieser Tragödie – und alle gleichzeitig am selben Ort.

Ich schenkte Mick nach. »Alliance ist ein großes Unternehmen. Da haben Sie sicher viel gelernt und einige Erfahrungen gesammelt.«

»Es waren nicht gerade die besten Erfahrungen meines Lebens«, sagte Mick leise.

Raoul kam zur Bar, und Mick wandte sich sofort ihm zu. Ich spürte, dass er nicht besonders scharf darauf war, über Alliance zu reden.

Ich nahm ein Whiskyglas zur Hand und wartete auf Raouls Bestellung.

»Überraschen Sie mich«, sagte er mit frechem Grinsen.

Nach allem, was mir gerade durch den Kopf ging, dachte ich, das sollte mir leichtfallen. Doch ich holte eines der torfigsten Monster von den Hebriden vom Regal. Es war ein Drink für einen echten Whiskyliebhaber. Ich fügte einen Spritzer Wasser aus dem Krug auf dem Tresen hinzu und stellte das Glas vor Raoul.

Er roch daran und kostete. Er zeigte keine Spur von Abneigung. Ließ nur die Flüssigkeit nachdenklich auf der Zunge kreisen. »Sehr torfig. Eine Destillerie am Meer, ja?«

»Stimmt. Zu torfig für Sie?«, fragte ich.

»Ein bisschen rau für meinen Geschmack, aber interessant.«

»Hier.« Ich streckte die Hand nach seinem Glas aus und gab den Whisky in einen Cocktail-Shaker, fügte einen Spritzer Simply-Sirup und noch ein paar Schluck Orangen-Bitterlikör und wenige Eiswürfel hinzu. Ich schüttelte alles zusammen, goss es in ein Glas und garnierte es mit einem getrockneten Orangenschnitz. »Versuchen Sie das mal. Ich nenne es Dragon in the Glen.«

Raoul machte schon nach dem ersten kleinen Schluck große Augen. »Köstlich.«

Den ganzen Tresen entlang schauten die anderen aus unserem Whisky-Trupp mich an, als hätte ich gerade in den Messwein gespuckt. »Was denn?«, fragte ich. Es war doch gut, alles einmal gründlich durchzuschütteln – die Drinks genauso wie die Theorien. »Es muss nicht immer alles pur serviert werden«, konstatierte ich.

Nicht einmal Mord.

KAPITEL 20

Als ich aufwachte, war das Kopfkissen neben mir leer. Grant war die ganze Nacht über rastlos gewesen. Ich tappte nach unten in die Küche, und da saß er schon und hatte die Hände um eine Tasse mit dampfendem Kaffee geschmiegt.

»Ich dachte, ich fahre heute Nachmittag mal kurz nach Glasgow«, sagte ich zu Louisa, die uns den Rücken zugekehrt hatte und den Speck unter dem Grill umdrehte. »Brauchst du noch was?«

»Ich könnte ein paar Gewürze aus dem Asia-Laden brauchen, Koriander und Kurkuma und Fenchelsamen. Ich plane für später in der Woche ein Curry.«

Ich schaute zu Grant. »Cam und Hunter arbeiten heute Nachmittag mit den Leuten aus dem Whiskykurs. Wir könnten uns ein bisschen verziehen. Es würde dir guttun, mal etwas auszuspannen.«

Ich ließ unerwähnt, dass am Dienstagnachmittag im Kursprogramm die Einführung ins Komponieren von Whiskys vorgesehen war. Nach Grants missmutiger Laune zu urteilen, als ihn neulich jemand zu diesem Thema befragt hatte, wäre es wohl das Beste, ihn schleunigst hier wegzuholen.

»Ich gehe jetzt Cam helfen«, sagte Grant und stand auf.

»Ach, komm schon«, stachelte ich ihn an. »Cam kommt heute Nachmittag prima allein klar.«

Grant schaute grimmig. »Aye, sicher. Ich bin heutzutage ohnehin für niemanden zu was nutze.«

»Das würde ich nicht sagen.« Ich stellte mich hinter ihn, legte ihm die Arme um die Taille und zog ihn an mich.

Er löste sich, ohne sich noch einmal zu mir umzudrehen. »Ich denke, ich bin mit dem, was ich tun kann, bis Mittag fertig. Vielleicht würde es mir ja sonst später leidtun, wenn ich nicht mitgehe, dich im Auge behalte und mir anschaue, was immer du da in Glasgow anstellst.«

Er stürmte ohne einen weiteren Blick aus der Küche.

Ich wandte mich an Louisa. »Was hat ihn denn diesmal aus der Fassung gebracht?«

»Dazu braucht's im Moment nicht viel, was? Er ist ja wirklich dauerhaft gereizt.«

»Ich wünschte, ich wüsste, wie ich ihm helfen kann.«

»Das kannst du nicht.« Louisa stellte einen Teller mit Eiern und Speck vor mich hin. »Er muss allein damit fertigwerden, was mit ihm im Moment geschieht. Aber das dauert wahrscheinlich eine Weile, und ich bin sicher, dabei geht es durch unruhige Gewässer.«

»Dann sollten wir besser alle Luken dichtmachen.«

Ein feiner Sprühregen folgte uns aus den Bergen in die flachere Landschaft der Hochebene, als wir auf der Straße das Tal von Glenmorrow hinter uns ließen. Man konnte sich hier so fernab von allem fühlen, doch nach weniger als einer Stunde tauchte schon Glasgow vor uns aus dem Nebel auf – eine weltoffene Stadt an den Ufern des Clyde. Ich hatte seit meiner Ankunft in Schottland noch nicht viel Zeit hier verbracht, wollte das aber gern nachholen. Früher war die Stadt einmal ein Industriezentrum und ein Mekka des Schiffbaus gewesen. Sie hatte den Ruf, rau, aber herzlich zu sein. Hier herrschte eine völlig andere Atmosphäre als im eleganteren, feineren Edinburgh. Ich hatte gehört, dass die Stadt in letzter Zeit ihre Ecken und Kanten schätzen gelernt hatte und ein Zentrum der Künste und Musik geworden war. In den Straßen fand sich jede Menge atemberaubende Architektur aus viktorianischer Zeit und im schottischen Jugendstil, und überall machten talentierte Straßenmusiker gute Geschäfte. In der Stadt waren das Scottish National Theatre, das Ballett und die Oper zu Hause, genauso wie unzählige trendige Bars und Clubs, in denen die beste neue Musik zu hören war.

Eine Reihe von Villen im Palladio-Stil des frühen 19. Jahrhunderts säumte die Fußgängerzone der Hauptgeschäftsstraßen. Die meisten hatte man zu eleganten Modegeschäften und Restaurants umgewandelt. Die Schaufenster waren voller Designer-Mode, wie ich sie nicht gesehen hatte, seit ich aus London fortgezogen war. Das war mal eine angenehme Abwechslung von der eher provinziell-biederen Auswahl in Edinburgh.

Louisas Gewürzladen lag in einer kleinen Seitengasse. Ich kaufte ein, was sie brauchte, während Grant draußen geblieben war und auf meine Bitte hin nachschaute, wie man am besten zum Yardarm kam.

»Wir müssen in Richtung des Stadtteils Finnieston gehen«, sagte er, als ich aus dem Laden trat. »Das sind etwa fünfzehn Minuten zu Fuß.«

»Gut, dann mal los.« Ich hakte mich bei ihm unter, und wir machten uns raschen Schrittes auf den Weg.

»Verrätst du mir, warum wir ins Yardarm gehen? Es ist eines der schicksten Restaurants der Stadt. Und sag nicht, nur zum Mittagessen.«

»Es gibt zu viele Verbindungen zu Alliance und nicht genug Zusammenhänge.« Ich fasste auf dem Weg dorthin für ihn zusammen, was ich über Mick, Gordon und Richard Newton herausgefunden hatte. Ich kann nicht behaupten, dass Grant darüber erfreut wirkte, doch er schien sich damit abzufinden, dass wir mehr wissen müssten.

Das *Yardarm* lag an der Argyle Street in der Nähe eines Parks. Für schottische Verhältnisse war es ein großes Restaurant. Die Einrichtung sollte wohl das maritime Erbe der Stadt widerspiegeln – die Bar war aus Teakholz, und die Wände waren mit aufgearbeiteten Teilen von Schiffen bedeckt, die zu den Glanzzeiten des hiesigen Schiffbaus von den Werften am Clyde aus in See gestochen waren. Das Restaurant war brechend voll, und eine Schar Geschäftsleute wartete an der Bar auf ihren Tisch. Plötzlich bedauerte ich, dass ich mich nicht umgezogen hatte und noch immer Jeans und meine Wachsjacke trug. Ich kam mir wie eine echte Landmaus vor, und die Blicke, die uns die Dame am Empfang zuwarf, ließen mich vermuten, dass wir wohl Probleme haben würden, hier einen Tisch zu ergattern. Grant bahnte uns einen Weg zur Bar, wo wir einen Platz am Tresen eroberten und einen Drink bestellten. Trish hatte gesagt, dass hier viele trendige Leute hingingen, und ich kam mir ein bisschen blöd vor, weil ich mir nicht mehr Mühe gegeben hatte, um hier reinzupassen.

Grant stand mit seinem Bier da und beobachtete die Leute, die sich um uns drängten. Endlich verschwanden die lauten Geschäftsmänner in einem separaten Raum hinten im Restaurant, und wir konnten jeder einen Barhocker erwischen. Ein großer Mann in einem gut geschnittenen Maßanzug mit einem hellen Schlips ging zum Kellnerpult und besprach sich eine Weile mit dem Barkeeper, ehe er aufschaute und im Spiegel über dem umfangreichen Angebot von Spirituosen Grant erblickte.

Er beendete sein Gespräch und kam auf uns zu. »Was bringt dich denn in meine Ecke der Welt, alter Freund? Das Gerücht sagt doch, dass du kaum mehr weiter südlich als Stirling kommst.«

Grant stand auf und schüttelte dem Mann freundlich die Hand. »Harry. Wie schön, dich zu sehen. Das ist meine Partnerin Abi Logan. Abi, Harry Anderson. Wir waren zusammen auf der Uni.«

Ich stand auf und begrüßte Harry mit einem Lächeln. Partnerin, was für ein nützliches Wort. Es deckte alle möglichen Deutungen ab.

»Bist du jetzt bei Alliance?«, fragte Grant. Er war offensichtlich der Meinung, hier einen Fuß für uns in der Tür zu haben, und ich folgte ihm da gern. Vielleicht konnten wir doch noch was von diesem Ausflug retten.

»Die letzten paar Jahre schon. Ich bin verantwortlich für die Bars in allen Clubs und Restaurants, aber das Yardarm ist mein Liebling. Hier gibt's nur vom Feinsten.«

»Es ist wunderschön«, sagte ich.

»Ihr könnt sehen, dass wir unseren Abbey Glen durchaus an prominenter Stelle stehen haben«, sagte Harry und deutete stolz mit der Hand darauf.

Ich lächelte. »Das wissen wir sehr zu schätzen, vielen Dank.«

»Was bringt euch nach Glasgow?«, fragte er.

»Ein paar Einkäufe«, antwortete Grant. »Aber wir waren auch auf der Suche nach Informationen über Alliance, wenn du ein paar Minuten Zeit hättest.«

Ich war mir nicht sicher, ob dieser direkte Ansatz die beste Lösung war, aber mich hatte er ja nicht gefragt, und jetzt, da wir schon mal so angefangen hatten, gab's auch kein Zurück mehr.

»Ich helfe gern, wenn ich kann«, erwiderte Harry. Er schaute sich in dem gedrängt vollen Speiseraum um. »Wartet mal kurz.«

Harry ging zu der hochnäsigen Dame vom Empfang hinüber, und wir wurden an einen der besten Tische am Fenster geleitet, auf dem ein »Reserviert«-Schild stand. Auf diesem einsamen Fensterplatz waren wir für die Passanten wie in einem Schaufenster ausgestellt, aber nun waren wir für unser Gespräch auch gleichzeitig außer Hörweite der anderen Speisegäste. Die Empfangsdame rang sich ein gequältes Lächeln ab, als sie unsere Jacken entgegennahm. Sie hegte sichtlich das Gefühl, dass man eigentlich mit Leuten wie uns keinen Staat machen konnte.

»Macht euch nichts aus Deirdre«, sagte Harry. »Die übt diesen hochnäsigen Blick schon ewig. Gehört alles zur exklusiven Atmosphäre.«

Zumindest Harry schien in der Lage zu sein, über den ersten äußeren Eindruck hinwegzusehen. Er schaute zwischen uns beiden hin und her und lächelte. »Du siehst sehr zufrieden aus, Grant. Ich freue mich für dich.«

Als ich Grant anschaute, sah ich keinerlei Zufriedenheit. Ich wusste, dass er zu kämpfen hatte, aber zumindest war das wohl für Leute, die ihn weniger gut kannten, nicht ganz so offensichtlich.

Nach eingehender Beratung durch unseren Gastgeber bestellten wir Mittagessen und eine Flasche Wein. Dann ging Harry zum Geschäftlichen über: »Du hast gesagt, ihr bräuchtet Informationen.« Ich hielt den Mund. Harry war Grants Freund, und ich fand, es wäre wohl das Beste, wenn er die Führung übernähme.

»Kennst du einen Mann namens Gordon Wright?«, fragte Grant.

»Ja, Gordon ist ein guter Typ. Er war einige Jahre lang unser Chefkoch, aber, ehrlich gesagt, hier war er verschwendet. Viel zu begabt, um hier Pub-Essen zu planen und Küchen zu beaufsichtigen, die nicht seine eigenen waren. Er ist ein Künstler – der muss für sein eigenes Tätigkeitsfeld verantwortlich sein.«

»Ist er deswegen hier weggegangen?«

»Ich denke schon. Er hat ein Restaurant in Edinburgh eröffnet, und er hat dort sehr viel Erfolg. Warum fragst du?«

»Wir haben vor, vielleicht ein paar gemeinsame Projekte mit ihm zu machen«, räumte Grant ein. »Ich wollte nur wissen, worauf wir uns da einlassen.«

»Bei dem seid ihr sicher, der ist in Ordnung.«

»Und was ist mit einem Burschen namens Mick Stewart?«, fragte Grant.

Diesmal kam Harrys Antwort nicht ganz so rasch. »Ja, den kannte ich auch. Er hat hier als Barmann angefangen, und später war er für die gesamte Lagerhaltung verantwortlich.«

»Auch ein guter Typ?«

Harry zögerte. »Er hat's versucht.«

Grant beugte sich näher zu ihm. »Was meinst du damit?«

»Ich glaube, als er hier angefangen hat, war er in Ordnung«, räumte Harry ein. »Aber er hat sich leicht vom rechten Weg abbringen lassen. Ist spätnachts, wenn er vom Alkohol schon angeschlagen war, in ein paar miese Situationen geraten. Ein paar Mal ist er mit einer geplatzten Lippe oder einer bandagierten Hand hier aufgetaucht.«

»Worum war's da gegangen?«

»Das weiß ich eigentlich nicht.«

Wir legten eine Pause ein, als unser Salat aufgetragen wurde.

»Komm schon«, drängte Grant und schenkte Harry Wein nach. »Ich schau im Fernsehen auch ›Hell's Kitchen‹*. Restaurants sind berüchtigt für Klatsch und Tratsch.«

Harry stocherte ein paar Minuten lang in seinem Salat herum, ohne zu antworten. Schließlich sagte er: »Es ging das Gerücht, dass er ein kleines Problem mit Glücksspielen hatte und ein nicht ganz so kleines Problem damit, seine Schulden zurückzuzahlen.«

»Aber ihr habt ihn nicht rausgeschmissen?«

»Das Management war sehr scharf darauf, ihn hier zu halten, also habe ich ihn vom Publikumsverkehr weg ins Lager versetzt.«

»Wieso sollte das Management daran interessiert sein, einen Barmann zu behalten, der doch wohl eher eine Belastung war, wie es sich anhört?« Ich konnte mich nicht mehr länger beherrschen.

»Also, ihr wollt nicht nur allgemeine Informationen.« Harry schaute sich im Raum um und schätzte ab, wie nah die nächsten anderen Gäste waren, ehe er mit noch leiserer Stimme weiterredete. »Ich versuche, hier bei diesem Unternehmen meine berufliche Laufbahn fortzusetzen. Ich habe nicht die Absicht, für Unruhe zu sorgen.«

* Britische Fernsehserie mit Gordon Ramsey, in der es alles andere als friedlich zugeht.

»Und wir wollen dir keinen Ärger machen«, versicherte ihm Grant. »Wir wollten nur ein paar Hintergrundinformationen über Mick. Er arbeitet ja nicht mal mehr hier.«

»Bei Alliance ist es das Beste, den Ball flach zu halten und sich um seinen eigenen Kram zu kümmern.«

»Aber Mick hat das nicht gemacht?« Jetzt überließ Grant mir die Führung.

»Ich weiß es nicht aus erster Hand, aber ich habe gehört, dass er für den Chef der Sicherheitstruppe ein paar Jobs außer Haus erledigt hat.«

»Hast du eine Ahnung, was für Jobs das waren?«

»Das kann ich nicht sagen.« Harry interessierte sich plötzlich sehr für seinen Wein.

Konnte er nicht oder wollte er nicht? »Hatte er eine Freundin, als er hier war? Oder sonst jemanden, der uns mehr über ihn erzählen könnte?«

Harry schaute verlegen. »Keine Freundin«, sagte er.

»Andere?«, drängte ich ihn.

Harry sah Grant an. »Das bleibt unter uns, ja?«

Grant nickte.

»Mick und Gordon waren mal eine Weile ein Paar. Nicht lange, wohlgemerkt, aber trotzdem.«

Da musste ich einfach weiterbohren. »Würdest du sagen, Gordon wusste, was Mick für Alliance machte?«

»Wenn, dann hat es ihm wohl nicht gefallen, denke ich.«

Das ließ darauf schließen, dass das, was Mick machte, zumindest nicht ganz astrein gewesen war.

»Haben die beiden sich getrennt, ehe Gordon nach Edinburgh gegangen ist?«, fragte Grant.

Harry nickte. »Aber sie waren auch nach der Trennung noch gute Freunde. Ich glaube nicht, dass es böses Blut zwischen ihnen gegeben hat. Zumindest hat man bei der Arbeit nichts davon gemerkt.«

»Warum ist Mick gegangen?«

»Es hat ein bisschen Krach gegeben, glaube ich, aber ich habe einen großen Bogen um die ganze Sache gemacht. Und ehe du fragst, ich habe keine Ahnung, wo er jetzt ist.«

»Das wissen wir«, erwiderte Grant. »Er arbeitet in einer Destillerie auf Islay.«

»Prima für ihn.« Harry schien ehrlich erfreut zu sein. »Ich hoffe, er hat einen Neuanfang geschafft. Wie gesagt, ich habe ihn nie für einen üblen Burschen gehalten, er war nur ein bisschen zu leicht zu beeindrucken.«

Nun schwenkten Grant und Harry zu einer Diskussion über die Whisky-Branche um, der ich nur mit einem halben Ohr zuhörte. Normalerweise hätte ich mich auf Klatsch aus unserer Branche besser konzentriert, aber in meinem Kopf schwirrten Gedanken über Gordon und Mick herum. Die beiden kannten sich offensichtlich, und weit besser als nur flüchtig. Warum hatte Gordon darüber die Unwahrheit erzählt? Wollte er einfach nur, dass Patrick nichts von seiner Beziehung zu Mick erfuhr? Oder steckte mehr dahinter? Ich hätte zu gern Genaueres über Micks kleine Jobs für Alliance gewusst, doch da würde ich selbst nachforschen müssen. Diese Aufgabe konnte ich nicht an Patrick weiterreichen.

KAPITEL 21

Grant und ich verließen das Yardarm und machten uns auf den Weg die Argyle Street hinunter, bogen am Tor zum Museum links ab und gingen in den Kelvingrove Park. Der Nieselregen, der während unseres Mittagessens begonnen hatte, war inzwischen vorüber, doch die Luft war noch kühl, und eine dichte Wolkendecke breitete sich mattgrau in alle Himmelsrichtungen aus. Kein Anzeichen ließ darauf schließen, dass irgendwo über dieser trüben Watte, die die Stadt einhüllte, eine Sonne wohnte.

»Ich könnte an einem solchen Ort nicht leben«, sagte Grant.

»Ich bin sicher, dass es nicht immer so grau ist. Ich wette, wenn die Sonne scheint, ist es wirklich schön hier. Klar, wahrscheinlich nicht oft, aber trotzdem.« Ich fasste Grant bei der Hand und passte meine Schritte an sein Tempo an, während wir durch den Park gingen. Das war kein lässiges Schlendern, hier wurde überschüssige Energie abgebaut.

»Es liegt nicht nur daran, dass die Stadt so grau ist«, sagte Grant. »Hier ist es so … na ja, irgendwie karg. Hier wächst nichts wild, alles ist strukturiert, gezwungen. Und die Gebäude sind trostlos und ohne Leben.«

In meinem Herzen wusste ich, dass es nicht so sehr an den Gebäuden lag, sondern dass eher Grants aktuelle Depression der Grund für seine plötzlich so düstere Stimmung war.

»Na ja, dann ist es ja gut, dass du nicht befürchten musst, hier wohnen zu müssen«, sagte ich. »Das ist nur ein kleiner rascher Besuch zur Abwechslung. Ein Muntermacher. Warum schauen wir uns nicht mal die hiesige Whisky Society an? Es ist ein Stück zu laufen, aber das würde uns guttun.«

»Es würde mir guttun, meinst du. Man muss mir nicht gut zureden wie einem Kind.«

»Aber du benimmst dich ein bisschen wie eines«, brachte ich leise vor.

Grant versuchte, sich von mir zu lösen, aber ich hielt seine Hand fest. »Ich muss mein ganzes Leben neu überdenken«, knurrte er. »Mit jeder Woche wird es weniger wahrscheinlich, dass irgendwann alle meine Sinne wieder normal funktionieren, und ohne sie bin ich in Abbey Glen nutzlos.«

»Das ist jetzt aber ein bisschen zu dramatisch.«

»Ach wirklich? Was soll ich denn machen? Sollte ich die geschäftliche Seite der Destillerie übernehmen? Das ist doch jetzt dein Bereich, und ich werde wohl kaum die Mehrheitseigentümerin zur Seite schubsen, oder? Für mich ist in Abbey Glen kein Platz mehr.« Es lag eine Verzweiflung in seiner Stimme, die ich zuvor noch nie gehört hatte, und es brach mir das Herz. Er blieb stehen, als eine Gruppe lauter Teenager an uns vorüberging. »Ich bin mir nicht mehr sicher, wo mein Platz überhaupt ist.«

Grant war ins Trudeln geraten, hatte nicht ganz zu Unrecht das Gefühl, man hätte ihm die Beine unter dem Leib weggezogen. Ich wusste ehrlich nicht, was ich sagen sollte, um ihn zu trösten, ohne ihm hohle Phrasen aufzutischen.

»Es ist wie in dieser Werbung für eine Versicherung vor ein paar Jahren – das Leben attackiert einen mit aller

Macht«, sagte ich. »Und manchmal fällt es einem schwer, zu wissen, wie man darauf reagieren soll. Ich persönlich kehre alles unter den Teppich und versuche es zu ignorieren. Doch das ist nicht gerade die beste Methode, denn gewöhnlich stolpere ich schließlich über die versteckten Probleme und lande auf der Nase.«

Grant schnaubte leise, sagte aber nichts. Ich konnte ihm die Antworten nicht geben, die er brauchte, aber zumindest konnte ich es vermeiden, seine Gefühle leichthin abzutun. Er war frustriert, und er hatte alles Recht dazu. »Es ist nicht leicht, den Dingen ins Auge zu schauen, aber du musst es machen.« Ich holte tief Luft. »Die Narbe an meiner Hüfte ist ein Souvenir, das mich jeden Tag daran erinnert. Damals, als ich getroffen wurde, waren wir als Journalisten tief in Mossul, und dort war die ärztliche Versorgung alles andere als gut. Man sagte mir, ich müsste evakuiert werden, doch ich bin ins örtliche Krankenhaus gegangen, wo man das Schrapnell oberflächlich entfernt und mich zusammengeflickt hat. Ich dachte damals, den Rest könnte ich machen, sobald ich wieder in London war und eine Operation planen konnte. Ich blieb noch drei Wochen und brachte einige atemberaubende Fotos mit nach Hause.«

»Ben hat immer erzählt, dass du störrisch warst«, murmelte Grant.

»Das war ich. Bin ich noch«, gestand ich ihm zu. »Aber damals war es falsch, mit der Operation zu warten. Als ich endlich dazu kam, die Sache begutachten zu lassen, war das noch verbliebene Schrapnell in meinem Körper gewandert und hatte Gewebe geschädigt.« Ich rang stumm mit mir, ob ich ihm die ganze Geschichte erzählen sollte. Ich hatte so oft dazu angesetzt, doch je länger ich wartete, desto schwerer fiel es mir. Außerdem hatte er im Moment genug eigene Sorgen. »Schließlich haben sie in einer ziemlich langen Operation und mit einem Magneten den ganzen Rest rausbekommen, aber das Metall hatte dauerhafte Schäden angerichtet, die sich nicht reparieren ließen. Es ist nie gut, die Dinge einfach zu ignorieren.« Obwohl ich es ständig machte.

»Ich ignoriere nichts. Ich ringe nur darum, was ich als Nächstes tun soll. Ich hätte nie erwartet, dass ich noch einmal über etwas anderes nachdenken müsste. Ich habe keine Ahnung, wohin ich gehen und wo ich anfangen soll. Ich weiß nur, was ich nicht will.« Er deutete auf die Stadt ringsum.

Ich verlangsamte meine Schritte, war wie benommen. »Du denkst doch nicht ernsthaft darüber nach, Balfour zu verlassen?«

»Ich glaube nicht, dass ich bleiben könnte. Es würde zu wehtun.«

Die Vorstellung von Grant irgendwo anders als in Abbey Glen erschien mir grotesk. Mehr noch, nun erhob sich zudem die furchterregende Frage, was das für uns beide bedeuten würde. Plante Grant, mit seinem Beruf auch gleich unsere Beziehung auf den Scheiterhaufen zu werfen? Ich hatte mich bereitwillig kopfüber in die Sache mit Grant gestürzt, und jetzt vermittelten mir seine Worte das Gefühl, dass auch ich in den Wellen seiner Verzweiflung ertrank.

»Schau mal, es ist noch viel zu früh, dein ganzes Lebenswerk abzuschreiben«, sagte ich und versuchte, die Stimme der Vernunft zu sein. »Du musst dir noch Zeit geben, das sagt sogar Dr. Arya.«

Grant schritt mit hängenden Schultern weiter. »Ich habe das Warten satt. Ich brauche Antworten – ich brauche einen Plan, irgendeinen Plan.«

Ich blieb mitten auf dem Weg stehen und schaute ihm in die Augen. »Vielleicht willst du ja nicht nur von Abbey Glen weg«, warf ich ihm hin.

Grants Augen wurden dunkel. »Es geht nicht immer nur um dich, meine Liebe.«

»Hattest du überhaupt vor, mit mir darüber zu reden, oder wolltest du einfach eines Tages gehen und mich und Abbey Glen verlassen?«

»Ich rede doch jetzt mit dir«, knurrte Grant.

»Nein, du informierst mich. Ich habe anscheinend in dieser ganzen Angelegenheit nichts zu sagen. Du schmeißt einfach das Handtuch und gehst, und Cam und ich, wir können die Scherben aufsammeln.«

»Du hast dir hier ein Leben eingerichtet, das du magst. Du solltest das nicht für mich aufgeben müssen«, sagte Grant.

»Oh, jetzt tu nicht so, als brächtest du für mich ein Opfer. Du rennst einfach nur aus einer Situation fort, der du nicht ins Gesicht sehen kannst.«

Grants Stimme wurde plötzlich laut. »Du bist es doch, die der Wahrheit nicht ins Gesicht sehen kann.« Er ging ein paar Schritte, ehe er sich zu mir zurückwandte. »Schau mal, ich wollte nicht, dass dieses Gespräch so verläuft.« Er nahm mich bei der Hand und führte mich zu einer Bank, die ein wenig abseits vom Hauptweg stand. »Die Realität sieht doch so aus, dass Abbey Glen nicht ohne einen Blender funktionieren kann. Und es wird einige Zeit dauern, den Richtigen zu finden. Je früher wir mit der Suche anfangen, desto besser.«

»Aber wenn wir anfangen, neue Blender zu Vorstellungsgesprächen einzuladen, werden unsere Konkurrenten sofort zuschlagen.« Ich hatte im vergangenen Jahr genug gelernt und wusste, dass die größeren Destillerien ständig darauf lauerten, die kleineren aufzukaufen, und dass auch wir heiß begehrt waren. »Da werden gleich die Haie um uns kreisen. Dabei ist gerade nach dem Aufruhr nach Bens Tod wieder etwas Ruhe im Unternehmen eingezogen. Das Allerletzte, was wir jetzt brauchen, ist ein Haufen geldgieriger Käufer, die schon wieder ihre Kreise um uns ziehen.«

»Dann gehen wir diskret vor.« Ich sah, dass Grant zu kämpfen hatte, um seine Gefühle in den Griff zu bekommen. »Wie du schon gesagt hast, es ist nie gut, die Dinge zu ignorieren.«

»Zwischen ignorieren und geduldig sein ist ein Riesenunterschied«, beharrte ich. »Gib dir noch einmal sechs Monate.«

Grant stützte die Ellbogen auf die Knie und ließ den Kopf in die Hände sinken. »Ich muss einfach was tun. Versuch das doch zu verstehen, Abi. Ich sterbe Tag für Tag innerlich ein bisschen mehr, wenn ich zusehen muss, wie die Dinge, für die ich so hart gearbeitet habe, in die Brüche gehen. Und nein, ich will nicht von uns beiden weg, aber ich muss herausfinden, wer ich jetzt bin. Wer das neue Ich ist, ehe ich weiß, was ich dir bieten kann. Es wird vielleicht eine Weile dauern, und ich verstehe, wenn du nicht warten willst.«

»Ich weiß, wie es ist, wenn man darum kämpft, seinen Platz in der Welt zu finden. Du hast jedes Recht, dich verloren, vielleicht sogar verängstigt zu fühlen, aber du hast nicht das Recht, meine Entscheidungen für mich zu treffen.« Das Herz wurde mir weit, wenn ich den Mann neben mir betrachtete. »He.« Ich legte ihm die Hand unter das Kinn und zwang ihn, mir in die Augen zu schauen. Ich blickte ihn mit einer Intensität an, die der seinen in nichts nachstand. »Ich bin diejenige, die entscheidet, worauf es sich zu warten lohnt. Und ob es dir nun passt oder nicht, ich gehe nirgendwo hin.«

KAPITEL 22

Die Heimfahrt legten wir größtenteils schweigend zurück. Es war nicht mehr allzu viel zu sagen, und es gab so viele unbeantwortete Fragen. Ich konnte Grants Unbehagen verstehen, aber wir gingen mit Angst und Trauer sehr unterschiedlich um. Grant brütete still. Ich wurde aktiv. Ich hätte mich in einer solchen Situation auf alles gestürzt, was ich in der Destillerie noch tun konnte, nur um sicher zu sein, dass mir nicht viel Zeit blieb, mich mit der Situation auseinanderzusetzen. Aber Grants Art war das nicht.

Ich nutzte die Zeit im Auto, um einige Nachrichten für Detective Inspector Ian Michaelson, meinen Freund bei der Polizei in Stirling, zu schreiben und immer wieder umzuschreiben. Schließlich beließ ich es bei höflichen Nachfragen nach ihm und seiner Tochter, ehe ich zur Sache kam. Ich brauchte Informationen zu Mick Stewart und, ehrlich gesagt, brauchte ich auch jemanden, an dem ich meine Theorien ausprobieren konnte. Während die Beziehungen zu Grant und Patrick im Augenblick ein wenig angespannt waren, hatte ich bitter jemanden nötig, mit dem ich reden konnte. Jemanden, der mir auch sagen könnte, ob ich mit dem, was ich mir gedacht hatte, völlig danebenlag.

Es stellte sich heraus, dass Michaelson bereits auf dem Weg nach Balfour war. Ich war erleichtert, dass Bill dieselbe Idee gehabt hatte wie ich. Ihm war also auch klar geworden, dass die Dinge nicht so einfach lagen, wie er zunächst vermutet hatte. Es war ihm bestimmt äußerst unangenehm gewesen, Hilfe anzufordern, aber zumindest kam nun Michaelson. Erst hatte sich Bill über die Aufsicht des Regionalbüros geärgert, doch nachdem er nun schon einige Male mit Michaelson zusammengearbeitet hatte, war das Verhältnis zwischen den beiden gut, und sie respektierten einander. Ich verabredete mich mit Michaelson auf einen Kaffee, sobald ich wieder in Balfour war.

Grant setzte mich auf der High Street ab und machte sich auf den Weg nach Abbey Glen, um nachzuschauen, wie die Lektion über das Komponieren von Whisky vorankam. Ich war mir sicher, dass dieser Teil des Stundenplans der Auslöser dafür war, dass er so verzweifelt war und sich so unzulänglich fühlte. Ich war froh, dass ich ihn aus Balfour weggelockt hatte, aber jetzt musste etwas geschehen. Wir konnten keinen Eiertanz mit den Kursteilnehmern aufführen, nur weil das möglicherweise Grant verstören könnte.

Das Wetter hatte sich gebessert, und die Straßen waren zwar noch feucht, aber das Leben war zurückgekehrt. Auf der Auslage vor dem Gemüseladen war eine Auswahl an Tomaten und Beeren ausgestellt, und weiter unten stand vor dem Buchladen Pages ein kleines Regal mit antiquarischen Büchern auf dem Fußweg, um Passanten anzulocken. Da erfasste der Wind einige lose Seiten und wehte sie in meine Richtung die Straße herunter. Ich beschleunigte meine Schritte und hob sie auf. Als ich beim Regal angekommen war, schaute eine freche Ziege um die Ecke, die friedlich auf den Seiten eines Liebesromans kaute, auf dessen Titelseite nun nur noch die untere Hälfte eines weiblichen Torsos und Teile von verstörend ausgeprägter männlicher Bauchmuskulatur zu sehen waren. Ich zermarterte mir das Hirn, wer so nah beim Ort Ziegen haben mochte. Es kam mir niemand in den Sinn, und ich musste mich wohl oder übel mit der Tatsache abfinden, dass dies wahrscheinlich einer meiner Besucher war, der sich unerlaubt von der Koppel entfernt hatte. Ich schaute auf die Uhr. Noch eine Viertelstunde, bis ich Michaelson treffen sollte, das reichte nicht, um mit diesem Kerlchen nach Hause zu gehen. Aber selbst wenn es möglich wäre, ich hätte nicht gewusst, wie ich die Ziege davon überzeugen sollte, mir zu folgen.

Ich schaute dem Übeltäter in die Augen und sagte: »Platz.« Das war lächerlich, aber was hätte ich sonst tun sollen? Ich rannte auf die andere Straßenseite zu DIY Necessities, wo Frank gerade eine Lieferung durch die Hintertür in den Laden trug.

»Frank, ich brauche ein Seil. Eine Ziege ist ausgerissen.«

»Geht in Ordnung.« Man musste es einfach mögen, mit welch unerschütterlicher Haltung die Leute hier auf die Mätzchen von Tieren reagierten.

Frank führte mich in die hinterste Ecke des Ladens, rollte ein Stück ziemlich dickes Seil ab und machte sich auf die Suche nach seiner Schere. Ich lehnte mich in die Ecke und wartete. Ich wusste, dass das eine Weile dauern könnte.

»Rory hat mir gestern seine neue Terrasse gezeigt«, sagte ich, um das Schweigen zu brechen. »Da haben Sie ganze Arbeit geleistet. Vielleicht bitte ich Sie, in The Haven mal etwas Ähnliches zu machen.«

»Sehr gern, aber darüber reden wir vielleicht, wenn unsere Gäste wieder weg sind.«

Ich lächelte. »Ich habe gehört, dass die beiden viel rumschnüffeln.«

»Sie gehen immer wieder zu der Jagdhütte oberhalb von Fells Farm und stöbern da rum. Verstehen Sie mich nicht falsch, es ist höchste Zeit, dass mit dem alten Haus was gemacht wird. Das muss ordentlich aufpoliert werden, aber von denen wohl nicht, denke ich mal.«

»Kannten Sie den Besitzer?«

»Gehört der Familie von Rick Carson. Die sind jetzt drüben in Aberdeen. Da war mal ein Typ, der es ein paar Monate gemietet hat, aber der ist in letzter Zeit nicht oft hier gewesen.«

»Wie war der so?«

»Ganz nett. Ziemlich zurückhaltend. Ist ab und zu hier gewesen und hat Anglersachen gekauft, und einmal hat er mich gebeten, ein Schild für das Haus zu schnitzen.« Frank deutete auf einige hölzerne Torschilder, die knapp unter der Decke hingen. Putzige dekorative Schilder mit Namen wie Barley Cottage und Lilac House.

»Irgendwie seltsam. Ich dachte, Sie hätten gesagt, der hätte es nur gemietet?«

Frank zuckte die Achseln. »Der hatte das nötige Kleingeld, und sonst hat ja niemand das Haus genutzt.«

»Aber seinen Namen haben Sie nicht erfahren?«

»Dick Irgendwas, aber er hat immer bar bezahlt. Ich bin nicht so gut mit Kassenbuch und so.«

Sicher nicht, daher die Sorgen wegen der Steuerfahnder.

»Haben Sie ihn in letzter Zeit gesehen?«

»Seit dem letzten Herbst nicht mehr. Er war ein komischer Vogel. Hat nie im Pub reingeschaut. Ist nur hergekommen und hat ein, zwei Tage geangelt, dann ist er wieder in Richtung Süden verschwunden.«

Frank hatte seine Schere gefunden und schnitt mir das

Seil ab, ehe er einen großen Schlippstek band. Ich dankte ihm und ging zurück zu Pages, bezahlte das Buch, das ich für mich niemals ausgesucht hätte, und streifte dem Ziegenbock das Seil über den Kopf.

Er schaute ein wenig mürrisch, folgte mir aber zur Chocolate Bar, malmte dabei noch immer auf einigen Seiten des schlüpfrigen Liebesromans herum wie auf Kaugummi.

Ich dachte, es würde mir vielleicht gelingen, ihn an der Laterne vor der Bar festzumachen und jegliche Verbindung zu diesem Tier einfach zu leugnen, aber da hatte ich Pech gehabt. Michaelson saß bereits mit einer Tasse Tee und einem Teller Scones an einem der Tische vor der Tür. Jetzt gab es kein Zurück mehr. Ich tat mein Möglichstes, um so auszusehen, als sei es die natürlichste Sache der Welt, mit einer Ziege spazieren zu gehen.

Michaelson schob den Tisch zwischen sich und meine Begleitung. »Auch wenn ich die Frage vielleicht bereuen werde, was gibt's Neues?«

Ich beschloss, die Erklärung in Sachen Ziege besser auf später zu verschieben, und kam gleich zur Sache. »Haben Sie schon mit Bill gesprochen?«

»Ja.«

»Dann wissen Sie ja das Neueste.« Michaelson schaute auf den Ziegenbock, der uns den Rücken zugewandt hatte und nun Floss' Geranientöpfe beäugte.

»Und wie immer stecken Sie bis zum Hals drin.«

»Nicht weil ich das will. Das müssen Sie mir glauben.«

»Bill hat die Sache im Griff«, beharrte Michaelson.

»Vielleicht, aber er verliert wertvolle Zeit, wenn er sich nur auf Owen Buchanan konzentriert. Jetzt, da Sie hier sind, kann er das hoffentlich alles klären. Ich hätte zu gern, ein paar Informationen über einen Mann namens Mick Stewart bekommen.«

»Ich bin kein Überprüfungsdienst.«

»Das weiß ich, aber ich überlege, ob ich den jungen Mann für ein paar Arbeiten engagieren soll, und ich wüsste gern, worauf ich mich da einlasse.«

»Es gibt Unternehmen, die das gegen Honorar erledigen.«

»Sie sind aber besser, und außerdem glaube ich, dass Sie die Informationen selbst auch hilfreich finden könnten.«

»Einiges an diesem Ort vermisse ich in Stirling wirklich«, sagte Michaelson und strich Marmelade auf einen von Floss' Rosinen-Scones.

»Ich weiß, dass ich nicht dazugehöre«, erwiderte ich. »Aber glauben Sie mir, diese Frage kommt nicht von ungefähr.«

Michaelson kaute schweigend weiter, ehe er leicht den Kopf schüttelte. »Was möchten Sie wissen?«

»Ich weiß, dass er für Alliance gearbeitet hat. Ich weiß, dass er überstürzt dort weggegangen ist. Ich würde gern den Grund dafür herausfinden. Und es wäre nützlich, zu erfahren, was genau er vor seinem Weggang für Alliance gemacht hat.«

»Was sollte er denn dort gemacht haben?«

»Barkeeper, Lagerhaltung, so in der Art.«

»Aber Sie glauben, dass er noch mehr gemacht hat?«

»Ich halte es für wahrscheinlich. Ich wüsste auch gern alles, was Sie über Gordon Wright herausfinden können. Er war bei Alliance Chefkoch, als Mick dort gearbeitet hat.«

»Was ist die Verbindung zu Wright?«

Ich zögerte. »Gordon ist auch zu unserem Meisterkurs hier und ist zufällig auch in einer Beziehung mit Patrick. Ich wüsste nur gern, ob da möglicherweise ein Problem entstehen könnte.«

»Erwarten Sie das?«

»Ich weiß nicht. Schauen Sie, heute habe ich von einem von Grants Freunden, der noch bei Alliance arbeitet, gehört, dass dort vielleicht zwielichtige Dinge vor sich gehen. Wenn das stimmt, sollten Ihre Leute es wissen, und ich wüsste es auch gern.«

»Hat irgendwas davon mit dem Mord an Ethan Buchanan zu tun?«

»Könnte sein.« Ich war mir da gar nicht so sicher, aber wenn ich Michaelson damit ins Boot bekam, dann wäre mir das recht.

»Gut, ich schau mir das mal an. Wie geht es Grant?«

»Er hat zu kämpfen«, sagte ich.

»Keine Anzeichen für eine Besserung?«

»Nein, und er verliert allmählich die Geduld. Genauer gesagt, er scheint aufzugeben.«

Michaelson schnitt einen weiteren Scone auf. »Das sieht ihm gar nicht ähnlich.«

»Seine Vorstellung von Aufgeben ist, dass er woanders hingehen will. Er macht Zukunftspläne, von denen einige Abbey Glen nicht mit einbeziehen.«

»Und Sie auch nicht?«

»Vielleicht.« Manchmal mochte ich Michaelsons Scharfsinn gar nicht. Deswegen war er natürlich ein guter Polizist, aber man konnte eben auch nur schwer etwas vor ihm verbergen.

»Noch ist nicht aller Tage Abend.«

Ich merkte, dass er auf seine ganz eigene Weise versuchte, mich aufzumuntern, aber es gab da nicht viel zu sagen. Wir wussten beide, wie stur Grant sein konnte.

»Sollte ich mich nach dem Ziegenbock erkundigen?«

»Besser nicht.« Tierhaltung und Steuerhinterziehung – ich glaubte einfach, dass Michaelson an keinem der beiden Themen viel Vergnügen finden würde.

Ich sammelte meinen einsamen Ziegenbock wieder ein und beschloss, den Ort lieber über die Gasse hinter der Chocolate Bar zu durchqueren. Mein vierbeiniger Freund und ich hatten dem Städtchen für heute genug Unterhaltung geboten.

Ich bog in die Gasse ein und sah Mick vom Stag Inn aus auf uns zukommen. Er hatte den Kopf gesenkt und bemerkte mich nicht. Was um alles auf der Welt hatte er in der Gasse hinter den Läden zu suchen? Irgendetwas an seinem Verhalten veranlasste mich, hinter einer Mülltonne abzutauchen und ihn von dort zu beobachten. Der Ziegenbock stand neben mir und kaute fröhlich auf einem Stück weggeworfener Pappe herum. Mick näherte sich der Hintertür der Chocolate Bar und klopfte an. Floss trat heraus und redete mit ihm. Ich konnte nicht hören, was sie sagte, aber sie schien ihn irgendwie auszuschimpfen, obwohl er nicht reagierte. Stattdessen griff er in die Tasche, zog ein paar Geldscheine heraus und reichte sie ihr im Austausch für eine kleine golden schimmernde Schachtel. Das schien mir eine merkwürdige Variante des Pralinenkaufs zu sein. Warum ging er nicht durch die Vordertür in den Laden wie alle anderen?

Nachdem die Transaktion abgeschlossen war, machte

Mick kehrt und ging zurück in Richtung Gasthaus. Ich folgte ihm in diskretem Abstand und dachte über die Verbindung zwischen Floss und Mick nach. Beide hatten bei Newton Financial investiert. Waren sie Investoren, die den Hass auf Richard Newton gemeinsam hatten? Aber wie hätten sie einander finden können? Floss hatte eine Familie, die über ganz Schottland verteilt war. Waren die beiden etwa verwandt? Hatte ich Floss zu früh von meiner Liste der Verdächtigen gestrichen? Es war mir zuwider, die Spur »Floss Robinson« zu verfolgen. Die mögliche Verbindung zwischen Mick und Gordon war schon schlimm genug. Ich würde mich auf Mick konzentrieren. Wenn er nicht schuldig war, gab es keine Probleme. Wenn er schuldig war und einen Komplizen hatte, nun, dann würde ich es Michaelson und Bill überlassen, diese Sache zu klären.

KAPITEL 23

Grant hatte sich beim Abendessen alle Mühe gegeben, seine missmutige Laune zu verdrängen, und hatte die Jungs mit Geschichten aus den Anfangszeiten von Abbey Glen unterhalten. Beinahe hätte ich mir einreden können, dass der alte Grant zurückgekehrt war, aber seine Augen strahlten nicht mit der üblichen Begeisterung. Kaum wieder in The Haven angekommen, fielen wir atemlos und drängend übereinander her, und diese Art der Entschuldigung erschütterte uns beide zutiefst. In der Hochstimmung dieses Augenblicks lag ich wach da, beobachtete den schlafenden Grant und zermarterte mir das Hirn nach Möglichkeiten, ihm dabei zu helfen, wieder etwas Frieden zu finden.

Als der Morgen kam, war ich allein. Grant war wieder früh nach Abbey Glen aufgebrochen, und ich hielt es für das Beste, ihm nicht zu folgen. Ich nahm Liam mit nach Balfour und ging über den Dorfanger in Richtung High Street. Neben uns ragte St. Jude's auf. Dieser romanische Kirchenbau hatte immer eine tröstliche Ausstrahlung, sogar für Menschen wie mich, deren Begeisterung für die organisierte Religion nicht gerade dauerhaft war. St. Jude's war nach dem Schutzheiligen aller hoffnungslosen Fälle benannt, und ich hatte das Gefühl, wenn es je eine Kirche gäbe, in der ich mich wohlfühlen könnte, dann wäre es diese hier.

Unser neuer Pfarrer Reverend Craig Anderson hatte sich

erstaunlich schnell im Ort eingelebt, nicht zuletzt, weil er sich Hals über Kopf in die örtliche Bibliothekarin verliebt und Fiona an einem wunderbaren Samstag im Frühling geheiratet hatte. Fiona war die geborene Pfarrersfrau, und als Liam und ich den Friedhof überquerten, erblickte ich die frischgebackene Ehefrau, die sich damit abplagte, eine große Kiste aus dem Schuppen zu schleppen und hinten in ihrem Auto zu verstauen.

»Brauchst du Hilfe?«

Fiona richtete sich auf und hielt sich den Rücken mit einer Hand. »Da sage ich nicht nein.«

»Was ist das alles?«, fragte ich und hievte eine Kiste auf den Rücksitz ihrer ältlichen Limousine.

»Der Holunderlikör von Molly Fox. Ist hier in der Gegend sehr beliebt.«

»Lass mich raten. Zu attraktiven Preisen, da ohne Mehrwertsteuer?«

»Haargenau.« Sie lächelte reuig. »Craig glaubt, dass wir die Flaschen für den Kunsthandwerksmarkt im nächsten Monat hier aufbewahren. Was um alles in der Welt würde er sagen, wenn die Steuerfahnder kämen und hier rumschnüffelten? Ich habe Molly gesagt, sie müsse einen anderen Ort finden, an dem sie ihren Likör verstecken kann, aber sie traut sich nicht, die Kisten woanders hinzubringen, solange die Leute von der Steuer noch in der Stadt sind.«

»Also hast du das Zeug am Hals und musst es auslagern. Wohin denn?«

»Im Keller der Stadtbücherei ist ein bisschen Platz. Ich habe gedacht, ich fange mal da an.« Fiona schnaufte weiter schwer.

»Dann komm. Ich helfe dir auch beim Ausladen.«

»Wirklich? Da wäre ich dir so dankbar. Ich weiß nicht, was in letzter Zeit mit mir ist, aber ich bin dauernd so müde. Abends kriege ich gerade noch das Essen auf den Tisch und sacke vor dem Fernseher zusammen.«

»Bist du vielleicht …?«

Fiona errötete. »O nein, das glaube ich nicht.«

»Kann ganz leicht passieren, habe ich mir sagen lassen.« Zumindest manchen.

Wir fuhren zur Hintertür der Bücherei, die kaum mehr als eine Falltür oberhalb der Treppe war, die in den früheren Kohlenkeller des alten Hauses hinunterführte. Die Bücherei war ein zweistöckiges viktorianisches Haus mit großen Erkerfenstern, die zur Straße hinausgingen, zwei im Untergeschoss und zwei im ersten Stock. In allen waren Kissen und Decken gestapelt, mit denen man es sich an einem Regentag wunderbar zum Lesen gemütlich machen konnte.

Während wir mit den Kisten die Treppe hinunter und wieder nach oben liefen, kam mir der Gedanke, dass Fiona vielleicht etwas darüber wissen könnte, was Floss gestern getrieben hatte. »Du kennst doch Floss Robinson schon eine Weile.« Das war eine Aussage, keine Frage, aber ich wusste nicht, wie ich sonst anfangen sollte.

»Aye«, antwortete Fiona. »Sie und meine Mum waren als Kinder beste Freundinnen. Seit Mums Tod ist sie für mich wie eine Tante.«

»Hat sie je erwähnt, dass sie in ein Unternehmen namens Newton Financial investiert hat?«

»Ständig. Wir haben alle mehr über diesen Newton zu hören bekommen, als uns lieb war. Wie alle hier in der Gegend achtet Floss sehr aufs Geld, aber sie sieht auch gern, dass es sich vermehrt. Geld verlieren, das mag sie gar nicht.

Sie hat das Gerichtsverfahren gegen Newton mit Adleraugen verfolgt. Hofft noch immer, dass sie wenigstens einen Teil ihres Geldes zurückbekommt, wenn der Finanzausgleich beschlossen ist. Wieso?«

»Hat sie so viel verloren?«

»Kaum etwas. Sie geht mit ihrem Geld keine großen Risiken ein. Nach allem, was sie erzählt hat, scheint es ihr mehr ums Prinzip zu gehen. Floss kann es gar nicht ausstehen, wenn jemand sie übervorteilt.«

»Die Leute hier im Ort sind ja sehr gewieft und einfallsreich«, merkte ich an. »Ich hätte nie gedacht, dass hier so viele Geschäfte nebenbei laufen.«

Fiona lachte leise. »Ja, kreativ sind sie schon, unsere Leutchen, wenn's ums Geld geht.«

»Hat Floss je was davon erzählt, dass sie einen von den Jungs von Islay kennt, die zum Whiskykurs hier sind?«

»Nein, ich glaube nicht. Wie kommst du darauf, dass sie einen kennen könnte?«

»Ich habe ihn zufällig gestern zur Hintertür der Chocolate Bar gehen sehen, und sie ist rausgekommen und hat sich mit ihm unterhalten. Sie schien ihn erwartet zu haben.«

Fiona antwortete nicht sofort. Schließlich sagte sie: »Floss ist eine sehr gewiefte Geschäftsfrau. Man würde das nicht vermuten, denn schließlich führt sie nur eine Teestube, doch wie sie mir immer sagt, kann man sich mit dem Verkauf von Tee und Pralinen keine gute Altersversorgung schaffen.«

»Stimmt.« Worauf lief das hinaus?

»Hast du mal Liz Larson kennengelernt?«

Ich schüttelte den Kopf.

»Hier in der Gegend nennen alle Leute sie Lady Liz. Sie ist Kräuterfrau. Zieht im Garten ihres Häuschens alle möglichen medizinischen Kräuter und Blumen. Manche Leute nennen sie eine Wiccan, eine Art weiße Hexe, aber eigentlich weiß sie nur sehr viel über die Heilmittel der Vergangenheit.«

»Klingt interessant, aber was hat das mit Floss zu tun?«

»Sie und Lady Liz haben einen Stand auf dem Markt hier in Balfour, verkaufen alle möglichen Kräuteressenzen und Salben. Sie mussten schließlich noch ein Gewächshaus am Stadtrand anmieten, um mit der Nachfrage mithalten zu können. Floss verkauft unter der Ladentheke auch in der Chocolate Bar so allerlei. Sie waren ganz früh bei diesem CBD-Trend mit dabei.«

»Dafür braucht man aber doch eine Lizenz, oder nicht?«

Fiona legte den Kopf schief, schaute mich an und zog eine Augenbraue in die Höhe. »Theoretisch schon, ja.«

»Daher der Verkauf unter der Ladentheke, und ich nehme an, Mehrwertsteuer berechnet sie auch nicht.«

Fiona griff nach der letzten Kiste. »Mehrwertsteuer wird überbewertet, selbst wenn das, was man verkauft, strikt legal ist. Die beiden bauen ein umfassendes Produktsortiment an und verkaufen es.« Sie hielt inne.

Ich nahm Fiona die Kiste ab und machte mich auf den Weg zur Kellertreppe.

»Einschließlich Gras«, fügte sie noch hinzu.

Ich stellte die Kiste auf die anderen. Dieses Städtchen hatte mich schon mehr als einmal überrascht. Ich hatte auf die schwere Tour herausgefunden, dass man besonders die Stillen im Lande im Augen behalten musste. »Besteht denn hier in der Gegend große Nachfrage nach Gras?«

»Wie überall sonst auch. Floss hat eine vielschichtige, aber diskrete Kundschaft.«

»Sie vertreibt ihr Produkt nicht zufällig in kleinen goldenen Pralinenschachteln?«

»Gewöhnlich schon. Manchmal gibt's zu der goldenen Schachtel auch noch ein bisschen Schelte, wenn von den jungen Leuten am Ort jemand zu viel oder zu oft was kauft. Sie mag Stammkunden, aber keine, die Missbrauch treiben.«

»Das hat also der Junge aus dem Kurs gestern abbekommen.«

»Wahrscheinlich«, stimmte mir Fiona zu.

Ich überließ es Fiona, die Bücherei für die ersten Kunden aufzuschließen, und Liam und ich spazierten zurück zum Golden Stag. Ich hatte mehr über Floss herausgefunden, als ich je vorgehabt hatte. Hatte jemand Mick erzählt, wo er in der Stadt an Gras kommen konnte? Hoffentlich war das nur eine einmalige, zufällige Transaktion gewesen. Floss nahm eigentlich nie ein Blatt vor den Mund. Wenn sie etwas über Ethans Verbindung mit Newton wusste und ihm auch einen Teil der Schuld gab, hätten wir alle längst davon erfahren – laut und ausführlich. Aber Fiona zufolge hatte sie nur eine kleine Summe verloren. Meiner Meinung nach konnte Floss auf gar keinen Fall in einen Plan verwickelt gewesen sein, Owen umzubringen, ganz gleich wie wütend sie auf ihn war. Ich war also wieder bei Mick und möglicherweise Gordon, und auf die beiden wollte ich mich weiter konzentrieren.

Als ich mich dem Stag Inn näherte, winkte mich Patrick zu sich. Der Kurs hatte heute früher angefangen, und die Teilnehmer würden schon bald zum Mittagessen wieder hierher zurückkommen. Danach hatten sie den restlichen Nachmittag frei, eine kleine Pause in der Mitte der Woche.

»Ich habe ein bisschen herumgeschnüffelt, wie du mich gebeten hattest«, sagte Patrick, während er mit mir zu der Steinmauer am anderen Ende des Gartens ging, von der aus man einen Blick auf den Fluss Alyn hinunter hatte.

»Hattest du Glück und hast was über eine Verbindung zwischen Maria Serrano-Cortez und Richard Newton rausgefunden?«

»Es war gar nicht leicht, da bis an die Wurzeln vorzudringen, aber schließlich habe ich es doch geschafft. Nicht Richard hatte eine Verbindung zu Maria, sondern seine Frau Clarissa Newton. Maria und sie waren in Frankreich zusammen auf der Schule. Sie sind auch später eng befreundet geblieben, und anscheinend sind Richard und Clarissa recht oft nach Madrid gereist. Richard geschäftlich und Clarissa, um Maria zu besuchen.«

Patrick zeigte mir auf seinem Handy ein Bild der beiden Frauen aus den sozialen Medien. Es war ein altes Bild. Zweimal das breite Lächeln mit den perfekten Zähnen von Kindern, deren Eltern das nötige Kleingeld hatten und dazu neigten, frühzeitig Zahnkorrekturen vorzunehmen. Beide Frauen hatten dunkelbraune Augen, die kokett strahlten. Maria hatte rabenschwarzes Haar, Clarissa hatte eindeutig ihrem Blond nachgeholfen. Ich schaute mir die Facebook-Seite an. Die Frauen waren alt genug, um noch diese inzwischen etwas aus der Mode gekommene Plattform zu nutzen. »Clarissa Newton ist eindeutig auf den sozialen Medien präsent. Was ist mit Maria?«

»Fehlanzeige bei Maria. Sie scheint sehr viel traditioneller gestrickt gewesen zu sein.«

Clarissa Newtons Kürzel war @clarinew. Ich griff zu Patricks Handy und klickte auf den Link. Sie postete Informationen über gesellschaftliche Ereignisse, einige, aber nicht übermäßig viele davon Wohltätigkeitsveranstaltungen. Keine Strandbilder, keine Bilder von Speisen und Getränken.

»Du wirst feststellen, dass seit Beginn des Gerichtsverfahrens letztes Jahr nichts mehr gepostet wurde. Sie scheint völlig von der Bildfläche verschwunden zu sein.«

»Das würde man ja wohl auch machen, oder? Hatte Clarissa unabhängig von ihrem Ehemann selbst ein Einkommen?«

»Nicht, dass ich wüsste. Nach der Urteilsverkündung war sie finanziell sicher in großen Nöten, vermute ich.«

»Sie hält sich also jetzt bedeckt.«

»Das würde sie wahrscheinlich gern machen – die Presse ist nämlich ziemlich brutal mit ihr umgegangen.«

»Und all das kurz nach Marias plötzlichem Tod. Es muss für sie eine schlimme Zeit gewesen sein. Zumindest scheint Richard sie zu Marias Beerdigung begleitet zu haben.« Ich war mir nicht sicher, was ich nun aus diesen Erkenntnissen schlussfolgern sollte, außer dass ich eine Verbindung zwischen den beiden Familien gefunden hatte. »Weder Maria Serrano-Cortez noch Elena standen auf der Liste von Investoren, die Richard verklagt haben. Er war wohl so schlau, dass er nicht auch noch versucht hat, die Freunde seiner Frau mit seinem Projekt zu beschwindeln. Ich wünschte beinahe, er hätte es getan. Das würde uns noch einen weiteren Menschen mit einem Motiv bescheren.«

Gordon kam zu Patrick herüber. Unsere übrigen Gäste hatten beschlossen, zum Mittagessen einen Spaziergang zum Restaurant Pagoda zu machen. Das asiatische Essen dort war vielleicht einmal eine Abwechslung von Siobháns deftiger schottischer Kost. Ich konnte es ihnen nicht verübeln, aber Gordon war eindeutig nicht daran interessiert.

»Wir gehen zum Mittagessen zurück nach The Haven«, sagte Patrick.

Sein Blick verriet mir, dass dies kein Mittagessen war, zu dem auch ich eingeladen war. »Gut, könnt ihr dann Liam mitnehmen? Ich habe hier noch ein paar Dinge zu erledigen, und da wird er sich nur langweilen.«

Ich ging in den Stag Inn, um zu sehen, ob ich ein Sandwich ergattern konnte. In der Küche redete Grant gerade mit Siobhán.

»Hi zusammen. Habt ihr was zu essen für mich?«

»Ich bereite gerade ein Paket Sandwiches und eine Thermoskanne Tee für Raoul und die Gnädigste vor, dann kümmere ich mich gern um dich«, erwiderte Sheila.

»Was hat Raoul vor?«

»Er meinte, es wäre so ein schöner Tag, da wollten sie eine kleine Autofahrt durch die Gegend machen.«

Ich hätte zu gern gewusst, wo er und die schwer zu fassende Señora Elena hinwollten. »Was für eine großartige Idee«, sagte ich laut. »Es ist wunderbares Wetter. Kannst du uns vielleicht auch zwei Pakete mit Sandwiches machen?«

Sheila griff erneut nach dem Brot und sagte: »Klar.«

Grant warf mir einen fragenden Blick zu. Er wusste immer, wenn ich etwas im Schilde führte. »Ja«, sagte er. »Abi und ich dachten, wir könnten auch eine kleine Ausfahrt machen. Das schöne Wetter ausnutzen.«

Anscheinend würde ich Gesellschaft haben, ob ich wollte oder nicht.

Grant und ich saßen vor dem Golden Stag im Auto und tranken Kaffee aus der Thermosflasche, während wir darauf warteten, dass Raoul auftauchen würde. Wir redeten über alles Mögliche, nur nicht über die dunkle Wolke, die über uns hing. Grant grübelte noch immer finster, doch er sprach nicht mehr über seine Zukunftspläne, und ich drängte ihn nicht dazu. Es war dumm, das wusste ich, doch ich hoffte noch immer jeden Tag, dass eine dramatische Entwicklung eintreten und die Wirklichkeit verändern würde, mit der wir zu kämpfen hatten. So dachten Feiglinge, es war ein unrealistischer und kurzsichtiger Ansatz, aber mehr hatte ich im Augenblick nicht.

Zwanzig Minuten später sahen wir endlich Raouls dunkelblauen Mietwagen vom Parkplatz des Stag Inn kommen und auf die Straße in Richtung Stadt einbiegen. Elena saß auf dem Beifahrersitz, das Haar im Stil von Grace Kelly mit einem Kopftuch zusammengehalten. Grant fuhr in angemessenem Abstand hinter ihnen her, umrundete zweimal den Kreisverkehr am Stadtrand, ehe er Raoul auf die Upland Road folgte. Raoul fuhr mit keineswegs südländischem Tempo, und langsam fragte ich mich, ob die beiden vielleicht wirklich nur Touristen waren. Wir blieben auf der Straße, die durch die Berge führte, passierten die Einfahrt zur Fell Farm und verloren den blauen Wagen mehrere Male aus den Augen, wenn die Straße sich kurvenreich durch den Wald zog.

»Können wir nicht näher ran?«

»Nicht, wenn du nicht gesehen werden willst«, antwortete Grant. »Was genau hoffen wir denn dadurch rauszufinden, dass wir ihnen folgen?«

»Ich möchte wissen, wohin Raoul und Elena fahren und

warum. Ich meine, glaubst du ernsthaft, dass einer von den beiden der Typ ist, der gern viel Zeit an der frischen Luft und in der Natur verbringt?«

»Sie sind ja gar nicht an der frischen Luft und in der Natur, sie schauen sich alles aus einem Auto mit Klimaanlage an.«

»Stimmt, und nichts für ungut, das Tal ist wirklich wunderschön, aber wenn man es einmal gesehen hat, dann hat man's gesehen. Warum kommen die immer wieder hier hoch? Das ergibt keinen Sinn.«

»Und du hast es gern, dass die Dinge einen Sinn ergeben«, schlussfolgerte Grant.

Schließlich erreichten wir eine Stelle, wo die Straße vor uns in weitem Bogen steil anstieg, aber von Raouls Auto war keine Spur mehr zu sehen. Wir hatten sie aus den Augen verloren.

Grant beschleunigte, doch nach zwei Meilen war noch immer kein Anzeichen von unserer Beute.

»Er muss abgebogen sein.« Grant wendete und fuhr so zurück, wie wir gekommen waren. Bei jeder möglichen Abzweigung bremste er ab, um nach Reifenspuren zu suchen.

»Hier ist einfach sonst nicht viel, außer Rorys Anwesen«, grummelte er.

»Was ist mit dem Steinhaus, das man von Rory aus sehen kann? Irgendwo weiter oben und rechts.«

»Das ist eine alte Jagdhütte. Ein bisschen runtergekommen und nicht oft benutzt.«

»Frank hat sie neulich erwähnt. Er meinte, die würde ab und zu vermietet. Gibt es eine Abzweigung von dieser Straße zu der Jagdhütte?«

»Muss es geben. Sonst ist da keine andere Zufahrt.«

Grant fuhr nun im Kriechtempo und suchte den talseitigen Straßenrand ab.

»Was ist damit?« Ich deutete auf einen schmalen Kiesweg. »Ein bisschen überwuchert, aber es sieht so aus, als wäre vor nicht allzu langer Zeit ein Teil des Grases plattgedrückt worden.«

Grant blieb am Straßenrand stehen. »Einen Versuch ist es wert. Aber falls sie da unten sind, wären sie sicher nicht begeistert, wenn wir ihnen nachstellen. Wir lassen das Auto am besten etwas weiter unten stehen, wo die Straße breiter ist, und gehen zu Fuß hierher zurück.«

Sobald wir an die Böschung gefahren waren, wo ein großer Ginsterbusch das Auto teilweise verdeckte, ging Grant voraus durch die Bäume zur Jagdhütte. Von da, wo wir standen, konnte ich unterhalb Fell Farm sehen, noch weiter unten das Dach von Sheilas Häuschen. Als wir uns der Jagdhütte näherten, sahen wir Raouls Auto auf dem Kies neben der Tür parken.

»Sie müssen drin sein«, flüsterte ich. »Vielleicht überlegt er, ob er die Jagdhütte kaufen soll. Elena hat angedeutet, dass er davon geredet hat. Sie hoffte allerdings, dass diese Laune bald wieder vergehen würde.«

»Die Jagdhütte scheint mir eine seltsame Wahl für einen Spanier zu sein, der Seidenhemden trägt und aus der Weltstadt Madrid kommt«, meinte Grant.

»Stimmt, aber guter Whisky hat bei den Leuten die seltsamsten Wirkungen. Glaub mir, ich kann ein Lied davon singen.«

Grant lachte leise. »Was sollen wir jetzt machen?«

»Wir warten. Ich will sehen, was er hier anstellt.«

Schließlich setzten wir uns auf den Boden, denn nach

dem langen Kauern in den Büschen begannen unsere Knie schon zu schmerzen. Wir teilten uns ein weiteres Paket Sandwiches. Sheila war wirklich ein Geschenk des Himmels.

Eine halbe Stunde später war Grant so weit, dass er aufgeben wollte, aber ich bestand darauf, noch ein Weile zu warten. Fünfzehn Minuten später kehrte Elena mit einem Gesicht wie drei Tage Regenwetter zum Auto zurück. Raoul konnte sich auf eine nette Heimfahrt gefasst machen. Schließlich tauchte auch er mit leeren Händen aus dem Haus auf und ging zum Wagen zurück. Er setzte sich ans Steuer und fuhr nun in wesentlich südländischerem Tempo zur Straße hinauf.

Ich rappelte mich unelegant auf die Beine. »Komm. Wir wollen mal nachschauen, was da drin ist.«

»Das ist Hausfriedensbruch.« In Grants Augen blitzte leichte Belustigung auf. Ein Hauch seiner alten Person, was mich sehr freute.

Ich ignorierte seinen Kommentar, wie er auch vermutet hatte, und machte mich auf den Weg zu dem Häuschen. Die Tür war nicht verschlossen, und wir traten ein. Der Raum war fast leer, bis auf einen Tisch und ein paar Stühle beim gemauerten Kamin. Der Boden bestand aus Steinplatten, wie in den allermeisten Häusern hier im Tal. Der breite offene Kamin nahm den größten Teil einer Wand ein. Die Steine im Inneren waren vom Gebrauch geschwärzt, aber es lag kein Holz auf dem Rost; hier hatte man eindeutig einige Zeit kein Feuer mehr gemacht. Ein mottenzerfressener ausgestopfter Hirschkopf hing verloren über dem Kaminsims. Die Küche war bis auf einen uralten, holzgefeuerten Herd leer. Kein Geschirr, keine trockenen Vorräte, nur Franks holzgeschnitztes Schild mit den Worten »Smuggler's Hole« hatte man über dem Küchenfenster an die Wand genagelt. Das Fenster war ja wirklich ein Loch in der Wand, rustikal, aber kein bisschen schön.

»Was zum Teufel haben die hier gemacht, in beinahe einer Stunde?«, fragte Grant.

»Die müssen irgendwas gesucht haben.«

In der Küche waren drei, vier Schränke, im Schlafzimmer ein klappriger Kleiderschrank. Nicht gerade überwältigend viele Verstecke.

Ich schaute mir den Boden rings um den Kamin an und bemerkte, dass auf dem Stein Kratzer waren und der Ruß auf dem Boden offensichtlich verschmiert war. »Meinst du, die haben vielleicht versucht, einen von diesen Steinen hochzuhebeln?«, fragte ich und ging in die Knie.

»Warum?«

»Du weißt doch, dass es in den meisten Häusern hier in der Gegend Verstecke gab, um Whisky vor den Steuereintreibern zu verbergen.«

»Ja, aber woher sollte Raoul das wissen?«

»Vielleicht hat er von unserem Fund im letzten Jahr gehört, oder er hat einfach was über die Ortsgeschichte gelesen. Elena hat sich neulich im Laden ein Exemplar von Eldon Manns Buch gekauft, dazu noch einen Haufen Landkarten.«

»Die kommt mir eigentlich nicht wie jemand vor, der sich glühend für Geschichte interessiert«, meinte Grant. »Aber vielleicht hast du recht. Das könnte alles nur zum Spaß sein, weil sie hoffen, einen uralten Whisky aufzustöbern. Damals hat dein Fund ja in der Fachpresse weithin Beachtung gefunden.«

Wir waren so sehr damit beschäftigt, auf dem Boden nach Spuren zu suchen, dass wir zusammenschraken, als wir hinter uns einen Laut hörten. Ich geriet in Panik, weil ich glaubte, Raoul wäre zurückgekommen und wollte nun wissen, warum wir ihn an seinem freien Nachmittag durch das ganze Tal verfolgten. Aber es war nicht Raoul. Es waren die Steuerfahnder. Der Mann, der am nächsten bei uns stand, hatte die Hand an einem Revolver, den er in einem Holster an seiner Seite trug.

KAPITEL 24

Es sah ganz so aus, als hätte ich uns wieder mal kopfüber ins Unheil gestürzt. Die beiden Männer, die behaupteten, Landvermesser zu sein, starrten uns mit grimmiger Miene an. Wie konnte mir bloß entgangen sein, dass sie so groß und breit gebaut waren?

Grant streckte in einer beschwichtigenden Gebärde die Hände aus. »Wir wollen keine Scherereien.« Er kam langsam an meine Seite und stellte sich ein wenig vor mich. Ich brauchte keinen Schutzschild, fand diese Geste aber sehr liebenswert.

»Was machen Sie hier?«, wollte der Größere der beiden wissen.

»Wir schauen uns nur um«, erwiderte ich so leichthin, wie ich konnte. »Wir haben gehört, dass dieses Haus zum Verkauf steht, und wir wollten es uns einmal ansehen.«

»Und dafür mussten Sie es erst fast eine Stunde lang von den Büschen aus beobachten?«, konterte er.

»Na ja, Sie wissen schon«, antwortete Grant mit frechem Grinsen und legte mir den Arm um die Schultern. »Wir haben ein bisschen Zeit nur für uns genossen – junge Liebe, Sie wissen schon.«

Wir waren also anscheinend nicht die Einzigen, die Raoul beobachteten. In meinem Kopf schrillten die Alarmglocken, aber jetzt war es zu spät, nun nützten sie nichts mehr.

Der Kleinere deutete auf den Tisch am anderen Ende des Raumes. »Hinsetzen. Sie haben ein paar Fragen zu beantworten.«

»Was gibt denn Ihnen das Recht, von uns Antworten zu verlangen?«, fragte ich mit fadenscheiniger Tapferkeit.

»Setzen«, wiederholte der Mann mit der Pistole.

Sie kamen zu uns an den Tisch und zogen ihre Ausweise heraus. Anscheinend waren sie nicht von der Steuerfahndung Ihrer Majestät, sondern vielmehr Milton Jones und Barry Wilson vom Betrugsdezernat in Edinburgh. Grant und ich lehnten uns erleichtert zurück.

»Das hätten Sie ja gleich sagen können«, meinte ich. »Sie haben mich fast zu Tode erschreckt.«

»Hat man aber nicht bemerkt«, erwiderte Wilson. »Fangen wir also noch mal von vorn an. Warum sind Sie hier?«

»Wir haben heute beim Whisky-Kurs unseren freien Nachmittag und brauchten einfach ein bisschen frische Luft«, sagte Grant.

Wir erzählten also auch jetzt noch nicht die ganze Wahrheit. Ich wollte ihm da nicht widersprechen. Sonst folgte Grant immer, wenn ich vorpreschte, also ließ ich jetzt einmal ihn die Geschichte weitererzählen, die er im Kopf hatte.

»Wir wussten, dass Raoul sich für dieses Haus interessierte, und haben überlegt, dass es sich lohnen könnte, das einmal anzuschauen, nur nicht gleichzeitig mit ihm.« Grant war genauso wenig wie ich scharf darauf, mit diesen beiden Männern über unsere Absichten zu reden.

»Von Raoul Serrano-Cortez sollten Sie die Finger lassen«, erklärte Wilson. »Den beobachten wir.«

»Darf ich fragen, warum?«, warf Grant dazwischen. »Dieser Mann hält sich in unseren Geschäftsgebäuden auf und hat Kontakt zu unseren Gästen. Sollten wir uns über irgendwas Sorgen machen?«

»Das darf ich Ihnen leider nicht verraten.«

Zurückhaltung schön und gut, aber diese beiden würden keinen Ton sagen, wenn wir nicht mehr drängten. »Hat Raoul irgendetwas mit dem Mord an Ethan Buchanan zu tun?«

Wilson und Jones schauten einander an.

»Die örtliche Polizei hat den Mörder verhaftet«, beharrte Jones.

»Ach wirklich?«, erwiderte ich.

Jones kniff die Augen zusammen. »Wie kommen Sie drauf, dass das nicht der Fall sein könnte?«

»Nichts Besonderes, nur schien es mir ziemlich überstürzt.«

»Wir haben mit der Mordermittlung nichts zu tun«, ergänzte Wilson. »Nun, hat Cortez Sie nach diesem Haus hier gefragt?«

Grant und ich schüttelten einhellig den Kopf. »Ich glaube, die Adresse hatte er wohl von der Maklerin am Ort«, brachte Grant vor.

»Gibt es denn noch einen anderen Grund, warum er hier sein könnte?«, fragte ich, bekam aber keine Antwort. »Warum sind denn Sie hier?«, versuchte ich es stattdessen.

Wilson und Jones tauschten einen Blick, ehe Wilson beinahe unmerklich nickte. »Wir sind hergekommen, weil wir Ethan Buchanan gefolgt sind«, sagte Jones. »Wir versuchen, einen großen Geldbetrag zu finden, den sein ehemaliger Chef Richard Newton erfolgreich vor dem Gericht verborgen hat. Geld, das von Rechts wegen in den Opferfonds gehört.«

»Wieso sollte denn das Geld hier sein?«, fragte ich, nun ehrlich verwirrt.

»Richard Newton hat regelmäßig in diesem Cottage gewohnt, wenn er zum Angeln hergekommen ist. Er hat sogar ab und zu ein paar von seinen Geschäftspartnern mitgebracht.«

Der Mann, den Frank als Dick kannte. »Und als Ethan zum Whiskykurs herkam, dachten Sie, er hätte vielleicht andere Gründe.«

Jones bestätigte diese Theorie nicht. War Ethan deswegen gekommen? War die Teilnahme am Kurs seine Idee gewesen? Wusste Vicky, warum ihr Mann hier war? So viele Fragen.

»Ist Ethan irgendwann einmal hier gewesen, ehe man ihn ermordet hat?«

»Das darf ich Ihnen nicht sagen.« Jones schaute zu Grant und dann wieder zu mir. »Sie beide haben Newton bei all seinen Besuchen hier oben nie gesehen?«

»Nein.«

»Nicht einmal im Pub?«

»Ich bin erst ungefähr ein Jahr hier«, sagte ich.

Wilson und Jones hatten dieses Anwesen eindeutig unter Beobachtung, aber wie hatte Raoul hierhergefunden? Ethan hätte ihm doch nichts von Newtons Geld erzählt, selbst wenn er gewusst hätte, dass es hier ist. Sie waren schließlich Fremde. Wie aber hatte Raoul etwas über diese Verbindung herausgefunden? Ich dachte an das Foto von Maria Cortez' Beerdigung. Richard Newton und seine Frau waren dort anwesend. Falls sie Maria kannten, war es wahrscheinlich, dass sie Raoul und Elena ebenfalls kannten. Vielleicht war das unsere Verbindung.

»Was sollen wir tun?«, fragte Grant.

»Halten Sie sich von diesem Anwesen fern und machen Sie einen möglichst großen Bogen um Raoul Cortez. Natürlich ohne Verdacht zu erregen.«

»Raoul schien hier aber mit leeren Händen wegzugehen«, merkte ich an. »Meinen Sie, das bedeutet, dass er nicht gefunden hat, was er wollte? Oder dass er es gefunden hat und zurückkehren wird, um es zu holen?«

»Das kann ich nicht sagen«, erwiderte Wilson.

Will ich nicht sagen, das würde der Sache schon näher kommen. Dann begleiteten die beiden uns nach draußen und schärften uns noch einmal ein, wir sollten die Angelegenheit der Polizei überlassen. Grant führte mich mit gerunzelter Stirn weg. Sobald wir außer Hörweite waren, sagte er: »Ich kann sehen, wie die Rädchen in deinem Kopf surren, aber lass es sein. Lass es einfach sein. Jetzt ermitteln schon zwei Polizeitrupps in dieser Angelegenheit, da geht das dich oder mich wirklich nichts mehr an.«

»Klar«, stimmte ich ihm zu.

Grant blieb stehen und schaute mir in die Augen. »Das überzeugt mich nicht.«

»Nein, ich verstehe dich schon. Wie du sagst, wir haben noch jede Menge andere Dinge zu tun. Darauf sollten wir uns konzentrieren. Wir haben Gäste, und ich muss noch Abzüge für die Auktion am nächsten Wochenende raussuchen. Trish liegt mir schon seit Wochen damit in den Ohren.«

Grant ging weiter, wirkte aber nach wie vor nicht überzeugt. Ich wusste, dass ich ihn irgendwie ablenken musste. Da hatte ich einen Einfall: »Wenn wir schon mal hier sind, sollten wir vielleicht bei Rory vorbeischauen und uns die neuen Flaschen ansehen. Du wirst staunen.«

Während unseres Besuchs bei Rory und auch auf dem ganzen Weg zurück in den Ort plapperte ich munter weiter. Aber ich glaube nicht, dass Grant eine Sekunde lang darauf hereinfiel.

KAPITEL 25

Grant setzte mich beim Polizeirevier ab, schärfte mir noch einmal ein, ich solle Bill unbedingt erzählen, was geschehen war. Mir fiel auf, dass er erst wieder losfuhr, als er gesehen hatte, dass ich das Gebäude betrat. Bill trank in seinem Büro gerade mit Michaelson Kaffee. Ich gab mir alle Mühe, überrascht zu tun, als ich ihn hier sah. »Was bringt denn Sie wieder in diese Gegend?«

Bill zog einen weiteren Stuhl aus der Ecke heran und stellte ihn neben den von Michaelson.

»Nun, Sie sind anscheinend in Teufels Küche ... wieder mal.«

»Ich nicht«, sagte ich und hob die Hände. »Ein gewisser Ethan Buchanan.«

»Was führt Sie her?«, fragte Bill.

»Unsere Fremden im Golden Stag.«

Er stöhnte. »Nicht auch noch Sie.«

»Hat sich schon jemand beschwert?«

»Absolut alle. Man sollte meinen, die gehören einer extremistischen Terrororganisation an.«

»Hier in der Gegend gilt das Finanzamt als extremistische Terrororganisation«, meinte ich. »Aber wenn Sie mich fragen, das sind gar keine Steuerfahnder.«

»Was dann?«, fragte Bill.

»Barry Wilson und Milton Jones. Die beiden scheinen vom Gericht beauftragte Schatzjäger aus Edinburgh zu sein, vom Betrugsdezernat, wohl auf der Suche nach dem ergaunerten Geld, das Richard Newton vor dem Opferfonds versteckt hat.«

»Das haben die Ihnen erzählt?« Michaelson schaute zweifelnd. »Haben sie sich ausgewiesen?«

»Natürlich.«

»Haben Sie sich die Papiere genau angeschaut?«

Ich gab es nur ungern zu, aber das hatte ich nicht gemacht. Ich war zu nervös gewesen, und dann waren wir schlicht nur erleichtert, dass wir nicht auf der Stelle umgebracht würden.

»Haben die beiden gesagt, was sie hergeführt hat?«, fragte Bill.

»Sie behaupten, sie wären Ethan Buchanan gefolgt. Sie glaubten, dass er vielleicht wusste, wo Newton das Geld verborgen hat.«

»Es kommt mir unwahrscheinlich vor, dass Newton diese Art von Informationen ausgerechnet mit dem Mann teilt, der ihm dreißig Jahre Gefängnis beschert hat«, merkte Bill an.

»Stimmt«, gestand ich ihm zu. »Aber in letzter Zeit hat es auch Gerüchte gegeben, dass Ethan vielleicht mehr mit Newtons Betrügereien zu tun hatte, als er alle glauben machte. Vielleicht hat ihm Newton das Versteck verraten, als sie noch gut miteinander konnten.«

»Möglicherweise hat Buchanan eine Abmachung mit der Staatsanwaltschaft getroffen, um sich eine Gefängnisstrafe zu ersparen«, sagte Michaelson.

»Das soll ja schon vorgekommen sein«, meinte ich.

Michaelson runzelte die Stirn. »Haben diese Männer gesagt, wer ihnen den Tipp gegeben hat?«

»Sie haben nur das Nötigste rausgerückt.«

»Und wieso sind Sie und Grant überhaupt bei diesem verlassenen Haus gewesen?«, fragte Bill.

»Reiner Zufall. Grant und ich haben heute Nachmittag einen Ausflug mit dem Auto gemacht, während unsere Kursteilnehmer frei hatten. Wir haben einen der Teilnehmer gesehen, wie er hinter der Fell Farm von der Straße abgebogen ist. Da sind wir neugierig geworden, denn eigentlich ist da ja nichts. Wir sind ihm zu der alten Jagdhütte gefolgt, und als er fort war, sind wir hingegangen, um uns anzuschauen, was er sich da angesehen hat.«

»Und was war das?«, fragte Michaelson.

»Soweit wir feststellen konnten, gar nichts. Die Jagdhütte ist fast leer, aber dann sind wir ja Wilson und Jones begegnet. Meinen Sie, die beiden sind die, als die sie sich ausgeben?«

»Niemand, der fürs Gericht oder für die Polizei arbeitet, würde einen Fremden so umfassend darüber informieren. Ich würde sagen, höchstwahrscheinlich sind die beiden nicht die, als die sie sich ausgeben.«

»Ja, das stimmt wohl. Mir verraten Sie auch nie was.« Ich fühlte mich wie der letzte Idiot. Ich hätte misstrauischer sein sollen. »Wer sind die beiden dann?«

»Keine Ahnung, aber wir werden das überprüfen. Wir, nicht Sie«, ergänzte Michaelson mit Bestimmtheit.

»Welcher von Ihren Gästen war denn dort oben?«, wollte Bill wissen.

»Raoul Serrano-Cortez.«

Michaelson schaute zu Bill, der den Kopf schüttelte. »Den habe ich am Samstag vernommen. Höflich, aber nicht sehr hilfreich.«

»Woher hätte er von dem Bargeld wissen können?«, fragte Michaelson.

»Vielleicht hatte Raoul eine Ahnung, wo Newton das Geld versteckt hatte, weil er ihn kannte«, sagte ich. »Seine Mutter war eine Kindheitsfreundin von Richard Newtons Frau.«

»Wo kommt denn diese Perle der Weisheit her?«, wollte Bill wissen.

»Das kam raus, als wir uns über den Hintergrund unserer Kursteilnehmer informiert haben.«

Michaelson notierte sich etwas auf dem Schreibblock, der vor ihm lag. Er würde diese Verbindung nachverfolgen, da war ich mir sicher, aber ich hatte ja noch immer Owens Unschuld zu beweisen.

»Haben Sie inzwischen die Beweise dafür bekommen, dass jemand das Opfer mit Gewalt unter Wasser gehalten hat?«, fragte ich und schaltete in eine andere Gangart um.

»Herrgott noch mal, Bill«, blaffte Michaelson. »Davon sollte sie doch nichts erfahren!«

»Das ist nicht Bills Schuld. Wenn Ihr Hauptverdächtiger nur mit mir reden will, habe ich dadurch eine gute Verhandlungsposition«, erklärte ich.

»Sie sollten hier überhaupt nicht verhandeln. Das ist nicht Ihre Aufgabe. Sie sollten Ihre Nase aus der Angelegenheit raushalten.«

»Das kann ich nicht. Und nicht nur, weil es wieder einmal auf meinem Terrain passiert ist, sondern weil sowohl der Angeklagte als auch die Ehefrau des Opfers mich um Hilfe gebeten haben.« Ich wandte mich an Bill. »Werden Sie Owen Buchanan heute offiziell anklagen?«

»Das werden wir mal sehen.«

Ein Ja war das nicht. Sonst hätte Bill wahrscheinlich Michaelson nicht wieder hinzugerufen. Das war doch zumindest schon mal was. »Immer noch kein Glück mit der Suche nach dem Abschiedsbrief?«, bohrte ich weiter.

Bill erhob sich hinter seinem Schreibtisch. »Wir werden Sie wissen lassen, was wir über Ihre Freunde aus Edinburgh erfahren«, sagte er und steuerte mich in Richtung Tür.

»Haben Sie den Abschiedsbrief gefunden?«, fragte ich noch einmal und schaute Michaelson an. Der Brief war ein ausschlaggebendes Indiz. Er würde beweisen, dass Owen die Wahrheit gesagt hatte, und einen Fingerzeig auf den wahren Mörder bringen. Michaelson erwiderte meinen Blick nicht. »Sie haben ihn gefunden.« Ich blieb beharrlich.

Keiner der beiden antwortete. »Wo war er?« Bestimmt an einem Ort, der den Verdacht von Owen ablenkte, wenn sie ihn nicht gleich förmlich anklagten. Ich wich nicht von der Stelle, denn ich verließ mich darauf, dass Bill viel zu sehr Gentleman war, als dass er mich unsanft zur Tür hinausbugsiert hätte.

»Darüber können wir nicht reden, Abi.«

»Bei Mick?«, fragte ich voller Hoffnung.

»Kein Kommentar.« Bill blieb wortkarg.

»Mick hat auch bei Newton Financial investiert. Genau wie Gordon Wright, und sie waren beide am fraglichen Abend im Stag Inn. Man hat ihnen einen Haufen Geld abgeschwindelt, und sie hatten wohl mindestens so viel Motiv wie Owen, wenn nicht mehr.« Michaelson hatte bestimmt die Hinweise, die ich ihm gegeben hatte, nachverfolgt und höchstwahrscheinlich inzwischen selbst die Verbindung zwischen Mick, Gordon und Newton ausgegraben. »Mick und Gordon haben beide in Glasgow für ein Unternehmen namens Alliance gearbeitet«, fuhr ich fort. »Gordon hat mir gesagt, dass er Mick nicht kannte, aber wir wissen, dass das nicht stimmt.« Ich wollte Bill wissen lassen, dass ich mehr Ahnung davon hatte, was hier lief, als er vielleicht vermutete.

Bills Schultern strafften sich. »Sollten wir sonst noch was wissen?«

»Vielleicht eine ganze Menge, aber ich jedenfalls halte nichts zurück«, erwiderte ich. »Wo war der Abschiedsbrief versteckt?«

»Sie stehen der beteiligten Person zu nah. Wir können Ihnen nichts weiter sagen.«

Zu nah. Mick stand ich jedenfalls nicht nah. Wer war es dann? Patrick? Auf gar keinen Fall, und auch niemand aus der Destillerie, darauf würde ich meinen Kopf verwetten. Da blieb nur noch … Gordon.

»Es war Gordon, oder?« Keiner der beiden Männer schaute mir in die Augen. Ich versuchte, diesen Gedanken ein wenig wirken zu lassen. Ich hatte mir größte Mühe gegeben, mich selbst davon zu überzeugen, dass er kein möglicher Verdächtiger war.

»Wir können es Ihnen nicht verraten, aber wir tun Ihnen den Gefallen und sagen Ihnen, dass wir einen Durchsuchungsbefehl für The Haven beantragt haben.«

Mehr musste ich nicht wissen.

KAPITEL 26

Bill geleitete mich ohne ein weiteres Wort aus dem Polizeirevier, und ich war zu benommen, um mich dagegen zu wehren. Wie in Trance ging ich die Straße entlang. Falls Gordon den Abschiedsbrief hatte, ergab sich daraus die furchterregende Schlussfolgerung, dass er wahrscheinlich irgendwie etwas mit Ethans Tod zu tun hatte. Mir krampfte sich der Magen zusammen. Wenn Gordon bereit war, sich wegen eines Investitionsschwindels in einen Mord hineinziehen zu lassen, wozu wäre er wohl noch fähig? Könnte Patrick in Gefahr schweben? Mein Bauchgefühl sagte mir, dass Gordon Patrick kein Leid antun würde, aber ab jetzt würde ich ihn mit Adleraugen beobachten.

Ganz in Gedanken war ich schon von der Hauptstraße abgebogen und war auf dem Pfad, der am Fluss entlangführte. Hier war es ruhig. Hier konnte ich nachdenken. Ich nahm mir eine Handvoll Kieselsteine und warf sie einen nach dem anderen in den klaren Wasserlauf. Es fühlte sich an, als würfe ich damit auch all meine hinfälligen Theorien von mir. Die erste war gewesen: Gordon hatte nichts mit der Sache zu tun. Ich pfefferte einen Kiesel mitten in den Fluss.

Oder hatte ich mich in Owen geirrt? War die Theorie von seiner Unschuld nun auch widerlegt? Könnte es sein, dass Ethan seinem Bruder erzählt hatte, wo das Geld versteckt war? Hatte Owen gehofft, es an sich zu nehmen und dann mit der Frau seines toten Bruders das Weite zu suchen? War Vicky in den Plan eingeweiht? Ich starrte auf die Kiesel, die ich noch in den Händen hielt. Nein. Nein, die Nachricht über Gordon hatte mich völlig verwirrt, aber jetzt wurde es lächerlich. Hätte Owen all das im Voraus geplant, so hätte er die Sache sicherlich geschickter angestellt und wäre längst über alle Berge. Hätte er gewollt, dass man den Tod seines Bruders für Selbstmord hielt, so hätte man den Abschiedsbrief bei der Leiche gefunden. Ich warf einen großen rosafarbenen Kiesel ins Wasser und verabschiedete mich von der Vermutung. Owen war nicht der Mörder … das schien sogar Bill inzwischen einzusehen.

Michaelson war sich anscheinend sicher, dass unsere Landvermesser wohl nicht in amtlichem Auftrag hier waren. Aber wer waren sie dann? Jones war in der Nacht, in der Ethan starb, im Obergeschoss, aber laut Hunter nicht lange. Die beiden behaupteten, sie wären Ethan gefolgt, was darauf schließen ließ, dass sie ihn lebendig fassen wollten. Könnte es sein, dass Jones in Ethans Zimmer gegangen war und versucht hatte, ihn dazu zu zwingen, ihm das Geldversteck zu verraten? Jones war kräftig gebaut. Waren die Dinge dann vielleicht aus dem Ruder gelaufen? Hatte er Ethan versehentlich getötet und anschließend versucht, die Spuren zu verwischen, indem er es wie einen Selbstmord aussehen ließ? Da hätte er allerdings in der kurzen Zeit im Obergeschoss eine Menge erledigen müssen. Doch vielleicht hatte Hunter die Zeit nicht ganz richtig eingeschätzt. Mir schwirrte der Kopf. Das würde bedeuten, dass Ethans Tod kein Mord aus Rache war. Könnte es einfach ein fingierter Selbstmord sein, mit dem der Mörder seine Spuren verwischen wollte? Doch das kam mir irgendwie falsch vor. Ich warf einen weiteren Kiesel ins Wasser.

Ob es mir passte oder nicht, alle Beweise, die wir hatten, deuteten auf Mick als den Mann mit einem Motiv und der Gelegenheit, Ethan umzubringen, und auf Gordon als freiwilligen oder unfreiwilligen Komplizen. Der Mord an Ethan war ein Racheakt, aber weder Mick noch Gordon war auf der Suche nach dem Geld durch das Tal gestreift. Das ließ darauf schließen, dass die beiden Dinge nichts miteinander zu tun hatten. Rache und Geldgier … zwei Übel, die unglückseligerweise wieder einmal auf meinem Hinterhof zusammengetroffen waren. Ich warf einen großen grauen Kieselstein ins Wasser und schaute zu, wie er versank. Auch meine Laune erreichte allmählich einen Tiefpunkt. Falls Gordon wirklich in diesen Alptraum verwickelt war, und wenn auch nur am Rande, würde die Sache sehr bald ziemlich unappetitlich werden. Wenn es um Menschen ging, die ich mochte, war ich ziemlich feige. Ich wollte nicht diejenige sein, die herausfand, dass die neue Liebe in Patricks Leben ein Mörder war. Ab jetzt würde ich Bill und Michaelson in der Mordermittlung die Zügel überlassen. Ich wollte mich raushalten – darüber wäre zumindest Grant froh.

Kurz vor sechs Uhr kam ich in der Bar des Stag Inn an. Die Jungs hatten sich hier schon alle auf einen Drink versammelt und erzählten von ihren nachmittäglichen Erkundungen im Ort. Siobhán hatte im Garten bereits eingedeckt, und wir gingen nach draußen, um den schönen Abend zu genießen. Ab und zu brachte der Abendwind eine kleine kühle Brise und einen beinahe frühherbstlichen Hauch Holzrauch aus den Häusern in der Nähe mit. Cam trat neben mich und schaute sich alles an.

»Als heute dieser Trupp mal nicht im Weg rumstand, haben wir in Abbey Glen einiges geschafft.«

Cam schien die Pause genauso nötig gehabt zu haben wie die Kursteilnehmer.

»Wo ist Grant?«

»Er ist noch in der Destillerie geblieben und holt Papierkram nach. Ich glaube nicht, dass ihm der Sinn nach Gesellschaft steht.«

»Nein, das ist im Moment wohl ständig so.«

»Gib ihm ein bisschen Raum, Mädel. Der fängt sich schon wieder.«

»Ich will es hoffen.« Ich wollte fragen, ob Grant etwas davon gesagt hatte, dass er die Destillerie verlassen wollte, war mir aber nicht sicher, ob ich damit sein Vertrauen missbrauchen würde. Dann brachte die Ankunft des Abendessens mein inneres Zwiegespräch zum Schweigen. Sheila tischte uns ein köstliches Lammcurry auf, über das alle in den höchsten Tönen schwärmten. Nachdem wir gegessen hatten, überließ ich es Cam und Hunter, eine Auswahl an Whiskys herumzureichen, und ging mit Tabletts voller Geschirr in Richtung Küche, Liam dicht auf den Fersen. Ich stellte die Teller neben dem Spülbecken ab, nahm mir ein Geschirrhandtuch und trocknete die Gläser ab, die Sheila gerade spülte.

»Das musst du aber nicht machen«, sagte Sheila und zauberte für Liam eine Schüssel mit Hühnerfleisch, natürlich ohne Curry, hervor. Wenn es Curry gewesen wäre, hätte ihn das sehr enttäuscht – dafür hatte er nichts übrig.

»War Bill heute wieder hier und hat rumgesucht?«

»Nein, wieso?«, fragte Sheila und warf Liam ein Stückchen Huhn hin.

»Nur eine neugierige Frage.« Ich wollte mich wirklich raushalten, aber ich musste doch aus erster Hand erfahren, was hier so lief. »Bill hat Ian Michaelson aus Stirling hergerufen, und ich habe das Gefühl, dass er noch weitere Beweise gefunden hat.«

»Das war dann wohl der Abschiedsbrief, denke ich mal«, sagte Siobhán, die wieder aus dem Kühlschrank auftauchte.

»Das hat er dir erzählt?«

»Nein, er hat es mir nicht erzählt«, fuhr Siobhán fort und packte Essensreste in Alufolie ein. »Ich habe den Abschiedsbrief bei ihm abgegeben.«

»Wo hast du ihn gefunden?«

Siobhán stapelte die Päckchen ordentlich im Kühlschrank aufeinander, ehe sie antwortete. »Er ist aus dem Notizbuch von einem von euren Jungs geflattert. Der hatte nach dem Essen seine Kursaufzeichnungen unter dem Tisch vergessen. Ich hab das Notizbuch aufgeklappt, um zu sehen, wem es gehört, und da ist das Blatt rausgefallen. Da musste ich Bill rufen.«

»Natürlich. Ich würde nichts anderes erwarten.«

»Wessen Buch war es?« Ich war mir sicher, dass ich es wusste, aber ich wollte eine Bestätigung.

»Ich denke, das kann dir nur Bill sagen.«

»Gordons?«, schlug ich vor.

Siobhán stockte. »Wieso fragst du, wenn du es schon weißt? Ich habe Bill versprochen, nicht darüber zu reden, also geh du jetzt bloß nicht hin und sage, dass ich dir was verraten habe.«

»Natürlich nicht. Bill kümmert sich um die Angelegenheit.«

Ich trocknete weiter das Geschirr ab, das Sheila mir

reichte. Ich war mir sicher gewesen, dass es Gordon war, aber jetzt hatte mir die Bestätigung doch einen Schlag in die Magengrube versetzt. Wieso um alles auf der Welt sollte Gordon aber einen Brief, der ihn so belastete, mit sich herumtragen? Das kam mir lächerlich vor, es sei denn, er hatte das Notizbuch für den einzigen sicheren Ort gehalten, weil er ja mit Patrick zusammen in The Haven wohnte. Trotzdem, wenn man etwas so Heikles bei sich hat, trägt man es doch am Körper und steckt es nicht einfach in ein Notizbuch, das jeder nehmen kann. Es war ein dummer Fehler, und dumm war Gordon gewiss nicht. Das warf die Frage auf, ob vielleicht jemand anderer den Brief dort hineingelegt hatte, um die Polizei in Richtung Gordon zu lenken. Ich hatte keine Ahnung, wer das sein könnte, aber zumindest war es eine ermutigende Überlegung.

Ich war so in Gedanken versunken, dass ich mich dabei ertappte, dass ich einen schmutzigen Teller abtrocknete.

»He, lass gut sein, so bist du mir keine Hilfe!«, rief Sheila, nahm mir den Teller ab und ließ ihn ins Seifenwasser gleiten. »Geh schon. Du hast wichtigere Dinge zu erledigen«, sagte sie und deutete mit der Spülbürste auf den Parkplatz. Da schlängelte sich gerade Owen zwischen den Autos durch und kam auf die Hintertür des Gasthauses zu.

Ich rannte hin. »Owen. Alles in Ordnung?«

»Es ging mir schon besser. Sie haben mich gehen lassen, aber gesagt, ich dürfte Balfour nicht verlassen. Ich muss hierbleiben, bis alles geklärt ist.«

»Das tut mir wirklich leid.«

»Ich denke mal, ich verziehe mich einfach auf mein Zimmer. Ist zwar bequemer als meine letzte Unterkunft, aber trotzdem im Grund ein Gefängnis, noch dazu eines voller schrecklicher Erinnerungen.« Er wirkte entsetzlich niedergeschlagen.

Er musste einem einfach leidtun. »Warum kommen Sie nicht zu uns nach The Larches? Dann sind Sie wenigstens von hier fort.« Sobald die Worte raus waren, hätte ich mich ohrfeigen können. Es war ja nicht an mir, diese Unterkunft anzubieten. Ich hätte es zumindest erst mit Grant absprechen müssen, aber der war nicht hier. Mehr noch, ich war mir zudem auch nicht sicher, wie Vicky, unser derzeitiger Hausgast, darauf reagieren würde, dass nun auch Owen dort wohnte.

»Ist Vicky noch dort?«, fragte er.

»Ja«, antwortete ich zögerlich. »Aber das Haus ist sehr weitläufig. Sie müssen einander gar nicht begegnen, wenn Sie nicht wollen.«

»Macht es Ihnen auch sicher nichts aus?«

»Nein, natürlich nicht. Das ist das Mindeste, was wir tun können. Warum packen Sie nicht Ihre Sachen zusammen, und ich fahre Sie rüber?« Ich folgte Owen die Treppe hinauf und blieb vor der Tür zu dem Zimmer stehen, das Ethan und er bewohnt hatten. »Darf ich Sie mal fragen … wer hatte die Idee zu dieser Reise, Sie oder Ethan?«

»Nun ja, Ethan hatte von dem Kurs gelesen, und er meinte, das klänge ganz wunderbar. So eine Phantasievorstellung während des ganzen Wahnsinns vor dem Gerichtsverfahren. Aber gebucht habe dann ich. Ich wollte Ethan damit zeigen, dass ich fest darauf vertraute, dass schließlich alles gut enden würde.«

Also war nicht Ethan die treibende Kraft für diese Reise gewesen. Er war nicht hierhergekommen, um das Geld zu holen, hatte Owen auch nicht verraten, wo es versteckt war.

Es sah ganz so aus, als wären die Landvermesser auf dem Holzweg gewesen.

Louisa brachte Owen in dem kleineren Gästezimmer am anderen Ende des Hauses unter, so weit wie möglich von Vicky entfernt. In The Larches war es vielleicht eines der kleinsten Zimmer, jedoch unendlich viel größer als alles, was er in den letzten fünf Tagen genossen hatte. Er schien erleichtert zu sein, dass er einen Rückzugsraum für sich hatte. Louisa servierte ihm auf einem Tablett eine Schale Suppe und ein Sandwich aus zwei dicken Scheiben selbstgebackenem Körnerbrot mit Hähnchenfleisch. Owen hatte ein wenig Ruhe und Frieden verdient, also überließen wir ihn seinem Essen und gingen zurück zur Küche. Dort wartete Vicky gerade darauf, dass das Teewasser kochen würde. Louisa stellte zwei weitere Henkeltassen und einen Teller mit hausgemachtem Shortbread auf den Tisch.

»Louisa hat gesagt, ich solle mich wie zu Hause fühlen«, erklärte Vicky. »Ich bin es nicht gewöhnt, dass man mich vorn und hinten bedient.«

»Was für Sie angenehmer ist«, meinte Louisa. »Hier geht's nicht förmlich zu. Das war schon immer so.«

»Wie geht es Owen?«

Anscheinend hatte Louisa ihr die Neuigkeit schon mitgeteilt. Das war mir ganz recht. »Er ist erschöpft, würde ich sagen. Ich glaube nicht, dass er während der Zeit im Polizeigewahrsam viel geschlafen hat. Ich denke mal, er isst jetzt was und schläft dann eine ganze Weile.«

Vicky goss Wasser in die Teekanne. »Da sie ihn freigelassen haben, vermute ich, sie glauben nicht, dass er der Mörder ist.«

»Ich denke, da vermuten Sie richtig.« Man hatte mich gebeten, zu beweisen, dass Owen nicht der Mörder war, und jetzt, da man sich für Mick und Gordon interessierte, musste ich davon ausgehen, dass Owen größtenteils entlastet war, zumindest nach Bills Meinung.

»Wissen Sie, wen die Polizei jetzt überprüft?«, fragte Vicky.

»Ich glaube, im Augenblick vermuten sie, dass der Mörder jemand war, der sich betrogen fühlte, weil er dachte, Ethan sei auch in den Newton-Schwindel verwickelt gewesen.«

»Jemand von hier?«, wollte Vicky wissen.

»Eher jemand, der ihm hierher gefolgt ist. Eine neugierige Frage: hat während des Verfahrens irgendjemand besonders lautstark über seine Verluste geklagt?«

»Viele Leute haben sich beschwert, aber deren giftige Bemerkungen haben sich gegen Richard Newton gerichtet, und das sollte auch so sein.«

»Ich glaube, Sergeant Rothes ermittelt in dieser Hinsicht sehr gründlich. Ich bin mir sicher, die Polizei wird schon bald mehr herausfinden.«

Ich nahm mir einen Keks und überlegte, ob Vicky mir vielleicht etwas über Clarissa Newton erzählen könnte. »Haben Sie Richard und Clarissa Newton eigentlich gut gekannt, ehe die ganze Sache aufflog?«

»Wir haben uns oft gesehen, immer mal wieder. Ich denke, man könnte sagen, wir standen auf freundschaftlichem Fuß, aber wirkliche Freunde waren wir wohl nicht. Clarissa und ich haben viel auf diversen Veranstaltungen zusammengestanden und gelächelt und Charme versprüht. Wir waren uns räumlich nah, hatten aber in Wahrheit nicht viel gemeinsam.«

»Hatte sie andere enge Freunde?«

»Ich glaube nicht, dass sie mit einer von den anderen Ehefrauen viel zu tun hatte. Richard hat von ihr erwartet, dass sie sich vom Rest der Angestellten fernhielt. Deswegen hat sie, denke ich, auch so engen Kontakt mit ihrer Schulfreundin aus Madrid gehabt. Sie ist oft zu Besuch dort hingefahren. Ich glaube, sie hat es genossen, mal von Richard und den endlosen Geschäften fortzukommen. Die beiden hatten keine Kinder, also hatte sie hier nichts, was sie ein bisschen abgelenkt hätte. Die Reisen ins sonnige Spanien schienen ihr ein bisschen zu helfen, aber dann ist ihre Freundin gestorben. Das kam damals alles sehr plötzlich, und kurz darauf wurde Richard auch schon verhaftet. Ehrlich gesagt, sie hat mir ziemlich leidgetan. Sie war am Boden zerstört über den Tod ihrer Freundin. Maria war in unserem Alter, und es war so plötzlich.«

»Woran ist sie gestorben?«

Vicky warf mir einen seltsamen Blick zu.

»Tut mir leid. Jemand in unserem Alter … da kommt bei mir eine Art makabre Neugier hoch.«

»Ich bin mir nicht sicher, was man als Todesursache angegeben hat, aber Clarissa hatte das Gefühl, dass das alles ein bisschen seltsam war. Sie ist sogar selbst hingereist, um bei der gerichtlichen Untersuchung der Todesursache eine Aussage zu machen. Es ist schwer genug, einen geliebten Menschen vor der Zeit zu verlieren, aber wenn man die wahre Todesursache nicht kennt, ist es viel schlimmer. Ich kann Clarissa jetzt sehr viel besser verstehen«, fügte sie hinzu und seufzte schwer.

»Was war nach dem Gerichtsverfahren mit Clarissa Newton?«

»Sie schien untergetaucht zu sein. Ich meine, man kann es ihr nicht verdenken. Die Presse war einfach überall.«

»Haben Sie eine Ahnung, wo Clarissa jetzt ist?«

Vicky schenkte sich eine Tasse Tee ein und schob dann die Kanne zu mir hin. »Müssen Sie das unbedingt wissen? Ich kann ja aus eigener Erfahrung sagen, wie es ist, wenn man mit der Presse zu tun hat. Ich respektiere Clarissa Newtons Privatsphäre.«

Jetzt war ich erst richtig neugierig geworden. »Es würde sehr helfen, wenn Sie irgendwas wissen.«

Vicky rührte Zucker in ihren Tee. »Ich habe eine Freundin, deren Sohn wegen einer Essstörung in einer Klinik außerhalb von London in Behandlung ist. Sie hat ihn dort letzten Monat besucht und hat Clarissa Newton gesehen. Sie hat vorgegeben, sie nicht zu erkennen. In einer solchen Klinik rennt man doch nicht zu jemandem hin, den man dort sieht, und sagt Guten Tag. Ehrlich gesagt ist es keine große Überraschung, dass sie wohl Hilfe braucht, nach allem, was sie mit diesem Scheißkerl von einem Ehemann durchgemacht hat.«

Das erklärte Clarissas Abwesenheit. Aber es warf auch eine Menge andere Fragen auf. Wusste sie, wo ihr Ehemann das Geld der Betrugsopfer versteckt hatte? Wenn ja, dann war sie im Moment nicht in der Lage, es zu suchen. Ungeachtet ihres Gesundheitszustands würde die Polizei sie ja mit Adleraugen überwachen. Könnte es sein, dass Clarissa jemand anderen geschickt hatte? Vielleicht die Familienangehörigen einer Freundin? Das würde erklären, was das unwahrscheinliche Duo Elena und Raoul hier im ländlichen Schottland wollte.

Bill und Michaelson würden herausfinden, wer Ethan

umgebracht hat. Das war ihr Job, und ich hatte inzwischen mehr mit Leichen zu tun gehabt, als mir lieb war. Aber das hieß nicht, dass ich mich nicht auf andere Weise nützlich machen konnte. Raoul und die Landvermesser waren hinter dem Bargeld her, aber die hatten den Nachteil, Ortsfremde zu sein. Die Leute hier wären nicht sonderlich erpicht darauf, ihnen zu helfen, doch mir würden sie helfen. Ich konnte mich also jetzt am besten nützlich machen, indem ich beim Wiederfinden des Bargeldes half, denn die Investoren brauchten es. Die Pollys und Flosses dieser Welt. Da konnte ich mich doch hineinknien.

Vicky ging zu Bett, doch noch immer gab es keinerlei Anzeichen von Grant. Er hatte zwar erwähnt, dass er in der Destillerie noch Papierkram erledigen wollte, aber selbst dafür schien es mir nun ein bisschen spät zu sein. In Anbetracht seiner Laune dachte ich, ich sollte besser nach ihm schauen, doch als ich zur Haustür hinausging, sah ich, dass sein Wagen am anderen Ende der Einfahrt parkte. Grant war zurück, aber nicht nach unten zu uns in die Küche gekommen.

Ich schaute in seinem Zimmer nach, auch dort keine Spur von ihm. Ich ging zurück in die Küche, wo auch Louisa sich gerade anschickte, nach oben zu Bett zu gehen.

»Hast du Grant gesehen?«

»Nein, ich dachte, er wäre noch in der Destillerie?«

»Das dachte ich auch, aber der Wagen ist hier.«

»Und oben ist er nicht?«

Ich schüttelte den Kopf.

»Dann vermute ich, er ist an seinem Denkort, wie Ben es genannt hat.«

»An seinem was?«

»Du weißt schon, wie Pu der Bär. An dem Ort, wo er hingeht, wenn er was auf dem Herzen hat.«

»Und wo ist das?«

»Das kann ich unmöglich verraten, da würde ich ja die Privatsphäre meines Chefs verletzen«, verkündete Louisa feierlich. »Aber ganz was anderes, du könntest nicht zufällig diesen Karton für mich auf den Dachboden tragen?«

Ich nahm den Karton mit leeren Einmachgläsern, den sie unter dem Spülstein hervorgezogen hatte, und runzelte die Stirn. »Er ist auf dem Dachboden?«

»Natürlich nicht. Wie kommst du denn darauf?«, warf mir Louisa über die Schulter zu. »Ich muss jetzt Luke Gute Nacht sagen. Bis morgen früh.«

Ich knipste das Licht in der Küche aus und machte mich langsam auf den Weg die Treppe hinauf, dicht gefolgt von Liam. Es gab im Haus mehrere Durchgänge, die auf den Dachboden führten, aber der einfachste Weg war über eine Treppe im zweiten Stock bei den ehemaligen Dienstbotenzimmern. Die Tür war nicht abgeschlossen. Ich stieg vorsichtig hoch, versuchte auf der knarzenden Holztreppe nicht zu stolpern. Oben war ein Lichtschalter, der mit einer nackten Glühbirne verbunden war, die einen kleinen Lichtkreis in der unmittelbaren Umgebung der Treppe erhellte. Der Rest des Dachbodens lag im Dunkeln. Liam schnüffelte um die alten Schrankkoffer und Möbelstücke herum, die man an die Wände gerückt hatte.

In dem geschlossenen, staubigen Raum spürte ich trotzdem von irgendwoher einen schwachen kühlen Hauch. Frische Luft, die aus der hinteren Ecke herwehte. Auch Liam hatte diese Fährte aufgenommen, rannte quer durch den Raum und schlüpfte durch eine halb geöffnete Tür zu einer weiteren Treppe, die zum Wassertank auf dem Dach führte. Ich folgte ihm, bekam aber allmählich Zweifel, ob ich das wirklich tun sollte. Wenn Grant sich hier oben versteckte, hatte er vielleicht nichts gegen Liams Gesellschaft, aber ich war mir nicht sicher, ob er meine wollte.

Die Klappe, durch die es zum Dach ging, stand weit offen, und ich streckte den Kopf hindurch. Ich war mir gar nicht sicher, was ich hier vorfinden würde. Ich hörte das leise Murmeln von Grants Stimme, der Liam sanft ins Ohr sang. Der Hund zumindest schien willkommen zu sein. Ich trat hinter dem Wassertank hervor und sah Grant an einen Schornstein angelehnt auf einer erhöhten Plattform sitzen. Liam war neben ihn gesprungen und bettelte darum, dass er ihm den Bauch kraulte.

»Tut mir leid. Ich habe für Louisa ein paar Sachen auf den Dachboden gebracht, und Liam ist einfach ausgebüxt. Ich wollte dich nicht stören.«

»Du störst mich nicht«, sagte Grant. »Ich denke nur nach. Mein Bruder und ich, wir sind als Kinder immer hier hoch gekommen. Es war unser ganz besonderer Ort. Wir haben uns oft spätnachts hier hochgeschlichen und die Sterne angeschaut, die über uns hinwegzogen.«

Ich lehnte mich zurück und stützte den Kopf mit den Händen. Der Himmel war klar und dunkel. In der unermesslichen Tiefe des Raums waren die Sterne verstreut wie Eiskristalle auf schwarzem Samt. Während ich so tief in diese Schwärze schaute, hatte ich plötzlich das Gefühl, zu fallen, jeden Augenblick ins Nichts gerissen zu werden, aber nicht nach unten, sondern nach oben in die Unendlichkeit hinein. Es war ein höchst beunruhigendes Gefühl. Ich schloss die Augen und spreizte die Hände, um den kalten, festen Stein unter mir zu spüren. »Beinahe hypnotisch«, flüsterte ich.

»Es rückt mir die Dinge wieder mehr in die richtige Perspektive, hilft mir, meinen Platz in der ungeheuren Weite des Universums zu finden.«

Ich richtete mich auf und wandte mich zu ihm hin, saß jetzt im Schneidersitz auf dem Stein. »Und was ist dein neuer Platz im Universum? Schweinefarmer? Versicherungsmathematiker? Astronaut?«

»Glashersteller.«

Das ließ mich aufhorchen. Ich hatte nicht erwartet, dass er ernsthaft oder nüchtern über eine andere Zukunft nachdenken würde. MacEwen Glass war das Stammgeschäft seiner Familie. Ein Geschäft, das Grants jüngerem Bruder übertragen wurde, als Grant gegen den Wunsch seines Vaters darauf bestanden hatte, Whiskybrenner zu werden. Soweit ich wusste, hatten Grant und sein Bruder James sich danach ausschließlich ihren eigenen Geschäften gewidmet. James hatte das einträgliche Glasunternehmen geerbt, Grant das Landgut und den Löwenanteil der Schulden. James hatte keine Neigung verspürt, dem riesigen Anwesen finanziell unter die Arme zu greifen, lediglich der Destillerie Abbey Glen einen guten Preis für die Flaschenabfüllung gewährt. Das war natürlich auf seine Weise sehr nützlich. Aber das Verhältnis der beiden Brüder war in der Folge doch recht abgekühlt. So sehr, dass Grant mich bisher seinem Bruder noch nicht vorgestellt hatte.

»Hast du mit James schon darüber geredet?«

»Wir treffen uns nächste Woche zum Mittagessen.«

Was hatte James wohl davon gehalten, dass Grant so aus heiterem Himmel anrief? Er hatte ihm, soweit ich wusste, nichts von seiner Verletzung im Frühjahr erzählt. Plante Grant, ihn um einen Posten im Familienbetrieb anzubetteln? Irgendwie konnte ich mir das nicht vorstellen. Grant war ins Trudeln geraten, aber zumindest schien er jetzt nicht mehr zu erwägen, ganz aus der Gegend fortzuziehen. Sagte das vielleicht auch etwas über unsere Beziehung aus? Ich hoffte es jedenfalls.

Grant beugte sich vor und zog hinter sich eine große Wolldecke hervor, die er sich über die Beine legte, ehe er einen Arm zu mir ausstreckte. Ich rutschte zu ihm hinüber und kuschelte mich an ihn. Ich hatte keine Ahnung, was ich sagen sollte, um ihn zu trösten, aber ich spürte, wie seine Atemzüge tiefer wurden – vielleicht reichte es ja schon, dass ich bei ihm war. Allein bei diesem Gedanken fühlte ich mich stärker und zufrieden. Wir saßen da und sahen zu, wie der Mond aufging, während die Temperatur sank. Ich wusste nicht, wie ich es ausdrücken sollte, dass ich bei ihm sein würde, was immer er entschied, aber er schien es auch so zu wissen.

KAPITEL 27

Ich wachte vor Grant auf und schaute ihn an, wie er da zusammengerollt auf seiner Seite des Bettes schlief. Ihm steckte wohl die kühle Nachtluft vom Vorabend noch ein wenig in den Knochen. Ich nahm mein Telefon vom Nachttisch und schickte Patrick eine kurze Nachricht, in der ich ihn um eine Liste aller Teilnehmer des Whiskykurses mit ihrem Anmeldedatum bat. Es wäre schön, wenn mir dabei bestätigt würde, dass Owen und Ethan die Ersten gewesen und die Schatzsucher ihnen irrtümlich nachgefolgt waren.

Ich ließ die Hand über die Bettkante baumeln und tastete nach Liam, fand seine Ohren und kraulte sie. Sosehr Grant Liam liebte, und er liebte ihn wirklich, hatte er trotzdem nichts für Hunde auf dem Bett übrig. Liam war auf ein Kissen am Fußboden neben meiner Bettseite verbannt worden. In der ersten Woche schmollte er noch, doch schließlich fand er sich widerstrebend damit ab.

Grant regte sich und reckte seine langen Arme und Beine.

Ich strich ihm das Haar aus der Stirn. »Geht's dir gut?«

»Hm.« Er zog sich die Decke bis unters Kinn.

»Immer noch kalt?«

»Ein bisschen«, antwortete er leise.

Ich rutschte zu ihm herüber und legte mich wie eine Decke über ihn, von den Schultern bis zu den Zehen. »Besser?«

»Minütlich«, antwortete er und legte die Arme um mich. »Ich hätte es dir gestern sagen sollen, aber ich hab's vergessen. Wir haben einen weiteren Hausgast.« Grant zog eine Augenbraue in die Höhe. »Owen Buchanan. Ich hoffe, es macht dir nichts aus. Ich konnte ihn doch nicht wieder in das Zimmer im Gasthaus gehen lassen, nach allem, was er da durchlitten hatte.«

»Ich weiß nicht, warum ich mir Gedanken über einen neuen Job mache. So wie die Dinge liegen, entwickle ich mich in atemberaubender Geschwindigkeit zum Basil Fawlty der Landgüter. Ein Obdach für Heimatlose sind wir ja schon.« Er legte eine kleine Pause ein und zog mich dichter an sich. »Aber wenn das der Preis dafür ist, dass ich dich in meinem Leben habe, dann lerne ich gern, damit klarzukommen. Bill hat also entschieden, dass Owen nicht schuldig ist?«

»Na ja, er musste wohl den Kreis der Verdächtigen erweitern. Der Abschiedsbrief ist aufgetaucht.«

»Wirklich? Wo denn?«

»Da wird die Sache schwierig.« Ich stützte mich auf einen Ellbogen und schaute ihm ins Gesicht. »Und das muss unter uns bleiben. Siobhán hat den Brief gefunden. Er steckte in dem Notizbuch, das Gordon bei der Lektion übers Komponieren von Whiskys benutzt hatte. Er hatte das Buch neulich am Mittag im Gasthaus vergessen.«

»Gordon? Das kommt mir nicht richtig vor.«

Ich war froh, dass Grant das gleiche Gefühl hatte wie ich. »Nein, aber es ist ein ziemlich belastendes Indiz.«

»Gordon hatte doch von Patrick ein Alibi für die Nacht, in der Ethan gestorben ist. Aber das Herz kann einen ja dazu bringen, die größten Dummheiten zu machen.«

»Ich vertraue Patrick«, sagte ich unbeirrt. »Er würde nicht lügen. Aber ob ich auch Gordon vertraue, ist noch nicht raus. Wenn er mit jemand anderem zusammengearbeitet hat, zum Beispiel mit Mick, der den Mord begangen haben könnte, musste er vielleicht den Raum nicht mal verlassen. Er hätte sich einfach am nächsten Tag in der allgemeinen Verwirrung den Abschiedsbrief schnappen können.«

»Wir waren alle mittags im Golden Stag, nachdem Bill uns befragt hatte«, meinte Grant.

Ich seufzte. »Glaub mir, mir schwirren alle möglichen seltsamen und abwegigen Theorien durch den Kopf, aber diesmal bin ich zu nah dran. Ich glaube, es ist besser, wenn ich die Angelegenheit Bill und Michaelson überlasse.«

»Da bin ich ganz deiner Meinung, das wäre das Beste. Ich nehme an, Patrick hast du noch nichts gesagt?«

»Wenn Gordon in die Sache verwickelt ist, dann soll die Polizei ihm das sagen und nicht ich. Er wird es noch früh genug herausfinden.«

»Dann ziehst du dich wirklich aus der Ermittlung zurück?« Grant wirkte überrascht, aber erfreut.

»Was Ethans Tod angeht, auf jeden Fall. Owen scheint jetzt so weit aus dem Schneider zu sein, da der Abschiedsbrief aufgetaucht ist, also ist meine Aufgabe erledigt. Das Geld ist eine andere Sache. Da würde ich doch gern versuchen, bei der Schatzsuche Leuten wie Raoul und den Landvermessern zuvorzukommen. Wenn das Geld hier irgendwo versteckt ist, sollten wir einen Platzvorteil haben. Wir kennen die Gegend besser als die anderen, und hier wimmelt es nur so vor betrogenen Investoren, die davon profitieren würden, wenn wir die Beute finden.«

»Da sind bewaffnete Männer auf der Suche nach der Beute. Ich bin mir nicht sicher, ob das so viel besser ist als die Jagd nach einem Mörder.«

»Ich mache schon keine Dummheiten.« Ich strich mit dem Handrücken an Grants Gesicht entlang und bewunderte wieder einmal die klare Linie seiner Wangenknochen. »Kannst du mir das auch versprechen?«

»Dümmer als du werde ich mich keinesfalls anstellen.«

Das war für mich nur ein schwacher Trost. »Du könntest mir dabei helfen, das Geld zu finden.«

»Aye, das könnte ich wohl. Ich könnte dafür sorgen, dass du nicht in Schwierigkeiten gerätst, und mich auf was anderes als meine Sorgen konzentrieren.«

Das war ja einfacher als erwartet gewesen. »Prima. Also, wie wäre es jetzt, wenn du dich mal auf mich konzentrieren würdest?«

Nach dem Frühstück machte ich mich mit Liam auf den Weg nach The Haven, um herauszufinden, ob Patrick die Datumsangaben hatte, die ich brauchte.

Er saß mit Jackett und Krawatte in der Küche und trank gerade seinen Kaffee aus.

»Fährst du irgendwohin?«

»Ich muss zu einer Besprechung nach Edinburgh. Ich bin heute Nachmittag zurück.«

»In Ordnung. Hast du die Informationen über die Anmeldungen, um die ich dich gebeten habe?«

Er wühlte in einem Stapel Blätter auf der Arbeitsfläche und zog einen in seiner unleserlichen Klaue beschrifteten Umschlag hervor. »Als Erste haben sich Owen und Ethan angemeldet. Letzten Herbst.« Das passte zu Owens

Version. »Die Jungs von Islay waren die Nächsten, im Dezember. Raoul hat sich im Februar eingeschrieben, hatte ursprünglich zwei Zimmer für einen früheren Kurs angefordert, dann aber umgebucht. Wegen irgendeiner Überschneidung mit einem Geschäftstermin.«

»Hat er speziell nach dieser Woche gefragt, oder war es die Einzige, bei der noch Plätze frei waren?«

»Daran kann ich mich so aus dem Stand nicht erinnern.«

Gordon war als Letzter auf der Liste, und neben seinem Namen stand kein Datum. »Wann hat sich Gordon eingeschrieben?«

»Das hat er nicht selbst gemacht. Ich habe ihn diese Woche eingeschoben, weil der Termin für mich am besten gepasst hat.«

»Guten Morgen.«

Ich zuckte bei dieser Begrüßung zusammen und sah Gordon höchstpersönlich im Türrahmen stehen. »Hi, ich dachte, du wärst schon im Unterricht.«

»Hab ein bisschen verschlafen«, gestand Gordon. »Zu viel hervorragender Whisky.«

Er schenkte sich Kaffee ein und setzte sich neben Patrick an den Tisch.

Ich nahm mein iPad heraus und begann, die Fotos vom ersten Abend durchzusehen, suchte nach einem Bild von den Steuereintreibern. Schließlich fand ich eine Aufnahme von Reg und Mick vor dem Kamin, die gerade ihre Verkostungsgläser erhoben. Im Hintergrund saßen Wilson und Jones.

»Könntest du eventuell versuchen, die Namen dieser beiden rauszukriegen?«, fragte ich und drehte Patrick den Bildschirm hin. »Die Polizei bemüht sich auch, aber ich wette, du schaffst das schneller.« Bei Patrick kam man mit ein bisschen Lob sehr weit.

Gordon beugte sich herüber und linste auf das Foto. »Ich weiß, wer das hier ist«, sagte er und deutete auf Jones. »Der war Rausschmeißer in einem der Clubs von Alliance. An seinen richtigen Namen erinnere ich mich nicht mehr, aber wir nannten ihn Thomas.«

»Wieso Thomas?«

»Wie Thomas, die kleine Lokomotive. Wenn man es mit ihm zu tun kriegte, war das, als würde man von einem Güterzug überrollt. Der andere Typ heißt Denton. Von dem weiß ich den Vornamen nicht.«

»Woher kennst du ihn?«

»Er war Richard Newtons Fahrer, hat gewöhnlich in der Bar auf seinen Chef gewartet, wenn der bei Veranstaltungen im La Mer war.«

»Weiß Denton, wer du bist?«

»Das bezweifle ich. Ich kann nicht behaupten, dass wir je miteinander geredet hätten.«

»Was könnte denn Richard Newtons Fahrer hier wollen?«, fragte Patrick.

»Keine Ahnung«, antwortete Gordon. »Aber für Newton arbeitet er sicher nicht mehr.«

»Und was könnte einer der Rausschmeißer von Alliance hier mit ihm verloren haben?«, sinnierte ich.

»Da kann ich auch nur raten.« Gordon trank seinen Kaffee aus und stand auf. »Ich mach mich besser auf den Weg, ich bin jetzt schon zu spät dran.«

Patrick sah mich an. »Ich weiß, ich weiß, ich schau mal, was ich über Newtons Fahrer und Thomas die kleine Lokomotive rausfinden kann.«

»Wenn du so nett wärst, Schätzchen. Danke.« Dass ich mir durchaus schon denken konnte, was die beiden Typen hier machten, sagte ich erst mal nicht.

Patrick packte seine Sachen zusammen und stellte gerade sein Geschirr in die Spüle, als es an der Tür klopfte. Ich öffnete. Auf der Schwelle stand Michaelson mit Bill und PC Williams. Die Männer begrüßten Patrick, der soeben in den Flur kam.

»Ich nehme an, Abi hat Ihnen schon gesagt, warum wir hier sind«, sagte Michaelson.

Patrick blickte mich fragend an.

So hatte ich mir das nicht vorgestellt. »Ich, äh, ich hatte noch keine Gelegenheit dazu«, erwiderte ich und schaute Patrick nicht an.

Michaelson hielt ein Blatt Papier hoch. »Wir haben einen Durchsuchungsbefehl für das Haus.«

Patrick kniff die Augen zusammen. »Wieso?«

»Als Teil unserer Ermittlung zum Tod von Ethan Buchanan«, erklärte Bill.

Ich sah förmlich, wie die Rädchen in Patricks Kopf surrten. »Sie glauben tatsächlich, dass Gordon oder ich etwas mit diesem Mord zu tun haben könnten?«

»Wir erkunden alle Möglichkeiten. Wir haben am Anfang alle Zimmer durchsucht, Ihres und das von Mr. Wright aber noch nicht«, sagte Bill. »Das holen wir jetzt einfach nach.«

Michaelson und Bill gingen ins Wohnzimmer, während Patrick zur Tür hinausstürmte. Ich folgte ihm nach draußen.

»Du hast davon gewusst«, zischte er.

»Ich habe es erst gestern am späten Abend erfahren.«

»Und da konntest du uns nicht vorwarnen?«

»Du weißt genau, dass ich das nicht konnte.«

Patrick riss die hintere Tür seines Wagens auf und pfefferte seine Aktentasche auf den Rücksitz. »Du hast Gordon von Anfang an unter Verdacht gehabt. All die Fragen über seine Investitionen und seine Verbindungen zu Newton Financial.«

»Das waren legitime Fragen«, betonte ich. »Die du auch gestellt hättest, wenn du nicht so persönlich involviert wärst.«

»Oh, jetzt bin ich schuld.«

»Nein, natürlich nicht. Es ist einfach … kompliziert. Nach allem, was ich gehört habe, gibt es Indizien, die auf Gordon hindeuten.«

Patrick trat einen Schritt näher. »Was für Indizien?«, fragte er.

»Ich weiß es nicht. Sie wollten es mir nicht sagen.« Genau genommen stimmte das sogar. Die Polizei hatte es mir nicht gesagt, aber das war Haarspalterei.

»Du würdest es mir auch nicht sagen, wenn du es wüsstest, oder? Du bist von seiner Schuld überzeugt.«

»Eigentlich nicht.«

Patricks Miene verfinsterte sich. »*Eigentlich* nicht«, äffte er mich nach. »Na, aber du unternimmst auch verflixt wenig, um seine Unschuld zu beweisen, was? Und das nach all den brenzligen Situationen, die ich mit dir durchgestanden habe.« Patrick knallte die Autotür zu und raste davon, dass der Kies nur so spritzte. Liam saß auf der Stufe vor der Tür und sah aus wie ein trauriges Kind, das zuschauen musste, wie Mama und Papa sich streiten. Das hätte ganz entschieden besser laufen können.

»Ist schon in Ordnung«, sagte ich und kraulte ihm die Ohren. »Wir gehen jetzt mal Oscar besuchen. Das heitert dich doch immer auf.« Wir brauchten gewiss beide eine Aufmunterung. Ich fühlte mich wegen Patrick schrecklich schlecht. Hin und her gerissen. Ich wollte ihn beschützen und unterstützen, aber ich musste doch auch die Polizei ihre Arbeit machen lassen. Zumindest war Patrick in Edinburgh im Augenblick aus der Schusslinie.

Ich spazierte mit Liam durch den Vorgarten zu der kleinen eingezäunten Weide, auf der Oscar und Agatha zu Hause waren. Liam mochte es nicht, wenn die beiden weiter weg waren, und ich musste zugeben, dass es auch mir Freude machte, aus dem Fenster zu schauen und die beiden Wollknäule zu sehen, wie sie friedlich in ihrem Pferch grasten. Es beruhigte mich, und gerade im Augenblick konnte ich ein bisschen Zen brauchen.

Liam kroch unter dem Tor durch und rannte eine Runde mit seinen Freunden. Ich setzte mich auf die niedrige Steinmauer, die an einer Seite des Feldes entlang verlief, und schaute ihnen beim Spielen zu. Morgen wäre es eine Woche seit Ethans Tod, und auf der Suche nach dem Mörder schienen wir noch kaum vorangekommen zu sein. Meine Gedanken wanderten immer wieder zu Mick und Gordon, aber ich zügelte sie bewusst, lenkte sie stattdessen auf die Frage nach dem Geld und dem möglichen Versteck. Ich dachte an die Jagdhütte jenseits von Rorys Anwesen. Raoul hatte sie gründlich durchsucht, doch wusste er überhaupt, wonach er suchte? Mir fiel das Versteck in meinem eigenen Haus ein. Man hätte nie geahnt, dass es sich da unter den Steinplatten des Fußbodens befand, wenn man nicht wusste, wo man nach dem im Kaminabzug versteckten Hebel suchen musste. Konnte es im Haus am Berg auch einen solchen Hebel geben? Den hätte Raoul wahrscheinlich übersehen.

Es sei denn, ein solcher Hebel wäre in allen Einzelheiten in Manns Geschichte des Tals beschrieben. Daran konnte ich mich aus dem Stand nicht erinnern. War Elena deswegen hier? Um zu recherchieren? Vielleicht wusste Clarissa nicht genau, wo ihr Mann das Bargeld versteckt hatte. Das würde Elenas Verärgerung darüber erklären, dass sich die einst von Richard Newton angemietete Jagdhütte als Fehlanzeige herausgestellt hatte. Elena betonte ja immer wieder, wie unwohl sie sich fühlte. Doch vielleicht täuschte sie das nur vor, verbrachte stattdessen die Abende mit der Lektüre über mögliche Verstecke und schlich sich dann tagsüber davon, um in der Gegend herumzufahren, während Raoul im Kurs saß. Alle anderen hatten ihre Aufmerksamkeit auf die Steuereintreiber gerichtet – über Elena hatte sich keiner Gedanken gemacht. Diese Möglichkeit schien zumindest wahrscheinlicher als die Vermutung, dass sie ehrlich an der Gegend und Ortsgeschichte interessiert war.

Ehe ich mich noch weiter in dieser Überlegung verrennen konnte, kam Hunter mit vier der weißen Ziegen von der unteren Weide auf mich zu.

»Was machst du denn mit denen?«, fragte ich. Allmählich sah ich zwar das Ziegenabenteuer mit größerem Gleichmut, denn ich wusste nun ja, dass die angeblichen Steuereintreiber keinerlei Interesse an meinem erweiterten Viehbestand hatten, aber jetzt rückten die Gehörnten mir doch ein bisschen zu nah auf die Pelle.

»Ich dünne die Herde ein bisschen aus. Du weißt ja, wie Ziegen sind.«

Ich musste zugeben, dass ich das nicht wusste, und eigentlich wollte ich im Augenblick auch nicht mehr darüber erfahren.

»Die fressen so gut wie alles«, klagte Hunter. »Ich hab alle Hände voll damit zu tun, sie vom Futter der Schafe fernzuhalten.«

Ich konnte mir vorstellen, dass meine ältlichen Gnadenschafe nicht sonderlich erfreut über ihre neuen Mitbewohner waren. »Sag Charlie, dass ich glaube, er kann sie jetzt wieder ohne Probleme zurückholen«, erklärte ich.

»Mach ich.« Hunter ließ die Ziegen frei laufen und setzte sich zu mir auf die Mauer.

»Warst du schon mal in der Jagdhütte oberhalb von Rorys Grundstück?«, fragte ich.

»Kann mich nicht erinnern. Warum?«

»Nur so.« Die Ziegen hatten Sägespäne gefunden, die Hunter neben dem Zaun abgeladen hatte, und wir schauten zu, wie sie sich da durchfraßen, als wären es Süßigkeiten. »Was kannst du mir über das Kieslager an der Upland Road erzählen?«, fragte ich und schlug eine völlig andere Richtung ein.

»Seltsame Frage.«

Ich begriff, dass Hunter wahrscheinlich an Frank dachte. »Ich weiß von Franks kleinem Nebengeschäft. Das juckt mich nicht, aber gibt's da oben noch irgendwelche anderen alten Schmugglerverstecke?« Stellen, die ein Mann, der in der Nähe eine Jagdhütte angemietet hatte, vielleicht dazu benutzt hat, seine unrechtmäßig erworbene Beute zu verstecken.

»Ein paar alte Schuppen, aber nichts, was so alt wäre, dass es schon für die Schmuggler getaugt hätte. Die haben meistens Höhlen benutzt, obwohl es auch noch ein paar andere Stellen gab.«

»Zum Beispiel?«

»Den Friedhof oben am Captain's Hill.«

»Den kenne ich nicht.«

»Da geht jetzt kaum noch jemand hin. Es war früher der Friedhof für die Männer, die zur See gefahren sind. Da hat man vom Gipfel einen Blick aufs Meer. Ist ziemlich öde da oben, aber da waren ein paar Dutzend Gräber. Die Ältesten waren von Seefahrern aus dem neunzehnten Jahrhundert, drei waren von Männern aus dem Zweiten Weltkrieg. Von Leuten aus dem Ort, die in der Marine gedient und ihr Leben verloren haben.«

»Ich bin mir nicht sicher, ob mir die Antwort gefallen wird, aber wo habt ihr die Schmuggelware versteckt?«

»Das war ganz schlau, Mädel. Sieh mal, Nicholas Mayfields Grab ist anders als die anderen. Der alte Nicholas hat immer weitergeschmuggelt, auch als er schon längst tot war. Sie haben ihn sehr tief begraben, musst du wissen, und dann ein falsches Steingrabmal obendrauf gebaut, in dem sie den Whisky zwischengelagert haben.

»Gibt's noch andere interessante Stellen?«

»Da ist noch ein aufgelassener Brunnen und ein altes keltisches Kreuz, wo ein paar berühmt-berüchtigte Schmuggler erschossen wurden.«

Elena hatte doch gesagt, dass sie ein Kreuz suchte. »Weiß heute noch jemand, wie man an diese Verstecke herankommt?«

»Mein Dad hat ein paar davon in seinem Buch beschrieben. Der Brunnen ist vor so ungefähr zwanzig Jahren eingestürzt. Über das Kreuz hat mein Vater sich bestimmt ausgelassen, denke ich, über den Friedhof wahrscheinlich eher nicht.« Hunter zwinkerte mir zu. »Das wäre für einen anständigen Christenmenschen ein bisschen zu viel gewesen. Und außerdem ist er noch ein paar Jahre für den einen oder anderen Zweck im Gebrauch gewesen.«

»Weißt du, wie man in das Grab hineinkommt?«

»Nicht mehr. Dad hat Notizen gemacht und so, aber ich kann mich nicht erinnern. Ich selbst hatte noch nie einen Grund, darin nachzulesen.«

»Könntest du mal nach den Notizen deines Vaters schauen?«

»Das wäre eine Heidenarbeit. Ist es so wichtig?«

»Vielleicht.«

»Könnte aber ein bisschen dauern.«

»Das ist in Ordnung. Ich wäre dir sehr dankbar, wenn du das für mich machen könntest.« Falls Eldon Manns Buch *Balfour: Geschichte und Geschichten* Richard Newton inspiriert hatte, dann hätten wir eine kurze Liste möglicher Verstecke. Und wenn Hunter uns Insider-Informationen geben konnte, hatten Grant und ich vielleicht einen beträchtlichen Vorsprung vor allen anderen.

Ich schaute Hunter hinterher, der zu Agatha ging, um ihr ihre Arznei zu verabreichen. Liam folgte ihm als pflichtbewusster Assistent auf den Fersen. Er umkreiste die Ziegen, stupste sie auf Hunter zu. Das kam gar nicht gut an. Longfellow versetzte ihm im Vorbeigehen einen heftigen Tritt. Liam jaulte und verzog sich.

»Du kleines Miststück«, schimpfte Hunter, schob den Ziegenbock zur Seite und beugte sich hinunter, um Liams Hinterbein zu untersuchen.

»Alles in Ordnung?«, rief ich.

»Aye, ich denke schon, aber behalte ein Auge drauf.«

Liam kam zu mir herübergehumpelt und ließ sich im Gras nieder. Er wirkte recht niedergeschlagen. »Mach dir keine Sorgen, Kumpel. Das hast du prima gemacht. Ziegen sind einfach schwierig.« Ich beugte mich über ihn und kraulte ihm die Ohren. Wir konnten nicht wieder ins Haus zurück, ehe Michaelson da nicht fertig war, und so saßen wir in geselligem Schweigen da und genossen die Sonne.

Endlich trat Michaelson aus der Haustür, kam zur Koppel und zog sich geschickt neben mir auf die Mauer hoch.

»Ziegen, Schafe, Hunde – ich hätte Sie nicht für ein Mädchen vom Land gehalten.«

»Langsam finde ich Geschmack dran. Ich habe so viel Zeit mit dem Tod verbracht, da ist es schön, zur Abwechslung mal ein bisschen Leben zu sehen. Obwohl mich anscheinend der Tod bis hierher verfolgt.«

»Dieser hier hat mit Ihnen nichts zu tun.« Michaelson schaute weiter über die Weide.

»Sind Sie mit der Hausdurchsuchung fertig?«, fragte ich.

»Fürs Erste.«

»Jetzt haben Sie all meine schmutzige Wäsche gesehen«, sagte ich mit traurigem Lächeln.

»Ich weiß, dass es unangenehm ist, aber es muss sein.«

»Ich verstehe das. Patrick leider nicht. Haben Sie was gefunden?«

»Sie wissen, dass ich darüber nicht reden darf. Was ich Ihnen aber sagen kann: Ich habe von den Behörden in Edinburgh gehört, dass man dort keinerlei Unterlagen über einen Milton Jones oder Barry Wilson bei irgendeiner Abteilung hat, die mit Betrug oder den Gerichten zu tun hat.«

»Seltsamerweise hatte ich da bereits mehr Glück, wenn ich auch nicht sicher bin, ob Ihnen meine Informationsquelle gefallen wird. Gordon hat den Mann erkannt, der sich Wilson nennt. Sein wirklicher Nachname ist Denton, und er war früher Richard Newtons Fahrer.«

»Ach was. Das ist ja interessant. Und Jones?«

»Gordon kannte seinen Namen nicht, hat ihn aber als Rausschmeißer aus einem der Clubs erkannt, die von Alliance betrieben werden. Es wäre interessant, zu hören, was die zu sagen haben, wenn Sie sie befragen.«

»Das dürfte schwierig werden. Sie sind gestern Abend getürmt. Haben alles aus ihrem Zimmer ausgeräumt und die Gasthausbesitzerin um die Rechnung geprellt.«

Die arme Siobhán. Es war nicht ihre Woche gewesen. »Meinen Sie, die sind fort, weil sie gesehen haben, wie ich aufs Polizeirevier gegangen bin, oder glauben Sie, die haben gefunden, was sie suchten?«

»Da kann ich auch nur Vermutungen anstellen. Jetzt, wo wir Dentons Namen haben, sollte es nicht zu lange dauern, sie aufzuspüren.«

»Haben Sie noch mehr über Mick Stewart rausgefunden?«, fragte ich. Ich war erleichtert, dass ich keinen Mörder aufspüren musste. Das war ich wirklich. Aber das hieß ja nicht, dass ich nicht von der Neugier über diesen Fall besessen war und mich in vielerlei Hinsicht um Patrick sorgte.

Michaelson kniff den Mund zu einer dünnen Linie zusammen. Ich kannte ihn gut genug, um zu wissen, dass er mir nichts verraten wollte, was er im Rahmen seiner Berufsausübung erfahren hatte. Doch andererseits schuldete er mir etwas für den Hinweis. Er war hin und her gerissen. »Kommen Sie schon, ich habe die geheimnisvollen Männer für Sie identifiziert, und Sie haben gerade mein Haus auseinandergenommen. Ich habe keine Geheimnisse mehr. Jetzt können Sie mich mindestens in ein paar von Ihren einweihen.«

Michaelson fischte seine Zigaretten aus der Jackentasche, zündete sich eine an und blies den Rauch in einem langsamen stetigen Strom aus. Eigentlich sollte er nicht mehr rauchen. Er hatte seiner Tochter versprochen, dass er versuchen wollte, es aufzugeben. Mir war schon aufgefallen, dass er sich immer eine Zigarette ansteckte, wenn er drauf und dran war, etwas zu machen, was er eigentlich auch nicht tun sollte. Also saß ich geduldig da und wartete.

»Stewart ist ein aalglatter Typ gewesen«, sagte er schließlich. »Man konnte ihm nie was anhängen, aber er stand auf der Beobachtungsliste. Er hat in Teilzeit für die Sicherheitsleute bei Alliance gearbeitet – im Grunde als gemieteter Muskelprotz. Und Sie hatten recht, in diesen Clubs laufen so einige zwielichtige Geschäfte. Es gab jede Menge Polizeieinsätze wegen Schlägereien, Drogen, Sexarbeiterinnen, Alkoholausschank an Minderjährige. Irgendwann einmal war Stewart zum Verhör auf dem Revier. Er war am Rande in einen verpatzten Drogendeal verwickelt, konnte aber nicht mit der eigentlichen Transaktion in Verbindung gebracht werden. Für kleine Fische wie ihn haben sich die Leute vom Drogendezernat nicht interessiert. Sie waren auf der Suche nach den Bossen und haben ihn laufen lassen, ohne Anklage zu erheben. Sie haben wohl gehofft, dass er sie zu den wichtigeren Leuten hinführen könnte, aber kurz darauf hat er die Stadt verlassen.«

Dieser Einschätzung zufolge sah es ganz so aus, als wäre Mick nicht vor ein bisschen Gewalt zurückgeschreckt, aber

Mord? »Hat Bill inzwischen eingeräumt, dass Owen nicht der Mörder ist?«

»Sagen wir mal, der Fokus hat sich auf Mick Stewart verschoben. Bill hat heute noch mal mit ihm gesprochen, aber wir haben bisher nicht genug in der Hand, um ihn festzunehmen. Ohne Indizien wird es wirklich schwierig sein, zu beweisen, dass Mick Ethan umgebracht hat, weil er ihm die Schuld an seinen finanziellen Verlusten gibt.«

Bill und Michaelson würden alle Hände voll zu tun haben, um das zu beweisen. »Ich nehme an, Sie haben keine weitere Verbindung zwischen Mick und Gordon gefunden, außer der Tatsache, dass sie beide Investoren bei Newton Financial waren und für Alliance gearbeitet haben?«

»Hatten Sie was anderes erwartet?«

»Nein.« Falls Michaelson die persönliche Beziehung zwischen Gordon und Mick aufgedeckt hatte, sagte er es nicht, und dann war es keineswegs an mir, diese Kleinigkeit einzubringen. Dies war nicht das Indiz, was sie brauchten, und es würde Gordon nur noch schuldiger aussehen lassen.

Michaelson schüttelte den Kopf und stand auf. »Langsam frage ich mich, ob in dem Gasthaus überhaupt jemand war, der nicht irgendwie mit Richard Newton zu tun hatte.«

Er hatte recht. Newtons ehemaliger Fahrer, die Familie der besten Freundin seiner Frau, der Whistleblower, der ihm die Gefängnisstrafe eingebracht hatte, und zwei Leute, die für ein Unternehmen gearbeitet hatten, mit dem er verbunden gewesen war. Eine komplette Besetzungsliste. »Zumindest haben Sie jetzt eine gute Auswahl an Verdächtigen.«

KAPITEL 28

Liam hinkte nach seinem Zusammenstoß mit Longfellow ziemlich. Er konnte das getroffene Bein nicht belasten. Rasch fuhr ich mit ihm zu Katherine in die Praxis. Aus dem Behandlungszimmer wurde ich jedoch verbannt, weil man meine händeringende Gegenwart für wenig hilfreich erachtete. So wartete ich in der kleinen Teeküche der Praxis, kochte wieder und wieder Wasser und vergaß, es in die Kanne zu gießen. Mein Herz war bei Liam, doch jetzt, da er in Katherines fähigen Händen war, beschäftigten sich meine Gedanken wieder zwanghaft mit Raoul und Elena und Clarissa.

Ich musste mehr herausfinden, und da ich mir gut vorstellen konnte, dass Patrick nicht einmal mehr mit mir reden, geschweige denn mir helfen wollte, musste ich mich einer anderen Quelle zuwenden. Ich schaute die Kontaktliste auf meinem Telefon durch und fand schließlich, was ich suchte: Javier Martin. Er war ein alter Freund, einige Zeit lang sogar ein sehr enger Freund gewesen. Wir hatten gemeinsam Zeit im Nahen Osten verbracht. Ich hatte dort für die *Gazette* gearbeitet, er für die führende Tageszeitung in Madrid. Wenn jemand etwas über die Familie Serrano-Cortez wusste, dann Javier. Ich fing drei verschiedene E-Mail- und Textnachrichten an, doch keine vermittelte die richtige Mischung aus Flirt, fröhlicher Begrüßung und Entschuldigung für langes Schweigen. Es war schlicht frech, ihn nach all der Zeit um Hilfe zu bitten, aber wir Journalisten sind ja eine schamlose Bande, und außerdem wusste ich nicht, an wen ich mich sonst wenden sollte.

Schließlich rief ich bei der Redaktion der Zeitung an und fragte in meinem holprigen Spanisch nach Javier. Ich war schon darauf gefasst, meine Telefonnummer für einen Rückruf angeben zu müssen, als ich Javiers Stimme hörte.

»Abi, das ist ja ein halbes Leben her.«

»Stimmt, und ich bin eine schreckliche Freundin, aber …«

»Du hattest zu viel damit zu tun, eine Berühmtheit zu werden.« Ich hörte die Belustigung in Javiers warmer Stimme. Sein glutvoller Tonfall beschwor Erinnerungen herauf, die mir unwillkürlich die Röte ins Gesicht trieben.

»Sei nicht albern«, sagte ich und hoffte, dass das nicht so verlegen klang, wie mir zumute war. »Die Bilder sind berühmt, nicht ich. Ich hatte nur Glück, wenn man es so nennen kann, dass sie mich durch diese Hölle geschickt haben und dass ich zurückgekommen bin. Ich habe lediglich die Reise aufgezeichnet.«

»Und das hast du brillant gemacht. Also, was kann ich für dich tun? Ich weiß schon, dass das kein Privatanruf ist.«

»Ein bisschen beides«, sagte ich. »Es tut gut, deine Stimme zu hören.« Das war gewiss nicht gelogen.

»Aber?«, regte Javier an.

»Aber ich suche Informationen über eine von euren lokalen Berühmtheiten – Maria Serrano-Cortez. Was kannst du mir über sie erzählen?«

»Sie ist tot.«

»So weit war ich auch schon, danke. Ich hatte auf etwas mehr über sie als wohlriechende Sterbliche gehofft.«

»Sie war eine zähe Dame. Hat von ihrem Ehemann einen Haufen Geld geerbt, und anstatt auf große Einkaufstour zu gehen, hat sie in ein eigenes Unternehmen investiert. Es hat sich rausgestellt, dass sie eine hervorragende Geschäftsfrau war, und das Unternehmen war sehr erfolgreich.«

»Sie hat auch mit Familienmitgliedern zusammengearbeitet, nicht wahr?«

»Mit ihrer Schwester und ihrem Sohn.«

»Was kannst du mir über die beiden erzählen?«

»Über den Sohn weiß ich nicht viel, aber die Schwestern waren ein tolles Paar.«

»Inwiefern?«, fragte ich.

»Klassische Latinofrauen. Sehr impulsiv. Elena war die jüngere. Sie war für ihr aufbrausendes Temperament berüchtigt. Es gab einige vielbeachtete Dispute in der Vorstandsetage, obwohl Maria eindeutig die Chefin war. Ich hatte das Gefühl, dass es bei den Streitigkeiten um mehr als nur ums Geschäft ging – vielleicht um einen Mann oder allgemein um Rivalität zwischen Geschwistern.«

»Was kannst du mir über Marias Tod erzählen?«

»Der kam sehr plötzlich. Zunächst sind wir davon ausgegangen, dass es ein Hirntumor oder vielleicht ein Herzinfarkt gewesen sein könnte, doch bei der gerichtlichen Untersuchung hat der Arzt etwas von Nierenversagen gesagt. Es gab keine weiteren Erklärungen. Wenn man hierzulande aus einer der alten Familien kommt, kann man gewöhnlich seine Privatangelegenheiten wirklich privat halten.«

»Hast du irgendwelche Andeutungen gehört, dass sie vielleicht nicht eines natürlichen Todes gestorben ist?«

»Du hast immer ein gutes Näschen für solche Sachen.« Ich hörte das Lächeln in seiner Stimme. »Ich habe damals über die gerichtliche Untersuchung geschrieben. Eine der Zeuginnen hat ausgesagt, es könne kein Nierenversagen gewesen sein.«

»Hat sie einen Grund dafür angegeben?«

»Sie meinte, Maria hätte immer sehr auf ihre Gesundheit geachtet, und es sei einfach zu plötzlich gekommen. Aber der Gerichtsmediziner hat sich davon nicht beeindrucken lassen. Derlei Dinge werden ja auch selten vor Gericht entschieden. Da ist alles schon vorab geklärt. Also überrascht es nicht, wenn ein Richter sich nicht für etwas interessiert, was über den vorliegenden Schriftsatz hinausgeht.«

»Kannst du dich noch daran erinnern, wer diese Zeugin war?«

»Aus dem Stand nicht.«

»Kannst du versuchen, noch was anderes für mich rauszufinden?«

»Über die Obduktion?«

»Klar, aber auch über eine Frau namens Clarissa Newton. Ich möchte wissen, ob sie seit dem Frühjahr in Madrid gewesen ist.«

»Ich schau mal, was ich finden kann. Wie kann ich dich erreichen?«

Nachdem ich das Gespräch beendet hatte, schüttete ich endlich Wasser auf die Teebeutel in der Kanne. Kurz darauf kam Katherine aus dem Behandlungszimmer. Sie trocknete sich die Hände ab.

»Es geht ihm gut. Es wird noch ein bisschen dauern, bis das Betäubungsmittel abgebaut ist.«

»Wie schlimm war es?«

»Es war ein bisschen was ausgekugelt. Keine Schäden an umliegenden Sehnen oder Nerven. Ich habe die Hüfte wieder eingerenkt, und er sollte sich viel besser fühlen, wenn er aufwacht. Und inzwischen brauche ich dringend eine Tasse Tee«, sagte sie und deutete auf die Kanne.

»Ist wohl gestern Abend spät geworden?«, fragte ich. Katherine kümmerte sich um das Vieh und auch um die Haustiere vor Ort, und manches Mal hatte sie lange Einsätze in zugigen Ställen. Um diesen Teil ihres Jobs beneidete ich sie kein bisschen.

»Mehr oder weniger durchgemacht.«

Überrascht bemerkte ich eine gewisse selbstgefällige Zufriedenheit in ihrem Lächeln, nicht die übliche berufliche Erschöpfung.

»Was hast du angestellt?«

»Ich bin gestern auf dem Heimweg im Stag Inn vorbeigegangen.«

»Ich habe mich gleich nach dem Abendessen nach Hause aufgemacht. Was hab ich verpasst?«

»Ich habe mir sagen lassen, dass du das Gasthaus in Begleitung eines Mörders verlassen hast.«

»Owen ist kein Mörder. Hör auf, vom Thema abzulenken. Was ist passiert?«

»Ich habe deinen wunderschönen Latino-Jüngling kennengelernt.«

»Raoul?«

»Aye.« Katherines Augen strahlten mich über den Rand ihres Henkelbechers an. »Der ist schon schwer in Ordnung, was?«

Großer Gott, das hoffte ich zumindest, aber ich wollte auch nicht zu pessimistisch sein. Katherine hatte mir ja erzählt, dass bei ihr in letzter Zeit in Sachen Beziehung nicht viel losgewesen war, und Raoul schien wenigstens ihre

Laune aufgebessert zu haben. Außerdem sah es mir ganz so aus, als wäre es für Warnungen ohnehin zu spät. Dieser Zug war abgefahren, sozusagen. »Er sieht toll aus, das muss ich ihm lassen«, sagte ich mit einem Grinsen.

»Wir haben uns ein paar Drinks genehmigt und geredet.«

»Und?«

»Und gegen elf hat Siobhán Anstalten gemacht, uns rauszuschmeißen, also habe ich Raoul gefragt, ob er noch auf einen Absacker mit zu mir kommen wollte.«

Ich verkniff es mir, Katherine einen Vortrag darüber zu halten, dass man keine wildfremden Männer in sein Haus einladen sollte, aber Raoul war wohl auch kein wildfremder Mann. Schließlich nahm er an unserem Kurs teil. Es war ja nicht so, als könnte er einfach so in die Nacht verschwinden. »Und ich nehme an, er wollte?«

»Wir haben am Kamin gesessen und geredet und geredet, und dann, na ja, du weißt schon.«

»Du siehst aus wie …« Ich legte eine Pause ein, weil ich nach dem richtigen Wort suchen musste. Das Kätzchen an der Sahneschüssel kam mir in den Sinn. Ich entschied mich aber für »erfrischt«.

»Ich fühle mich wie neugeboren.«

»Wirst du ihn wiedersehen?«

»Vielleicht, vielleicht auch nicht. Sagen wir mal, wir haben uns gegenseitig einen Zweck erfüllt und ihn gut erfüllt.«

»Das freut mich für dich.« Ich war wirklich froh für Katherine. Solange sie nur eine Ferienromanze plante, wollte ich mich nicht einmischen. »Hat er dir was über sein Leben in Madrid erzählt?«

»Ja, das klang wunderbar, obwohl er gerade erst seine Mutter verloren hat und darüber noch recht traurig zu sein scheint. Er hat sehr viel von ihr gesprochen – sie war anscheinend eine Heilige. Zuerst hatte ich richtig Angst, dass ich da bei einem dieser Muttersöhnchen gelandet war. Du kennst die Sorte. Aber ihr Tod scheint ihn auf eigene Füße gestellt zu haben. Er ist ganz aufgeregt, weil er jetzt ein Parfüm-Unternehmen allein führen kann.«

»Mit seiner Tante.«

»Du weißt doch, wie diese Latino-Machos sind. Da wollen die Männer immer oben sein.«

Katherine lachte leise, doch ich ignorierte das. »Hat er dir gesagt, warum er seine Tante auf diese Reise mitgenommen hat? Sie wirkt verdammt unglücklich hier.«

»Nein, die hat er eigentlich überhaupt nicht erwähnt. Es war immer nur Mum dies und Mum das, und dann habe ich ziemlich viel über seine Boote zu hören bekommen. Er nimmt an Segelwettbewerben teil, aber ich denke mal, so was machen alle, die so viel Geld haben.«

»Schade, dass er nicht Polo spielt«, meinte ich. »Dann könntest du vielleicht einen Job kriegen und dich um seine Ponys kümmern.«

Als wir wieder in The Larches waren, half ich Liam in die Küche, wo ich Louisa seine ganze Jammergeschichte erzählte. Sie holte sofort einen großen Suppenknochen und machte es dem armen Kerl vor dem Küchenkamin bequem.

Als ich nach oben ging, um zu duschen und mich umzuziehen, war von Grant oder unseren Hausgästen noch nichts zu sehen. Während ich da stand und das Wasser über mich hinwegspülte, überlegte ich, was Katherines Einsicht in Raouls Persönlichkeit uns gebracht hatte. Leider nichts, was wir nicht bereits wussten – Muttersöhnchen, Playboy und Schatzsucher passte zu meiner ersten Einschätzung als *dynamisch, unternehmungslustig* und *leidenschaftlich.* Als ich das Handtuch um mich wickelte, hörte ich im Schlafzimmer mein Telefon klingeln. Ich ging, noch triefend, hin und stellte zu meiner Überraschung fest, dass es schon Javier war. Was für ein netter Mann. Er musste mich ganz vorn in die Warteschlange geschoben haben.

»Ich habe ein paar interessante Leckerbissen für dich gefunden«, hob Javier an. »Zuerst einmal habe ich die öffentlich zugänglichen Dokumente über die gerichtliche Untersuchung angeschaut. Rate mal, wer die Zeugin war, die das Urteil in Frage gestellt hat?«

»Darf ich zu hoffen wagen, dass es Clarissa Newton war?«

Er lachte leise. »Du bist immer noch so gut wie früher. Sie hat keine konkreten Beweise vorgebracht, nur die starke Vermutung geäußert, dass etwas nicht stimmte.«

Ich empfand Sympathie für diese Frau. Ich wusste, wie es war, wenn man einen starken Instinkt hat, den die anderen ignorieren und als lächerlich abtun.

»Zufällig hat eine meiner Kolleginnen zur Zeit des Gerichtsverfahrens mit ihr gesprochen. Sie hat Marias Schwester Elena so gut wie bezichtigt, etwas mit dem Tod Marias zu tun gehabt zu haben. Sie glaubte, dass Elena oder jemand vom Personal Maria vergiftet hat.«

»Hat sie einen Grund dafür genannt?«

»Die Veränderungen bei Maria Cortez sind unglaublich schnell eingetreten, und die Erklärungen des Arztes haben ihrer Meinung nach nicht gepasst. Sie versuchte, den Richter davon zu überzeugen, doch der meinte, es gebe keine glaubwürdigen Beweise. Anscheinend hatte Maria gegen

Ende den Appetit verloren, hat die letzten drei Tage ihres Lebens gar nichts mehr gegessen. Deswegen wurde argumentiert, dass ein Giftmörder eine chemische Substanz in ihrem leeren Magen nicht hätte verbergen können.«

»Interessant. Ich habe gehört, dass Raoul und seine Mutter einander sehr nahestanden. Hat Raoul damals Zweifel an dem Urteil zum Ausdruck gebracht?«

»Wenn, dann sind sie jedenfalls nicht in die Akten gelangt.«

»Gibt es eine Aussage von Elena?«

»Sie wurde aufgerufen, um zu bestätigen, dass Maria Diabetikerin war. Der Gerichtsmediziner hat sich zum Teil auf diese Tatsache als Grund für das Nierenversagen gestützt.«

»Hattest du Glück bei der Suche nach Clarissa Newton?«

»Sieht so aus, als wäre sie nach dem Ende des Newton-Prozesses nach Spanien gereist. Es gab in den Gesellschaftsspalten der Zeitungen ein, zwei Bilder gleich nach ihrer Ankunft, aber dann haben die UK-Medien angefangen, auch hier herumzuschnüffeln, und sie ist abgetaucht. So sagt man das doch?«

»Genau.« Javier liebte die britische Umgangssprache.

»Danke, Javier, du warst mir eine große Hilfe.«

Laut den Informationen, die ich von Vicky hatte, war Clarissa Newton in einer Klinik außerhalb von London abgetaucht. Hatte sie vor, sich dort zu verstecken, bis Raoul und Elena mit dem Geld ihres Ehemannes wiederkamen? Wenn, dann wartete sie noch immer dort.

KAPITEL 29

Die Nacht zog warm und klar herein, und es sah so aus, als könnte man die Sterne von den umliegenden Bergen aus berühren. Perfektes Wetter für das Lagerfeuer, das wir für unsere Gäste planten.

Wir hatten uns im Hof von Abbey Glen versammelt, und Louisa hatte auf den breiten Trittbrettern des alten Pferdewagens, der vor der Tür zum Verkostungsraum stand, Drinks und selbstgebackenes Shortbread bereitgestellt. Unsere Kursteilnehmer nahmen sich Getränke und standen dann ringsum im Kreis, während Cam mit ausrangierten Fässern das Feuer entfachte. Das trockene Holz loderte schnell auf, und die Flammen warfen einen warmen Lichtschein auf die Gesichter, während die Umgebung in tiefem Schatten lag.

Cam zog seine Lederhandschuhe aus und legte sie vor einem Vorderrad des Wagens auf den Boden, ehe er sich selbst einen großen Whisky nahm.

»War das mal ein Milchwagen?«, fragte Reg und untersuchte die schmalen Schubladen, die man unter den Trittbrettern herausziehen konnte.

»Das könnte man meinen«, sagte Cam mit einem Augenzwinkern. »Dieser Wagen hat allerdings in der Geschichte von Abbey Glen eine besondere Rolle gespielt. Er hat einem Mann namens Brodie Fletcher gehört, der hier in der Gegend Anfang des neunzehnten Jahrhunderts Whisky geschmuggelt hat. Die Fächer, in denen normalerweise

Milchkannen befördert wurden, hat man stattdessen mit Krügen voller Whisky gefüllt, und unter dem falschen Boden war noch mehr Stauraum.« Cam ging ans hintere Ende des Wagens und klopfte auf die Bodenbretter, unter denen es hohl klang.

»Abbey Glen war also nicht immer eine legale Destillerie?«, fragte Raoul.

»In den Anfangszeiten waren wir nicht legaler als die Pot Stills*, die sich in jeder Scheune im Tal verbargen«, gestand Cam ihm zu. »Das waren komplizierte Zeiten mit unseren Nachbarn im Süden.«

»Ihr wart Whisky-Piraten«, verkündete Raoul begeistert. Der Gedanke schien dem Segler zu gefallen.

»Gab es damals in dieser Gegend viele Schmuggler, oder war das hauptsächlich in den Highlands?«, wollte er nun wissen.

»Die Schmuggler haben überall im Tal ihre Geschäfte betrieben«, sagte Cam. »Oft haben sie unseren eigenen Whisky geschmuggelt, aber wir waren auch ein sehr wichtiger Umschlagplatz für Lieferungen, die von den Highlands nach Süden kamen.«

»Da gab es alle möglichen schlauen Verstecke in den Höhlen weiter oben in den Bergen«, sagte ich und beobachtete, ob sich auf Raouls Gesicht Anzeichen besonderen Interesses zeigten.

»Darüber sollten Sie ja eine Menge aus eigener Erfahrung wissen, nicht?«, meldete sich Reg zu Wort.

»Wieso?«, fragte Raoul.

* Brennblase, bei der die Hitze direkt an die Brennblase gelangt. Kleinere Versionen wurden häufig beim Schwarzbrennen verwendet.

Cam und Hunter erzählten abwechselnd von ihrer Rolle bei meinem Abenteuer, das schließlich zur Entdeckung eines Verstecks mit uraltem Whisky in den Höhlen geführt hatte, die ganz nah bei der Stelle lagen, wo man Ethan gefunden hatte. Ab und zu blickten sie in meine Richtung, um zu sehen, ob ich Einwände gegen die Ausschmückungen hatte, die nun schon routinemäßig zu dieser Geschichte hinzugefügt wurden, aber ich lächelte nur und dachte mir mein Teil. Bei diesem speziellen Abenteuer hatten mir die beiden das Leben gerettet – da konnten sie ihre Geschichte so sehr aufmotzen, wie sie wollten.

Dann wurde Hunter gedrängt, weitere Geschichten aus der Schmugglervergangenheit des Tals zum Besten zu geben, einschließlich der Erzählungen über die Fletcher-Brüder und ihre Vorfahren, die das illegale Whiskygeschäft hier in der Gegend geprägt hatten. Die Geschichten von Lagern unter der Kirche und anderen Verstecken am Ort fanden lebhaftes Interesse. Raoul hörte atemlos und angespannt zu. Sammelte er gerade neue Inspiration für seine eigene Suche?

Alle waren gekommen, um den wunderbaren Abend zu genießen. Sheila saß an der Seite auf einem durchgesägten Fass, kaute Shortbread und beobachtete das lodernde Feuer. Nora und Luke sammelten Zweige vom Boden auf und warfen sie unter Hunters Aufsicht ins Feuer. Ich stand allein am Rand des Lichtscheins, ehe ich merkte, dass jemand hinter mir war. Ich drehte mich um und sah Elena, die sich langsam in Richtung der Flammen bewegte. Sie war in einen dicken Daunenmantel gehüllt und hatte sich einen riesigen Wollschal umgeworfen. Trotz dieser Schichten bibberte sie noch sichtlich, als die Brise auffrischte.

»Gut, Sie mal wieder draußen im Freien zu sehen«, sagte ich. »Geht es Ihnen besser?«

Elena zuckte mit den Achseln. »Ich dachte, die frische Luft würde mir guttun.«

»Schade, dass Sie nicht mehr Ferien machen können«, erwiderte ich. »Ist es für Sie gerade ein Problem, mal vom Geschäft wegzukommen?«

»Ja«, antwortete sie vage. »Es ist immer so viel zu tun. Ich weiß nicht, wie Maria das geschafft hat.«

»Sie hatte ja Sie und Raoul als Mitarbeiter, nicht wahr?«, merkte ich an. »Das war ihr doch sicher eine große Hilfe.«

»Na, ich weiß nicht. Es ist ihr immer schwergefallen, um Hilfe oder Rat zu bitten.«

»War es schwierig, mit Ihrer Schwester zusammenzuarbeiten?«, fragte ich vorsichtig. Ich hoffe, dass ich sie so ermutigen könnte, ein bisschen Familientratsch loszuwerden.

»Es ist immer schwierig, mit seiner Familie zusammenzuarbeiten«, sagte Elena leise. »Maria war willensstark, aber findig und entschlossen.«

Elena schien eine fromme Katholikin zu sein, genau wie ihr Neffe. Offensichtlich war sie auch jetzt noch nicht gewillt, ehrlich zu antworten – die Verstorbenen waren sozusagen heiliggesprochen. Gewissensbisse oder Erleichterung hatten dafür gesorgt, dass alles böse Blut getilgt war.

»Raoul hat mir erzählt, dass ihr Tod sehr plötzlich kam«, gab ich ihr vor.

»Maria ist wie eine Rose am Zweig dahingesiecht. Im einen Augenblick noch in voller Blüte, im nächsten vertrocknet und welk.« Elena schaute an meiner Schulter vorbei. Ich drehte mich um und sah Raoul, der mit einem weiteren Drink vom Barwagen auf uns zukam.

»Tantchen Elena.« Er küsste sie auf beide Wangen. »Ich hätte nicht gedacht, dass du auch kommst.«

»Eine der Frauen im Gasthaus hat mir einen Mantel geliehen und mich hergefahren.«

»Das war nett«, meinte Raoul, obwohl ich sagen musste, dass er nicht gerade begeistert wirkte. Befürchtete er, dass die Anwesenheit von Tantchen Elena dem Abend einen Dämpfer versetzen könnte?

»Vielleicht würde ein Drink helfen«, sagte er mit Bestimmtheit und führte Elena zum Buffet auf dem Whiskykarren.

Hunter näherte sich, sobald die beiden fort waren. Ich hatte das Gefühl, als hätte er gewartet, bis er mich allein sprechen konnte. »Da bist du ja, Mädel. Ich habe ein paar Neuigkeiten für dich. Ich habe die Sachen von meinem Dad durchgeschaut. Hab bisher noch nichts über Rebel's Cross gefunden, was du wolltest, aber ich hab mich an was anderes erinnert, was dir vielleicht gefällt. Hinter der Kiesgrube an der Upland Road ist eine Höhle. Die haben sie in den alten Zeiten als Ablagestelle benutzt. Frank hat mir mal gezeigt, wo sie war, als wir oben waren, um Kies für Rorys Terrasse zu holen.«

Hunter zeigte mir die Stelle auf einer Landkarte auf seinem Handy. »Du bist doch immer für mich da, Hunter. Das ist genau, was ich brauche.«

Grant trat an meine Seite, als die letzte Glut des Feuers verging und die Abschiedswhiskys geleert waren. Schön, dass wir beide nicht das Gefühl hatten, wir müssten bei der Arbeit und bei geselligen Anlässen immer aneinanderkleben.

Ich wandte mich zu ihm, um in seine tiefgrünen Augen zu schauen. »Du hast nicht zufällig Lust auf eine kleine Ausfahrt in die Berge?«, fragte ich.

»Wir sind doch keine Teenager, Lass, wir können nach Hause in unser eigenes Bett, weißt du«, sagte er, strich mir mit der Hand sanft über den Rücken, und schon stand meine Haut in Flammen. Grants schottischer Tonfall wurde immer viel stärker, wenn er müde war oder betrunken oder liebebedürftig.

»Das behalte mal im Hinterkopf«, antwortete ich. »Aber zuerst was anderes. Hunter hat mir von einer Schmugglerhöhle bei der Upland Road erzählt. Ich glaube, das ist genau, wonach unsere Freunde gesucht haben. Die Höhle liegt bei Richard Newtons Jagdhütte, und es klingt ganz so, als wäre es eine tolle Stelle, um ein kleines Vermögen zu verstecken.«

»Wie hätte Newton die denn finden können?«

»Ich weiß es nicht. Vielleicht hat Frank sie mal erwähnt. Er hat ja einige Arbeiten für Newton erledigt, und die Höhle liegt nah bei der Jagdhütte. Ich glaube, wir müssen da nachsehen, ehe es jemand anderer macht.«

»Noch heute Nacht? Ich habe die Wahl zwischen einer kalten Autofahrt durch das ganze Tal in die Berge und meinem eigenen großen Bett mit einem kuschelig warmen Mädchen. Für mich ist die Entscheidung klar.« Er beugte sich zu mir herunter und küsste mich in den Nacken. Die frische Luft und die genossenen Whiskys hatten ihn ganz sanftmütig gemacht. Es widerstrebte mir sehr, diese trauliche Stimmung nicht sofort auszunutzen, aber ich würde keine Ruhe finden, ehe ich nicht die Höhle überprüft hatte. Was, wenn sie vollgestopft war mit Säcken voller Bargeld?

Wenn die Landvermesser zuerst dort hingelangten und sie ausräumten? Ich würde es mir nie verzeihen, wenn wir bis zum Morgen warteten und das Geld weg wäre.

»Du kannst gern zu Hause warten, wenn dir das lieber ist. Aber ich will es nicht bis morgen aufschieben – ich muss jetzt hin, solange niemand in der Gegend ist.«

Grant seufzte. »Na gut, Frau, aber fahren kann ich nicht. Ich bin ordentlich übers Limit.«

Dieser Gedanke allein hätte mich beinahe dazu gebracht, die Sache noch einmal zu überdenken. Ich konnte den Wagen des Landguts nicht besonders gut fahren, vor allem wenn Grant zuschaute, aber ich hatte nichts getrunken. Das hieß, koste es was es wolle, jetzt war ich dran.

KAPITEL 30

Wir fuhren über die holprige Zufahrt von Abbey Glen, bogen auf die Straße zum Städtchen ab und folgten der High Street mit ihren Läden wieder zum Ort hinaus, ehe wir zum steilen Anstieg in die Berge gelangten. Schließlich parkte ich am Anfang des Wegs zur Fell Farm. So standen wir nicht auf der Straße, und hoffentlich würden uns auch vorüberfahrende Autos nicht bemerken.

»Komm, von hier aus laufen wir«, sagte ich beharrlich.

Grant war schon halb eingeschlafen gewesen und stieg nun stöhnend aus dem Wagen. »Ich kann nur hoffen, dass du mit dieser Sache recht hast. Es ist verdammt kalt.«

Als wir uns der Kiesgrube näherten, schaute ich noch rasch auf die Anweisungen, die Hunter mir gegeben hatte. Gleich bei den Kästen mit Kies war eine Wendeschleife, und dahinter befanden sich Haufen von Rindenmulch und Sand und anscheinend eine Halde für gebrauchte Ziegelsteine. Kein Wunder, dass Frank hier nebenbei was verdienen konnte. Es war genug da, an dem er sich bedienen konnte, und nach dem wild wuchernden Unkraut zu urteilen hatte sich schon einige Zeit niemand sonst hier um irgendwas gekümmert. Laut Hunter sollte östlich davon ein großer Felsbrocken sein. In der Dunkelheit brauchte ich eine Weile, um ihn zu finden, aber sobald wir ihn ungefähr ausgemacht hatten, war der große Stein, den Hunter beschrieben hatte, gut zu sehen. »Mit dem Rücken zum Felsbrocken auf den

Berg schauen«, las ich laut vor. »Dann achtundzwanzig kleine Schritte vor.« Das brachte mich mit der Nase direkt an den Fels des hier aufragenden Bergs. Ich tastete mit der Hand über den nackten Stein und suchte nach irgendeiner Öffnung oder Einkerbung. Grant gesellte sich zu mir, hoffte offensichtlich, dieses Unterfangen zu beschleunigen und mich rasch nach Hause ins Warme zu lenken.

Ich zog mein Handy hervor und schaltete die Taschenlampe ein. Erst leuchtete ich links und rechts über den Felsen, ehe ich nach oben schwenkte. Gute zwei Fuß über mir ragte ein Felsvorsprung leicht hervor. Es war die einzige Stelle in der Nähe, wo man vielleicht Zugang zum Inneren des Berges vermuten konnte. Ich war wild entschlossen, einen Weg nach dort oben zu finden. Grant versuchte mir das auszureden, aber ich tastete am Felsen nach Halt für meine Hände und Füße und bewegte mich Zoll für Zoll nach oben. Meine Arme schmerzten bald von der ungewohnten Anstrengung. Grant zischte mir weiter von unten zu, erinnerte mich daran, dass er große Schwierigkeiten haben würde, mir da oben zu Hilfe zu kommen, falls ich feststecken sollte.

Als ich schließlich den Felsvorsprung erreichte, ließ ich mich erschöpft rücklings auf den Fels sacken, hatte das Gesicht zum Himmel gerichtet und schnaufte schwer. Ich musste unbedingt etwas unternehmen, um ein bisschen fitter zu werden, wenn ich vorhatte, mich weiterhin in dieser Art zu betätigen. »Siehst du irgendwas?«, rief Grant von unten. Ich schaute mir die Felswand an und entdeckte eine lange, schmale Öffnung, die weniger als zwei Fuß hoch und acht Fuß breit war. »Vielleicht«, antwortete ich, drehte mich auf den Bauch und rutschte vor, bis ich bei der Öffnung angekommen war. Da fiel mir ein, dass dort vielleicht irgendein widerwärtiges Wesen lauern könnte, und der Gedanke ließ mich zögern. Ich leuchtete mit der Handy-Taschenlampe in die Dunkelheit und sah, dass sich die schmale Öffnung rasch zu einer großen Höhle weitete. Ich rutschte seitlings hinein und stand auf, leuchtete rings um mich. In den Boden war ein Metallring eingelassen, an dem ein Seil festgeknotet war. Das hätte den Aufstieg sehr viel einfacher gemacht, falls es mich gehalten hätte. Ich nahm das Seil zur Hand und zerrte mit aller Macht daran. Dann kroch ich wieder auf den Felsvorsprung hinaus und warf das Seil nach unten.

»Zieh mal fest daran und schau, ob es dich halten würde«, rief ich nach unten. Ich hörte ein paar Knurrlaute, und schon bald tauchte Grants Kopf über der Kante des Felsvorsprungs auf. »Und was jetzt?«, grummelte er. Eindeutig hatte all die Aufregung ihn keineswegs von den Verlockungen seines warmen Bettes abgelenkt.

»Schau mal, ob du Halt für deine Zehen finden kannst, dann helfe ich dir und ziehe dich mit hoch.« Anmutig elegant war es nicht gerade, aber schließlich landeten wir beide ohne größere Verletzungen auf dem Boden der Höhle.

Grant streckte eine Hand aus und zog mich auf die Füße. Wir suchten alles gründlich ab, fanden aber keinerlei Anzeichen dafür, dass in letzter Zeit hier jemand gewesen war, ganz gewiss keine Spur von dem, worauf ich gehofft hatte – große Säcke voller Geld.

»Die Idee war gut.« Grant merkte, dass ich enttäuscht war, und versuchte mich aufzuheitern. »Wir warten mal ab, was uns morgen noch einfällt, nachdem wir uns ein bisschen ausgeruht haben.«

Grant hatte recht. Es war eine Schnapsidee gewesen, aber ich gab mich nicht gern geschlagen. Ich leuchtete mit dem Handy zur Decke der Höhle hinauf. Dort war an einer der Seitenwände ein weiterer Felsvorsprung. Tiefer und nicht so weit oben wie der vorhin. Ich würde hier nicht weggehen, ehe ich nicht alles gesehen hatte. »Hilf mir mal hoch«, sagte ich und nahm das Telefon zwischen die Zähne. Grant verschränkte die Hände, ich stellte einen Fuß hinein und warf mich nach oben, während er von unten schob. »Ein tieferer Felsvorsprung«, sagte ich, »aber hier ist auch nichts.«

Grant schaltete seine Taschenlampe aus. »Psst. Ich höre Stimmen«, flüsterte er. »Ist da oben noch Platz für einen mehr?«

Irgendwie fand er mit dem Fuß unten an der Felswand Halt, und ich half ihm erneut, sich hochzuzerren. Grant legte sich hin und drückte sich so weit wie möglich hinten an die Felswand, zog mich dann eng vor sich. »Hast du das Seil unten hängen lassen?«, flüsterte ich.

»Ich dachte, wir wären allein.« Grants Atem war warm an meinem Ohr, und doch musste ich zittern. Während wir da lagen, wehten von draußen Stimmen herein.

»Ich sehe rein gar nichts«, ertönte eine Männerstimme. Die Felsen dämpften sie ein wenig.

»Weil du nicht richtig hinsiehst, du Idiot«, sagte ein zweiter Mann. »Und was ist das da?«

Sie hatten das Seil gefunden. Verdammt. Hätten wir es hinter uns hochgezogen, so hätten sie die Öffnung vielleicht nie entdeckt.

Kurz darauf sahen wir den Lichtschein einer Taschenlampe, der in die Höhle leuchtete, und die beiden Männer krochen genauso hinein, wie wir es gemacht hatten. Grant zog mich näher an sich. So würden wir unsichtbar bleiben, solange keiner der Männer sich entschied, nach oben zu schauen. Zum Glück schienen sie sich auf den Boden und die Wände weiter unten zu konzentrieren.

»Schau mal.« Aus nächster Nähe erkannte ich nun Dentons Stimme. Das Gasthaus hatten die Steuereintreiber verlassen, das Tal aber nicht. »Hier auf dem Boden sind Schleifspuren. Hier war schon jemand.«

»Deswegen ist also nichts hier«, schimpfte Thomas. »Der Scheißkerl hat es vor uns gefunden.«

»Vielleicht«, räumte Denton ein. »Oder es war hier gar nichts zu finden, und er ist zwar vor uns hergekommen, ist aber ebenso wahrscheinlich auch mit leeren Händen wieder weggegangen. Komm schon, es ist beinahe Mitternacht. Warten wir mal ab, ob er sich sehen lässt.«

Das Licht aus Thomas' Taschenlampe erleuchtete die Höhlendecke über unseren Köpfen.

»Und was ist da oben?«, fragte er. Das Licht strich erneut über unseren Köpfen entlang. Denton sprang in die Höhe, aber zum Glück nicht hoch genug, um bis ganz hinten zu uns auf den Felsvorsprung zu schauen.

»Wenn da oben je etwas war, ist es jetzt auch weg«, schimpfte Denton. »Ich hab mir schon ein Loch in die Hose gerissen, als ich aus dem verflixten Fenster im Gasthaus geklettert bin, um der Ortspolizei aus dem Weg zu gehen.«

Die beiden krochen durch die schmale Öffnung zurück ins Freie, und ich hörte, wie sie fluchend am Seil nach unten rutschten. Wir konnten nur hoffen, dass sie kein Werkzeug dabeihatten, um es abzuschneiden, ehe sie fortgingen.

»Lass uns hier weggehen«, sagte Grant. »Ich kriege schon einen Krampf im Bein.«

»Noch nicht gleich«, antwortete ich. »Es klang doch ganz so, als erwarteten sie noch jemanden.« Mit wem könnten sie sich hier treffen? Könnte es Raoul sein? Hatten sie beschlossen, sich zusammenzutun? Doch sicher nicht – ich wüsste nicht, wieso sie sich von irgendwo her kennen sollten. Meine Spekulationen wurden unterbrochen, als draußen vor der Höhle wütende Stimmen laut wurden. Die Felswände rings um uns herum verzerrten die Worte, doch eindeutig waren die Steuereintreiber nicht mit der Antwort zufrieden, die der andere Mann ihnen gab. Es ging immer lauter zu, doch trotzdem konnte ich nicht genau verstehen, worüber sie stritten. Schon bald hörte man die Geräusche einer Rauferei, dann Stille.

Grant bewegte sich, um sein Bein auszustrecken und musste mich um die Taille packen, damit ich nicht vom Felsvorsprung rollte. »Was zum Teufel machen die da draußen?«

»Es schien ein sehr plötzliches Zerwürfnis mit dem anderen Mann zu sein, den sie da getroffen haben«, murmelte ich. »Großer Gott, ich hoffe, die haben nicht einen von der Überwachungstruppe aus Balfour entdeckt, der ihnen gefolgt ist.«

Das ließ uns beide verstummen. Keiner der Leute vom Ort hätte es mit den beiden Männern draußen aufnehmen können.

»Ich glaube, wir sollten einschreiten«, sagte ich. »Was ist, wenn ihnen Frank oder Hunter oder einer von den anderen allein gegenübergetreten ist?«

»Aye, wir müssen es uns wenigstens genauer anschauen.« Grant rutschte zur Kante und schwang die Beine darüber, ehe er nach unten sprang. Er taumelte ein wenig, als sein rechtes Bein unter ihm nachgab, stand dann aber auf und schüttelte es, um wieder Gefühl darin zu bekommen. Als ich mich auf den Weg zur Kante machte, hörte ich draußen vor der Höhlenöffnung ein Scharren. Grant stellte sich rasch mit dem Rücken zur Wand neben den Eingang. Zumindest hätte er so, wenn jemand durch die horizontale Öffnung hereinschlüpfte, die Überraschung auf seiner Seite.

Ich beobachtete alles von meinem Felsvorsprung aus, hockte da wie eine Katze auf dem Zaun, bereit, jederzeit zu springen, falls es nötig war.

Mehr Scharren, und dann kam ein Mann durch die Öffnung und landete mit einem dumpfen Aufprall auf dem Boden. Er regte sich nicht. Grant schaute zu mir hoch, mit der stummen Frage, was wir nun tun sollten. Draußen hörten wir Dentons Stimme: »Komm schon. Das reicht. Der ist hier so gut wie begraben.«

In einiger Entfernung hörte man, wie ein Auto angelassen wurde. Ich sprang von meiner hohen Warte hinunter, um mich zu Grant zu gesellen. Er hatte die Taschenlampe seines Handys wieder eingeschaltet und schaute auf den Mann, der gleich hinter der Öffnung der Höhle lag. Er drehte ihn langsam um, und wir sahen Mick. Sein Mund stand offen, seine Augen waren leblos.

KAPITEL 31

Vorn auf seinem Hemd breitete sich rasch ein roter Fleck aus. Auf dem Hemd, das er vorhin beim Feuer auf dem Hof getragen hatte. Grant drückte die Handfläche darauf und versuchte, den Blutfluss zu stillen. Ich tastete nach Micks Puls, aber da war nichts. Ich legte Grant eine Hand auf den Arm und schüttelte den Kopf. In all den Jahren an vorderster Front hatte ich genug Tote gesehen, um zu wissen, dass für Mick alles zu spät war.

»Es ist vorbei. Du kannst ihm jetzt nicht mehr helfen.« Ich stand auf und bewegte mich ein wenig von diesem grauenhaften Anblick fort. »Er war doch noch so jung«, flüsterte ich und bibberte in der Kälte. Grant umfing mich mit seinen Armen und küsste mich auf den geneigten Kopf.

»Wir hätten früher da runtergehen sollen. Vielleicht hätten wir ihn retten können.«

»Ich wünschte, wir hätten das alles verhindern können«, sagte Grant. »Aber das konnten wir nicht. Wir dürfen jetzt nicht Was-wäre-wenn spielen. Zumindest wissen wir, wo Mick ist. Wären wir nicht hier gewesen, so wäre er einfach verschwunden, und niemand hätte etwas davon gewusst.«

Ich holte tief Luft. »Das ist immerhin ein schwacher Trost.« Die Situation war allerdings schrecklich. Denton und Thomas hatten so schnell getötet und so leichthin. Was hatte das alles zu bedeuten? Ich zitterte wie Espenlaub vor Kälte und Schock.

Grant steuerte mich auf den Höhleneingang zu und sagte: »Komm schon, wir sind hier völlig überfordert. Es ist Zeit, die Polizei hinzuzuziehen.«

In weniger als einer Stunde waren wir mit Bill wieder in der Kiesgrube. Wir hatten es nicht für die ideale Lösung gehalten, beim Polizeirevier anzurufen und eine so bizarre Geschichte zu erzählen, waren also ins Auto gestiegen, hatten die Heizung voll aufgedreht und waren zu Bills Haus am Ortsrand gefahren. Er warf uns einen giftigen Blick zu, doch unsere Einschätzung der Lage hinterfragte er nicht.

Der Fundort der Leiche erwies sich als schwierig, und Bill entschied sich klug, draußen vor der Höhle zu bleiben, bis der Arzt dagewesen war und sich die Sache angesehen hatte. Ich vermutete, das lag zum Teil daran, dass Bill sich nicht sicher war, ob er es durch die schmale Öffnung schaffen würde. Doch er beharrte darauf, dass er nur eine weitere Kontaminierung des Tatorts verhindern wollte. Das war ein kleiner Seitenhieb auf uns, nahm ich an. Dann versuchte er, uns nach Hause zu schicken, doch Grant und ich weigerten uns, und so warteten wir zusammen mit Bill auf Dr. Arya.

»Sind Sie völlig sicher, dass es Mick Stewart ist?«, fragte Bill mindestens zum dritten Mal. Endlich hatte er seine Aufmerksamkeit auf Mick als Hauptverdächtigen gerichtet, und nun war der Mann tot. Ein weiterer Rückschlag in einem Fall, der ohnehin schon nicht besonders gut lief. Nicht, dass ich sehr viel besser vorangekommen wäre, hatte ich doch geglaubt, dass Mick nichts von dem versteckten Geld wusste. Auch ich schien mich geirrt zu haben.

»Wir sind sicher, dass es Mick ist«, sagte Grant.

»Und was zum Teufel hatten Sie hier zu dieser nachtschlafenden Zeit zu suchen?«, wollte Bill wissen.

»Wir haben nach Richard Newtons Geheimversteck gesucht«, antwortete ich ehrlich. »Hunter hat uns erzählt, dass hier ein alter Umschlagplatz der Schmuggler war. Es ist nicht weit von der Jagdhütte, die Newton gemietet hatte, also haben wir gedacht, dass er sich vielleicht entschlossen hat, diese Höhle zu nutzen.«

»Ich wohne schon mein Leben lang hier und wusste nichts davon«, sagte Bill. »Wie soll da ein völlig Fremder wie Newton das herausgefunden haben?«

»Das ist nicht schwer, wenn man die richtigen Fragen stellt«, erwiderte ich. »Hunter hat mir davon berichtet. Als wir heute beim Feuer saßen, hat er den Leuten aus dem Whiskykurs so einiges erzählt. Wenn man Interesse an den alten Schmugglergeschichten zeigt, hört man allerlei.« Es kam mir in den Kopf, dass Newton alle möglichen Geschichten von seinem Angelführer gehört haben könnte. »Ich wüsste zu gern, wer wohl Newtons Ghillie war?«, überlegte ich laut.

»Wenn er angeln wollte, dann war es wahrscheinlich Charlie Stoat«, antwortete Bill. »Der ist der Beste weit und breit.«

»Der von der Abhainn Farm?«, fragte ich.

»Aye, genau der. Der Breac fließt hinten durch sein Anwesen, und er angelt dort seit seiner Kindheit. Beste Lachsgründe südlich der Trossachs, und Charlie ist ein wahrer Meister.«

Charlie und Hunter waren befreundet, und mir kam in den Sinn, dass sie sicher beide dieselben Geschichten über die Schmuggler im Tal gehört hatten. Vielleicht hatte

Charlie sie Richard Newton beim Angeln erzählt. Zum Glück hatte ich ja gerade Charlies Ziegen gehütet. Da schuldete er mir einen Gefallen, wie Hunter sagte, und jetzt stand er ganz oben auf der Liste der Besuche, die ich morgen machen wollte.

»Ich gehe mal davon aus, dass Sie da oben nichts gefunden haben«, meinte Bill und kam wieder auf das fehlende Bargeld zu sprechen.

»Keine Spur. Nur Micks Leiche, die man in die Höhle geschoben hat wie einen Brief in den Postkasten.« Ich spürte, dass mir die Tränen in den Augen brannten. Obwohl Mick nun der Hauptverdächtige für den Mord an Ethan war, konnte ich mich des Gedankens nicht erwehren, was für ein junges Leben da verschwendet worden war. Man hatte Mick zum Schweigen gebracht, als wäre sein Leben rein gar nichts wert – und vielleicht war es das für die Männer im Vergleich zum fehlenden Geld ja auch gewesen.

»Ich glaube, man hat ihn hier erwartet«, sagte Grant. »Denton und sein Komplize haben sich darüber unterhalten, dass sie mit jemandem verabredet waren. Dann tauchte Mick auf, und wir haben gehört, wie sie sich gestritten haben. Plötzlich ist es ganz still geworden, und dann ist Mick hier bei uns in der Höhle gelandet, und die beiden anderen sind abgehauen.«

»Konnten Sie irgendwas von dem Streit hören?«

»Nein, dazu sind die Felswände zu dick.«

»Wir wissen, dass Denton eine direkte Verbindung zu Newton hat«, sagte ich. »Im Allgemeinen werden Fahrer ja ignoriert, aber sie hören eine Menge. Meinen Sie, er könnte belauscht haben, wie Newton jemandem erzählte, wo er das Geld versteckt hat? Er hat vielleicht nichts Genaues gesagt, aber genug, um Denton dazu zu bewegen, mit seinem muskelbepackten Freund nach Balfour zu kommen und hier sein Glück zu versuchen.«

Bill knurrte. »Möglich ist es.« Er schaute mich im trüben Dämmerlicht an. »War Ihnen bekannt, dass Mick und Gordon während ihrer Zeit bei Alliance eine Beziehung hatten?«

»Wirklich?« Ich gab mir alle Mühe, überrascht zu wirken. Grant hatte wohl mein Unbehagen bemerkt, denn er mischte sich ein und wechselte das Thema. »Was glauben Sie denn, was heute hier schiefgelaufen ist?«, fragte er.

»Falls Denton vermutete, dass Mick wusste, wo das Geld ist, der das aber nicht wusste, so wäre er für die beiden eine Gefahr gewesen, sobald sie ihm die Frage gestellt hatten«, schlug ich vor.

»Falls Mick wusste, wo das Geld ist, warum hätte er sich dann die Mühe gemacht, sich an Ethan zu rächen?«, blaffte Bill. »Dann hätte er doch einfach das Geld an sich genommen und sich aus dem Staub gemacht.«

Da hat er wohl recht, das musste ich zugeben. »Sich das Geld zurückholen, das wäre die beste Rache, nicht wahr?«

Nun strahlten die Scheinwerfer von Dr. Aryas Auto über die Lichtung, und Bill ging fort, um den Arzt zu begrüßen, nachdem der seinen Wagen geparkt hatte. Zum Glück beendete das auch jede weitere Diskussion über Micks Beziehung mit Gordon. Irgendwas stimmte hier nicht, mehr noch, irgendwas gefiel mir nicht an der Verbindung zwischen dem fehlenden Geld und dem Wunsch nach Rache, aber ich war zu erschöpft, um das jetzt klarer zu sehen.

»Ich bin hergekommen, um all die Toten hinter mir zu lassen«, sagte ich und lehnte den Kopf an Grants Schulter. »Aber sie folgen mir. Geht von mir irgendeine tödliche Energie aus?«

»Natürlich nicht. Dir liegt einfach was an Menschen. Du gerätst in anderer Leute Angelegenheiten, weil du unbedingt helfen willst. Das bedeutet zwar, dass du oft verletzt wirst, doch es macht dich auch zu einem besseren Menschen als mich, und ich liebe dich dafür.«

Grants Worte überraschten mich. Liebte er mich für das, was ich bin? Oder liebte er mich? Grant schien nicht bewusst zu sein, was er da gesagt hatte, aber jetzt war weder die richtige Zeit noch der richtige Ort, um Näheres herauszufinden.

Wir traten zur Seite und beobachteten, wie Arya sich näherte. Er war ein guter Typ, doch ich vermutete, dass er sich eher ein ruhiges Leben als Landarzt vorgestellt hatte, als er nach Balfour zog. Ein bisschen Arthrose, ab und zu ein Knochenbruch, Grippeimpfungen im Herbst. Und jetzt hatte er es schon mit dem zweiten Mordfall zu tun – und die beiden lagen beinahe genau eine Woche auseinander.

Bill hatte Williams losgeschickt, damit er eine Leiter holte, und Aryas Aufstieg zur Höhle verlief sehr viel einfacher als unserer vorhin. Wir gingen im Kreis herum, um uns warm zu halten, bis er wieder aus der Höhle kam und herunterkletterte, um mit Bill zu reden. Ich vergrößerte meine Kreise, um in Hörweite zu gelangen.

»Unkomplizierte Stichwunde. Blutergüsse im Gesicht und an den Händen. Ich vermute, dass es einen Faustkampf gab, ehe das Messer gezückt wurde. Zehn-Zoll-Klinge, sehr präzise zugestochen. Dank Ihrer Zeugen kennen Sie den Todeszeitpunkt ja schon. Der Gerichtsmediziner kann Ihnen vielleicht mehr sagen, aber von meiner Seite wäre das alles.«

»Gut«, meinte Bill. »Können wir die Leiche bewegen?«

»Das wird schwierig. Ich würde das den Leuten vom Krankenwagen überlassen.«

Arya nickte uns zu, als er an uns vorüberging, machte sich auf zu seinem Wagen und nach Hause zu seinem Bett. Wie hoffnungsvoll hatten Grant und ich den Abend begonnen, doch wieder einmal hatte sich ein Todesschatten über uns gelegt und den romantischen Abend ruiniert.

KAPITEL 32

Der Morgen kam schneller, als mir lieb war. Ich fühlte mich noch ganz steif von all der Kletterei im Dunklen, und fünf Stunden Schlaf hatten gar nicht geholfen. Grant und ich machten uns auf den Weg zum Gasthaus, um der Gruppe die weitere traurige Nachricht zu überbringen. Genau eine Woche nach dem Tag, an dem Ethan ermordet worden war. Wir trafen alle beim Frühstück an, auch Gordon und Patrick, die inzwischen offiziell in den Stag Inn umgezogen waren. Hatte Gordon darauf bestanden, oder war Patrick immer noch pikiert darüber, dass man ihre Behausung ohne vorherige Ankündigung durchsucht hatte?

Die Gruppe nahm Grants Mitteilung mit fassungslosem Schweigen und betretenen Blicken auf.

»Was zum Teufel hatte Mick um diese Zeit noch draußen zu suchen?«, fragte Reg.

»Ich bin mir nicht sicher«, antwortete ich. »Ein paar Wanderer haben ihn gefunden«, fügte ich hinzu und hoffte, dass niemand weitere Einzelheiten wissen wollte. Das würde ich lieber Bill überlassen, und ganz sicher wollte ich nicht gleich verkünden, dass Grant und ich Zeugen des Mordes gewesen waren.

»Ich glaube, diese traurige Nachricht erzähle ich meiner Tante lieber nicht. Das wird sie außerordentlich bestürzen«, sagte Raoul mit gerunzelter Stirn. »Könnten das bitte alle respektieren?«

Zustimmendes Murmeln war zu hören.

»Ist so was in dieser Gegend Schottlands üblich?«, fuhr Raoul fort. »Ich hätte das nicht einmal in einer Großstadt erwartet.«

»Nein«, räumte ich ein. »So was ist überhaupt nicht üblich. Ich nehme an, niemand von Ihnen hat gestern Nacht gehört, wie Mick aus dem Haus gegangen ist?« Fünf Augenpaare schauten mich ernst an. Alle Kursteilnehmer schüttelten den Kopf. Während Grant die Pläne für den Rest des Tages erläuterte, schlüpfte ich in die Küche, um Siobhán und Sheila zu besuchen.

»Großer Gott«, sagte Sheila, als ich ihnen von Micks Tod erzählte. »Nichts für ungut, aber ich glaube, du bist der größte Pechvogel, dem ich je begegnet bin.«

Da musste ich ihr recht geben. Jahrelang hatte ich mich als Journalistin in Situationen gestürzt, in denen der Tod an der Tagesordnung war, und jetzt schien er sich wie ein Makel auch über mein übriges, sogenanntes normales Leben auszubreiten.

»Wie ist Mick gestorben?«, fragte Sheila nun.

»Das muss Bill feststellen.« Ich würde auch hier nicht sagen, dass wir vor Ort gewesen waren.

»Wenn das so weitergeht, habe ich bald keine Gäste mehr.« Siobhán wirkte grimmig, doch ihre Augen verrieten ihre Angst.

»Die Steuereintreiber bist du jedenfalls los«, meinte ich.

»Wäre schön gewesen, wenn sie vorher gezahlt hätten«, grummelte sie. »Zumindest wohnen ja jetzt Patrick und sein Typ hier. Da weiß ich, dass ich mein Geld bekomme.«

»Stimmt. Ich geh mal schnell hoch und lege Patrick eine Nachricht aufs Zimmer, wenn du nichts dagegen hast.«

»Wie du magst. Ich habe die beiden im Zimmer der Steuereintreiber einquartiert.«

Ich war nach oben gegangen, um einen kleinen Entschuldigungsbrief für Patrick hinzulegen. Ich wollte, dass er wieder ins Boot kam, zumindest mit mir redete, damit ich ihn im Blick behalten konnte. Aber mir fielen nicht die rechten Worte ein, und so stand ich mitten in dem Zimmer, das bis vor Kurzem noch Micks Mörder beherbergt hatte, und fühlte mich ausgesprochen unbehaglich.

Ich ging ans Fenster und starrte auf den Fluss hinaus. Laut Hunter war Thomas in der Nacht, in der Ethan ermordet wurde, hier hochgekommen, um eine Landkarte zu holen. Hatte er das wirklich gemacht? Oder war die Landkarte letztendlich nur ein Vorwand gewesen, um nach oben zu gehen? Die beiden Männer hatten Mick ohne jedes Zögern getötet, noch dazu so schnell. Könnte der Mord an Ethan womöglich von Anfang an Teil ihres Plans gewesen sein? Ich hatte die Steuereintreiber zunächst ausgeschlossen, weil ich der Meinung war, sie hätten kein Motiv. Doch ein paar Millionen Pfund – das war durchaus ein Motiv. Ein stärkeres Motiv als die Vermutung, dass Mick eine Art perverser Rache üben wollte.

Hatten Thomas und Denton befürchtet, Ethan könnte das Bargeld vor ihnen finden? Hatten sie versucht, ihn dazu zu bringen, dass er ihnen das Versteck verriet? Hatte Ethan sich an Denton erinnert? Wahrscheinlich hatte er doch den Fahrer seines ehemaligen Chefs gekannt. War vielleicht sogar ab und zu von ihm chauffiert worden. Alles gute Gründe, um Ethan zu töten. Verließen sich Denton und Thomas darauf, dass sich die Ortspolizei nicht die

Mühe machen würde, einen anscheinend offensichtlichen Selbstmord näher zu untersuchen?

Ich ging rastlos im Zimmer auf und ab, schaute auf die paar Habseligkeiten, die Patrick und Gordon von The Haven mitgebracht hatten. Denton und Thomas musste es die Sprache verschlagen haben, als man die Leiche in der Nähe von Abbey Glen gefunden hatte. Sie hatten rasch reagieren müssen, doch einer von ihnen hätte leicht den Abschiedsbrief am Morgen nach dem Mord aus dem Zimmer holen können, so dass die Sache zunächst wie ein Unfall und dann wie Brudermord aussah. Wenn ich recht hatte, dann folgte daraus, dass Mick und Gordon unschuldig waren. Das war die beste Nachricht der Woche.

Ich nahm mir den Schreibblock und den Stift vom Tisch beim Telefon. Ich starrte auf den Briefkopf mit dem Hirsch und war mir nicht sicher, was ich schreiben sollte. »Ich weiß vielleicht, wie wir Gordons Unschuld beweisen können.« Nein, das war zu viel und zu früh. Ich schaute auf den Block in meiner Hand und sah den Abdruck der Worte, die als Letztes darauf geschrieben worden waren. Etwas, das die früheren Bewohner des Zimmers geschrieben hatten? Ich würde einen Bleistift brauchen, um die Wörter sichtbar zu machen, aber es war keiner zur Hand. Meine Gedanken rasten. Es geschah einfach zu viel und zu schnell. Ich brauchte Zeit zum Nachdenken. Ich steckte den Block in die Tasche, schlüpfte zur Hintertür hinaus und eilte vom Gasthaus fort.

Auf meinem Weg über den Anger zur High Street erblickte ich Michaelson, der mit einem Kaffee zum Mitnehmen vor der Chocolate Bar saß. Bill hatte ihn wohl wegen Mick angerufen. Ich freute mich, ihn zu sehen. Wir hatten nun schon bei vier Fällen miteinander zu tun gehabt, und ich hatte das Gefühl, dass wir Respekt für die Begabungen und Methoden des jeweils anderen entwickelten. Selbst aus einiger Entfernung sah ich, dass da jemand telefonisch zur Schnecke gemacht wurde. Michaelson schaute finster drein, hatte die Stirn gerunzelt.

Ich überquerte die Straße, ging rasch in die Bar, bestellte mir einen Kaffee und lieh mir einen Bleistift aus. Ich schummerte in weichen Linien über den Block in meiner Hand und sah zu, wie die letzten Worte auftauchten, die jemand auf dem Blatt davor geschrieben hatte.

Triff mich um 9 Uhr an der Kiesgrube bei der Upland Road. Gordon.

Ich stieß lange und langsam den Atem aus. Hatte man mit dieser Nachricht Mick gestern Nacht zum Kieswerk gelockt? Das würde für Gordon schlecht aussehen – wenn es denn Gordon gewesen war, der diese Nachricht geschrieben hatte.

Draußen vor dem Fenster sah ich, dass Michaelson sein Gespräch beendete, und trat rasch aus der Tür, um ihn zu erwischen, ehe er mir entkommen konnte.

»Alles in Ordnung?«, fragte ich, als ich mich zu ihm gesellte.

Michaelson schnaufte nur.

»Diesen Blick haben Sie sonst immer, wenn ich etwas gemacht habe, das Sie für unglaublich dumm halten«, lieferte ich ihm das Stichwort.

»Ich denke, nicht mal Sie würden so was machen.«

»Herzlichen Dank. Was ist los?«

Michaelson zog ein Päckchen Zigaretten aus der Tasche, zündete sich eine an und nahm einen langen, gierigen Zug, ehe er antwortete. Das musste eine größere Sache sein.

»Ich erwarte einfach von unserer Toxikologie, dass sie nicht nachlässig arbeitet. Da gibt es keine Entschuldigung.«

Mich packte der Wagemut. »Sie haben übersehen, dass man Ethan Buchanan sediert hat, ehe er ertränkt wurde?«

Michaelson sackte auf seinem Stuhl zurück und warf mir einen angewiderten Blick zu. »Das haben Sie hoffentlich geraten, sonst müsste ich Sie wegen Behinderung der Justiz drankriegen.«

»Wild drauflosgeraten«, gestand ich ihm. »Ich hatte mich gefragt, wie jemand Ethan umbringen konnte, ohne dass man in der Bar unten einen Kampf, ein Handgemenge, irgendwas gehört hat. Ganz zu schweigen davon, dass der Mörder dabei wahrscheinlich nass geworden wäre.«

Michaelson nickte. »Seine Ehefrau hat erklärt, dass er Antidepressiva nahm und wahrscheinlich noch ein Antihistamin, weil er allergisch auf Heidekraut war.«

»Und im Labor haben sie das nicht rausgefunden?«

»Ja und nein. Es war ein Tippfehler bei der Menge Antihistamin im Blut.«

»Also mehr als die übliche Dosis?«

»Erheblich mehr.«

»Dr. Arya hat mir Anfang der Woche gesagt, dass ich das Antihistamin besser nicht mit Alkohol mische. An dem Abend, an dem Ethan gestorben ist, ist der Whisky nur so in Strömen geflossen. Würde das reichen, um ihn lahmzulegen?«

»Normalerweise nicht, aber das hier war eine Riesenmenge Antihistamin.« Michaelson schüttete ein weiteres Tütchen Zucker in seinen Kaffee.

»Dann glauben Sie, der Mörder hat dafür gesorgt, dass er eine Extraportion bekam?«

»Mit Ihnen bespreche ich das nicht.«

»Das machen Sie doch irgendwie schon«, konterte ich. Ich nippte an meinem Kaffee und dachte über meine eigene Arznei gegen die Allergie nach. »Das Zeug, das ich nehme, ist sehr bitter. Wie könnte man Ethan dazu bringen, dass er eine Extraportion nimmt, ohne es zu merken? Man müsste es in etwas Saurem, Bitterem verstecken – zum Beispiel Kaffee«, sagte ich und erhob meine Tasse.

»Darauf war ich auch schon gekommen«, knurrte Michaelson. »Und Ihnen ist klar, dass dies nur die Wahrscheinlichkeit erhöht, dass zwei Leute beteiligt waren. Einer, der ihm was ins Getränk kippt, und einer, der ihn umbringt.«

»Und Sie denken immer noch, es waren Gordon und Mick?«

»Wenn ich euch Leuten glauben kann, war Mick der Einzige, der in der Mordnacht vor Owen nach oben gegangen ist, aber darüber hinaus – kein Kommentar. Ich mache hier keine Spielchen, Sie sind mit den relevanten Parteien viel zu eng verbandelt.«

»Mick war nicht der Einzige, der nach oben gegangen ist. Der Kerl, den wir Thomas nennen, ist auch kurz rauf. Ich hatte bisher nicht geglaubt, dass er ein Motiv hatte, doch nach gestern Nacht denke ich, dass man ihn genauer unter die Lupe nehmen sollte. Wir wissen, dass er nicht vor einem Mord zurückschreckt, das haben wir gesehen, und ein Haufen Geld scheint mir ein besseres Motiv zu sein als Rache für den möglichweise kleinen Anteil, den Ethan vielleicht am Debakel von Newton Financial hatte.«

»Wenn es etwas oder jemanden unter die Lupe zu nehmen gibt, dann machen *wir* das, nicht Sie.«

Ich spreizte die Finger und schaute ihn ernst an. »Ich versuche nicht, mich in Ihre Ermittlungen einzuschalten. Ehrlich nicht. Aber haben Sie einmal in Erwägung gezogen, dass jemand Gordon die Sache angehängt haben könnte? Ja, man hat den Abschiedsbrief in seinem Notizheft gefunden, aber selbst Sie müssen doch zugeben, dass man ihm den untergeschoben haben könnte. Haben Sie sonst irgendwas Schlüssiges gefunden, das auf Gordon hinweist?«

Michaelson rauchte seine Zigarette zu Ende und drückte sie an der Wand neben sich aus, ehe er den Stummel in den Rinnstein schnippte. »Mick Stewart hatte einen Zettel in der Tasche, auf dem ihn Gordon bittet, sich mit ihm bei der Kiesgrube zu treffen.«

»Aber da hat er nicht Gordon angetroffen, oder?« Ich holte tief Luft und reichte Michaelson den Block, den ich gerade mit Bleistift übermalt hatte. »Denton und Thomas haben das hier in ihrem Zimmer zurückgelassen.«

Michaelson hielt das Blatt schräg ins Licht und las die Nachricht.

»So sieht das also aus, wenn Sie sich nicht einmischen, ja?«

»Reiner Zufall. Ich wollte Patrick in seinem Zimmer im Golden Stag eine Nachricht hinterlassen, und da habe ich die Abdrücke bemerkt. Ich dachte, das könnte von Bedeutung sein.«

»Aber Sie haben es uns nicht gebracht.«

»Ich hab's eben erst gefunden, und Sie haben es ja jetzt. Ich verberge nichts.«

Michaelson stützte die Stirn in die Hand. »Bill hat das Zimmer durchsuchen lassen, aber denen ist das nicht aufgefallen.«

»PC Williams ist enthusiastisch, doch ihm fehlt die Erfahrung«, sagte ich. »Haben Sie Gordon wegen der Nachricht schon befragt?«

»Ich habe gerade erst mit ihm gesprochen. Er leugnet, sie geschrieben zu haben.«

»Na, da haben Sie's.«

Michaelson legte eine Pause ein, als einer der Ortsbewohner aus dem Café trat. »Wieso sollten Denton und Thomas denn Gordon dazu benutzen, um Mick zur Kiesgrube zu locken?«

»Ist Ihnen mal der Gedanke gekommen, dass Denton und Thomas vielleicht versucht haben, Mick den Mord an Ethan anzuhängen?« Plötzlich wurde mir klar, dass ich gestern Nacht genau das nicht auf die Reihe bekommen hatte. »Thomas hat mit Mick und Gordon bei Alliance gearbeitet. Da wusste er wahrscheinlich, dass die beiden eine Zeit lang was miteinander hatten. Wenn er Gordon den Abschiedsbrief unterschob, wäre das ein Fingerzeig auf Mick. Die Polizei wusste, dass Mick in der Mordnacht nach oben gegangen war – er hatte also die Gelegenheit gehabt, Ethan zu töten, und Bill war ja auch im Gasthaus gewesen und hatte ihn erneut befragt.«

»Sie wollen also sagen, dass Thomas und Denton Mick die angeblich von Gordon stammende Nachricht geschickt haben und ihn dann bei der Kiesgrube abfangen wollten.«

Zumindest verwarf Michaelson den Gedanken nicht sofort. »Warum nicht? Wäre alles nach Plan verlaufen, so wäre Mick einfach spurlos verschwunden. Dann hätten alle angenommen, er wäre abgehauen, weil er der Schuldige war. Und ohne weitere Beweismittel … Fall abgeschlossen.«

Michaelson schwieg. Ich merkte, dass er ernsthaft über meine Theorie nachdachte. »Ich sage nicht, dass Sie recht haben, aber ärgerlicherweise haben Sie auch nicht unrecht.«

»Ich meine ja nur, dass Sie drüber nachdenken sollten. Ihr Fall. Ihr Auftritt.«

»Sagt ausgerechnet die Frau, die gestern Nacht in einer Höhle versteckt war und zugeschaut hat, wie ein Mord geschehen ist. Warum genau waren Sie eigentlich dort?«

»Grant und ich versuchen, die Stellen abzuklappern, wo Newton einen Teil seiner Beute aus den Finanzbetrügereien versteckt haben könnte. Ich war davon ausgegangen, dass die anderen das auch vorhatten. Sie schienen enttäuscht zu sein, als die Höhle leer war.«

Ich merkte, dass Michaelson das überdachte. »Bill hat mir gesagt, die neueste Theorie sei, dass Richard Newton sein Geld irgendwo in der Nähe der Jagdhütte versteckt hat, wo Sie Denton und seinen Kumpel zum ersten Mal getroffen haben.«

»Die Jagdütte war die offensichtliche Wahl. Newton hat dort in den letzten Jahren einige Male gewohnt. Weiß Gott haben jede Menge andere Leute diese Idee auch schon gehabt. Sie haben dort alles auf den Kopf gestellt, wie Grant und ich das auch gemacht haben, und wir haben nichts gefunden. Nichts außer einem geschnitzten Schild mit der Aufschrift ›Smuggler's Hole‹. Zunächst dachte ich, das sei nur der Name der Jagdhütte, doch dann habe ich herausgefunden, dass Newton das Schild beim Baumarkt vor Ort in Auftrag gegeben hat.«

»Warum denn das?«

»Vielleicht irgendein Privatwitz. Oder ein Hinweis für jemanden, den er hier hergeschickt hat, um das Bargeld abzuholen, als er nicht mehr selbst kommen konnte.«

»Denton hätte er doch sicher nicht geschickt, Ethan Buchanan eigentlich auch nicht.«

»Ich hätte vermutet, die Ehefrau wäre die logische Wahl, aber das wäre unmittelbar nach dem Verfahren zu kompliziert gewesen. Clarissa Newton kann dieser Tage ja nirgendwo hingehen, ohne dass ihr die Presse dicht auf den Fersen ist«, merkte ich an.

»Vielleicht hat die Ehefrau jemanden geschickt, um das Geld zu holen.«

Ich beugte mich über den Tisch. »Genau mein Gedanke. Und wir wissen, dass Raouls Mutter Maria seit Schulzeiten Clarissa Newtons beste Freundin ist.«

»Und Sie glauben, Raoul und seine Tante helfen vielleicht Clarissa Newton, das Geld zu finden?«

»Das ist so sinnvoll wie alles andere in diesem Schlamassel.«

»Es scheint mir aber ziemlich unwahrscheinlich, dass die beiden hier genau zur selben Zeit auftauchen wie Ethan Buchanan.«

»Ich würde sagen, das ist kein Zufall. Raoul und Elena haben erst auf diesen Kurszeitraum umgebucht, *nachdem* Ethan sich eingeschrieben hatte.«

»Die beiden sind ihm also gefolgt?«

»Vielleicht fürchteten sie, er hätte erraten, wo das Geld ist. Sie wollten ja nicht, dass er es vor ihnen finden würde.«

Michaelson zündete sich eine weitere Zigarette an. Ich hatte den Ärmsten schon wieder aus dem Gleichgewicht gebracht. »Wissen die, dass Sie das alles wissen?«

»Nein.«

»Dann sorgen Sie dafür, dass das auch so bleibt. Ich lasse unsere Jungs mal nachschauen, wie und wann Raoul und Elena ins Land gekommen sind und ob sie Kontakt zu Clarissa Newton hatten.«

»Laut Vicky Buchanan hat man Clarissa Newton zuletzt in einer Reha-Klinik bei London gesehen. Vielleicht würde es sich lohnen, Vicky mal zu fragen, was sie dazu zu sagen hat.«

Michaelson grunzte. Ich merkte, dass inzwischen seine Gedanken mit etwas anderem beschäftigt waren.

»Wie zum Teufel kann ein Typ aus der Großstadt wie Newton überhaupt was über die Schmugglerverstecke hier in der Gegend rausgekriegt haben?«

»Ich tippe auf Charlie Stoat, seinen Angelführer. Ich rede später am Morgen mal mit ihm. Ich würde gern herausfinden, ob er sich noch erinnert, welche Geschichten er Newton so erzählt hat. Vielleicht kann er uns einen Hinweis darauf geben, wo sonst er versucht haben könnte, seine Beute zu verstecken.«

»Ich dachte, Sie wollten mir und Bill diese Sache überlassen?«

»Die Ermittlung wegen der Morde sehr gern. Hier geht es ums Geld.«

Michaelson schüttelte den Kopf. »Halten Sie sich einfach aus allen Schwierigkeiten raus und lassen mich wissen, ob Sie was hören, das für meine Mordermittlung relevant sein könnte.«

Ich spürte, wie erfreut Michaelson darüber war, dass ich mich aus seiner Arbeit raushielt, aber wenn man bedachte, dass jemand ja bereit gewesen war, wegen des Geldes einen Menschen umzubringen, hätte er sich vielleicht mehr Sorgen machen sollen.

KAPITEL 33

Gleich nach dem Frühstück hatte man die Whiskykursleute zur Abhainn Farm hinaufgefahren, und ich folgte ihnen in Hope. Auf dem Rücksitz hatte ich vier alte Duschvorhänge ausgebreitet, die ich im Schuppen gefunden hatte, und Liam hatte mir dabei geholfen, vier der Ziegen dort hinten einzuladen, ehe er selbst auf dem Beifahrersitz Platz nahm und den Kopf aus dem Fenster streckte. Ich konnte ihm das nicht verübeln, denn der Gestank war überwältigend. Allgemeines Eau de Ziege und dazu noch ein Hauch von Köteln. Da hatte anscheinend jemand ein bisschen Reisekrankheit. Aber ich rechnete fest damit, dass der Geruch sich schnell verziehen würde, sobald wir unsere Gäste und die Plastikfolien in Abhainn ausgeladen hatten. Die restlichen Ziegen würde ich Hunter und Charlie überlassen. Vier waren mehr als genug, um meine Gegenwart auf dem Hof zu rechtfertigen, und sie boten mir einen guten Vorwand für ein Schwätzchen mit ihrem Besitzer.

Als ich auf der Farm ankam, standen Hunter und Charlie hinter der Scheune, rauchten eine und lachten.

»Ich habe ein Geschenk mitgebracht.« Ich deutete auf den Rücksitz meines Mini Cooper.

»Großer Gott, da sind doch nicht etwa alle drin?«, fragte Charlie.

»Nein, nur die ersten vier, die Liam und ich reinzwängen

konnten. Ich glaube, sie wären glücklicher, wenn sie nicht im Auto wären.«

Charlie eilte sofort zum Wagen und machte die hintere Tür auf. Meine vierbeinigen Gäste purzelten beim Aussteigen nur so übereinander, und Charlie trieb sie zu einem Pferch neben der Scheune. Liam machte mit, doch diesmal aus sicherer Entfernung.

»Wo sind die Jungs vom Kurs?«, fragte ich Hunter.

»Auf dem Feld, ein bisschen Gerste ernten.«

»Von Hand? Wirklich nett, da bringt ihr sie zu einem ganz besonderen Ausflug mit, und jetzt lasst ihr sie schuften.«

»Aye, und Patrick knöpft ihnen für das Vergnügen auch noch Geld ab«, sagte Hunter mit einem Augenzwinkern. »Ist das Leben nicht wunderbar?«

In einiger Entfernung sah ich ein paar Gestalten, die gebeugt auf dem Feld standen, Gerste schnitten und in einem großen Korb sammelten.

»Wenn sie damit fertig sind, zeigen wir ihnen, wie das Korn vom Halm gedroschen wird«, meinte Hunter. »Außerdem tut es ihnen gut, wenn sie sich heute nach der letzten Runde schlechter Nachrichten mal körperlich anstrengen.« Er presste die Lippen zu einem schmalen Strich zusammen. »Ich mochte Mick. Er war ein guter Typ. Was zum Teufel hatte er da draußen bei der Kiesgrube vor?«

»Das kann ich auch nur raten.«

»Hast du ihm von der Höhle erzählt, nachdem ich sie erwähnt hatte?«, fragte Hunter.

»Natürlich nicht. Es sieht so aus, als wären Leute wegen einiger Geschichten dort gewesen, die sie von Richard Newton gehört hatten.«

»Von dem Verrückten, der Floss übers Ohr gehauen hat?«, fragte Charlie, der gerade mit Liam zurückkam.

»Genau von dem. Sie haben doch mal den Angelführer für den gespielt?«, fragte ich.

»Beinahe jedes Mal, wenn er hier war. Der war völlig verrückt aufs Angeln. Allerdings hat er sich zu blöd angestellt, aber er ist gern immer wieder an den Fluss gekommen, weil es hier so viele Fische gibt, dass sie einem praktisch von allein in den Kescher springen.«

»Aber er wusste nicht, dass es am Fluss und an dir lag und nicht an seinen eigenen Angelkünsten?«, fragte Hunter.

»Nö, der hat gesagt, der Breac wäre sein Glücksfluss. Deswegen ist er immer wiedergekommen. Und ich werd' den Teufel tun und zu einem Typen Nein sagen, der so gut zahlt.«

Das erklärte natürlich, warum Newton der Jagdhütte im Tal so treu geblieben war.

»Haben Sie je mit ihm über die Geschichte des Tals geredet?«, erkundigte ich mich.

»Meistens haben wir übers Angeln gesprochen, aber jetzt, wo Sie's sagen, er hat sich gegen Ende sehr für die Whisky-Schmuggler interessiert. Wenn ich damals gewusst hätte, was für ein Scheißkerl das war, ich hätte ihm gesagt, dass er bloß abhauen soll.«

Ich wollte nicht gleich damit rausplatzen, dass vielleicht ein Teil von Floss' Geld hier irgendwo versteckt war, sonst wäre im Nu der ganze Ort auf den Beinen gewesen wie Kinder bei der Schnitzeljagd, und jeder Stein würde umgedreht. »Was für Geschichten haben Sie ihm denn erzählt?«, fragte ich.

»Ach, was mir gerade so eingefallen ist«, antwortete Charlie. »Wir haben über die Höhlen am Drumlinn und die Gänge und Tunnel gesprochen und die Priesterverstecke in den Häusern am Ort. Und ich habe ihm von den Silbersachen erzählt, die Sie in Ihrem Haus gefunden haben.«

»Haben Sie auch die Höhle bei der Kiesgrube erwähnt?«

»Kann schon sein. Ich weiß es aber nicht mehr genau.«

»Und was ist mit dem Kreuz beim Rebel's Run?«

»Aye. Das ist ne tolle Geschichte. Die hab ich ihm bestimmt mal erzählt.«

»Ich hab die noch nie gehört. Ist das eine wahre Geschichte oder nur was, das man sich am Kaminfeuer erzählt?«

»Doch, die ist wahr«, erwiderte Charlie. »Rebel's Run ist ein Felsspalt in einer Wand am anderen Ende des Tals. Da ist das Wasser jahrhundertelang von den Bergen runtergelaufen und hat eine Art natürliche Rutsche vom Berg nach unten bis zu den Feldern geschaffen, schnurgerade und glatt. Die Schmuggler haben die Whiskyflaschen in Wolle gewickelt, in Kisten gepackt und über diese Rinne zu ihren Komplizen runtergleiten lassen. Das hat ihnen beinahe eine Tagereise eingespart, und sie konnten so auch den Behörden leichter aus dem Weg gehen.«

»Das ist aber nicht lange gut gegangen«, warf Hunter ein.

»Stimmt. Die Steuereintreiber haben's rausgekriegt und haben eines Nachts dort auf die Jungs gewartet und sie alle niedergemetzelt. Sechs gute Männer – Ehemänner, Väter, Brüder, alle tot. An die fünf Jahre später haben sie dort das Rebel's Cross errichtet, und im Sockel haben die Leute vom Ort einen Lagerraum eingebaut, in dem man Schmuggelware aufbewahren konnte, wenn man wusste, wie man ihn öffnet. Damit haben sie denen, die unsere Jungs umgebracht haben, eins ausgewischt. Die haben das nie rausgekriegt.«

»Wissen Sie, wie das funktioniert?«

»Mein Dad hat's gewusst.«

»Und der hat's Ihnen erzählt?« Ich gab mir redlich Mühe, ehrfurchtsvoll und aufgeregt zu schauen.

Charlie zwinkerte mir zu und grinste. »Könnte schon sein.«

»Und haben Sie es Richard Newton erzählt?«

»Weiß ich nicht mehr so genau, aber ich glaube nicht, dass es ihn sehr interessiert hat.«

Vielleicht mehr, als Charlie vermutete. »Hat er sich für eine bestimmte Geschichte besonders erwärmt?«

»Für keine mehr als für die anderen. Wieso?«

»Nur so. Können Sie mir sagen, wie man das Steinkreuz öffnet?«

Charlie rückte näher und flüsterte: »Es ist an den Kreuzarmen – rechts, da ist ein kleiner Hubbel im Stein. Man würde den da nie vermuten, wenn man nicht danach sucht. Da muss man draufdrücken, und dann öffnet sich mitten am Kreuz was. Und da drin ist ein kleiner Hebel.«

»Wie bei mir im Kamin in The Haven«, sagte ich zu Hunter.

»Aye.«

»Daran zieht man, und dann gleitet wie durch Zauberhand einer der Steine unten im Sockel zur Seite. Wir haben als Kinder früher oft da gespielt.«

»Dann funktioniert es noch immer?«

»Ich war jetzt jahrelang nicht mehr dort, wüsste aber nicht, warum das nicht mehr so sein sollte.«

Noch eine Stelle, die ich mit Grant überprüfen musste. Hoffentlich würde es diesmal keine Leichen dabei geben.

Nun trat Cam zu uns. »Die Jungs sind ein bisschen unruhig«, sagte er. »Die Nachricht von Mick hat sie alle ziemlich aus dem Lot gebracht.«

»In Ordnung, bring sie her. Wir gehen rein und dreschen, und dann geht's zurück nach Abbey Glen«, antwortete Hunter.

Ich schaute über das Feld, wo Reg und Phil beieinanderstanden und die Hände in die Hüften gestemmt hatten. Micks Tod musste ein harter Schlag für sie und ihre Pläne sein. Gordon spielte gedankenverloren mit den Blättern an einer Gerstenpflanze und zerpflückte einige davon. Wie er sich wohl fühlte? Mick war eine Zeit lang sein Liebhaber gewesen, und vielleicht war er auch jetzt noch sein Komplize. Unsere Gruppe schmolz rasch dahin. »Wo ist Raoul?«, fragte ich Cam.

»Er hat gemeint, er müsse sich die Beine vertreten. Zuletzt habe ich ihn gesehen, wie er sich auf dem Hof bei den Tieren umgeschaut hat.«

»Wir wollen alle beieinanderhalten«, sagte ich. »Wenn wir weiter in diesem Tempo Kursteilnehmer verlieren, wirkt sich das sicher auf unsere nächsten Anmeldungen aus.«

»Aber Marchbanks heute Nachmittag steht noch auf dem Plan?«, fragte Cam.

»Ich denke, wir sollten das machen«, antwortete ich. »Wir können die Leute doch nicht den ganzen Nachmittag rumsitzen und Trübsal blasen lassen. Von Oliver bekommen sie jede Menge Whisky zu verkosten. Das sollte sie ein bisschen aufmuntern oder zumindest den Schmerz betäuben.«

»In Ordnung.« Cam machte sich auf den Weg, um seine Schützlinge zusammenzutrommeln.

Ich war versucht, gleich zum Rebel's Cross hochzufahren, um zu sehen, ob dort das verborgen war, was wir suchten. Doch als wir uns dem Auto näherten, klingelte mein Handy. Auf dem Display war Nell Fergusons Nummer zu sehen.

»Passt es gerade nicht, meine Liebe? Diese Mobildinger sind ja ganz nützlich, aber man weiß nie, ob man nicht jemanden bei Gott weiß was erwischt.«

»Nein, alles gut. Wie geht es dir?«

»Danke, sehr gut, aber ich fürchte, ich habe gerade einen von deinen kleinen Freunden zu Besuch.«

»Einen von den Whisky-Leuten?«, fragte ich und schaute zu der Gruppe hinüber, die sich inzwischen um Hunter versammelt hatte. Ich zählte schnell durch – da musste sie sich irren.

»Nae, Mädel«, erwiderte Fergie und kicherte. »Einen von deiner Seniorenherde.«

»Tut mir leid. Ich habe keine Ahnung, wie das wieder passiert ist.« Ich stieg ins Auto. »Ich bin gleich bei dir.« Das Kreuz musste wohl warten.

Ich fuhr zurück durch das Tal und die Upland Road hinunter zu Nell Fergusons Cottage am Ortsrand. Fergie, wie alle hier sie nannten, war knapp neunzig und die Adoptivoma des halben Städtchens.

Auf mein Klopfen hin passierte nichts, und so machten Liam und ich uns auf den Weg zum Garten hinter dem Häuschen. Wie üblich werkelte Fergie dort, zu ihren Füßen einen Korb voller Rosen. Sie lächelte, als sie mich erblickte. »Hast du Zeit für eine Tasse Tee?«

»Ja. Lass mich den zubereiten«, antwortete ich. »Das ist das mindeste, nachdem wieder einmal ein verirrtes Schaf aus meinem Clan in deinen Garten eingedrungen ist. Soll ich den kleinen Mistkerl gleich wegholen?«

»Nicht nötig. Der ruht sich gerade aus. Hat sich den Bauch vollgeschlagen, ehe ich ihn aufhalten konnte, und jetzt schläft er.«

»Wo ist er denn eingedrungen?«

»Ins Gewächshaus hinten, aber kein Grund zur Sorge.«

Mir war nicht klar gewesen, dass es hinten auf dem Grundstück noch ein Gewächshaus gab. Doch als ich näher hinschaute, sah ich die Metallkonstruktion, die zum größten Teil von einer schattigen Hecke und einer niedrigen Steinmauer verborgen war.

»Was baust du denn da an?«

»Ich gar nichts. Ich habe mit meinen paar Blümchen genug zu tun. Floss und Lady Liz bauen da ihre Kräuter und Heilpflanzen an.«

Da ich wusste, was für Heilpflanzen das waren, machte ich mir um die alte Dame Sorgen. »Du solltest vorsichtig sein«, meinte ich.

»Vorsichtig sein, das ist die reine Verschwendung. Ich bin viel zu alt, um noch jung zu sterben, und ich sterbe lieber glücklich.« Sie zwinkerte mir zu.

»Und du bist glücklich?«

»Ich bin zufrieden, meine Liebe. Sehr zufrieden. Manchmal ein bisschen einsam, aber wer ist das nicht. Ich habe meinen Ehemann und viele meiner Altersgenossen überlebt, aber ich hab immer noch Spaß und lerne sogar neue Freunde kennen.« Sie streckte den Arm zu mir aus und tätschelte mir die Hand.

»Aber trotzdem solltest du vorsichtig sein. Ich möchte nicht, dass hier jemand rumschnüffelt und dir Probleme bereitet.«

»Ich mache mir keine Sorgen. Die Leute bemerken einen gar nicht mehr, wenn man alt ist. Sie schauen durch einen durch – und meistens sehen sie ohnehin nur, was sie sehen wollen. Außerdem würden sie, wenn sie jemanden suchen, der Gras anbaut, wohl eher bei dem oben am Berg nachschauen, nicht?«, meinte sie und wedelte mit ihrer knotigen Hand in Richtung Fell Farm weiter oben am Hang. »Dieser junge Mann, so stellen die sich doch einen vor, der mit Gras dealt. Vielleicht haben sie recht, vielleicht auch nicht, aber auf mich schauen sie nicht. Deswegen mache ich jetzt, was ich will. Man kann doch nicht alle Regeln befolgen, besonders wenn die so sinnlos sind. Diese Heilpflanzen sind mir eine große Hilfe gegen meine Arthritis. Ich kann dir gar nicht sagen, wie viel besser es mir geht.«

Ich musste lachen.

»Zumindest ein Teil vom Älterwerden macht Spaß.« Sie zwinkerte mir wieder unter ihren weißen Ponyfransen hervor zu. Sie hatte recht. Niemand würde es wagen, sie zu verdächtigen.

»Und mein Bursche hat sich über diese reiche Ernte hergemacht, was?«

»Das wird ihm nicht schaden«, sagte Fergie beharrlich. »Nachbars Katze kommt auch immer. Dein Kleiner macht ein schönes Nickerchen hinten im Garten.«

Ich konnte in einiger Entfernung einen sahneweißen Wollklecks ausmachen und zwei Hufe, die in der Luft wedelten. Er schwebte im Traum weit über den Wolken.

Ich bereitete in Fergies Küche den Tee zu, während sie

die Rosen in eine Vase stellte. Auf ihr Drängen holte ich noch ein Päckchen Hob Nobs aus dem Schrank und folgte ihr zu zwei Korbstühlen, die auf der Terrasse standen. Liam kam mit und setzte sich zwischen uns, um in Sachen Kekse auf Nummer sicher zu gehen.

»Schon Glück bei der Mörderjagd gehabt?«, fragte Fergie und kam gleich zur Sache.

Ich hatte es längst aufgegeben, bei ihr um den heißen Brei herumzureden. Sie durchschaute einen sofort, und alle wussten und respektierten, dass sie stets das Kind beim Namen nannte. Ehrlich gesagt, sie war genau die richtige Person, mit der man Probleme besprechen konnte. »Der Mord an Ethan Buchanan ist eine komplizierte Sache«, erwiderte ich ihr. »Und jetzt haben wir einen zweiten.«

»Was du nicht sagst.« Fergie sah ganz so aus, als hätte ihr diese neue Nachricht mehr Energie verliehen als das Koffein.

»Ich weiß, dass das schon bald mit dem Dorfklatsch die Runde machen wird, wäre dir aber dankbar, wenn du nicht auch noch Öl in die Flammen gießt.« Ich hoffte, dass das nicht zu unhöflich geklungen hatte.

»Ich schweige wie ein Grab. Wie ist der Ärmste denn umgekommen?«

»Erstochen.«

»Der arme Kerl.«

Fergie schien eher fasziniert als verstört zu sein.

»Und wissen wir, wer ihn erstochen hat?«, fragte sie.

»Ja, und jetzt muss Bill die Leute schnappen, aber er und DI Michaelson haben die Sache bestens im Griff.« Das hoffte ich zumindest.

»Und was machst du?«

»Ich versuche rauszukriegen, warum das passiert ist. Eine Geschichte voller Rache und Habgier.«

»Wie alle Geschichten, die einen Pfifferling wert sind«, merkte Fergie an.

»Immer dem Geld folgen, wie man so sagt.«

»Und wo ist das Geld?«

»Das ist die Frage aller Fragen. Wir glauben, dass dein alter Freund Richard Newton vielleicht einen Teil seiner unrechtmäßig erworbenen Beute irgendwo hier in der Nähe versteckt hat.«

»Der ist kein Freund von mir«, grummelte Fergie. »Und auch nicht von sonst jemandem hier in der Gegend. Er ist in den Ort gekommen, allerdings nicht oft. Ich habe einmal im Baumarkt mit ihm geredet. Er hat mich an einen dieser schnell quasselnden Vertretertypen erinnert, die früher ins Haus gekommen sind, um einem Sterbeversicherungen anzudrehen.«

»Lebensversicherungen?«

»Nein, diese Dinger, die das Begräbnis bezahlen. Ich hab mir immer gedacht, dass das nun wirklich nicht mehr mein Problem wäre, wenn ich mal dieses Leben los bin. Aber ich habe ein bisschen Geld in einen dieser Fonds von Newton Financial investiert. Allerdings nicht viel. Das ist wie beim Glücksspiel, denke ich. Man sollte nie mehr hinlegen, als man sich zu verlieren leisten kann.«

»Sehr klug. Andere hatten nicht so viel Glück.«

»Wie geht es eigentlich deinem jungen Mann?« Jetzt schwenkte Fergie von Mord zu ihrem Lieblingsthema. Sie hatte Grant und James praktisch großgezogen, nachdem deren Mutter gestorben war, und sie war hocherfreut darüber, dass Grant und ich eine Beziehung begonnen hatten. Ich lebte in der ständigen Angst, sie zu enttäuschen, falls die Sache schiefging. »Dem geht's gut«, antwortete ich. Sogar ich merkte, dass das ziemlich lahm klang.

»Immer noch so mies gelaunt wegen seiner Nase?«

»Ich kann es ihm nicht verübeln«, sagte ich. »Es ist ein verteufelt großes Problem.«

»Ich garantiere euch, das wird sich alles von allein geben, schneller, wenn er sich nicht mehr drum sorgt, und wenn nicht, dann sollte er nicht die Zeit, die er mit dir verbringt, mit übler Laune verschwenden und schmollen wie ein beleidigter Teenager. Er war als Junge ganz schön störrisch. Ich musste ihn mir oft vorknöpfen und ihm eine gehörige Standpauke halten.«

»Ich bin mir nicht sicher, ob er das von mir zu schätzen wüsste.«

»Bestimmt nicht. Aber ab und zu muss uns mal jemand die ungeschminkte Wahrheit sagen. Der wird nie im Leben was Besseres als dich finden. Dein Onkel Ben und ich, wir wussten das von Anfang an.«

Ich schaute Fergie aus dem Augenwinkel an und bemerkte ein kleines spitzbübisches Lächeln. »Warum habe ich bloß das Gefühl, das Opfer eines ausgeklügelten Heiratsplans zu sein, den ihr beide ausgeheckt habt?«

»Doch nicht das Opfer, die Nutznießerin«, sagte Fergie mit Bestimmtheit. »Ihr beide müsst euch jetzt ein bisschen ranhalten, wenn ihr Kinder kriegen wollt, solange ihr noch jung genug seid, um hinter ihnen herzujagen. Ich könnte das nicht mehr.«

Mir schossen Tränen in die Augen, obwohl ich verzweifelt versuchte, sie zurückzuhalten. Ich schaute rasch weg, doch Fergie entging nie etwas.

»Hab ich was Falsches gesagt?«

»Nein, schon gut.«

»Wollt ihr keine Kinder? Ich weiß ja, dass manche von euch modernen Mädels das nicht wollen, und das ist allein eure Angelegenheit. Lass dich nicht von meinem dummen Gerede aus der Fassung bringen.«

Ich wischte mir die Augen mit dem Ärmel ab. Kinder waren für mich nie ein leichtes Thema, aber Fergie war für mich inzwischen so gut wie Familie. »Es ist nicht so, dass ich keine Kinder will. Ich kann keine bekommen«, sagte ich leise.

»Bist du sicher?«

Ich holte tief Luft. »Es liegt an einer Verletzung, die ich vor einigen Jahren hatte. Es ist nicht mehr möglich.«

»Was hat Grant gesagt, als du es ihm erzählt hast?«

Ich schaute auf meine Hände hinunter. »Ich habe es ihm noch nicht gesagt. Ich hab ja kaum begriffen, dass ich in einer ernsthaften Beziehung lebe, da soll ich schon diese Bombe platzen lassen? Ich meine, er sieht mich ja vielleicht noch nicht einmal in diesem Licht.«

»Er wäre ein Narr, wenn er das nicht täte. Aber du musst mit ihm reden. Das ist ein zu wichtiges Thema, das darfst du nicht für dich behalten.«

»Ich weiß. Ich wollte ja, aber ich habe nie die richtigen Worte gefunden. Außerdem hat er auch so genug am Hals, ohne dass ich ihm noch mehr aufbürde.«

»Der ist erwachsen, der kommt schon klar.«

Ich wusste, was alle anderen sagen würden. Ihr könnt doch auch Kinder adoptieren. Ja, aber vielleicht nicht in einer Familie wie der von Grant und nicht mit einem solchen Anwesen. Ich konnte mir nicht vorstellen, dass er das an jemanden weitergeben wollte, mit dem er nicht blutsverwandt ist. The Larches, das war ein Herrenhaus, wie es regelmäßig auf den Titelseiten von Hochglanzmagazinen auftauchte, die Touristen ins historische Schottland lockten. Grant schwamm nicht gerade im Geld, nachdem sein Vater seinem Bruder James den Abfüllbetrieb vererbt hatte. Er hatte Mühe, das Anwesen für künftige Generationen zu erhalten, aber das war eindeutig sein Plan. Generationen, die ich ihm nicht schenken konnte. Ich wusste Fergies Unterstützung zu schätzen, konnte mich aber des Gedankens nicht erwehren, dass sie unrecht hatte. Das könnte sehr wohl das Ende für Grant und mich bedeuten, und ich war jetzt noch nicht bereit, dem ins Auge zu blicken.

Ehe ich meine Probleme noch viel zu ernst nahm, sollte ich mich jetzt wohl besser um mein zugekifftes Schaf kümmern. Das war selbst unter günstigsten Bedingungen nicht einfach, doch wie sich herausstellte, fühlte sich Orwell extrem entspannt und war keineswegs gewillt, mir dabei irgendwie behilflich zu sein. Ich musste ihn mit einem Schokoladenkeks auf die Beine locken. Gott sei Dank war er nach seinem neuesten Abenteuer besonders hungrig. In leichten Schlangenlinien und mit Hilfe von Liam und drei weiteren Schokokeksen trottete er immerhin bis zum Auto. Es war nicht das erste Mal, dass Hope als Schaftransporter oder sogar Ziegentransporter fungieren musste, aber Orwell war ein großer Brocken, und er passte kaum auf den Rücksitz. Ich fuhr ihn rasch zurück zur unteren Weide und zu seinen Kumpels.

Ich hatte keine Ahnung, wie er entkommen war, ohne dass Hunter etwas bemerkt hatte. Doch der war ja fast den ganzen Morgen in der Abhainn Farm gewesen, und ehrlich gesagt, musste man nach der Ankunft der Ziegen einfach zu viele Hufe und Schwänze im Auge behalten. Ich würde heilfroh sein, wenn Charlie endlich den Rest seiner Truppe abholen würde.

KAPITEL 34

Ich kam gerade rechtzeitig im Gasthaus an, um bei der Fahrt in die Marchbanks-Destillerie mitzuhelfen. Patrick war nach Edinburgh aufgebrochen, um irgendwas Geschäftliches zu erledigen, und Grant und Cam hatten den Rest der Gruppe in den alten Transit-Lieferwagen der Destillerie gepackt. Keineswegs Luxus pur, aber es funktionierte. Der Lieferwagen war schon gestopft voll, also führte ich einen widerwilligen Gordon für die Fahrt nach Norden zu meinem Auto.

Unser Freund Oliver Blaire hatte uns großzügig gestattet, unsere Kursteilnehmer zu einem ganz besonderen Rundgang durch die Destillerie seiner Familie mitzubringen. Dort stellte er mit großer Sorgfalt einen feinen Whisky her, nutzte dabei aber eben auch einige weitere maßgeschneiderte Serviceleistungen, die der Industrie heutzutage zur Verfügung stehen: Oliver bezog die Gerste bereits gemälzt und über Torfrauch gedarrt von einer Farm nördlich von Edinburgh. So konnte man sehr viel schneller mit dem eigentlichen Destillieren anfangen. Ich erklärte Gordon während der Fahrt einige dieser Dinge und hoffte, so das eisige Schweigen zu brechen.

Doch Gordon blieb höflich distanziert. Nach mehreren Minuten, in denen keiner von uns ein Wort sagte, schaute er mich von der Seite an und fragte: »Worüber wolltest du mit mir reden?«

Subtil war anders. »Erzähl mir von dir und Mick.«

»Was soll mit uns sein?«

»Schau mal, ich weiß, dass mich das absolut nichts angeht, und was du Patrick davon erzählst, ist allein deine Sache, aber ich muss mehr über ihn erfahren – und über dich –, wenn ich auch nur einen Funken Hoffnung haben soll, herauszufinden, warum er umgebracht wurde.«

»Okay, aber das mit uns, das ist alte Frühgeschichte. Wir waren ein paar Monate zusammen, damals als wir beide für Alliance gearbeitet haben. Ehe wir zufällig beide hier gelandet sind, hatte ich Mick über zwei Jahre nicht gesehen. Wir sind ganz lose über die sozialen Medien in Kontakt geblieben, wenn man das überhaupt so nennen kann. Er hat mir einen Glückwunsch geschickt, als ich La Mer eröffnet habe, und ich ihm, als ich gesehen hatte, dass er bei den Dark Seas-Leuten angefangen hatte. Ich habe mich für ihn gefreut.«

»Wusstest du, dass er bei Newton Financial Geld verloren hat?«

»Bis letztes Wochenende nicht. Nach Ethans Tod wurde ja sehr viel über Newton geredet, und Mick hat mir anvertraut, dass er da Geld investiert und verloren hat.«

»War er wütend darüber?«

»Ich würde sagen, am meisten auf sich selbst. Mick war der Typ, der wusste, wie man den Schaden begrenzt. Er hatte ein paar Probleme mit der Polizei, während er bei Alliance gearbeitet hat.«

»Ja, ich habe mir sagen lassen, dass er wohl nebenher inoffiziell Jobs für die Sicherheitsleute gemacht hat«, unterbrach ich ihn. »Hat er je mit deinem Freund Thomas, dem Rausschmeißer, zusammengearbeitet?«

»Wahrscheinlich. Ich habe ihn nie danach gefragt.« Gordons Stimme war angespannt. »Mick hat mir erzählt, dass sie ihm extra was bezahlt haben, wenn er Geld irgendwo hinbrachte und Lieferungen abholte.«

Ich warf meinem Fahrgast einen Blick zu. »Was für Lieferungen?«

Gordon legte den Kopf in den Nacken und starrte an die Wagendecke. Endlich sagte er: »Es ging das Gerücht um, dass in einem der Clubs, dem Fantasies, ein schwunghafter Handel mit Modedrogen lief. Mick ist irgendwann mal bei einer Razzia von der Polente aufgegriffen worden. Er hatte Glück, denn sie haben keine Anklage erhoben. Ich habe ihn damals ermutigt, verdammt schnell aus der Sache auszusteigen, solange er noch konnte. Ich habe ihm gesagt, dass er völlig damit brechen müsste, wenn er nicht im Kittchen landen wollte.«

»Und dann ist er einfach gegangen?«

»Ja. Hat den Schaden begrenzt, hat das Geld, das er da verdient hatte, genommen und sich vom Acker gemacht. Es hat sich rausgestellt, dass er es dann in die Finanzschwindelei von Newton investiert und alles verloren hat, aber seiner Meinung nach war das einfach Karma. Daran hat er fest geglaubt. Geld, das er mit üblen Machenschaften verdient hatte, nun durch üble Machenschaften verloren.«

Philosophisch. Das war das dritte Wort in meiner geistigen Porträtskizze von Mick gewesen. Glaube an Karma, das würde passen. Aber er war mir auch ehrgeizig erschienen. Der Verlust all des Geldes hatte einen Teil seiner ehrgeizigen Pläne für Dark Seas durchkreuzt. »Meinst du, Mick wäre bereit gewesen, aus Rache für seine Verluste jemanden zu töten?«

Gordon lachte bitter. »Auf keinen Fall, nicht einmal Richard Newton selbst, ganz zu schweigen vom armen Ethan. Mick war ein anständiger Kerl. Er hat Fehler gemacht, aber ich kann mir wirklich nicht vorstellen, warum jemand ihn umbringen wollte.«

»Es ist kompliziert. Ich glaube, der Polizei macht die Tatsache zu schaffen, dass ihr alle diese Woche hier gelandet seid. Wie wahrscheinlich ist das denn?«

Gordon drehte sich auf dem Sitz zu mir um. »Ich weiß. Es sieht schlimm aus, aber ich sage dir, was ich auch der Polizei schon gesagt habe. Es war nicht geplant.«

»Ich will dir gern glauben. Und ich nehme an, du hast Mick auch nicht geschrieben, er solle dich da gestern Abend treffen?«

»Ich hab den Polizisten gesagt, auf gar keinen Fall. Ich habe ihm keine Nachricht geschickt. Ich habe vielmehr versucht, ihm so weit wie möglich aus dem Weg zu gehen.«

»Wer immer das geschrieben hat, wusste, dass eine Nachricht von dir reichen würde, um Mick genau dahin zu locken, wo er ihn haben wollte.« Ich legte eine kleine Pause ein. »War deine Beziehung mit Mick damals bei Alliance allgemein bekannt?«

»Wir haben uns alle Mühe gegeben, uns diskret zu verhalten, aber es haben Leute davon gewusst.«

Leute wie Thomas, würde ich wetten. Wir fuhren wieder schweigend weiter. Patrick war ein guter Menschenkenner, und auch mein Bauchgefühl sagte mir, dass er sich in Gordon nicht geirrt hatte. »Ich für mein Teil glaube dir«, sagte ich. »Ich bin der Meinung, dass ihr beide, du und Mick, hier die Opfer und nicht die Täter seid.«

»Ich begreife ja, dass du keinerlei Grund hast, mir zu

glauben, und ich habe versucht, auch Patrick dazu zu bringen, dass er das begreift. Jedenfalls danke ich dir für dein Vertrauen.«

Ich atmete lange und langsam zwischen gespitzten Lippen aus. Ich hatte Michaelson in Richtung der Steuereintreiber gelenkt. Jetzt musste ich darauf bauen, dass er die Schwerarbeit übernehmen würde. Aber es würde doch nicht schaden, noch ein paar Fragen zu stellen, wo ich Gordon schon mal hier hatte. »Ich werde alles tun, was ich kann, um dich da wieder rauszubringen, aber dazu brauche ich deine Hilfe. Was sonst kannst du mir noch über Denton sagen?«

»Ich erinnere mich vage daran, dass ich ihn draußen vor dem La Mer gesehen habe, wenn ich Veranstaltungen für Newton Financial ausgerichtet habe.«

»Dann hast du ihn doch sicher wiedererkannt, als er hier aufgetaucht ist?«

»Das war ja ein völlig anderer Zusammenhang, und ich hatte auch nicht erwartet, hier jemanden zu treffen, den ich bereits kannte. Ehrlich gesagt, ich habe eigentlich niemand außer Patrick und unserer Gruppe im Blick gehabt.«

»Hat er dich erkannt?«

»Wenn, dann hat er es mir nicht gesagt.«

»Und Thomas? Hat der mit Mick geredet?«

»Mick hat davon nichts erwähnt, aber er hat in den letzten paar Tagen auf mich ziemlich nervös gewirkt. Er hat sich immer in der Nähe von Reg und Phil gehalten.«

Daraus schloss ich, dass Mick nur auf die Bitte eines alten Freundes und wegen niemandem sonst zu der Kiesgrube gegangen wäre. Wie traurig, dass gerade das sein tödlicher Fehler war.

Als wir in Marchbanks auf den Hof fuhren, sagte ich: »Du und Patrick, ihr könnt herzlich gern wieder in The Haven einziehen. Doch wenn ihr euch entschließt, im Stag Inn zu bleiben, darf ich euch dann um einen Gefallen bitten?«

»Klar.«

»Das hat jetzt nichts mit Micks Tod zu tun, aber ich würde es wunderbar finden, wenn ihr beide, du und Patrick, mir dabei helfen könntet, Raoul Cortez im Auge zu behalten. Der führt irgendwas im Schilde, und ich will wissen, was das ist.«

KAPITEL 35

Auf der Rückfahrt nach Balfour gesellte sich Gordon wieder zu seinen Kurskollegen, und Grant stieg zu mir ins Auto. Ich überließ ihm das Steuer. Ich rümpfte die Nase und kurbelte sofort das Fenster herunter, um die Duftkombination aus Ziege, Schaf und Hasch loszuwerden. Dieser Dreiklang war wesentlich widerlicher, als ich erwartet hätte. Auch Liam streckte den Kopf zum Fenster hinaus und schaute mich im Seitenspiegel grimmig an, weil er keineswegs erfreut darüber war, dass ich ihn von seinem Stammplatz auf dem Beifahrersitz verjagt hatte.

Grant war in Gedanken versunken, also nahm ich mein Telefon zur Hand und wählte Michaelsons Nummer, sobald wir Marchbanks hinter uns ließen. Ich hatte versprochen, ihm mitzuteilen, was ich von Charlie Stoat erfahren hatte.

»Michaelson.« Der Tonfall war schon mal nicht ermutigend.

»Ich bin's. Ich wollte nur mitteilen, was ich bei unserem Angelführer herausbekommen habe. Anscheinend hat Newton echtes Interesse an Ortsgeschichten gezeigt, als er die letzten paar Male hier war. Charlie hat ihm alles Mögliche über Priesterverstecke und heimliche Whiskylager in den Höhlen und Bergen um Balfour erzählt. Er könnte jede dieser Ideen aufgegriffen haben.«

Michaelson antwortete mit nichts weiter als einem gedämpften »Mh.«

»Ich weiß, das engt die Suche nicht gerade ein, aber zumindest sind wir wohl in die richtige Richtung unterwegs.«

»Newton hat sich für keine Stelle mehr als für die anderen interessiert?«

»Laut Charlie nicht.«

»Gut.«

Michaelson war offensichtlich gerade nicht in Plauderlaune. »Was ist mit unserem spanischen Gast?«, drängte ich. »Haben Sie zufällig rausbekommen, wann er eingereist ist?«

»Raoul Cortez und Elena Serrano sind drei Tage vor dem Beginn des Kurses in London eingetroffen. Sie haben zwei Nächte in London verbracht, ehe sie einen Flug nach Glasgow genommen und dort ein Auto gemietet haben. Seither sind sie bei Ihnen.«

»Was ist mit Clarissa Newton?«

»Ist ihrem Bruder zufolge in der Woche nach dem Prozess nach Madrid gereist, hat dann gesagt, sie hätte noch persönliche Angelegenheiten zu erledigen. Er meinte, sie hätte auf seine letzte SMS nicht reagiert, und behauptete, er hätte keine Kontaktdaten. Ich habe ihn gefragt, ob vielleicht andere Familienmitglieder wissen könnten, wo sie ist. Er meinte, ihre andere Schwester möglicherweise, aber die sei im Moment in einer Rehaklinik. Ich überprüfe das weiter.«

Michaelson beendete das Gespräch, ehe ich noch mehr Fragen stellen konnte. Aber ich wusste eigentlich auch nicht, wonach ich mich noch hätte erkundigen sollen.

Grant zeigte lächerlich wenig Interesse am Inhalt meines Telefonats oder war einfach noch so in Gedanken versunken, plante vielleicht gerade seine Flucht aus Balfour. Ich beobachtete, wie die Landschaft an unserem offenen Fenster vorbeiraste. Der Ginster stand noch in voller Blüte – strahlend gelbe Flecken wie Sonnenschein über die Hänge verstreut. Friedlich – trügerisch friedlich.

Clarissas *Schwester* war also in der Rehaklinik. War Clarissa zu ihr gestoßen? Hatte sie sie einfach nur besucht? Wenn das stimmte, hatten ihre persönlichen Angelegenheiten nichts mit ihrer geistigen Gesundheit zu tun. Also ging es wahrscheinlich darum, das Geld zu finden, das ihr Ehemann versteckt hatte. Raoul und Elena schienen den Löwenanteil der Arbeit zu tun, aber ich konnte mir nicht vorstellen, dass Clarissa weit weg war. Je mehr ich darüber nachdachte, desto mehr wirbelten mir Fergies Worte im Kopf herum: Die Leute sehen ohnehin nur, was sie sehen wollen, hatte sie gesagt. Machten wir das bei unseren Gästen auch? Sahen wir nur, was wir sehen wollten?

»Jetzt würde ich gern deine Gedanken lesen«, sagte Grant schließlich.

»Ich habe über Elena Serrano und Clarissa Newton nachgedacht. Irgendwas ist da faul.«

»Und Michaelson konnte nicht helfen?«

»Wenn überhaupt, dann hat er alles nur schlimmer gemacht. Ich hatte geglaubt, dass Clarissa Newton in einer Rehaklinik ist, irgendwo bei London. Man hatte sie dort gesehen, aber es scheint, als wäre sie zu Besuch und nicht als Patientin dort gewesen. Inzwischen sind Raoul und Elena hier in Balfour, und soweit ich weiß, suchen sie allein nach dem Geld von Clarissas Ehemann. Warum ist Elena hier? Nach allem, was man so hört, konnte sie ihre Schwester nicht leiden und hat daher auch nicht mit Marias Freundin Clarissa auf gutem Fuß gestanden, die sie ja bei der gerichtsmedizinischen Untersuchung so gut wie beschuldigt hat, ihre Schwester umgebracht zu haben.«

»Das würde erklären, warum Clarissa nicht mit hierherkommen wollte.«

»Aber wieso sollte Clarissa denn Elena trauen? Warum nicht Raoul allein herschicken?«

»Vielleicht meinte sie, dass er Hilfe brauchen würde. Er ist ein netter Kerl, aber nicht der Hellste.«

»Ich nehme an, Clarissa konnte nicht selbst herkommen, sonst wären die Medien gleich über sie hergefallen.« Irgendwas nagte noch immer an mir. »Meinst du, sie ist wirklich krank?«, fragte ich.

»Was willst du damit sagen?«

»Elena hat ja sehr viel Zeit auf ihrem Zimmer verbracht, aber kaum braucht Raoul sie, um mit ihr auf Erkundungstour durchs Tal zu jagen, da ist sie auch schon draußen.«

»Du meinst, sie täuscht die Krankheit nur vor?«

»Das wäre vorstellbar, aber andererseits habe ich sie gestern Abend gesehen, und ich muss zugeben, dass sie nicht gerade aussah wie das blühende Leben. Ihre Augen waren ziemlich matt, ihre Haut war fahl.«

»Das kann man schlecht vortäuschen.«

»Stimmt. Trotzdem ist irgendwas an der ganzen Sache komisch. Wie gesagt, Maria und Elena sind bekanntermaßen nicht miteinander ausgekommen. Da war viel Konkurrenz zwischen den beiden – sogar Bitterkeit –, und doch hat Elena, als ich sie gestern Abend beim Feuer auf Maria angesprochen habe, beinahe liebevoll über sie geredet.«

»Leute ändern ja bekanntermaßen ihre Meinung, sobald jemand gestorben ist. Das ist scheinheilig, aber kaum ungewöhnlich.«

»Ich weiß, da hast du recht. Natürlich hast du recht, aber ich habe so ein seltsames Gefühl, wenn ich sie reden höre, ich kriege das nicht los.«

»Verlass dich auf deinen Instinkt. Was für einen Eindruck macht sie auf dich?«

»Mein erster Schnappschuss war: *abgestumpft, verkrampft* und *oberflächlich*.

»Und jetzt?«

»Er sollte noch gleich sein, aber es fühlt sich ein bisschen anders an. Vielleicht, weil sie krank war. Ich bekomme noch dieselben drei Wörter, aber auch *schwach* und *verwirrt*. Es ist beinahe, als wären es zwei unterschiedliche Personen. Oder vielleicht eine Person, die versucht, zwei Personen zu sein.«

Es war schön, mit Grant zu sprechen, wenn er sich nicht gleich über meine Eindrücke von Menschen lustig machte. Diesmal nahm er sie ernst.

»Viele Menschen setzen eine andere Miene auf, um ihre Ängste und Unsicherheiten zu verbergen«, sagte Grant. »Vielleicht macht Elena das, wenn sie Angst hat.«

Eine andere Person. War es das? Wir sehen, was wir sehen wollen *oder worauf uns andere hinleiten wollen*. Ich drehte mich auf meinem Sitz zu Grant um. »Vielleicht ist sie nicht, wer sie zu sein vorgibt?«

»Wer dann?«

Ich fasste mir mit den Händen an die Schläfen, als wollte ich meine Gedanken durch Druck in eine Art logische Ordnung zwingen. »Ich weiß, es klingt verrückt, aber könnte sie Clarissa Newton in Verkleidung sein? Die hier ist und dem Sohn ihrer besten Freundin helfen will, das Geld zu finden, das ihr Mann versteckt hat? Es würde erklären, warum sie beinahe liebevoll über Maria gesprochen hat. Und es würde erklären, warum ›Elena‹ krank ist und sich die meiste Zeit in ihrem Zimmer versteckt. Und es würde erklären, warum niemand so genau weiß, wo sich Clarissa Newton im Augenblick aufhält.«

Grant fuhr schweigend weiter, und ich fürchtete, er könnte zu dem Schluss gekommen sein, dass ich verrückt geworden war. »Ich glaube, das hat was«, gestand er mir zu. »Das musst du gleich Bill sagen. Was mir zu schaffen macht: Wenn Clarissa Elena spielt, wo ist die echte Elena?«

»Keine Ahnung, aber wenn sie nur annähernd wie die falsche Elena ist, dann wahrscheinlich in einem Wellnesshotel.«

»Das würde Raoul nicht riskieren«, sagte Grant mit Bestimmtheit. »Sie könnte doch Clarissa enttarnen.«

»Dann haben sie vielleicht die böse Schwester irgendwo im Verlies des Castillo Cortez gefesselt.«

»Das wirft die Frage auf, was sie mit ihr vorhaben, sobald das Geld gefunden ist.«

Da hatte Grant den Nagel auf den Kopf getroffen. Von unserer Elena hielt ich nicht viel, aber irgendwo schwebte vielleicht die echte Elena in Gefahr. »Wir sind ein bisschen zu weit vorgeprescht. Wir können uns keine Sorgen darüber machen, wo die echte Elena ist, ehe wir überhaupt wissen, dass unsere Vermutung stimmt«, sagte ich schließlich. »Das Erste, was wir rauskriegen müssen, ist, ob Clarissa hier ist oder nicht.«

»Und wie machen wir das?«

»Wir müssen uns Elena Serrano genauer anschauen. Nicht bei Feuerschein, nicht in einem abgedunkelten Raum. Wir müssen sie aus der Deckung locken. Vielleicht wäre es an der Zeit, etwas Eindrucksvolleres zu machen. Etwas, dem die echte Elena nicht widerstehen könnte.«

»Zum Beispiel was?«

»Nach all dem Wahnsinn dieser Woche denke ich, dass wir versuchen sollten, den Kurs mit einem guten Gefühl zu beenden. Wie wäre es mit einem feierlichen Abschiedsessen in The Larches? Highland-Gastfreundschaft vom Feinsten.«

»Und wie soll uns das helfen, rauszufinden, ob Raoul mit Clarissa oder mit Elena hier ist?«

»Zunächst einmal laden wir Owen und Vicky auch ein. Vielleicht zu einer kleinen Gedenkstunde für Ethan. Vicky kennt Clarissa Newton. Sie sollte in der Lage sein, uns zu sagen, ob Elena in Wirklichkeit Mrs. Newton ist.«

»Ich vermute schon.« Grants Worte klangen mehr als nur ein bisschen skeptisch. »Wieso glaubst du, dass sie kommen würde?«

»Wir machen einen besonders festlichen Anlass draus, mit Unmengen von Essen und Whisky und Wein. Dann wäre es unhöflich, nicht zu kommen, und um sicher zu sein, dass sie wirklich auftaucht, werde ich Raoul noch sagen, dass wir, wenn sie nicht zusagt, darauf bestehen werden, dass der Arzt sie sich ansieht. Wenn sie die Krankheit wirklich nur vorspielt, will sie das auf gar keinen Fall.«

»Einen Versuch wäre es wohl wert, aber wir reden da von morgen Abend. Und Louisa überbringst besser du diese Nachricht.«

KAPITEL 36

Grant setzte mich in The Larches ab, ehe er sich auf den Weg zum Stag Inn und zum Abendessen mit den Jungs machte. Ich hatte das Gefühl, dass es ihm allmählich zu schaffen machte, wie viel Zeit das alles in Anspruch nahm. Er wusste jedoch auch, dass teilweise er der Grund dafür war, dass der Kurs hier stattfand, und zumindest war es ja den Sommer über nur eine Woche pro Monat. Schon bald würde alles wieder ruhig sein.

Als ich in die Küche kam, machte Louisa gerade dort sauber, nachdem sie unseren beiden Gästen auf dem Tablett Essen serviert hatte. »Keiner von beiden wollte Gesellschaft. Ich kann ihnen das, ehrlich gesagt, nicht verübeln. Ich habe sie einfach in Ruhe gelassen.«

»Du hast dir so viel Mühe mit ihnen gemacht. Danke!« Ich legte eine Pause ein, um meine Nervosität einzudämmen. »Es ist mir furchtbar unangenehm, aber Grant und ich möchten dich noch um einen weiteren Gefallen bitten.« Ich konnte mich des Gefühls nicht erwehren, dass ich nun eine Grenze überschritt. »Ich glaube, in letzter Zeit fällt mir nichts anderes ein, als dich bis zum Hals in meine verrückten Pläne reinzuziehen.«

»Stimmt schon«, sagte Louisa, »aber bisher beschwere ich mich noch nicht.«

»Grant meint, wir könnten hier einen Empfang zum Kursabschluss abhalten – morgen Abend.«

Louisa zog beide Augenbrauen in die Höhe.

»Ich weiß, ich weiß, das ist extrem kurzfristig, aber ich werde helfen, versprochen.«

»Toll, dass Grant die Sache befürwortet, aber nicht den Mumm hat, es mir selbst zu sagen.« Louisa lachte leise. »Ich weiß nicht, warum das so ist, es ist ja nicht so, als hätte ich euch beiden je eine Bitte abgeschlagen.«

Ich beugte mich vor und umarmte Louisa. »Du bist die Allerbeste. Und das morgen ist wirklich wichtig. So können wir vielleicht rausfinden, was zum Teufel hier gerade läuft.«

»Dann machen wir das.«

»Vielleicht sollten wir fragen, ob Sheila hilft? Da sie die Gäste im Stag Inn ja nicht verköstigen müssen, hat sie ein bisschen Zeit übrig.«

»Stimmt. Es ist Samstag. Da kann Nora hier übernachten und sich bei Luke aufhalten. Und Sheila kann hierbleiben und uns helfen.« Louisa war unerschütterlich wie immer, und sie traf bereits in Gedanken die ersten Vorbereitungen. »An was hattet ihr beim Essen denn so gedacht?«

»Das überlasse ich völlig dir. Aber wir holen das beste Porzellan raus. Es soll ein ziemlich elegantes Essen werden.« Eine Veranstaltung, die Raouls Begleiterin aus dem Versteck locken würde.

»Ich bin mir nicht sicher, dass das den Jungs gefallen wird.«

»Ich glaube, die wird das Haus umhauen, der Whisky sowieso. Wir werden dann noch eine kleine Gedenkfeier für Ethan und Mick abhalten und anschließend die Nummer ›Lord im Herrenhaus‹ abziehen – aber mit Eleganz und

Klasse. Ich will nicht, dass die Leute meinen, wir feierten zwei Todesfälle mit einem Ceilidh.«

Als Grant vom Stag Inn zurückkam, hatten wir bereits einen Plan gemacht und auch schon das Porzellan, die Gläser und die Servierplatten hervorgeholt, die wir brauchen würden. Wir überließen es Louisa, die Einkaufsliste für den Morgen zusammenzustellen. Grant ging schon die Treppe hinauf, blieb aber stehen, als ich nicht nachkam.

»Wo gehst du hin?«, fragte er.

»Nicht wütend werden, aber ich muss vor morgen Abend noch ein mögliches Versteck überprüfen. Morgen habe ich dazu keine Zeit – ich fahre jetzt schnell hin.«

»Du bist noch mal mein Tod«, sagte er und nahm seine Jacke vom Treppengeländer, wo er sie vorhin hingehängt hatte.

»Darüber mach bitte nicht mal Witze«, erwiderte ich.

Nach unserem letzten Abenteuer waren wir ein wenig vorsichtiger geworden. Wie ließen das Auto hinter ein paar Büschen am Rand der Hauptstraße stehen und machten uns zu Fuß auf den Weg zum Rebel's Cross. Als wir näher kamen, waren laute Stimmen zu hören. Denton und Thomas standen neben dem alten Steinkreuz und fuchtelten mit zwei Schaufeln herum, die sie vielleicht zum Graben mitgebracht hatten, die aber nun Waffen zu sein schienen. Rings um den Sockel des Kreuzes war die Erde aufgegraben, und überall lagen verstreut Steine und Felsbrocken.

»Das ist die letzte Stelle. Hier muss es einfach sein«, sagte Denton.

»Wir haben uns schon halb bis China durchgegraben, da

ist nichts.« Für Thomas hatte diese Expedition eindeutig jeglichen Reiz verloren.

»Vielleicht unter dem Kreuz«, knurrte Denton und beugte sich vor, um den Sockel zu untersuchen.

»Wie zum Teufel sollte Newton denn da drunter gekommen sein?«, moserte Thomas. »Man kann ja wohl das verdammte Ding nicht einfach wegklappen.« Er trat zur Seite und schaute zu, wie Denton in der Erde herumkratzte. »Ich glaube, wir sind hier auf dem Holzweg. Du schwörst wirklich, dass Newton gesagt hat, das Geld wäre hier? Aber vielleicht hat er ja gelogen.«

»Ich habe gehört, wie er es diesem Rechtsanwalt erzählt hat: Das Geld ist in einem Schmugglerversteck in der Nähe der Jagdhütte. Schließlich habe ich ihn oft genug hier hochgefahren. Der Ort stimmt, wir haben nur das verdammte Schmugglerversteck noch nicht gefunden.«

»Oder er hat gelogen«, wiederholte Thomas jetzt etwas lauter. »Vielleicht hockt er gerade in seinem gemütlichen Gefängnis und lacht sich ins Fäustchen, während wir hier die halbe Landschaft umpflügen.«

Thomas trat einen Schritt vor, und ich fürchtete schon, dass die Sache zu einer Prügelei eskalieren würde. Doch ehe Thomas zu Denton gelangte, sackte er in eines der frisch gegrabenen Löcher und fiel mit einem Schmerzensschrei hin.

Denton blieb außer Reichweite und schaute zu seinem Begleiter. »Ich sollte dich einfach hierlassen.«

»Komm schon. Hilf mir raus.« Denton musste sich gewaltig anstrengen, um den muskelbepackten Mann aus der Grube zu ziehen. Thomas stützte sich schwer auf seine Schaufel, und unter weiterem Gezänk humpelten die beiden von der Lichtung und dorthin zurück, wo sie ihr Auto geparkt hatten.

Ich zog mein Handy aus der Tasche und teilte Bill in einer SMS mit, wo er die Männer finden könnte, nach denen er und Michaelson fahndeten. Mit ein bisschen Glück würden sie die beiden erwischen, sobald sie vom Berg ins Tal hinunterfuhren.

Als wir gerade selbst auf das Kreuz zugehen wollten, trat am anderen Ende der Lichtung eine Gestalt aus dem Schatten. Ich riss Grant zurück. Das entwickelte sich ja zu einer regelrechten Mitternachtsparty. Als der Mann näher kam, konnte ich unter der dunklen Baseballmütze gerade so eben Raouls kantige Wangenknochen ausmachen. Er trat näher und untersuchte den Schaden, den die letzten Ausgrabungsversuche hinterlassen hatten.

»Schwer was los hier«, murmelte mir Grant ins Ohr.

Ich legte ihm eine Hand auf den Arm, um ihn zurückzuhalten, und schaute zwischen den Blättern hindurch. Raoul schritt vorsichtig über das gefährliche Terrain rings um das Kreuz zum Sockel. Er fuhr mit der Hand in unregelmäßigen Strichen über den Stein. Ich hoffte nur, dass er dabei nicht zufällig über den Auslösemechanismus streifen würde. Er schien eine Ewigkeit zu brauchen. Schließlich musste ich mich hinknien, um meinen schmerzenden Rücken zu entlasten. Raoul drückte und wischte weiter vergeblich an dem Steinkreuz herum.

Eine halbe Stunde später gab er endlich auf und ging wieder in die Richtung zurück, aus der er gekommen war. Ich war versucht, sofort aufzuspringen, wollte aber erst sicher sein, dass wir allein waren. Also blieben wir noch im Versteck und beobachteten die nun menschenleere Lichtung.

Als Grant mich wieder auf die Beine zog, wischte ich mir die Blätter von den feuchten Knien und trat aus dem Schatten.

»Weißt du, was du machen musst?«, flüsterte Grant.

»Charlie hat mir Anweisungen gegeben. Ich kann nicht schwören, dass es funktionieren wird, aber ich denke mal, wir haben einen Vorsprung vor den anderen Typen, die wir gerade gesehen haben.«

Ich fuhr mit der Hand über den Stein des rechten Kreuzarms. Ich musste nach einer leicht erhöhten Stelle suchen. Ich fand sie und drückte fest darauf. Sofort war irgendwo im Inneren des Kreuzes ein schwaches Knirschen zu hören. Der behauene Stein in der Mitte hatte sich ein wenig nach hinten verschoben. Da Grant größer war als ich, griff er in die Öffnung, packte den Hebel und drückte. Nichts.

»Drück fester.«

Nach einem weiteren festen Druck bewegte sich der Stein unter seiner Hand nach hinten und ein wenig nach rechts. Eine Kette mit einer Schlaufe am Ende kam zum Vorschein.

»Und was jetzt?«

Ich musste mich sehr bemühen, Grant nicht einfach zur Seite zu schubsen. »Zieh an der Kette.«

Grant zog daran, und unter unseren Füßen bewegte sich der Stein. Grant machte einen geschickten Schritt zur Seite, doch ich landete auf dem Hintern auf einem Haufen Erde und Kieseln. Grant streckte mir die Hand hin. Ich schlug sie aus und krabbelte stattdessen auf den Fuß des großen Kreuzes zu, der sich aufgetan hatte und ein Versteck zum Vorschein gebracht hatte, das die gesamte Breite des Sockels einnahm.

Grant schaltete die Taschenlampe seines Handys an. Wir starrten beide in die Öffnung und waren so vertieft, dass wir wieder einmal die Schritte, die sich hinter uns näherten, erst hörten, als es zu spät war.

KAPITEL 37

Irgendwas gefunden?« Eine tiefe Stimme dröhnte laut durch die stille Nachtluft.

Grant und ich sprangen auf die Füße und fuhren herum. Nur mit einem Mobiltelefon und einer zurückgelassenen Schaufel bewaffnet sahen wir uns zwei Männern gegenüber, die auch dunkle Kapuzenpullover trugen. Ich musste mir eingestehen, dass es um unsere Chancen nicht besonders gut bestellt war.

Dann hörte ich ein vertrautes Lachen. »Das hast du wirklich verdient«, sagte Patrick, während er die Kapuze von seinem irgendwie immer noch perfekt frisierten Haar zog. Gordon neben ihm schob ebenfalls die Kapuze zurück und sagte: »Ganz schön abenteuerlich, euer Leben.«

»Ihr habt Glück, dass ich euch nicht mit der Schaufel eins übergezogen habe.«

Gleichzeitig fragte Grant: »Was zum Teufel habt ihr beide hier verloren?«

»Ihr habt uns doch gesagt, wir sollten Raoul im Auge behalten«, antwortete Gordon. »Wir befolgen nur unsere Anweisungen.«

Ich musste zugeben, dass er recht hatte. »Ist er allein hergekommen, oder ist er Denton und Thomas hinterher?«

»Raoul ist gegen Mitternacht vom Stag Inn los und schnurstracks hierher gefahren. Aber er hat sich zwischen den Bäumen am anderen Ende der Lichtung versteckt, als er gemerkt hat, dass Thomas und Denton ihm zuvorgekommen waren. Er hat zugeschaut, bis die beiden weg sind, und dann hat er es selbst hier probiert.«

Patrick fuhr fort: »Wir haben euch gesehen, wie ihr hier angekommen seid und euch in die Büsche geschlagen habt. Ihr hattet Glück, dass Raoul euch nicht bemerkt hat. Er war zu sehr damit beschäftigt, die beiden und das Kreuz im Auge zu behalten.«

Das war doch zumindest mal was.

»Es sah ganz so aus, als hättet ihr gewusst, was zu tun war«, merkte Gordon an. »Habt ihr was gefunden?«

»Auf den ersten Blick sah es leer aus«, antwortete Grant. »Aber wir hatten ja noch keine Gelegenheit, weiter zu suchen.«

Wir kehrten zu dem freigelegten Hohlraum zurück. Grant und Gordon gingen auf alle viere und schauten hinein.

Patrick legte mir den Arm um die Schultern und drückte mich fest. »Danke, dass du Gordon geglaubt hast. Das bedeutet mir sehr viel.«

»Ich glaube an dich«, sagte ich mit fester Stimme. »Das ist nicht ganz dasselbe, aber wenn du mich fragst, hat Gordon nichts mit der Sache zu tun.«

»Du bist nicht die Einzige, die gute Instinkte hat«, meinte Patrick.

Grant stand auf und wischte sich die Erde von den Knien seiner Jeans. Patrick half ihm hoch. »Nichts«, sagte Grant. »Sieht aus, als wäre da seit Jahren niemand dran gewesen.«

»Verdammt. Ich hatte gehofft, dass wir den Jackpot geknackt hatten.« Hatten Denton und Thomas recht gehabt?

Lachte sich Richard Newton gerade auf Kosten aller anderen ins Fäustchen? Einschließlich seiner Ehefrau? Raoul folgte ja vielleicht Clarissas Hinweisen, doch anscheinend hatte sie genauso wenig eine Ahnung wie alle anderen.

KAPITEL 38

Louisa hatte das »Unternehmen Samstag« mit der Effizienz eines Militärbefehlshabers durchgeführt. Und jetzt, fünfzehn Minuten vor Beginn, stieg ich die Treppe zur Eingangshalle hinunter und sah Grant in Kilt und elegantem Jackett neben Louisa und Sheila stehen, die beide in Schwarz gekleidet waren und aussahen, als hätten sie heute den ganzen Tag lang nichts anderes getan, als sich die Nägel maniküren zu lassen. Die beiden waren wirklich unschlagbar. Ich setzte einige Hoffnung in diese Zusammenkunft. Bill hatte Denton und Thomas festgenommen. Da nun die Mörder dort waren, wo sie hingehörten, konnten wir uns auf die Geldseite der Gleichung konzentrieren.

Grant warf mir ein warmes Lächeln zu, als er das Abendkleid wahrnahm, das ich schon bei der Whisky-Gala-Veranstaltung Anfang des Jahres getragen hatte – ein königsblaues, bodenlanges Etuikleid mit einem tiefen, drapierten Ausschnitt. Es war damals ein Volltreffer gewesen, und nach dem Blick in seinen Augen zu urteilen, war es das auch heute noch.

Louisa öffnete gerade in der Eingangshalle die massive zweiflügelige Tür, als der Whisky-Karren vor dem Haus vorfuhr und unsere Gäste herauskletterten. Phil und Reg waren zuerst draußen, dann kamen Gordon, Patrick, Cam und Hunter. Mich verließ der Mut. Keine Spur von Raoul und Elena.

Cam näherte sich mit säuerlicher Miene. »Raoul hat darauf bestanden, mit dem eigenen Auto zu kommen. Er meinte, Tantchen könnte eine Fahrt mit dem Karren nicht vertragen.«

Ganz kurz ging mir durch den Kopf, dass Raoul und Elena womöglich vorhatten, sich aus dem Staub zu machen. Aber warum sollten sie? Sie hatten keine Ahnung, dass wir ihnen auf die Schliche gekommen waren. Außerdem konnte ich davon ausgehen, dass Raoul den Gedanken an einen Besuch in einem uralten schottischen Herrenhaus spannend finden würde. Das wollte er doch sicher nicht versäumen. »Elena kommt bestimmt auch?«, fragte ich.

»Sie ist gerade ins Auto gestiegen, als wir losfuhren. Hat ein bisschen angeschlagen ausgesehen, aber sie kommt«, bestätigte mir Cam.

Sheila erschien mit einem Tablett voller Gläser, und Patrick reichte den ersten Schluck Whisky herum. Ich schaute ständig auf die Einfahrt und hoffte, dort Raouls blaues Auto zu sehen. Grants Blicke kreuzten sich mit meinen, und er sah mich fragend an, während wir draußen vor dem Haus warteten.

»Einen Trinkspruch«, sagte ich und lächelte verkrampft. »Und dann erzähle ihnen vielleicht kurz was über die Geschichte des Hauses. Du weißt schon, nur das, was mit Abbey Glen zu tun hat.« Ich brachte Grant gar nicht gern so in Verlegenheit, aber wie Louisa und ich nur zu gut wussten, hätte er wahrscheinlich abgelehnt, wenn wir ihn im Voraus gefragt hätten. Jetzt würde er uns aber nicht im Stich lassen.

Grant stutzte kurz und verdrehte die Augen. Er brauchte ein, zwei Augenblicke, um sich zu sammeln, und sagte dann: »Ich möchte Ihnen allen dafür danken, dass Sie sich nach einer so schwierigen Woche beim Whiskykurs von Abbey Glen heute Abend zu uns gesellt haben. Ich hoffe, Sie gehen alle trotz der Trauer und des Verlustes auch mit größerer Wertschätzung für die Kunst der handwerklichen Herstellung von Single Malt Whisky von hier fort. Besonders möchte ich mich bei Patrick Cooke und Cameron Lewis für all ihre harte Arbeit bedanken, die diesen Kurs erst so erfolgreich gemacht hat.«

Höflicher Applaus und ein Schluck Whisky ringsum.

»Erzähle ein bisschen was über The Larches«, soufflierte ich ihm.

Grant gab einen Überblick über die Geschichte des Hauses. Nach den ersten paar Minuten hörte ihm eindeutig niemand mehr zu, aber noch fehlten ja die wichtigsten Gäste. Als Grant gerade zum Ende seiner Erklärungen kam, tauchte Raouls Auto am anderen Ende der langen Einfahrt auf, und wir warteten darauf, dass er endlich vorfuhr. Er hielt auf dem Kies neben dem Karren und dem Wagen des Landguts und erschien mit dem üblichen Lächeln aus dem Wageninneren, ehe er seiner »Tante« vom Beifahrersitz half und ihr seinen Arm bot. Sie wirkte wackelig und stolperte einmal, während sie auf ihren hochhackigen Schuhen über den Kies der Einfahrt auf uns zu stöckelte.

»Entschuldigen Sie die Verspätung«, sagte Raoul.

Ich ging zu den beiden und hakte mich auf der anderen Seite bei der Frau ein. Sie zögerte, als sei sie versucht, vor mir zurückzuweichen, doch sie hatte eindeutig mit ihren hohen Absätzen zu kämpfen und akzeptierte schweigend meine Hilfe.

Während wir aufs Haus zugingen, gab ich Cam ein Zeichen, und er schritt mit seinem Dudelsack an der Spitze der Prozession unserer Gäste ins Haus und zur Party.

Sobald wir drinnen waren, führte ich Elena zu einem Sessel beim Kamin im Wohnzimmer und bot an, ihr ein Getränk zu besorgen.

»Mineralwasser, wenn Sie welches haben. Sonst nichts.«

Raoul hatte seine Begleiterin mir überlassen und half schon begeistert Cam an der Theke, reichte Kostproben herum und trank mit sichtlichem Genuss. Bei seinem Alkoholkonsum war es gelinde gesagt erstaunlich, dass er einen klaren Kopf bewahren, geschweige denn auf den Beinen bleiben konnte.

Ich kehrte mit dem Mineralwasser zu Elena zurück und setzte mich neben der zitternden Frau auf einen Fußschemel. Sie war unter ihrem dick aufgetragenen Make-up sichtlich blass. Ihre Wangen waren eingefallen, ihre Augen matt. Der klebrige Duft ihres Parfüms schien ihr aus allen Poren zu strömen, ein widerlicher, kränklicher Geruch, der einen Verwesungshauch zu überdecken schien. Trotz meines Misstrauens machte ich mir nun auch Sorgen um diese Frau.

Auf meine Gesprächsversuche reagierte sie nur mit Murmeln. Ich hatte das Gefühl, ihr spanischer Akzent wäre ein wenig schwächer geworden, doch sie sagte so wenig, dass ich das nicht mit Sicherheit feststellen konnte. Ihr Haar war dünn und leblos. Nicht unbedingt das, was man von einer makellos hergerichteten Latina, einer Karrierefrau, erwartet hätte.

Das Fest war schon in vollem Gang, als endlich Owen erschien. Er hatte sich rasiert und zur Feier des Tages ein Jackett angezogen, schaute aber düster drein. Gordon begrüßte ihn mit einer Umarmung und bezog ihn in ein Gespräch mit Reg und Phil ein. Da standen jetzt alle Trauernden beieinander. Sicher, ich wusste, nichts von alledem war meine Schuld. Alle waren von ihren eigenen Sünden hierher verfolgt worden. Doch trotzdem hatte ich das Gefühl, als sei ich von Schuldgefühlen gefesselt. Immer wieder schaute ich zur Tür, aber von Vicky war nach wie vor keine Spur. Ich konnte ihr Zögern verstehen. Sie kannte diese Leute nicht, aber ich brauchte ihre Aussage. Allmählich dämmerte mir, dass sie meine letzte Hoffnung war, um diese Sache mit Elena zu enträtseln.

Wie immer wanderten meine Augen zu Grant, und meine Füße folgten ihnen. Er zeigte gerade Raoul einen silbernen Quaich* mit kunstvoller Ziselierung. Als ich näher kam, hörte ich, dass sich Raoul nach der Herkunft des Trinkgefäßes erkundigte. »Hat man den vor Ort gefunden?«

»Sogar in Abis Haus«, sagte Grant und lächelte mir zu.

»Solche Schätze kann man hier einfach im Garten ausgraben?«, fragte Raoul.

»Ganz so leicht ist es nicht«, erwiderte ich. »Aber während der früher sehr unguten Beziehungen zu den Engländern hat man viele Schätze irgendwo versteckt, damit sie nicht gestohlen oder beschlagnahmt wurden, um die Abgaben zu bezahlen. Der erste Besitzer meines Hauses war zu seiner Zeit so eine Art schottischer Robin Hood. Er hat die Landbesitzer vor Ort bestohlen, um die Leute im Ort zu unterstützen.«

»Faszinierend, aber wo genau haben Sie diesen Gegenstand gefunden?«

* Traditionelles schottisches Trinkgefäß.

»Die meisten alten Bauernhäuser hier hatten Verstecke für Wertsachen, besonders für den Whisky, den sie vielleicht illegal gebrannt oder gekauft hatten. Die Steuerhinterziehung hat hier eine lange Tradition«, wandte Grant ein.

»Aber das Versteck in meinem Haus war eher wie ein Weinkeller, denn der Besitzer hatte sehr viel mehr zu verstecken als ein durchschnittlicher Bauer«, merkte ich an.

»Wie um alles in der Welt haben Sie es gefunden?«

»Ich hatte Helfer.«

»In den meisten Häusern ist irgendwo im oder beim Kamin ein Auslösemechanismus verborgen«, erklärte Grant. »Bei Abi war er im Kamin. Die Hebel sind leicht zu finden, wenn man weiß, wo man suchen muss, ansonsten ist es beinahe unmöglich.«

Grant führte uns zum Kamin. »Meine Vorfahren waren nicht so erpicht darauf, sich schmutzig zu machen, wenn sie innen im Kamin herumsuchten.« Er tastete unter dem steinernen Kaminsims nach dem Auslöser. Als er darauf drückte, glitt ein Stein in der Kaminumrandung zur Seite. Raouls Gesicht war ein Bild für die Götter. Drinnen sah man eine Kette wie die beim Rebel's Cross. Grant zog daran. Ein Paneel in der Wand neben dem Kamin öffnete sich und gab den Blick auf eine schmale Treppe frei, die nach oben führte.

»Wohin geht die?«, fragte Raoul, und seine Augen waren kugelrund vor beinahe kindlichem Entzücken.

»Ins oberste Geschoss des Hauses. Nichts Aufregenderes, aber mein Bruder und ich, wir haben hier als Kinder stundenlang gespielt.«

Raoul hätte uns weiter ausgefragt, wenn nicht Vicky genau diesen Augenblick für ihren Auftritt gewählt hätte. Nun schwenkte die Aufmerksamkeit des gesamten Raums zu ihr.

Grant und ich gingen sie begrüßen und blieben bei ihr, während unsere Gäste einer nach dem anderen kamen und ihr Beileid bekundeten. Ich bemerkte, dass Raoul seine Tante nicht hinübergeleitete, um die Witwe zu begrüßen. Er schien sie sogar völlig zu ignorieren.

Cam versicherte sich, dass alle etwas zu trinken hatten, stand dann auf und brachte einen Trinkspruch aus. »Das Leben ist ein Geschenk, aber ein Geschenk auf Zeit. Wir müssen es wertschätzen und feiern, wie kurz oder lang es auch sein mag. Heute erheben wir das Glas auf unsere Freunde Ethan Buchanan und Mick Stewart. Ihr Leben ist auf tragische Weise verkürzt worden, aber sie haben die Zeit, die ihnen geschenkt war, nicht verschwendet. Mick hat seine Berufung im Whisky-Geschäft gefunden, und wir heißen ihn willkommen in der Whisky-Gemeinschaft, auch nachdem wir seinen Tod betrauern. Ethan war ein Mann mit starken Überzeugungen und seltener Geistesstärke. Es war mir eine Ehre, seine Bekanntschaft zu machen. So erheben wir nun das Glas auf unsere Whisky-Brüder. Mögen sie ruhen in Frieden. *Slàinte mhath.*«

Wir tranken schweigend, und ich trat wieder an Vickys Seite, denn ich hoffte, sie Elena vorzustellen. Doch als wir näher kamen, erhob sich Elena wackelig und erkundigte sich nach der Toilette. Ich brachte sie zum Bad hinter der Bibliothek und ließ sie dort zurück. Sie zitterte, und mir dämmerte allmählich, dass wir den Arzt rufen müssten, ob sie nun damit einverstanden war oder nicht. Ihr Unwohlsein schien weit über die Schauspielerei hinauszugehen.

Louisa hielt mich in der Eingangshalle auf und bat mich, noch einen letzten Blick auf das Buffet zu werfen. In kaum vierundzwanzig Stunden hatte sie ein großartiges Festmahl gezaubert. Selbstgebackene Brote und Tartes, gegrillter hiesiger Lachs, eine Wildpastete, frische Erbsen mit Bauernbutter und Minze, goldene Röstkartoffeln, mit Haggis gefüllte Pilze und eine Auswahl an Salaten. Sie nickte zufrieden, und wir zogen die zweiflügelige Tür auf und luden unsere Gäste ein, sich zu bedienen.

Dank des Essens und des Whiskys wurde die Gesellschaft sehr viel lebhafter. Gordon war mit Louisa in der Küche verschwunden, um sich die Einrichtungen dort anzusehen. Cam war ins Gespräch mit Reg und Phil vertieft, und Grant machte die Runde, spielte den freundlichen Gastgeber. Raoul hatte Elena von der Toilette abgeholt und wieder zu ihrem Sessel beim Kamin gebracht. Sie hatte ein Glas neben sich stehen, aber keinen Teller. Ich schickte Patrick zu ihr, damit er anbot, ihr etwas zu essen zu bringen.

Er beugte sich zu ihr hinunter und sprach kurz mit ihr, ehe er sich abrupt aufrichtete und zu mir geeilt kam. Er packte meine Hand und zog mich in die Eingangshalle, wählte im Gehen bereits eine Nummer auf seinem Handy. »Ja, wir brauchen einen Krankenwagen. Wir haben eine Frau zu Gast, die krank ist.« Er schwieg. »Richtig, The Larches.« Er beugte sich zur Seite und flüsterte mir zu: »Elena ist bewusstlos, zumindest hoffe ich, dass sie nur bewusstlos ist. Sie hat eine seltsam graue Gesichtsfarbe und irgendwas stimmt gar nicht mit ihr.« Er wandte sich wieder dem Telefonat zu. »Nein, keine sichtbare Verletzung, aber sie reagiert nicht.«

Ich wartete, bis er das Gespräch beendet hatte. »Was ist passiert?«

»Keine Ahnung. Ich bin zu ihr gegangen, um mit ihr zu reden, und sie starrte einfach nur so vor sich hin. Beinahe katatonisch.«

»Na ja, die Docs sollten ja in der Lage sein, rauszufinden, was mit ihr nicht stimmt.« Ganz zu schweigen davon, dass sie uns vielleicht sagen könnten, ob sie die Frau ist, die sie zu sein behauptet, oder nicht. Ich geleitete Patrick ins Wohnzimmer zurück. »Komm schon, hilf mir, alle ins Esszimmer zu führen. Bring irgendeine Entschuldigung vor: Die Leute sollen sich noch was zu essen nehmen, noch ein Gläschen Whisky trinken, irgendwas. Dann geh Gordon und Louisa holen und sag ihnen, was hier los ist. Ich möchte nicht, dass Raoul darauf besteht, Tantchen Elena zu entführen.«

Ich tippte Cam auf die Schulter und bat ihn, eine Flasche unseres Rose Reserve hervorzuzaubern und im Esszimmer zum Verkosten jedem einen winzigen Schluck davon auszuschenken. Das würde die Whisky-Jungs in Bewegung setzen.

Grant zog eine Augenbraue in die Höhe. »Was ist los?«, flüsterte er.

»Es ist was mit Elena oder Clarissa oder wer sie auch immer ist. Patrick sagt, sie reagiert nicht auf Ansprache. Der Krankenwagen ist unterwegs, aber wir würden das lieber ohne Zuschauer machen.«

Grant übernahm die Aufgabe, seine Whisky-Herde ins Esszimmer zu treiben. Raoul trat zu mir und schaute besorgt.

»Sie haben einen Krankenwagen gerufen?«

»Das hat Patrick gemacht. Sie kommen so schnell wie möglich her.«

»Es tut mir wirklich leid, dass wir ihre wunderbare Party stören.«

»Seien Sie nicht albern. Elena geht es offenbar sehr schlecht.« Ich beobachtete Raouls Gesicht genau.

»Sie hat Diabetes, und sie ist nicht immer so vorsichtig, wie sie sein sollte«, meinte Raoul. »Könnte ich Sie um einen weiteren Gefallen bitten? Tantchens Insulin liegt auf dem Rücksitz in meinem Auto, in einer Ledertasche. Würden Sie mir die bitte holen gehen? Ich will sie nicht allein lassen.« Raoul streckte mir seine Autoschlüssel entgegen.

»Aber natürlich.« Ich nahm die Schlüssel und ging in Richtung Haustür. Was immer mit Elena war, es lag nicht nur an ihrem Diabetes. Trotzdem wollte ich nicht, dass die Sache wegen Insulinmangels noch schlimmer würde. Raoul wandte sich wieder zum Wohnzimmer, und ich ging zu dem Mietwagen, den er hinter dem Whiskykarren geparkt hatte. Der Karren warf einen Schatten auf das dunkle Wageninnere. Ich musste mich vorbeugen, um mit den Händen über das Polster zu tasten und die Ledertasche zu suchen. Da hörte ich ein Geräusch hinter mir und wollte mich aus dem engen Raum heraus aufrichten. Doch ehe ich wieder auf den Beinen stand, streckte mich ein Schlag von hinten nieder, und um mich herum wurde alles schwarz.

KAPITEL 39

Ich kam wieder zu mir, als meine Stirn gegen den Türgriff des Autos prallte, was den pochenden Schmerz von der Beule an meinem Hinterkopf auch nicht minderte. Ich brauchte eine Weile, um herauszufinden, wo ich mich befand. Meine Hände waren auf dem Rücken zusammengeschnürt, und ein Klebeband verschloss mir den Mund. Ich wand mich ein bisschen und sah den Umriss von Raoul am Steuer. Wo zum Teufel fuhren wir hin?

Nach dem Holpern zu urteilen hatten wir ein ziemliches Tempo drauf, doch in der Dunkelheit konnte ich unmöglich sehen, in welche Richtung wir fuhren. Ich hätte wissen müssen, dass Raoul das Wohl seiner Begleiterin herzlich egal war. Sonst hätte er ja schon viel früher einen Arzt gerufen. Wie idiotisch von mir, allein zu seinem Auto hinauszugehen! Wie üblich hatte ich mich kopfüber in eine Sache gestürzt und war wieder einmal in Schwierigkeiten geraten. Ich bemühte mich, tief durch die Nase einzuatmen und mich so zu beruhigen. Panik würde mir gar nichts bringen.

Das Auto fuhr langsamer, und Raoul bog scharf rechts ab. Jetzt holperten wir über Kies. Waren wir bei der Kiesgrube? Wollte er mich hier entsorgen wie Mick? Als wir anhielten, schaute ich zum Himmel und konnte keine Felswand erkennen. Also nicht die Kiesgrube. Ich sammelte meine Kräfte, um nach Raoul zu treten. Doch der riss die Tür hinter meinem Kopf auf und zerrte mich unsanft an den Haaren heraus, so dass mir ganz schwummrig wurde und sich alles drehte. Er zog mich auf die Beine, und ich spürte, wie mir die Übelkeit im Hals hochstieg.

Ich wollte schon um mich treten, doch als sich eine Pistole in meine Rippen bohrte, überlegte ich es mir noch einmal. Raoul beugte sich vor und riss mir das Klebeband vom Mund weg. Ich schrie vor Schmerz auf. Zumindest konnte ich ihm jetzt auf die Schuhe kotzen, ohne daran zu ersticken. Ein schwacher Trost, aber das musste fürs Erste reichen.

»Was wollen Sie von mir?« Eine lächerliche Frage in meiner Situation, aber ich wollte auf keinen Fall Angst zeigen.

»Ich brauche Ihre Expertenkenntnisse.« Raoul packte mich grob am Arm und drängte mich über den holprigen Zufahrtsweg. Ich kam mit den ungewohnten hochhackigen Schuhen ins Stolpern. Mein Kleid war vom Saum bis zur Taille eingerissen und schlappte mir nutzlos um die Beine, so dass der Wind mir die Kälte bis in die Knochen wehte. Vor mir konnte ich die Umrisse von Richard Newtons Jagdhütte erkennen. Wir hatten die doch von oben bis unten durchsucht, und nicht nur wir. Warum waren wir schon wieder hier?

Raoul führte mich zu dem Kamin in der Jagdhütte und band meine Hände los, ehe er mit der Taschenlampe seines Handys in den rußgeschwärzten Schornstein leuchtete. »Finden Sie das Versteck. Sie haben doch gesagt, in jedem Haus gab es eins. Finden Sie das hier.«

Ich trat einen Schritt zurück und rechnete mir aus, wie groß meine Chance war, es zur Tür zu schaffen, ehe er schoss. Meine Chance war gering. Ich musste wohl versuchen, ihn hinzuhalten. Grant und ich hatten gründlich gesucht, als wir hier waren, aber ich konnte es ja noch einmal vortäuschen. Sicher würde bald jemand merken, dass Raoul und ich verschwunden waren, und bei Bill anrufen.

»Schnell«, knurrte Raoul und rückte mir mit der Pistole näher. Er schien auch zu spüren, dass ihm nicht mehr sehr viel Zeit blieb.

Ich ließ meine Finger über die Innenwände des Kamins gleiten, suchte nach einer Öffnung oder einer unebenen Stelle im Stein. Beim letzten Mal war da nichts gewesen, und jetzt war es nicht anders. Diese Nachricht würde Raoul nicht sonderlich erfreuen.

»Ist da irgendwas?«, wollte er wissen.

»Bisher nicht.« Ich trat weiter in den großen Kamin hinein, wünschte mir, ich könnte wie der Weihnachtsmann durch den Schornstein verschwinden. Das ging wohl kaum, also musste ich mir rasch etwas einfallen lassen, sonst würde Raoul meine Hilfe schon recht bald nicht mehr benötigen. Schließlich erhob ich mich auf die Zehenspitzen und reckte die Arme, so hoch ich konnte. Da spürte ich, dass ein Ziegelstein ein wenig vor den anderen hervorragte. Ich drückte fest darauf und hörte ein willkommenes Knirschen in der Feuerstelle. Raoul eilte vor und deutete mit der Pistole an, ich solle die Steinplatte verschieben, die ein wenig nach unten gerutscht war. Inzwischen auf allen vieren, schaute ich von unten zu ihm auf. »Wir brauchen einen Hebel.«

Raoul griff nach einem eisernen Schürhaken, der neben dem Kamin an der Wand lehnte, und reichte ihn mir. Ich führte ihn zwischen den Stein und den umgebenden Boden ein und schaffte es auch, die Platte am einen Ende in die Höhe zu hieven und mit einem ohrenbetäubenden Krachen nach hinten zu kippen. Raoul riss mir den Schürhaken sofort wieder aus den Händen, ehe ich auch nur auf den Gedanken kommen konnte, ihn gegen ihn zu erheben. Er schleuderte ihn quer durch den Raum.

Wir bewegten uns beide zu dem gerade geöffneten Loch im Boden und schauten beim Schein von Raouls Taschenlampe hinein. Ich wusste nicht, ob ich hoffte, hier die Säcke voller Geld zu entdecken, oder nicht. Falls wir fanden, was Raoul suchte, wäre ich für ihn nicht mehr von Nutzen. Wenn nicht, konnte er mich potenziell noch gebrauchen, und vielleicht entschied er sich dann, mich noch eine Weile bei sich zu behalten. Vielleicht konnte ich anbieten, ihm zu zeigen, wie man das Versteck am Rebel's Cross öffnete. Das war zwar auch leer, aber zumindest könnte ich so noch ein wenig Zeit schinden, damit die anderen uns finden konnten.

Das Versteck war leer. Raoul stieß einen Schwall spanischer Flüche aus, die ich zwar nicht übersetzen, aber sehr wohl verstehen konnte. Die Frustration hatte ihn im Griff.

Während er abgelenkt war, streckte ich die Hand nach unten aus und versuchte, an mein Telefon zu kommen. Da mein Kleid hauteng war, hatte ich das Telefon weit oben am linken Oberschenkel in mein Strumpfband gesteckt. Nach all dem, was mir widerfahren war, seit Raoul mich in The Larches entführt hatte, überraschte es mich nicht, dass mein Handy weg war. Von Raoul weggenommen oder irgendwo unterwegs verloren, als wir durch die Gegend stolperten. »Und was jetzt?«, fragte ich, als Raoul mit seiner Schimpferei fertig war.

»Schnauze.« Er packte grob meine Hände und band sie mir wieder auf dem Rücken zusammen, schubste mich zu Boden und ließ mich, an die Wand gelehnt, da sitzen, ehe er zum Küchenfenster ging und in die Dunkelheit hinausstarrte. Das geschnitzte Holzschild mit der Aufschrift »Smuggler's Hole« hing noch immer am Fenster über dem Spülstein. Raoul riss es herunter, zerbrach das Brett über dem Knie und warf die Teile in die Ecke.

»Vielleicht haben Sie etwas übersehen«, meinte ich leise.

»Wir haben jedes Schmugglerversteck angeschaut, das in Ihrem verflixten Buch beschrieben ist, dann noch einige aus den endlosen Geschichten, die Ihre Dorftrottel erzählen. Überall nichts.«

Es war vielleicht töricht, aber ich beschloss, mich noch weiter vorzuwagen »Ich hätte gedacht, dass Clarissa etwas besser über den Ort des Verstecks informiert wäre. Schließlich ist Newton ihr Ehemann.«

Raoul schaute zu mir herunter. »Sehr schlau. Wann haben Sie's bemerkt?«

»Gestern.« Ich gab nicht zu, dass ich erst jetzt ganz sicher war, nachdem er mir meine Theorie bestätigt hatte. »Und wo ist Tantchen Elena?«

»Wo sie hingehört, in einem nicht markierten Grab im Wald hinter unserem Anwesen zu Hause.«

Wenn ich je die Hoffnung gehegt hatte, diese Tortur zu überleben, so war sie nach dieser Antwort zunichte. Ich musste auf Zeit spielen und Raoul am Reden halten, das war jetzt meine einzige Möglichkeit. »Warum Elena umbringen?«

»Die *puta* hat meine Mutter ermordet – ihre eigene Schwester! Sie war eifersüchtig und geldgierig und intrigant. Clarissa hatte sie im Verdacht, und ich auch.«

»Wie hat sie denn Ihre Mutter ermordet, ohne dass jemand es bemerkt hat?«

»Sie hat Mami mit ihrem eigenen Parfüm vergiftet – hat ein Gift reingemischt, das nach und nach durch die Haut eingedrungen ist, einen Tag nach dem anderen. Und das so viel Schaden angerichtet hat, bis es zu spät war.«

»Und das passiert gerade auch mit Clarissa?«, fragte ich.

Raoul lachte unfroh. »Sie hat geschworen, sie wüsste, wo das Geld ist, aber sie hat gelogen. Sie hat mich nur benutzt, damit ich ihr helfe, es zu finden. Wie konnte ich ihr da vertrauen, dass sie es schließlich mit mir teilen würde?«

Die Parfümwolke, die sie hinter sich herzog, war also nicht nur Teil ihrer Verkleidung als Elena, sie war buchstäblich genauso giftig, wie sie mir vorgekommen war. Ich hoffte, dass die Docs noch rechtzeitig eingetroffen waren.

»Sie sind Ethan hierher gefolgt.«

»Ich habe es ja für riskant gehalten, aber sobald Clarissa herausgefunden hatte, dass er in dieser Woche herkommen wollte, haben wir unsere Pläne geändert.«

»Sie glaubten, er wüsste, wo das Geld versteckt ist?«

»Nein«, blaffte Raoul. »Ich war mir sicher, dass er es nicht wusste, aber Clarissa traute ihm nicht. Sie wollte hier sein – und ihn im Auge behalten, meinte sie.«

»Aber warum ihn umbringen?«

»Weil sie wie besessen ist. Er hat ja das hübsche kleine Spielchen ihres Mannes beendet. Jetzt hat sie keine Jachten mehr, keine endlosen Einkaufstouren. Und dafür gibt sie allein ihm die Schuld.«

Nicht ihrem Ehemann, dem Gauner, dachte ich. »Also haben Sie ihn umgebracht?«

»Nicht ich. Sie hat ihn getötet.«

»Sie wollen mir weismachen, dass Clarissa in der Lage

war, einen ausgewachsenen Mann zu ertränken? Eine Frau, die so schwach ist wie sie?«

»Da war sie noch nicht schwach, und sie war wütend. Große Leidenschaft schenkt einem große Kraft.«

»Das glaube ich Ihnen nicht.«

»Sie hatte es von Anfang an geplant, denke ich. Sie hat mir gesagt, ich sollte irgendein Pulver in seinen Kaffee schütten. Sie meinte, davon würde ihm schlecht werden. Sie wollte, dass er leiden müsste.« Raoul zuckte mit den Achseln. »Was scherte das mich? War mir egal.«

Nachdem Ethan halb betäubt war, war es wohl ein Leichtes für Clarissa gewesen, den Flur entlangzugehen und ihn zu töten, ohne dass jemand etwas davon merkte. »Es war gut ausgedacht, ein fingierter Selbstmord – sie muss ja völlig außer sich gewesen sein, als sie am nächsten Morgen gehört hat, dass man ihn am Bergpfad gefunden hatte.«

»Das war ein ziemlicher Schock, aber schließlich hat uns Owen sogar einen Gefallen damit getan, indem er die Sache nur noch verworrener machte. Plötzlich gab es so viele andere Verdächtige. Wir hätten es uns gar nicht besser wünschen können.«

»Wer ist auf die Idee gekommen, den Abschiedsbrief zu Gordons Sachen zu legen?«

»Clarissa. Sie wollte ihn eigentlich in Micks Notizbuch legen, aber die Dinger sehen ja alle gleich aus. Schließlich war es auch egal. Es hat die Polizei verwirrt und uns Zeit verschafft.« Raoul wandte sich erneut zum Fenster und schaute auf die Berge draußen. Er verlor das Interesse an meiner Fragerei.

»Was ist das für ein Schatten da weiter unten am Hang?«, fragte er.

»Die Ruine einer anderen Hütte.«

»Steht da noch was?«

»Nur ein Teil des Wohnraums und der Kamin.«

Raoul langte nach oben und berührte die Stelle, an der das Schild »Smuggler's Hole« gehangen hatte.

Ich folgte seinem Gedankengang. Könnte die Lösung so einfach sein? Hatte Newton den Ort gerahmt und beschriftet, bestens sichtbar für jeden, der bereit war, genau hinzuschauen?

»Kommen Sie«, sagte er.

Ich ging gern mit, denn ich hoffte, so ein wenig mehr Zeit zu gewinnen. »Ich brauche aber auch Licht, wenn wir da unten suchen sollen«, sagte ich.

Raoul zerrte mich auf die Beine und schubste mich mit der Pistole, ehe er beim Kofferraum des Autos stehen blieb und eine Campinglaterne herausholte. Ich konnte nur hoffen, dass dieses Licht auf dem dunklen Berghang so auffällig sein würde, dass Rory es vielleicht bemerkte und die Polizei rief.

Wie rutschten und schlitterten über den felsigen Hang auf die Ruine der Hütte zu. Hunter zufolge stand sie hier schon seit über dreihundert Jahren. Jetzt sah es ganz so aus, als wolle die Natur sie zurückerobern. Die Steinmauern waren verfallen, die Pflanzen überwucherten sie und verschlangen allmählich alle Überreste des menschlichen Eindringens. Einzig eine Mauer und der Kamin darin waren noch übrig. Die Steine, aus denen der Kamin gemauert war, waren dicker und mit einer Art Mörtel verfugt, so dass Abzug und Feuerstelle unversehrt erhalten waren.

Raoul stellte die Laterne in den Kamin, und das Licht wurde von den Mauern zurückgeworfen. Sehr nützlich dort, wo es war, aber so würde nur wenig Licht nach außen dringen und aus der Ferne zu sehen sein. Raoul nahm mir erneut die Stricke von den Händen, und ich hob die Laterne an, schwenkte sie mit unsicheren Bewegungen in der Ruine herum und untersuchte langsam alles, was mir beachtenswert schien.

»Was machen Sie da?«

»Jeder Kamin ist ein bisschen anders«, antwortete ich. »Bei manchen ist der Mechanismus zum Öffnen im Boden, bei anderen an den Wänden. Ich versuche nur ein Gefühl für den Raum hier zu bekommen.« Ich hoffte, das klang vernünftig, aber ich wusste, dass ich schon bald im Inneren des Kamins weitersuchen und so das Licht vor der Außenwelt abschirmen musste, ehe Raoul Verdacht schöpfte.

Ich schwenkte die Laterne über dem Kopf, um den Bereich über dem Sims zu betrachten, zog mich dann in den weiten Kamin zurück. Sehr zur Erleichterung meines schmerzenden Rückens war der innen so hoch, dass ich aufrecht stehen konnte. Ich fuhr erneut mit den Händen über die Mauern. Hier war die Rußschicht älter und sogar noch dicker, und ich wischte mir mit dem Handrücken über die juckende Nase. Meine Chancen, als extrem elegant gekleidete Schornsteinfegerin aus diesem Leben zu scheiden, standen ziemlich gut. Das war kein bisschen komisch, eher furchterregend, doch trotz alldem merkte ich, dass in mir ein hysterisches Lachen aufstieg. Ich drehte durch. Ich zwang mich, die Laterne hochzuheben und die Innenwände des Kamins genauer zu betrachten. Etwa sechs Fuß über mir ragte eine Reihe Ziegelsteine etwas weiter heraus. Vielleicht hatten die Steine ein Gitter gehalten, damit keine Tiere herunterfallen konnten, aber es sah auch nach einer schönen Stelle für einen Auslösemechanismus aus. Ich fuhr mit den Fingern an der Kante entlang und fand recht weit vorn eine Lücke, wo ein Ziegelstein fehlte. Es schien töricht, einfach die Hand hineinzustecken, weil ich Angst hatte vor dem, was da drinnen lauern könnte, aber genau genommen hatte ich noch mehr Angst vor dem Mann, der mit der Pistole in der Hand hinter mir stand. Ich griff hinein, fand einen Metallring und zog daran. Ein vertrautes Knirschen kündete die Bewegung einer Bodenplatte auf der anderen Seite des Kamins an. Raoul rannte zu der Öffnung, die sich auftat, und leuchtete mit der Taschenlampe seines Handys in den kleinen Hohlraum. Sein Gesichtsausdruck verriet mir, dass wir gefunden hatten, was er suchte.

KAPITEL 40

Raoul beugte sich nach unten, um in das Loch zu schauen, rang sichtlich mit der Entscheidung, was er mit der Pistole machen sollte und wie er mich in Schach halten könnte. Ich überlegte, ob ich wegrennen sollte. Aber ich würde wohl nicht sehr weit kommen, ehe er mich erschoss. Meine einzige Option war, ihn weiter hinzuhalten, obwohl ich mir völlig darüber im Klaren war, dass es die beste Lösung für ihn sein würde, jetzt rasch die Plastiktüten voller Bargeld auszuräumen, die uns aus dem Versteck entgegenblickten, und danach schleunigst meine Überreste dort zu entsorgen. Zugegeben ein spektakuläres Versteck für ein Mordopfer, aber keines, in dem ich gern verschwinden wollte.

Die Pistole war wieder auf mich gerichtet. »Ziehen Sie die Tüten raus«, verlangte Raoul. »Schön langsam. Und stellen Sie sie hier neben mich.«

Ich tat, was er mir sagte, schob mich mit den Füßen voraus in die Öffnung. Das Loch war nicht sehr tief. Die Steine der Feuerstelle waren für mich nun auf Schulterhöhe. Ich zog die Plastiktüten eine nach der anderen heraus und legte sie auf dem Boden neben Raouls Füße.

»Und jetzt nehmen Sie so viele, wie Sie tragen können«, befahl Raoul, während er mich wieder aus der Vertiefung zog.

Ich nahm mir einen Armvoll von den glitschigen Tüten,

und er ging hinter mir, hielt immer noch die Pistole in der Hand, während ich über den Hang zum Auto zurückstolperte. Raoul zog einen Koffer hinten aus dem Wagen, stellte ihn auf den Boden und klappte ihn auf. Ich ließ die Geldpakete, die ich trug, in den Koffer fallen. Ich musste noch fünfmal hin und her laufen, um das gesamte Geld herzubringen. Inzwischen zitterte ich stark, vor Erschöpfung und in dem Wissen, dass ich für diese Operation nun völlig überflüssig geworden war.

Raoul klappte den Koffer mit einem Fußtritt zu und befahl mir, die Hände auszustrecken, die er mir diesmal vor dem Leib fesselte. »Stellen Sie den Koffer hinten in den Wagen«, bellte er. Ich tat mein Bestes mit den gebundenen Händen. Als ich ihm dabei den Rücken zuwandte, hörte ich ein Reißen, und dann klatschte er mir erneut Klebeband vor den Mund, wieder von hinten. Instinktiv stieß ich einen Fuß in seine Richtung und traf ihn am Knie. Er geriet ins Taumeln, schlug aber zurück, indem er mir den Griff der Pistole krachend gegen die Schläfe rammte. Der Aufprall brachte mich ins Torkeln, und er schubste mich unsanft hinten zum Wagen und in den Kofferraum. Ich trat mit den Füßen nach ihm, doch dann krachte der Kofferdeckel auf mich, als Raoul ihn mit Gewalt nach unten drückte.

Der Motor wurde angelassen, und ich spürte die Unebenheiten in der Kiesstraße, über die wir holperten. Ein Wagenheber stieß mir in einem üblen Rhythmus in den Rücken. Ich versuchte, die Abzweigungen mitzuzählen. Rechts auf die Upland Road. Raoul wollte offensichtlich nicht durch Balfour fahren. Sicherlich würde Michaelson nach dem Auto Ausschau halten, und er hatte bestimmt auch alle Bahnhöfe und Flughäfen in Alarmbereitschaft versetzt. Ich gab mir redlich Mühe, in meinen Gedanken nur positive Durchhalteparolen ablaufen zu lassen, während ich mich auf unsere Route konzentrierte. Wir waren auf die West Valley Road abgebogen, und wenn ich recht hatte, waren wir nun auf dem Weg nach Edinburgh. Sicher würde man den Wagen dort doch bemerken?

Warum wurde ich einfach nicht klüger? Ich steckte meine Nase in anderer Leute Angelegenheiten und landete gefesselt und geknebelt an irgendeinem gottverlassenen Ort. Beim ersten Mal war das schlimm genug gewesen, aber da hatte ich weniger zu verlieren gehabt. Jetzt hatte ich so viel zu verlieren. Gedanken an Grant erfüllten meinen Kopf. Ich wünschte, ich hätte ihm alles erzählt. All meine Geheimnisse. Wenn ich sterben sollte, dann wollte ich doch vorher reinen Tisch machen. Er hatte gesagt, dass er mich liebt. War das wirklich Liebe? Hatte Fergie recht? Hatten sie und Ben dem Schicksal den kleinen Schubs gegeben, der nötig war, oder würde mir so viel Glück letztlich doch verwehrt bleiben? War dies jetzt das Karma, an das Mick geglaubt hatte? Ich hatte Jahre damit verbracht, das Elend anderer Menschen zu fotografieren, aber erst in letzter Zeit war ich so weit gekommen, dass ich ihnen auch zu helfen versuchte. Waren meine Bemühungen zu gering und kamen zu spät? War dies mein Schicksal, das Glück in Reichweite zu haben, um es im letzten Augenblick zu verlieren? Immer düsterer wurden die Gedanken, die mir durch den Kopf jagten. Es kam mir vor, als vergingen Stunden, doch tatsächlich waren es wahrscheinlich weniger als fünfundvierzig Minuten, ehe wir die Geschwindigkeit verlangsamten und links abbogen. Als der Wagen schließlich anhielt, hörte ich, wie die Tür zugeschlagen wurde und Raoul auf dem Rücksitz herumkramte. Würde er mich einfach hier zurücklassen? Ich war mir nicht sicher, was schlimmer war: dass er mich mitnehmen und wahrscheinlich irgendwo unterwegs umbringen würde oder dass er mich hier zurücklassen würde, wo ich kaum eine Chance hatte, entdeckt zu werden. So oder so standen die Dinge für mich verdammt schlecht.

Endlich ging die Kofferraumklappe auf, und Raouls grimmiges Gesicht tauchte auf, von hinten durch eine trübe Straßenlaterne beleuchtet. Eine Brise trug den Geruch von Salzwasser und Fisch herbei. Wir mussten in der Nähe des Meeres sein. Raoul packte mich beim Arm und zerrte mich aus dem Kofferraum. Ich kam ins Stolpern, denn meine Beine gehorchten den Befehlen meines Gehirns nicht und wollten sich nicht bewegen. Da war noch immer die Pistole, und nun drückte Raoul mir den Lauf in den Rücken, während er mich über einen großen Parkplatz zu einem Jachthafen bugsierte. Es war kein großer Hafen, eher eine Anlegestelle für Wochenendsegler. Wir mussten irgendwo am Firth of Forth sein – Raoul hatte das alles eindeutig weit im Voraus geplant. Katherine hatte erzählt, dass Raoul Regatten gesegelt war. Das hier war also der perfekte Plan für eine unentdeckte Flucht aus dem Land. Ich schaute mich verzweifelt um und hoffte, jemanden zu sehen, der gerade auf seinem Boot war, aber es war beinahe ein Uhr morgens, und alles lag ruhig und still da. Ich musste mich damit abfinden: Ich war allein. Wenn wir in See stachen, wusste ich genau, dass im nächsten Hafen nur ein Passagier von Bord gehen würde. Ich konnte das nicht einfach kampflos zulassen.

Ich riss meinen Arm aus Raouls Griff los und versuchte, ihn aus dem Gleichgewicht zu bringen, indem ich ihn rammte. Er hob die Hand und ließ mir einen Schlag auf den Kopf krachen. Ich fiel auf die Knie, und der Boden schien vor mir zu verschwimmen. Raoul zerrte mich wieder in die Höhe und drängte mich auf das Hinterdeck eines großen Segelboots. Er schubste mich in einen fast leeren Fischkasten, und mein Abendkleid erlitt die letzte Erniedrigung, als es auf den Haufen toter Fische klatschte, auf dem ich landete. Meine Beine ragten in die Luft, und ich trat wild um mich, doch Raoul schaffte es, meine Knöchel mit einem Seil zu fesseln, ehe er mich wieder hochriss und durch eine Falltür im Deck schubste, die er mit einem Vorhängeschloss sicherte.

Ich versuchte, hinter dem Klebeband hervor zu protestieren.

»Schnauze. Hier ist niemand, der dich hören könnte«, bellte er.

Ich hörte, wie sich seine Schritte über die Bohlen des Docks entfernten.

Ich war allein, zumindest für kurze Zeit. Trug er jetzt alles zusammen, was er für seine überstürzte Abreise brauchte? Obwohl mir der Kopf schwirrte, probierte ich mich aufzusetzen. Es war dunkel, aber durch eine andere Luke, die auf den vorderen Teil des Decks hinausging und deren Abdeckung aus Latten bestand, sickerte ein wenig Licht herein. Ich drückte gegen die Tür, doch auch diese Luke war verriegelt. Zumindest hatte ich so ein bisschen Licht. Ich lehnte mich gegen eine Kiste, die am Boden stand. Grant würde wütend sein, weil ich mich wieder einmal in eine so verzweifelte Lage gebracht hatte – obwohl selbst er zugeben musste, dass es diesmal nicht allein meine Schuld war. Ich fand, dass ich bei der Ermittlung bemerkenswerte

Zurückhaltung an den Tag gelegt hatte. Ich hatte es Bill und Michaelson überlassen, sich mit den Mördern zu befassen, nur hatte das schließlich auch nichts genutzt. Es waren die falschen Mörder gewesen. Ich spürte, wie Panik in mir aufstieg, und zwang mich, langsam zu atmen. Ein. Aus. Ein. Aus.

Ich versuchte mich zu konzentrieren. Jetzt, da Raoul fort war, hatte ich eine Chance, möglicherweise meine einzige. Ich rappelte mich irgendwie auf die Füße und warf mich mit der Schulter gegen die Latten der Luke. Ich hörte ein leises Splittern. Immer und immer wieder versuchte ich es, bis das Holz brach, aber die Öffnung war noch zu klein für mich. Zumindest bekam ich jetzt mehr Luft. Ich machte eine Pause, atmete tief ein und sammelte meine Kräfte für die nächste Attacke. Doch ehe ich anfangen konnte, hörte ich auf dem Dock in der Nähe des Bootes schon Schritte. Verdammt. Ich war zu langsam gewesen. Was nun? Ich lehnte den Kopf an die Wand des kleinen Raums und zermarterte mir das Hirn. Ein Plan musste her. Wenn Raoul mich über Bord warf, könnte ich vielleicht schwimmen, aber nicht mit gefesselten Armen und Beinen. Der Gedanke daran, hilflos im Meer zu treiben, langsam im tiefen, kalten Wasser zu ertrinken, versetzte mich in Angst und Schrecken. Nun atmete ich in kleinen, harten Stößen.

Die Schritte kamen näher. Jetzt waren sie auf dem Vorderdeck. Nicht eine, sondern zwei Personen. Hatte Raoul noch einen Komplizen, den wir übersehen hatten? Ich linste durch das Loch in der Luke und sah genau das, was ich in diesem Augenblick mehr als alles andere ersehnte: Die Beine eines Mannes, der noch in Kilt und Kniestrümpfe gekleidet war und mir zu Hilfe geeilt war. Grant hatte den

Wagenheber in der Hand, ihm dicht auf den Fersen folgte Cam mit einer kleinen Axt. Ich trampelte gegen den Boden des Laderaums, um ihre Aufmerksamkeit nach unten zu lenken. Grant drehte sich um und sah durch das Loch in der Luke meine weit aufgerissenen Augen. Seine Schultern entspannten sich erleichtert.

In wenigen Minuten hatten sie die Luke zertrümmert, waren hereingeklettert, hatten meine Fesseln durchgeschnitten und das Klebeband von meinem Mund gerissen. Ich umarmte Grant fest und langte hinter ihm auch zu Cam, um ihm die Hand zu drücken. »Wie um alles in der Welt habt ihr mich gefunden?«

»Patrick konnte dein Telefonsignal bis zur Jagdhütte verfolgen. Da lag es im Dreck, aber natürlich wart ihr schon weg. Ich habe Gordon und Patrick zu Bill und Michaelson geschickt, damit sie ihnen davon berichteten und die offizielle Suche anfangen konnte.«

»Aber wie seid ihr dann als Erste hier angekommen?«

»Das war Grants Idee«, meinte Cam. »Wir sind zu Clarissa gefahren. Sie war ziemlich weggetreten, aber Doc Arya hat uns erlaubt, trotzdem mit ihr zu reden.«

»Michaelson wird es gar nicht gefallen, dass wir als Erste mit ihr gesprochen haben, doch es musste einfach sein. Sie war zweifellos hinter dem Geld her, aber sie schien sehr bestürzt von dem Gedanken, dass sie die Verantwortung für einen weiteren Tod tragen würde. Sie hat Raoul sehr schnell verraten.«

So bestürzt war sie also auch wieder nicht, dachte ich. »Wo sind wir?«

»In einem Jachthafen am Firth of Forth, und wir gehen besser schnell von Bord, ehe Raoul zurückkommt.«

»Wo er auch immer hingegangen ist, lange wird er nicht wegbleiben«, sagte ich. »Wir haben das Geldversteck in der Nähe der Jagdhütte gefunden. Er will bestimmt so schnell wie möglich hier weg. Wir müssen Michaelson mitteilen, wo wir sind.«

Grant stützte mich am Ellbogen, während wir über die Holzsplitter der zerborstenen Luke kletterten. »Kaum bist du achtzehn Monate in meinem Leben, habe ich schon den regionalen Kripochef auf Kurzwahl. Keine Sorge, wir haben ihm mitgeteilt, wohin wir unterwegs waren.«

Auf dem Weg zu der Leiter, die aus dem Frachtraum nach oben führte, hörten wir auf Deck ein Geräusch und verstummten. Raoul war zurück. Sein Gesicht erschien in der Luke, und er richtete seine Pistole auf uns. »Dachte ich mir doch, dass wir Besuch bekommen haben. Bitte gesellt euch zu mir, hier oben in der frischen Luft ist es so viel netter.«

Grant schob sich vor uns und bestand darauf, als Erster die Leiter hinaufzusteigen. Als er oben angekommen war, gab es ein Handgemenge, und ein Schuss war zu hören. Ich rannte zur Leiter, doch Cam hielt mich zurück.

»Nae, Mädel. Warte.« Er ging auf die Leiter zu und kletterte vorsichtig hoch. Ich stand gleich hinter ihm und schaute hinaus. Raoul rappelte sich auf die Beine und hatte die Pistole auf Grant gerichtet, der ein Knie auf dem Deck hatte. Ich rückte noch ein wenig hinter Cam hoch und hielt Ausschau nach Blutspuren, doch der Schuss schien in die Luft gegangen zu sein.

»Hier rauf. Alle drei.« Raoul wedelte mit der Pistole in Richtung des Bugs. Schließlich standen wir alle dort nebeneinander.

»Ich hatte ja gehofft, die Segel zu setzen, ehe ich Passagiere über Bord werfe, doch es sieht ganz so aus, als müsste das hier reichen. Zum Glück ist das Wasser ja tief.«

Ich griff nach Grants Hand und drückte sie. »Kannst du schwimmen?«, murmelte er leise, ließ aber die Augen nicht von Raoul.

»Mh«, antwortete ich.

»Wenn er schießt, lasse ich mich nach hinten fallen und zerre dich mit. Und dann schwimme wie der Teufel.«

Ich schaute Grant mit weit aufgerissenen Augen an. »Nein.«

»Schnauze.« Raoul legte die Waffe an und trat einen Schritt näher. Doch ehe er weitergehen konnte, ertönte eine vertraute Stimme knisternd über ein Megafon.

»Treten Sie zurück und legen Sie die Waffe weg.«

Es war Michaelson, Gott sei Dank. Raoul wandte sich zu dem Geräusch hin, ließ aber die Pistole nicht sinken. Er war in die Enge getrieben, und wie ein Tier würde er nun völlig unberechenbar sein, überlegte ich. Er packte mich beim Arm, riss mich vor sich. »Ich erschieße sie, wenn ihr auch nur einen Schritt näher kommt.«

Er hielt mir die Pistole an den Kopf.

Michaelson war still. Zweifellos wurde die Lage gerade blitzschnell neu bewertet.

»Damit kommen Sie nicht davon«, sagte ich. »Es sind zu viele.«

»Vielleicht, vielleicht auch nicht. Aber ins Gefängnis gehe ich nicht. Lieber sterbe ich, und nach all dem Ärger, den du mir gemacht hast, habe ich wenigstens die Genugtuung, dass ich dich dabei mitnehme.« Er zog mich noch näher an sich heran.

Michaelson, das wusste ich, würde sicher wollen, dass seine Leute Raoul durch einen Schuss außer Gefecht setzten. Das Problem war nur, dass ich erst aus der Schusslinie musste. Ich ließ mich schlaff vor Raoul sacken, als sei ich ohnmächtig geworden. Zumindest würden Michaelsons Leute so ein bisschen Zeit zum Zielen bekommen. Ich hatte schon mit eigenen Augen Scharfschützen bei der Arbeit beobachtet und wusste, dass sie nicht viel Spielraum brauchten.

»Lassen Sie sie gehen, oder wir schießen«, rief Michaelson.

Das war mein Stichwort. Ich schnellte plötzlich aus der schlaffen Position zur Seite. Die abrupte Bewegung brachte Raoul aus dem Gleichgewicht, und obwohl er mich weiter festhielt, war doch der Abstand zwischen uns größer geworden, und die Pistole war auch nicht mehr direkt auf meinen Kopf gerichtet. Ich hörte den Schuss vom Ufer, und Raoul sackte auf dem Deck zusammen, hielt sich den rechten Arm. Ich kickte die Pistole zur Seite. Grant schnappte sie sich und richtete sie auf den Mann, der stöhnend auf dem Deck lag.

KAPITEL 41

Die Tortur mit Raoul war schrecklich gewesen. Jetzt, da ich wieder friedlich in der Küche von The Larches saß, Liams Kopf auf dem Schoß hielt und einen guten Whisky vor mir stehen hatte, während Louisa und Gordon geschäftig Essen zubereiteten, kamen allmählich meine Kraft und meine gute Laune zurück.

Grant, Cam und ich wurden behandelt wie siegreiche Helden. Vicky und Owen saßen dicht beieinander am anderen Ende des Tisches. Er hatte ihr den Arm um die Schulter gelegt. Offensichtlich hatte die Erleichterung darüber, dass Owen wirklich nichts mit dem Mord an Ethan zu tun gehabt hatte, sie so weit gebracht, dass sie einander nun endlich Trost spenden konnten.

Als es um kurz vor drei Uhr an der Tür klingelte, konnte das nur Michaelson sein. Louisa ging aufmachen und kam mit ihm und Bill im Schlepp zurück.

»Wir sind bei The Haven vorbeigefahren; aber da war niemand«, erklärte Bill. »Da haben wir uns gedacht, dass ihr alle hier seid.«

»Wir brauchen Aussagen von allen«, sagte Michaelson zu mir. »Solange Sie noch wach und alle beisammen sind, dachte ich, das könnten wir gleich erledigen.«

Wir machten am Tisch für die beiden Platz.

»Gibt's was Neues von Raoul und Clarissa?«, fragte Grant.

»Raoul wird sich erholen, bei Clarissa ist das noch nicht gewiss.«

Louisa stellte eine frische Tasse Tee vor mich hin, und Gordon kam gleich hinterher mit einer Platte mit seinem speziellen Whisky-Räucherlachs und einem Korb voller gebuttertem Toast. Weitere Whiskygläser wurden für die Neuankömmlinge bereitgestellt, und ich sah, dass Bill und Michaelson einen Drink nicht ablehnten, Dienst hin oder her.

Vicky und Owen wollten aufstehen. »Wir sollten euch vielleicht jetzt alleinlassen.«

»Nein, bitte bleiben Sie«, sagte ich. »Ich bin sicher, Sie haben auch Fragen.«

»Ein paar«, gab Vicky zu. »Haben Sie eine Idee, was Clarissas Krankheit verursacht haben könnte?«

»Ich denke, es wird sich schließlich als eine geringfügig verfeinerte Variante des Gifts herausstellen, das Maria umgebracht hat«, sagte ich. »Laut Raoul hatte Elena seine Mutter mit einer Chemikalie vergiftet, die sie in Marias Parfüm gegeben hatte. Als Frau, die ein Parfüm-Unternehmen führte, hat Maria natürlich jeden Tag welches aufgelegt. Sie hatte keine Ahnung, dass mit diesem Parfüm auch das Gift durch ihre Haut absorbiert wurde. Das Gericht hat auf Nierenversagen als Todesursache befunden. Nierenprobleme sind bei Menschen mit Diabetes eine häufige Nebenwirkung, wenn auch gewöhnlich nicht tödlich. Die Untersuchung der Gerichtsmedizin hat sich ja auf die Dinge konzentriert, die Maria gegessen oder getrunken hatte, und da sie in den letzten paar Tagen ihres Lebens gar nichts zu sich genommen hatte, wurde diese Möglichkeit von der Polizei gleich ausgeschlossen.«

»Kommt mir ein bisschen nachlässig vor«, meinte Patrick.

»Du musst bedenken, dass Elena Serrano in Madrid sehr einflussreich war. Niemand wollte sich mit ihr anlegen.«

»Wie hat Clarissa es herausgefunden?«

»Sie hat es vermutet, aber sie war sich nicht sicher. Raoul hat es herausbekommen. Er ist ja Chemiker. Er hat begriffen, was da geschehen war, aber da war es wohl bereits zu spät. Elena hatte garantiert alle Indizien beseitigt. Clarissa hat ihn nach dem Ende des Verfahrens besucht, und da haben sie gemeinsam einen Plan ausgeheckt, wie sie Elena bestrafen und gleichzeitig das Geld wiederbeschaffen konnten, das Richard versteckt hatte.«

»Wenn Clarissa begriffen hatte, dass etwas mit Maria nicht stimmte, wieso hat sie nicht bemerkt, dass nun ihr dasselbe passierte?«, fragte Michaelson. »Es ist ihr doch die ganze Woche lang nicht gut gegangen.«

»Ich glaube nicht, dass sie zunächst krank war«, antwortete ich. »Anfang der Woche hat sie das nur vorgetäuscht. Sie war ja da auch noch stark genug, um Ethan in seiner Badewanne zu ertränken, nachdem Raoul ihm eine Megadosis Antihistamin in den Kaffee gekippt hatte. Er wirkte sehr schlapp, als er zu Bett ging; ich kannte den Mann zwar kaum, aber selbst mir ist aufgefallen, wie erschöpft er zu sein schien.«

»Raoul hat sicherlich Gelegenheit gehabt, etwas in Ethans Drink zu schütten«, sagte Grant. »Er hat ja dauernd mit allen geredet und ist rumgegangen – er war bei Weitem der kontaktfreudigste in der Gruppe.«

»Und er hat auch unbedingt darauf bestanden, dass ich noch dableiben und weiter mittrinken sollte«, ergänzte

Owen. »Jedes Mal, wenn ich sagte, ich würde jetzt gern nach oben und zu Bett gehen, hat er mir einen weiteren ganz besonderen Whisky gebracht, den ich probieren sollte.«

»Ich bin mir immer noch nicht sicher, ob Raoul wusste, was Clarissa mit Ethan vorhatte. Doch wenn ja, dann war es ihm egal. Er war nur hinter dem Geld her – Clarissa war untröstlich, weil ihrer Meinung nach Ethan ihr Leben ruiniert hat.«

»Es hat sie jedoch nicht geschert, dass ihr Ehemann mit seinen Betrügereien das Leben der Investoren ruiniert hat«, murmelte Gordon.

»Ich glaube nicht, dass sie psychisch stabil war. Wegen ihrer eigenen Gesundheitsprobleme, die sie nicht bemerkt hat, glaube ich, dass die Dinge erst richtig schlimm wurden, als ich sie neulich abends beim Feuer gesehen habe. Vorher war alles Make-up und Schauspielerei. Und ich vermute, sie konnte sich einfach nicht vorstellen, dass Raoul sich gegen sie wenden könnte. Sie waren doch Partner bei dieser Unternehmung.«

»Was passiert jetzt mit Denton und seinem Kumpel?«, fragte Grant.

Michaelson schluckte rasch den Lachstoast herunter, auf dem er gerade genüsslich gekaut hatte. »Wir haben sie in der Nacht auf der Straße geschnappt, die vom Rebel's Cross herunterführt, genau wie Sie es gesagt hatten. Denton hat sich rasch gegen seinen Kumpel gewandt. Er behauptet, sein Komplize hätte Mick im Streit erstochen. Die beiden waren sich sicher, dass er Ethan umgebracht hatte, nachdem er ihn gezwungen hatte, ihm zu verraten, wo das Geld versteckt war. Sobald sie begriffen hatten, dass er wirklich nichts wusste, war er für sie zur Belastung geworden.«

»Und niemand hatte den lebenslustigen Raoul auf dem Zettel. Den begeisterten Ausländer, den Mittelpunkt jeder Party«, merkte ich an. »Beinahe hätte er es geschafft, mit dem Geld zu entkommen, und hätte dabei noch zwei weitere Leichen am Wegesrand hinterlassen.«

»Ich weiß wirklich nicht, wie Sie das machen«, sagte Michaelson. »Aber irgendwie landen Sie immer auf den Füßen.«

»Diesmal kann ich guten Gewissens sagen, dass ich ein paarmal auf dem Hintern gelandet bin.« Mir tat alles weh, ich war völlig verdreckt, und obwohl ich das Kleid ausgezogen und mich in einen von Louisas Morgenmänteln gehüllt hatte, sobald wir zu Hause waren, wusste ich, dass ich noch immer nach Fisch stank.

»Du könntest auch mal wieder duschen«, meinte Grant und rümpfte die Nase.

»Herzlichen Dank. Nach allem, was ich durchgemacht habe«, setzte ich an und erstarrte dann. Langsam drehte ich mich zu Grant hin. »Hast du wirklich gerade angedeutet, dass ich stinke?«

»Entschuldigung«, murmelte er, verstummte aber, als ich die Arme um ihn warf.

»Du merkst, dass ich stinke!« Tränen schossen mir in die Augen. »Du kannst riechen«, rief ich und schaute die Leute an, die um uns versammelt waren. Louisa schlug die Hand vor den Mund und machte große Augen. Cam und Patrick stießen gleichzeitig Jubelschreie aus, während Bill und Michaelson nur grinsten. Vicky und Owen schauten uns an, als wären wir alle verrückt geworden.

ZWEI WOCHEN SPÄTER

Nach dem Regen der letzten Tage erstrahlte das Herbstlaub in leuchtenden Farben. Liam amüsierte sich prächtig, jagte Nora und Luke über den Dorfanger und wälzte sich in den Blätterhaufen, die sich unter den größten Eichen angesammelt hatten. Das alljährliche Stadtfest war in vollem Gange. Alle üblichen Anbieter waren gekommen und hatten die Auslagen mit selbstgemachten Produkten vollgepackt, alle wieder erfrischend frei von jeglicher Mehrwertsteuer.

Während ich so ohne ein bestimmtes Ziel zwischen den Ständen hin und her ging, tauchte auf einmal Trish neben mir auf.

»Ich hab die abschließenden Zahlen von der Auktion – bist du bereit?«

»Dann lass mal hören.«

»Knapp unter dreiundzwanzigtausend Pfund haben wir für die Damen im Shepherd's Rest zusammenbekommen.« Sie strahlte vor Glück.

»Das ist absolut phantastisch, und darauf kannst du stolz sein. Du hast viel Zeit und Mühe aufgewandt, um das alles zu organisieren.«

Trish war kurz sprachlos, und ihre Wangen glühten so rosa wie ihr Pullover.

»Die Leute im Shepherd's Rest werden sich riesig freuen«, fügte ich noch hinzu.

»Ungefähr so sehr wie meine Tante Floss«, meinte Trish. »Die ist total begeistert, dass sie ein bisschen was von ihrem Geld zurückkriegt, das aus dem ollen Newton-Opferfonds kommt, und das hat sie alles dir zu verdanken.«

Laut Michaelson hatte sich das Gericht darüber gefreut, dass wir das Geld für den Opferfonds gefunden hatten, doch das von Raoul und mir entdeckte Bargeld machte weniger als ein Viertel von Newtons Beute aus. Der Rest war längst ausgegeben. »Es ist nicht so viel, wie ich gehofft hatte«, meinte ich.

»Vielleicht nicht, aber wie Floss sagt, immer noch besser als ein feuchter Händedruck.«

Da musste ich einfach grinsen. »Da hat sie wohl recht.«

Trish zwinkerte mir zu. »Nun, es sieht ganz so aus, als sollte ich dich jetzt lieber allein lassen«, sagte sie, als plötzlich von hinten ein Riesenstrauß pfirsichfarbener Rosen vor mich gehalten wurde. Ich drehte mich um und sah Grant, der grinste wie ein kleiner Junge, als er mir sein Geschenk überreichte. Die Blumen waren herrlich, und ihr Duft völlig betörend. Die Welt schenkte Grant nun eine Sinfonie wunderbarer Gerüche, und er genoss jeden einzelnen in vollen Zügen, vom morgendlichen Kaffee und Frühstücksspeck bis zum subtilen süßen Duft gedarrter Gerste. Es war eine Wonne, zu sehen, wie ihm das Leben wieder Spaß machte.

»Die sind wunderschön. Vielen Dank.« Ich reckte mich nach oben und gab ihm einen Kuss.

»Das bist du auch«, antwortete er. »Ich weiß, es ist nicht viel, aber ich wollte dir dafür danken, dass du in den letzten Wochen meine miese Laune ausgehalten hast. Ich weiß, das war bestimmt nicht einfach.«

»Wir haben es überlebt«, sagte ich. »Und du suchst auch keine Jobs in Glasgow mehr, oder?«

»Nein.« Er schaute ein bisschen verlegen. »Du hattest natürlich recht. Hier gehöre ich hin, habe ich immer hingehört. Aber ich denke, wir sollten doch einen Ausflug nach Glasgow machen.«

»Ein richtiges Dinner im Yardarm?«

»Vielleicht, aber vorher wäre es wohl höchste Zeit, dass du meinen Bruder James kennenlernst.«

Das war eine unerwartete Wendung. »Sicher, aber warum jetzt?«

Grant blieb stehen und strich mir eine Haarsträhne aus den Augen. »Weil ich möchte, dass du Teil meines Lebens bist. Meines ganzen Lebens, im Guten und im Schlechten.«

»Ist James gut oder schlecht?«

Grant lachte leise. »Ein bisschen von beidem.«

Ich hakte mich bei ihm unter, während wir zum Dorfanger zurückgingen und immer wieder stehen blieben, um mit Freunden zu sprechen, die wir trafen. Bei St. Jude's war Fiona beim Basar beschäftigt, der beinahe den gesamten ummauerten Garten vor der Kirche einnahm. Sie kam zu uns herüber und umarmte mich zur Begrüßung. Sie wirkte ein wenig erhitzt von der Sonne, aber sehr glücklich.

Grant wanderte weiter, um sich eine Sammlung alter Krüge anzuschauen, die auf dem Rasen ausgestellt war. Fiona zog mich zur Seite.

»Ich dachte, ich sollte dir verraten, dass du recht hattest«, sagte sie.

»Womit?«

Sie tätschelte ihren Bauch. »Ich war letzte Woche bei Dr. Arya, und der hat es bestätigt. Wir erzählen es den Leuten noch nicht, aber ich wollte, dass du es weißt.«

»Das ist ja wunderbar, Fiona. Ich freue mich so für euch beide.« Wirklich. Ich freute mich aufrichtig. Fiona und Craig würden tolle Eltern sein. Aber gegen das winzige Unbehagen, das sich in mir rührte, konnte ich nicht ankämpfen. Ich verspürte ein zunehmendes Unwohlsein. Ein Schatten legte sich über den Sonnenschein meines neuen Lebens mit Grant.

»Ich freue mich, dass du dich offensichtlich gut von deinen letzten Abenteuern erholst«, sagte Fiona gerade. »Ich habe früher immer gedacht, dass Balfour ein verschlafenes Nest ist, bis du gekommen bist, und jetzt sieh uns an. Eins nach dem anderen.«

»Vielleicht wäre es für alle die sicherste Lösung, wenn ich mich an einen weniger gefährlichen Ort verzöge, in den Nahen Osten zum Beispiel.« Ich scherzte, aber nur halb.

Fionas Lächeln versiegte, als sie mich anschaute. »Das meinst du doch nicht etwa ernst, oder? Dein Leben ist jetzt hier.«

»Ich denke schon.« Ich sah die Besorgnis in ihren Augen. »Natürlich, ich rede nur Unsinn.« Ich versuchte, die Dunkelheit abzuschütteln und eine fröhliche Miene aufzusetzen. Wir plauderten noch eine Weile über Dinge, die kaum zu mir durchdrangen, ehe ich langsam wieder zu Grant zurückschlenderte.

Es war alles eine Frage des Timings. Das hatte ich von Anfang an gesagt, aber Timing war noch nie meine Stärke gewesen. Jetzt war Grant munter und obenauf, und ich lungerte an der Seitenlinie herum und wusste weniger denn je, wo mein Platz in der Welt ist. Ich hatte einen so großen Teil meines Lebens damit verbracht, vor Bindungen wegzulaufen – eigentlich vor dem Leben selbst. Ich wusste, dass ich das nun nicht mehr konnte. Es war Zeit für eine Entscheidung: wieder weglaufen oder hierbleiben und kämpfen. Für ein Leben kämpfen, das mich erfüllte, wo ich ganz ich war, im Frieden mit mir selbst. Ich beobachtete Grant, der über den Rasen auf mich zukam, während Liam um seine Beine tollte. Das wollte ich. Ich wusste es im innersten Herzen. Ich würde nicht mehr wegrennen.

Es war an der Zeit, ehrlich zu Grant zu sein. Er musste alles über mich wissen, das Gute wie das Schlechte. Erst dann würden wir eine Chance haben, eine stabile Zukunft aufzubauen. Ich nahm ihn bei der Hand, als er neben mir angekommen war, und wir gingen zusammen über den Anger. Morgen würden wir über große Dinge reden, über wichtige Dinge. Heute war ein Tag, an dem wir einfach unsere Freude und den Duft der Rosen genießen wollten.

DRAGON OF THE GLEN
(Abi's Old Fashioned)

6 cl schottischer Whisky (vorzugsweise ein schöner torfiger Malt wie zum Beispiel Talisker oder Ardbeg)
3 Spritzer Angostura
1 Stück Würfelzucker oder 1 TL Zuckersirup
Getrocknete Orangenschale als Dekoration

Angostura und Würfelzucker vermischen, bis der Zucker aufgelöst ist. Whisky hinzufügen und über Eis in ein Whiskyglas gießen. Mit einem Twist Orangenschale dekorieren.

DANKSAGUNGEN

»Meine Erfahrung ist, dass die Werkzeuge, die ich für mein Gewerbe benötige, Papier, Tabak, Essen und ein bisschen Whisky sind.«

William Faulkner

Das war nie wahrer als im Jahr 2020. Abi und Grant, die Ärmsten, sind während der finsteren Corona-Zeiten in einer Schwebestarre verharrt. Aber es hat mir ungeheure Freude gemacht, sie zu diesem neuesten Abenteuer wieder zum Leben zu erwecken. Herzlichen Dank an alle Fans, die sich um die beiden gesorgt und geduldig auf ihre Rückkehr gewartet haben. Haltet Ausschau nach dem nächsten Abenteuer in *Spirit of the Dead*, das bald folgen wird!

Diese Whisky-Krimis hätten ohne die Unterstützung und Ermutigung durch meine getreue Mannschaft kein bisschen Leben:

Dank an Mark, Katherine, Amanda und unsere pelzigen Jungs, die immer für mich da sind.

Dank an meine Freunde, die mich selbst bei meinen wildesten Eskapaden noch ermutigen.

Dank an Abby Sail und die Lark Group. Abby, du bist eine überragende Agentin, eine endlos geduldige, talentierte und liebenswürdige Lektorin und eine liebe Freundin. Danke, dass du mir geholfen hast, diese Whisky-Abenteuer fortzuführen.

Dank an Maria Taya Pidone für all das wunderbare graphische Design auf den neuen Titelseiten. Ohne dich hätte ich mich in Illustrator niemals zurechtgefunden.

Dank an Jim Thomson für alle technischen Korrekturen.

Dank an meine Freunde von der Springbank Destillery für eine wunderbare Erfahrung in ihrem Whiskykurs.

Dank an Hazel und David im Harlequin Tea Room in Campbelltown, Schottland, dass ihr mir erlaubt habt, in eurer wunderschönen Teestube zu schreiben und dabei einen ganzen Berg Scones zu essen und hektoliterweise Tee zu trinken.